Leona

# La Citt



Maria Novella Mercu
Milano - Roma
Dicembre 2017

GIUNTI

http://narrativa.giunti.it


Via Bolognese 165 – 50139 Firenze – Italia
Via Borgogna 5 – 20122 Milano – Italia
Prima edizione: marzo 2013

| Ristampa | Anno |
| --- | --- |
| 6 5 4 3 2 1 0 | 2017 2016 2015 2014 2013 |

*Ogni donna sei sempre tu*

# 1

## FIRENZE, DICEMBRE 1508

### *Il visitatore della notte*

Il morbo piegava Firenze.

Chi era fortunato moriva nel suo letto, altri cadevano fulminati per le strade, mentre si liberavano dell'incessante flusso che ne asciugava il corpo, togliendo loro ogni forza. Ombre infernali che camminavano febbricitanti, rasente ai muri. In certi quartieri del popolo, a San Zanobi o intorno alle torri del Mercato Vecchio, in quel rigido inverno la morte prendeva con sé famiglie intere e nemmeno i bambini la commuovevano. Come due secoli prima, ai tempi della peste nera, i birri riempivano le case di paglia e fascine secche e in un lampo il fuoco divorava le mura e brillava nella notte, purificando nel fumo l'oscena maledizione che ormai da settimane divorava la città.

Il Segretario aveva cercato in ogni modo di contrastare l'epidemia. Ai primi morti, si era rivolto ai medici più autorevoli, e ben fuori città aveva fatto scavare le fosse comuni che avrebbero accolto le migliaia di cadaveri. I Fratelli della Misericordia andavano e venivano dal cuore di Firenze a porta San Gallo e a porta Romana, e ancor di più la processione di cadaveri prendeva la via del Prato, sempre di notte, al lume dei ceri, verso l'immonda Sardinia, ricettacolo di rifiuti e carogne.

Ora il gelo potente aveva dato una tregua al contagio e, mentre camminava per la stretta via che portava al palazzo dei Signori, il Segretario osservava, rischiarata dalle torce, la fascia di sterco che dalla strada copriva i muri fino all'altezza del ventre. Eppure in quel momento non pensava al morbo. Aveva con sé qualcosa di più importante, un terribile segreto, un sogno indicibile, un'opportunità unica per la Repubblica, schiacciata dai nemici interni ed esterni: un piccolo libro, poco più di un quaderno, che per qualcuno valeva come la perduta biblioteca di Alessandria e anche di più.

Superò l'ultimo canto della via e una folata di vento gli tagliò il viso. Evitava con orrore i mucchi di sterco infetto e di urina ghiacciata, buttati nella notte dalle finestre. Gettò sopra un cumulo di neve nera i frammenti di una fiala di vetro: quell'ampolla era il suo demonio personale. Aveva ancora nelle orecchie l'eco di grida e lamenti che non avrebbe voluto provocare. Ma ricadeva sempre nella medesima debolezza e maledì i cerusici tutti e in particolare uno speziale senza scrupoli di sua conoscenza. Giurò che quella volta sarebbe stata l'ultima.

La luna bagnava l'alta facciata del vecchio palazzo dei Priori, montagna di pietra simbolo della ormai incerta potenza di Firenze. Il Primo Segretario della Repubblica attraversò la piazza rossa, seguito dai due birri armati. Uomini fidati. I tempi non erano sicuri ed erano in molti a desiderare la sua morte: non solo le spie dei Medici esiliati e i pisani in guerra, ma anche i fiorentini e perfino qualcuno dei suoi consiglieri.

Strinse più forte il mantello e calcò il cappuccio coprendosi la fronte, bagnata di sudore in estate come in inverno. Ogni cosa gli appariva nemica, perfino il vento del dicembre fiorentino, che mulinava intorno a lui quasi volesse portarlo via. Vide un cadavere, contratto in posa fetale, all'angolo della piazza, con la bocca spalancata in una specie di beffarda risata, che si figurò fosse rivolta a lui. Rabbrividì, ma il Segretario non credeva nei presagi, né in Dio né nel diavolo, né nella buona né nella cattiva sorte. Confidava che solo la propria forza avrebbe riscritto il destino suo e di Firenze.

I birri batterono il legno della porticina in via della Ninna e la guardia del palazzo aprì subito. I corridoi e la ripida scala segreta del Duca d'Atene erano più freddi della piazza aperta, e il Segretario si tenne il mantello e il cappuccio. Lampade a olio rischiaravano, senza mandare fumo, le stanze del primo piano e finalmente vide baluginare il fuoco di un grande camino. Si tolse allora le pesanti vesti e liberò la testa magra e un po' scavata, nascosta sotto i capelli lisci e neri. Gli occhi furbi esplorarono l'ufficio della Camera Segreta Nera, il centro delle spie fiorentine, di cui lui era il signore assoluto: un universo chiuso e impenetrabile, territorio ignoto perfino al Gonfaloniere Pier Soderini. Le pareti erano coperte dalle mappe delle città e delle nazioni del mondo, molte opera di Leonardo, che un tempo era stato un suo valido e fidato collaboratore. Quando finalmente fu tranquillo, si rivolse al suo piccolo Violante, gobbo e nero, l'uomo che più di tutti sentiva legato a sé.

«Il nostro ospite è ancora nelle sue stanze? Lo state sorvegliando come si deve?»

Il capo segreto della Camera Nera fiorentina sorrise, pensando all'uomo alto e magro delle isole britanniche.

«Protesta, Segretario, a voce alta e nella sua strana lingua.»

«È ben tenuto, come avevo disposto?»

«Un principe non potrebbe avere trattamento migliore! Dispone di due stanze calde, per quanto senza finestre sulla strada. E mangia senz'altro meglio di noi. Ma strepita, grida che vuol vedervi, e sono ormai tre giorni che...»

«E che mi dici di quell'altro?»

«È al sicuro, ma ancora non...»

Al Segretario bastò un gesto della mano per zittire la sua fidata spia.

«È il nostro segreto più prezioso, lo sai.»

Violante annuì.

«Bene» sospirò il Segretario. «Fammi avere tutto quanto.»

Il Primo Segretario della Repubblica di Firenze si chiuse nel suo studio, aprì un cassetto e prese uno dei molti fazzoletti neri di purissimo lino, che avrebbe consumato durante l'ennesima notte insonne. Si asciugò la fronte e il collo e aprì il volume che gli era stato appena consegnato. Ne scorse le pagine iniziali, ansioso di iniziare la lettura. Ma prima ruppe i sigilli del pacchetto che il capo della polizia segreta gli aveva fatto recapitare insieme al libro. Aveva forma cilindrica ed era avvolto con cura nella tela cerata che i marinai usavano per salvare i carichi più preziosi dagli spruzzi delle onde e dal marciume di sentina. E ce n'era, di salmastro, incrostato su quella tela, tanto che appena ebbe rotto i sigilli e aperto l'involucro, il piano del tavolo si coprì di fine polvere bianca. Gli apparve un cilindro di metallo chiuso alle estremità: al Segretario sembrò fatto di acciaio temprato, leggero ed elastico. Si congratulò con lo sconosciuto che aveva preparato la spedizione e tolse il tappo, con fatica, perché era incastrato a forza.

All'interno una cosa brillava, colpita dalla luce del candelabro. Pose la mano a coppa e versò delicatamente su di essa il contenuto del cilindro: granuli gialli lucidissimi, di varie forme, e molta polvere dello stesso colore. Il cuore prese a battergli veloce, ma a suscitargli vera emozione fu un oggetto assai più grande, che uscendo dalla sua fredda prigione, spalancò le ali. Gli parve, a tutta prima, un uccello morto, tanto che fece un balzo sulla sedia e lo allontanò da sé. Poi capì che era inanimato, e anzi aveva addirittura l'apparenza di un gioiello d'oro di antichissima fattura, con la superficie coperta da mille piccole sfere gialle e lucide. Leggerissimo, croccante fra le dita. E quando con cautela scostò le strane ali, simili a quelle di un pipistrello essiccato per un gabinetto delle meraviglie, fu colpito da uno strano profumo. Passò la mano sui globuli gialli e lucidi e li sentì lisci al tatto. Sembravano cementati con arte insuperabile intorno a un nucleo cilindrico, e formavano un grappolo perfetto.

Il Segretario soffiò sulle candele e rimase un momento alla finestra del suo studio, a guardare la luna che bagnava i muri della sua città. Un derelitto, che sfidava il coprifuoco, attraversò la piazza alzando lugubri lamenti e girò verso Calimala, in cerca di un posto per morire. Un mare di merda, era diventata Firenze: e invidiò il sole d'estate, il mare azzurro e verde, gli spruzzi salmastri sul viso. Ripensò agli ultimi mesi, alla lunga preparazione, alla paura e alla speranza. Aprì il manoscritto, deciso a ripercorrere le tappe di quell'avventura, prima di sciogliere con l'inglese l'ultimo segreto. E cominciò a rileggere il memoriale del suo giovane Andrea.

## *Il memoriale*

La grafia era precisa e sicura, come se l'autore avesse scritto col foglio ben appoggiato su un ripiano. Ma a tratti l'inchiostro era slavato e formava grandi macchie, e la scrittura incerta e quasi illeggibile, come se fosse stata vergata all'aperto, sotto la pioggia. Frasi brevi e smozzicate, tipiche di chi è in preda all'ansia e al pericolo, si alternavano a lunghe riflessioni e intere pagine di dialoghi. Il volume era composto da vari quaderni e fogli sciolti. Erano arrivati un po' per volta nei mesi precedenti, e il Segretario, a forza di leggere e rileggere, li aveva imparati quasi a memoria. Tranne la parte nuova, l'ultima. Una rovina, come gli aveva anticipato Violante. I fogli erano sporchi e unti, in certe parti macchiati addirittura di sangue e più volte ripiegati e in disordine. Non aveva osato toccarli e li aveva subito affidati, insieme ai quaderni, alle cure di un esperto rilegatore che aveva fatto davvero un lavoro perfetto.

*Come voi avete ordinato, Segretario, inizio la missione che mi avete affidato, prendendo nota, giorno dopo giorno, degli accadimenti, delle persone e delle cose che si porranno sul mio cammino. Ogni volta che potrò, affiderò le parti scritte di questo fedele memoriale ai viaggiatori diretti alla Dominante, se li giudicherò sicuri e fidati. Giuro di difendere questo diario con la mia stessa vita, serbandolo più prezioso e caro di qualsiasi altro mio bagaglio. Confido, con l'aiuto di Dio, che leggiate queste mie prime righe e molte altre ancora: vorrà dire che i nemici e le incognite non avranno fermato il mio periglioso viaggio. In caso contrario, questo inizio, che senza remora alcuna ho affidato a un mercante di Prato incontrato a Ventimiglia, valga anche come estremo saluto a voi. Con la preghiera di assicurare l'avvenire della mia famiglia, che raccomando alla vostra bontà e misericordia, sempre in nome dell'Altissimo...*

Il Segretario sfogliò le due pagine di implorazioni e di preghiere: un *Pater*, un'*Ave* e un *Gloria*, ripetuti sette volte come penitenza, dopo una confessione ricevuta da Andrea in un monastero in terra di Provenza, e andò alla narrazione:

*Voi certo sapete più di me cosa significhi patire l'angoscia della partenza, quando non sia Prato, o Pistoia, o anche Livorno o Pisa, la meta del viaggio che ci si appresta a compiere: quei luoghi sono sì lontani e stranieri e perfino in certi casi nemici, ma il dolce suono della lingua toscana è assai simile al nostro, e fiumi e montagne e piante e visi sono gli stessi. Non cambia il tepore del sole, il caldo d'estate e il gelo d'inverno. Già superare la montagna dell'Appennino mette invece in cuore l'ansia di non tornare mai, e il pensiero va alla dolce moglie, alla casa, e ci si confessa e si fa testamento, perché i pericoli sono tanti. Ma io ho patito nel mio cuore un'angoscia assai più grande, perché adesso che ho valicato le Alpi, ancora non sono a nulla: si può dire che la mia meta sia dove non è giunto nessuno. E forse mai anima viva, sotto il dolce cielo toscano, ha sognato di percorrere tanta strada. Avevo le lacrime agli occhi, quando mi sono inginocchiato davanti al bel San Giovanni, e ho accarezzato i mattoni rossi che pavimentano la piazza tutta intorno: più d'uno mi ha scambiato per matto, ma io non potevo rivelare l'angoscia che mi gonfiava nel cuore! E poi ho offerto un voto alla Vergine, in Santa Reparata, dove svetta la nuova fabbrica, che copre le antiche tombe degli avi miei…*

Il Segretario si indispettì: Andrea, il suo giovane agente, si era fatto prendere dalla tenerezza. Lo avrebbe detto più saldo. Ma poi pensò che forse, al suo posto, avrebbe dimostrato ancora meno cuore. Allora scorse veloce le righe che seguivano, ricche di altre preghiere, invocazioni e raccomandazioni per la sua famiglia, e finalmente arrivò al punto:

*Ho visitato la biblioteca segreta, dopo aver corrotto il servo che la custodisce, ho letto le carte di cui mi avete detto e ho imparato a mente scritti e disegni. Da qui ho iniziato la mia missione, ben recitando la parte di mercante dell'Arte della lana. D'altronde io, Andrea di Francesco, figlio e nipote di tessitori, sono il più adatto, fra i vostri uomini, a passare l'esame di qualsiasi consesso, perché sono quasi per davvero un mercante di stoffe e conosco il gergo, i trucchi, i mille modi d'ingannare e come funzionano i mercati d'Italia e del resto del mondo, fino alle più remote isole britanniche. E inoltre conosco bene la marineria, per le mie passate avventure a bordo delle navi pisane in qualità di infiltrato di Vostra Signoria. Non dovete temere affatto per il gran segreto, che è custodito da me come il più prezioso e inarrivabile: non ve n'è menzione in alcun altro mio scritto, e non c'è tormento che possa strapparmelo dalle labbra. D'altronde, se qualche nemico dovesse prendermi, per quante inimmaginabili sofferenze potrò patire, da me non avrà mai la verità. La grandezza sublime del nostro segreto è che lo si può occultare dietro qualsiasi menzogna: e per quanto questa sia per noi innocua, apparirà assai più desiderabile della verità, alle orecchie di coloro che l'avidità consuma come un fuoco.*

"Intanto però l'hai scritto" pensò il Segretario, afferrando con rabbia il secondo fazzoletto nero. Era evidente quanto Andrea non fosse ancora avvezzo alle sottigliezze delle spie. Però aveva occhi buoni e curiosi, in lui non albergavano le larve del tradimento e avrebbe dato la vita per la missione. L'aveva consegnato a una sorte quasi certamente infausta, illudendosi di poterne controllare i movimenti a distanza: come se una qualche magia gli permettesse di parlargli, al di là dei monti e al di là dei mari, e in quel modo salvarlo da inganni e imboscate. In una grande casa sulle colline, per molte settimane, lo aveva allenato a fortificare anima e corpo, e forgiato affinché intelligenza, esperienza e audacia divenissero un'unica virtù. Ma a quanto pareva aveva fallito, e il corso degli eventi, nel viaggio di Andrea, aveva preso strade diverse.

Dunque era quella, la sovrana legge del mondo: solo il Caso, il Fato per gli antichi, governava le azioni degli uomini, e non c'era modo di modificarne l'ottusa volontà. Ciò che era accaduto ad Andrea somigliava al destino di un dado da gioco gettato con forza in una scatola di legno. Anzi, a qualcosa di ancora diverso, perché quel cubetto d'osso, cadendo, mostrava solo una delle sei facce, mentre il cammino di un uomo pareva seguire una geometria infinitamente più complessa.

Finalmente si sentì pronto ad affrontare il suo ospite notturno. Mise il codice sotto il braccio, ma in una tasca interna della veste lasciò scivolare con grande cautela un secondo manoscritto, assai più piccolo e prezioso, chiave di tutto: la vera risposta a ogni domanda, tranne l'ultima. L'armato di guardia lo scortò lungo il corridoio buio. Proseguirono per un'altissima scala, fino a delle piccole stanze all'ultimo piano dell'antico palazzo, proprio sotto la merlatura. Un birro ne piantonava una e, a un cenno del Segretario, aprì la porta.

L'ospite era un uomo di circa trent'anni, magro e alto, con i capelli lunghi già bianchi. Vestiva di nero, alla maniera nordica. Era seduto a un piccolo tavolo, intento a scrivere delle lettere, ma appena vide il Segretario, si alzò in piedi di scatto.

«Dunque eccovi, finalmente.»

«Non siate impaziente. Ogni cosa deve avere il suo tempo, in questa storia.»

«Datemi il libro. Questo era il nostro patto, e chi vi conosce sostiene che godete di buona memoria.»

Il Segretario cercò un sorriso ma faticò a trovarlo.

«Non ho modo di sapere se i nostri accordi sono stati onorati in ogni loro aspetto, e fino all'ultima conseguenza...»

«Non prendetemi in giro» ribatté pronto l'ospite. «Voi avete il libro, lo so. E sono certo che in questo momento lo nascondete sotto la veste.»

Il Segretario sobbalzò e il suo ospite prese coraggio:

«Quel piccolo codice è la mia vita ed esigo che me lo consegniate, in cambio delle informazioni di cui avete appena potuto constatare la veridicità, grazie al rapporto del vostro uomo. Conoscendo quei segreti, Firenze potrà non solo difendersi assai meglio dai propri nemici, ma cogliere il frutto maturo dall'albero, come fate voi nei vostri poderi».

Il Segretario annuì, pensando ai molti frutti acerbi che era solito cogliere, nella sua tenuta di campagna come a Firenze, e che quell'uomo davanti a lui, puro come un giglio, non avrebbe mai sospettato.

Con imbarazzo estrasse dalla veste il prezioso codice, assai più piccolo del diario redatto dal giovane Andrea. Aveva un aspetto straordinario: consumato, simile ai libri antichi ospitati nelle abbazie, copiati cento volte da cento mani di amanuensi e ridotti a fragili crisalidi. La sua carta emanava un intenso profumo di essenze sconosciute. Il visitatore notturno allungò la mano per prenderlo, ma il Segretario, con mossa lesta, lo ripose nella tasca.

«Lo avrete quando il nostro patto sarà onorato. Ovvero quando il mio inviato sarà di ritorno con le ultime notizie.»

L'ospite nordico si lasciò andare su una sedia, stanco per la lunga veglia e per il viaggio interminabile che aveva affrontato, dalle sue lontane isole, fino alla splendida e amara Firenze. Credeva di essere accolto con gli onori di un ambasciatore e invece si era trovato tra gente smarrita e terrorizzata, e infine prigioniero e condotto in una cella fredda e angusta.

«La nostra sarà una eterna attesa, perché Andrea è morto, lo sapete bene.»

Il Segretario guardò la luna, senza commentare le amare

parole del suo ospite notturno. L'inglese stette in silenzio, poi sospirò:

«Voi siete filosofo, questo lo so. E anche scrittore, mi hanno detto».

«Ho disquisito di politica» ammise il Segretario, solleticato nella vanità. «E composto commedie.»

«Inoltre la vostra è la carica più alta di questa Repubblica.»

Il Segretario sorrise, scuotendo il capo.

«Pier Soderini è il Gonfaloniere a vita, io sono solo il Primo Segretario.»

«La modestia non vi si addice, suona falsa in voi. Avete detto, poco fa, che avete a cuore la salute della vostra Repubblica. Ebbene, altrettanto posso dire io...»

Il Segretario lo guardò.

«Adesso siete voi, che mi prendete in giro...»

«È il contrario. Sapete bene quanto vi ammiri e vi stimi. La città di Firenze è il mio modello di perfezione filosofica. La nuova Atene. Quanto a voi, Segretario, rappresentate per me il sommo esempio da seguire. Il piccolo libro che mi celate è l'incarnazione del mio cuore e della mia mente: non l'ho voluto io, me l'ha offerto Dio, o il Caso, come preferite che si dica... Ma adesso conta più della mia vita.»

«Lo credete davvero?»

«Quanto credo nell'Altissimo.»

### *Le stelle nell'abisso*

Dall'orlo del ballatoio più alto del Palazzo dei Priori, la città era un cielo capovolto, traforato da miriadi di stelle. Questo lo spettacolo che si presentò al Segretario quando lasciò il suo ospite. Era stato lui a volere che Firenze fosse illuminata a giorno da torce e fiaccole, per rischiarare le tenebre foriere di morte e di dolore. Gli ordini imperativi erano: coprifuoco per tutti, malati e sani; pena di morte immediata per chi fosse stato sorpreso a svuotare le viscere nelle strade.

Ogni ora molte vite si spegnevano, in quel letamaio da cui si alzava un fetore di carogna che mozzava il respiro, quando il vento se lo portava dietro. Uomini e animali morivano insieme, e la fame contorceva le budella di chi finora era scampato al morbo.

Il Segretario sentì la fronte imperlarsi di sudore e cercò febbrilmente il fazzoletto di lino nero, nella tasca della veste. Sudore strano, pensò, mentre il vento si levava dall'Arno, portando con sé gli umori di quelle acque sudicie. Un sudore freddo e malato, denso come pece.

«Nessuna novità, con quell'altro?» chiese a Violante. Il rigore dell'inverno sembrava non sfiorare il nano.

«Niente. Nemmeno con la tortura, Segretario...»

«Rischiando di mandar tutto all'aria!»

«No. So dosare la forza dei miei aguzzini. I tormenti inflitti al Bargello sono stati, per così dire... gentili.»

Il Segretario scosse il capo.

«I fiorentini rappresentano il sole della ragione che illumina il mondo. Almeno di questo è convinto il nostro ospite inglese. E siamo anche inutilmente belve. Questa si chiama contraddizione.»

Gli occhi di Violante riemersero dal cappuccio nero.

«Lasciate da parte la vostra filosofia, ve ne prego, mio signore. Ho eseguito i vostri ordini.»

«Perdonami. Hai fatto bene. Adesso andiamo a vederlo.»

Il gobbo fece un cenno alle guardie che prontamente si prepararono a scortare il Segretario e Violante lungo il passaggio aereo che scavalcava con una rampa in legno una stretta via e portava su un tetto adiacente al palazzo.

Passarono altri esili ponti di legno e corde, insospettabili dalla strada. Il Segretario rabbrividì, mentre l'ultima passerella scricchiolava sotto ai suoi piedi, ondeggiando come il mare nei giorni di tempesta. Giunsero a una sorta di castello senza torri e senza guglie, attraversarono stanze e lunghi corridoi deserti, finché sbucarono in un cortile. Al centro c'era un chiostro custodito da dieci birri, scelti da Violante e approvati dal Segretario. Soldati veri, disposti al sacrificio per la Repubblica. Una piccola porta di ferro si aprì e i due entrarono nel buio, rischiarato appena da due torce. Il corpo di un uomo era al centro della stanza e il nano nero lo indicò.

«Che ne facciamo, se le cose non cambieranno?»

«Ben poco, Violante. Non servirà né a noi né ai nostri nemici. Ma forse potrà ingannare colui che sta tentando proprio adesso di portare a termine il suo incarico.»

«L'assassino di cui parlavate?»

Il Segretario assentì.

«Ma chi sarebbe mai, infine, quell'uomo tanto diabolico? La grande fiaccolata che avete ordinato non ha dato risultato. Non ci sono tracce della sua presenza, in città.»

«Cercate ancora, cercate meglio! Finirà in trappola, ha i giorni contati. È un uomo molto pericoloso, e il nostro ospite inglese deve tornare sano e salvo dal suo Re, con o senza il libro che agogna.»

«Lo volete vivo» disse Violante prendendo congedo «o morto?»

«Vivo. Mi raccomando a te, Violante. Potrà rivelarci cose che, oltre lui, solo Andrea ha visto succedere. E con quel diavolo i metodi delicati non servono. Chiudilo nelle segrete del Bargello e fa di lui quello che vuoi. La fantasia non ti manca.»

Il Segretario rimase solo. Aveva i primi sintomi di un malessere che conosceva bene: montava dal nulla, da una parola detta, ma anche da un colore, da un suono, da un sapore... E mentre lottava con i morsi del suo male, maledicendo se stesso e il mondo che lo aveva partorito, guardò la parete dietro il suo scrittoio, in un punto preciso fra due piccoli quadri: si morse la mano destra per aver avuto la tentazione di aprire un certo stipo segreto, solo per un istante.

Pensò ad Andrea. Lo aveva scelto perché lo riteneva immune da certi mali, commettendo però un grave errore di valutazione. Una certezza che gli veniva dalla lettura del diario. Cosa aveva sbagliato con lui? Il Segretario tornò con la memoria alla primavera precedente, quando il morbo appena giunto non aveva ancora stremato Firenze e il suo animo era più leggero. Rivide la casa sulla collina, ripensò a sé, maestro d'armi e di astuzia, e ad Andrea, allievo troppo delicato di cuore e di anima. Lui, Niccolò Machiavelli, il Primo Segretario della Repubblica di Firenze, già allora era afflitto da un male diverso dal morbo seminatore di morte, ma non per questo meno angoscioso e terribile.

# 2
## OTTO MESI PRIMA

*Aprile 1508*

La casa segreta sorgeva sul pendio di un colle fuori le mura di Firenze, nei pressi di San Miniato. Il verde la nascondeva agli uomini e alla strada. Il terreno adiacente era coltivato a grano e vigne, curati dai contadini che abitavano l'unico casolare. Ma quel che contava era il frutteto: peri e meli piantati troppo fitti, intervallati da pioppi robusti, da querce e da sempreverdi. Quel bosco artificiale, impenetrabile all'occhio, nascondeva una specie di bassa fortezza, addossata a una possente torre di età romana. Un portico le girava intorno e solo gli uccelli in volo avrebbero potuto spiare gli orrori che si consumavano in quelle stanze.

A un osservatore attento non sarebbe sfuggito che ai contadini, intenti ogni giorno a badare alle messi, si mescolavano i birri crudeli del Bargello. Armati di spadini nascosti fra le vesti, erano pronti a uccidere chiunque si fosse avventurato fin lì.

Il giovane Andrea, dopo un lungo colloquio con il Segretario e un parlare breve e drammatico con Violante, era stato prelevato, condotto alla casa, nascosto in un carro che trasportava fieno, legato mani e piedi, imbavagliato e bendato come fosse destinato al patibolo.

Nel tragitto una calma strana lo aveva preso, un torpore lento gli era entrato nelle viscere ed era giunto a pensare che il Segretario, nel calice d'acqua che gli aveva versato di sua mano, avesse messo un intruglio. Ma il sonno non lo aveva mai colto, piuttosto una specie di dormiveglia malato che bruciava gli occhi e la testa.

Alla fattoria lo avevano fatto scendere, liberandolo dalle corde ma non dalle bende. Gli avevano chiesto di indossare dei panni da giovane contadino e lui aveva eseguito gli ordini, anche se i pantaloni erano troppo larghi e la camicia era sporca e puzzava. Quindi era stato condotto alla casa segreta attraverso il frutteto e non si era stupito per l'assenza di rumori. Come se quel luogo, per qualche verso, fosse maledetto e la natura avesse deciso di stargli a distanza.

Quando gli fu concesso di vedere, Andrea ebbe appena il tempo di abituare gli occhi al chiarore: i birri lo chiusero in una stanza bianca che prendeva luce dal cortile interno, attraverso grandi finestre sbarrate da pesanti inferriate. In quel cortile deserto, spoglio di ogni vegetazione, riconobbe patiboli e infernali macchine di tortura.

Il primo giorno rimase solo per molte ore, senza mangiare né bere, ma non se ne dispiacque, perché lo stomaco era duro e chiuso. Il secondo giorno, quando si ricordò di avere fame, un servo portò pane e acqua. Poco dopo arrivò Violante, il demonio nero del Segretario. Quando lo vide varcare la soglia, Andrea si alzò di scatto, ma il nuovo arrivato gli fece cenno di rimanere seduto davanti al desco vuoto.

«Hai mangiato, vedo.»

«Sì.»

«Conosci il motivo della tua presenza qui?»

Andrea fece cenno di sì con il capo:

«So quello che mi basta. Mi aspetta un lungo viaggio...».

«La destinazione?»

«Non la conosco.»

«Ma vorresti saperla ora.»

Andrea si mise una mano davanti al viso.

«No. Io eseguo la volontà del mio Segretario, decide lui per me.»

«Faresti davvero qualsiasi cosa per lui?»

«Sì» disse Andrea, a voce più alta del necessario.

«Bravo. Chi è il tuo Segretario?»

Violante fece un cenno a un carceriere che attraversava il cortile. L'uomo rispose annuendo. Trascinava un prigioniero, un ragazzo dalla barba lunga che aveva forse vent'anni e camminava prostrato dalla più profonda rassegnazione.

«Rispondi, Andrea: conosci il nome del vero padrone di Firenze?»

«Ser Niccolò Machiavelli, Primo Segretario della Repubblica.»

«Bene. E sei convinto che il suo agire sia ora e sempre per il bene della città e dei suoi domini?»

Andrea trovò la forza di sorridere.

«Sì, io lo credo.»

«Anch'io, a volte. Ma avrai capito che per lui qualsiasi mezzo è lecito, anche il più spaventoso, per raggiungere lo scopo. E nonostante ciò, tu sei pronto a obbedirgli senza riserva?»

Violante non attese risposta. L'uscio si aprì e nella sala bianca entrarono i due uomini. Andrea ricordò di averli già visti nel cortile. Il primo, che teneva il prigioniero, aveva il viso duro come una maschera feroce. Andò in fondo alla stanza, dove il pavimento era leggermente inclinato e dalla parete pendevano catene. Violante ordinò ad Andrea di alzarsi. Da un ripiano prese una grande roncola, montata su un robusto bastone, e gliela porse.

«Il prigioniero è pisano: è stato torturato, eppure da lui non abbiamo ottenuto nessuna informazione. E per noi, tali notizie valgono più di una battaglia vinta sul campo.»

«Lo so, e per questo lavoro per voi.»

Violante slegò il prigioniero e lo allontanò dal birro.

«Tu non lavori per noi, Andrea, ma con noi. Siamo una famiglia, e io sono il padre amoroso.»

Con un rapido gesto, prese il polso della guardia e lo ammanettò alla catena.

«Uccidi il birro, Andrea! Subito!»

*Da qualche parte in Irlanda, uno degli stessi giorni di aprile, 1508*

Il Gigante non aveva nome.

Le torture lo avevano portato a un passo dalla morte, ma di lui, gli aguzzini inglesi non erano riusciti a sapere nulla. Ora era ben legato da grosse corde a una sedia sul terrazzo della casa del Governatore. Davanti a sé beveva il paesaggio verde della sua Irlanda, bagnato a chiazze dai primi raggi del sole, che lottavano con la trama smagliata delle grigie nuvole burrascose. Era lurido della sua urina e del suo sterco.

Alle sue spalle c'era un uomo vestito di bianco, alto e magro. Lo interrogava ormai da ore e quando arrivava la stanchezza, si dava il cambio con un suo pari, specializzato in secchiate di acqua gelida e bastonate sulle mani e sui piedi.

«Se ti ostini a nascondere il tuo nome, allora ti chiameremo il Gigante.»

L'uomo in bianco parlava con voce calma. La sua non era la lingua di Londra, la città da cui veniva, ma l'idioma gaelico con il quale il Gigante era cresciuto. Nessuno tranne loro, nella grande casa degli orrori, lo comprendeva. Ma il prigioniero non parlò e non mosse un muscolo.

«In fondo,» proseguì l'inglese «non cambia nulla. Di te sappiamo abbastanza: sei il sicario più spietato delle isole, e forse del continente, dalla Normandia alla Sicilia. Non lavoreresti mai per noi perché odi la Corona britannica più di ogni altra cosa.»

«Sì,» mormorò il Gigante, sputando sangue e saliva «in questo dici il vero.»

«È per via di tuo padre.»

Il prigioniero levò un lamento terribile e i cani abbaiarono in lontananza. All'improvviso, rivisse la scena di un uomo alto e forte legato a un palo. Nudo, con i folti capelli rossi che gli coprivano le spalle. Ancora vivo, aveva le cosce e le gambe nere per il sangue. Un inglese lo aveva evirato con un colpo di spada. E lui, bambino, aveva visto tutto, nascosto dietro il pozzo di pietra.

«E anche per tua madre.»

Il Gigante non poteva piangere, anche se avesse voluto. Quel ricordo gli strappava le viscere e gli affondava più profonda la spada nel cuore. Il corpo bianchissimo senza vesti di lei passava da un soldato all'altro, sull'erba gialla e fradicia del prato, e il pianto e le grida non servivano a intenerire il cuore delle belve. E se da una parte lottava per cancellare quell'immagine, dall'altra desiderava con tutte le sue forze tenerla per sé, per provare il male senza pari, quasi potesse sconfiggere con esso la colpa di essere vivo. Lui, il superstite. E poi, pochi anni dopo, gli inglesi erano tornati, e ancora una volta non era stato capace di fermarli. Nell'ammasso di carne bruciata del suo villaggio, non era neppure riuscito a distinguere i resti della sua giovane moglie irlandese e del loro piccolino di cinque anni.

Quante volte avrebbe voluto morire per non soffrire più! Non passava giorno né notte che il Gigante non maledicesse se stesso e la sua inutile esistenza. Ma l'odio e l'idea della vendetta lo tenevano in vita. Lo doveva a tutti i suoi morti.

«Questo basterebbe, vero, Gigante? Ma adesso hai una nuova moglie, nell'isola. Non è irlandese, non è una ribelle, e l'hai nascosta bene. Ma noi sappiamo dove.»

«Sì, io so che voi sapete.»

«Ebbene, dunque ci servirai fedelmente. Non solo la risparmieremo, ma faremo in modo che tu possa vivere con lei in pace. In cambio, farai quanto ti chiederemo. Ora presta attenzione, perché non ripeterò.»

## *Una promessa di morte*

Il birro fiorentino urlava bestemmie, mentre cercava di strappare la catena. Andrea esitava, sospettando una trappola infernale.

«Uccidilo!» gli gridò di nuovo Violante. «Subito!»

Il birro piangeva. Il prigioniero pisano, rannicchiato in un angolo, consumava nel terrore l'ultimo fiato. Violante smise di parlare e incrociò le braccia, in attesa. Andrea alzò la roncola e gli fu naturale chiedersi cosa volessero da lui, il Segretario e il suo nano. Che uccidesse un birro della Repubblica, obbedendo a un comando folle, oppure che opponesse un clamoroso rifiuto? Ser Niccolò, pochi giorni prima, gli aveva spiegato che la missione richiedeva un giovane fedele alla Repubblica e a lui personalmente, che ne temesse la vendetta ma che sapesse anche pensare e fosse in grado di sfidare ogni imprevisto. Il birro che si divincolava davanti a lui, l'aveva visto tante volte girare per Firenze, ridere e scherzare coi suoi compagni, al palazzo dei Priori. Non era una spia dei pisani, questo era certo!

Ebbe un lampo, e posò la roncola in terra.

«Basta così!» disse Violante, raccogliendola.

«Che ne sarà di lui?»

«Non ti riguarda. È un birro, tornerà al suo mestiere.»

«Ma se io lo avessi ucciso...»

«Non l'hai fatto.»

«E adesso?»

«Dovrai superare altre prove.»

Violante raccolse la roncola e vibrò un colpo sul collo del prigioniero pisano: il corpo nudo si piegò come un vitello macellato e il sangue nero schizzò con la forza di una fontana, scolando nei tombini forati del pavimento. Il birro fu liberato, e mentre si massaggiava i polsi, rivolse ad Andrea uno sguardo d'odio, carico di minaccia.

## *L'istruzione*

Nelle gelide stanze della casa, riscaldati al fuoco di immensi camini, alcuni giovani copiavano delle carte e ne chiudevano altre in grandi plichi, sigillati con la ceralacca e lo stemma della Repubblica.

«Nei tre mesi a venire» disse Violante, seduto al lungo tavolo dello scrittoio «dovrai imparare a obbedire senza discutere e a prendere decisioni senza consultarti con nessuno di noi. Dovrai uccidere senza farti scoprire, ma soprattutto dovrai imparare a mantenerti vivo, in qualsiasi situazione.»

«Io so maneggiare spada e coltello, e in guerra ho ucciso molti nemici.»

«Questa guerra è subdola e anomala come nessun'altra. In campo aperto, fronteggi il tuo nemico e addirittura lo guardi negli occhi. Lo riconosci. Nel nostro caso, il miglior amico può rivelarsi il peggior nemico.»

«Come farò dunque a distinguerli?»

«Confidiamo che la tua natura e l'istruzione che riceverai, Andrea, ti illuminino il cammino. O almeno così pensa il Segretario: io ho idee diverse in proposito, ma spetta a lui decidere.»

«Voi non mi credete adatto?»

«Sei troppo giovane. E troppo puro. Ma questo non sta a me giudicarlo. Avrai a disposizione due maestri, nei mesi che ti attendono. Il primo di loro è un vecchio saggio.» Violante allargò le mani, in un gesto quasi di resa. «Si dedicherà alla tua mente e al tuo spirito, perché si rafforzino e non cedano mai. Il secondo metterà alla prova il tuo fragile corpo, lo allenerà alla fatica, alla resistenza, e lo fortificherà. Ti sarà servito il cibo migliore, anche l'amata cacciagione, quasi un miraggio perfino per il Segretario.»

Violante sghignazzò, e gli ufficiali della Signoria lo guardarono stupiti. Andrea si portò la mano sullo stomaco. Aveva fame, come tutti coloro che il morbo aveva risparmiato: e quella promessa gli aveva svegliato il più solenne degli appetiti.

«Quando devo cominciare?»

Violante si alzò in piedi:

«Subito, perdio! Vai nel cortile e aspetta».

## *Le prove*

Nelle due settimane che seguirono, Andrea fu sottoposto al più duro degli allenamenti. Combatté a mani nude, con la spada, col pugnale, con tutte le armi che conosceva e con altre di cui non aveva mai sospettato l'esistenza. Gli fu insegnato l'uso della balestra e delle nuove armi da fuoco, compresi gli schioppi, lunghe canne di bronzo e ferro caricate a polvere nera, in grado di colpire bersagli a grande distanza e con effetti spaventosi. Il maestro d'armi era un uomo biondo e con gli occhi azzurri, alto e asciutto. Parlava fiorentino, senza accento forestiero, nonostante Andrea avesse la certezza che fosse di stirpe germanica. Lo fece correre fino allo sfinimento intorno alla fattoria; lo costrinse a sollevare pesi di pietra e di ferro, ogni giorno più gravi; gli insegnò a fortificare le braccia e le gambe con movimenti che parevano senza senso, ma che col passare dei giorni gli donarono sicurezza. L'addestramento comprendeva anche la lotta e Andrea si stupì quando fu costretto, sotto minaccia del pugnale, a prendere a pugni un muro massiccio, per quanto ricoperto di iuta, e allo stesso modo a uccidere a mani nude un bue destinato al macello: impresa nella quale non riuscì e che anzi lo lasciò mezzo morto. Una volta il suo istruttore lo costrinse perfino a combattere contro due cani inferociti, al modo dei gladiatori antichi, spoglio delle armi. Si produsse molte ferite dolorose e fu lo stesso tedesco a curarle, cucendole con ago e filo.

«Dovrai pensarci da solo, ovunque tu sarai» gli disse, imponendogli di non urlare per il feroce dolore. «Non ci saranno medici ad aiutarti.»

Per Andrea, ogni giorno era uguale: ore e ore di addestramento, poco tempo per mangiare e per dormire, nessuno da dedicare a sé e agli affetti. Non se ne doleva, quella era la vita dei prescelti. Aveva una missione delicata da compiere, il suo esito avrebbe cambiato le sorti di Firenze, ormai non poteva e non voleva tirarsi indietro. Certe volte la fatica gli stritolava lo stomaco e gli procurava il vomito, un malessere sordo che ottenebrava il cervello e la mente. Ma in quello star male si annidava una strana forma di compiacimento e di benessere e là dove la violenza diventava bestiale e raggiungeva picchi inusitati, Andrea godeva in silenzio.

Un giorno, il peggiore di tutti, Violante gli ordinò di bastonare fino alla morte un bambino. Era nudo, sulla pietra fredda, tremante, con la testa nascosta fra le ginocchia. Quando ebbe il coraggio di rialzarla, Andrea riconobbe gli occhi. Neri, grandi, bagnati di lacrime.

Si ricordò allora di aver visto il piccolo, sia pure per un attimo, alla fattoria. Un lembo della benda gli era scivolata e uno dei birri si era subito preoccupato di aggiustarla. Ma quegli occhi innocenti in mezzo al male non li avrebbe mai più dimenticati.

Improvvisamente le forze lo abbandonarono e il cuore gli batté forte. Segno che ancora lo aveva.

«Adesso basta.»

Andrea lasciò andare il bastone e si mise a braccia conserte, davanti a Violante. Il capo delle spie di Firenze lo guardò di sbieco.

«Te ne vuoi andare? Sai cosa significa, per te, se rinunci?»

Andrea cercò di sostenere lo sguardo gelido e penetrante del nano nero.

«La morte. Ma io non intendo rinunciare. Il mio incarico comincia ora. Cosa devo fare?»

Violante non rispose. Si chinò a raccogliere il bastone e lo soppesò, passandolo da una mano all'altra. Andrea ebbe paura che volesse colpirlo in testa: aveva già sperimentato la forza del gobbo e soprattutto la rapidità ferina dei suoi movimenti. Ma Violante si limitò a batterlo per terra e il colpo fu così forte che lo spezzò.

«Io non lo so.»

Andrea restò a bocca aperta.

«Che significa? Il Segretario mi ha detto...»

«Solo lui conosce il segreto. Io devo addestrarti ai pericoli e alle privazioni. Siamo a buon punto» disse con il ghigno di sempre.

«Parla, Violante, dimmi cosa devo fare. Rivelami tutto!»

«La pazienza è una grande dote e a te manca. Il greco ti darà ogni spiegazione.»

Andrea si sentì finalmente sollevato da un peso indicibile. Respirò a pieni polmoni e sorrise alla vita e al futuro:

«Quando lo incontrerò?».

«Non ora. Resta una prova, l'ultima. Sei consegnato nella torre, per un mese. La prima settimana soffrirai davvero, poi ti sarà consentito mangiare pane e bere acqua. Non vedrai nessuno. Non potrai parlare nemmeno a te stesso e una guardia si accerterà che tu dorma solo due ore ogni notte.»

Andrea sentì la dura pietra, sotto i suoi piedi, diventare cedevole come sabbia, e desiderò morire.

«E questo perché?»

«Devi ancora imparare a non fare domande. Un'ultima richiesta, condannato?»

«Fammi tornare prima a casa, almeno per un giorno.»

«No, non rivedrai tua moglie per molto tempo. Se mai potrai riabbracciarla.»

La consegna di Violante fu rispettata in pieno. Lo tennero tre giorni senza bere e senza mangiare, nella cella più alta della torre. Quando lo liberarono, lo costrinsero per quattro giorni a bere acqua putrida e a mangiare carne marcia, sotto minaccia delle armi. Andrea sentì l'odio possederlo come una febbre: non aveva pensato, accettando l'incarico dal Machiavelli, quanto la sua istruzione gli sarebbe costata. Capì a cosa mirava quella tortura, quando gli resero le armi personali, fra cui il suo corto e affilato pugnale, e rimase da solo con Violante. Il nero capo dei birri, con una veste corta e leggera, che rendeva evidente l'assenza di qualsiasi difesa, si fece davanti a lui, beffardo:

«Non ti basta, giovane fiorentino? Ancora non hai capito? Voglio che rinunci all'incarico!».

Andrea strinse forte l'impugnatura del suo ferro.

«Io farò quanto mi è stato comandato.»

«Non mi odi, piccolo pederasta di Calimala? Non vorresti farmela pagare?»

Andrea sapeva perché Violante lo stesse provocando, e la ragione gli imponeva il silenzio. Ma la fatica, il disgusto, la fame e l'odio gli facevano tremare ogni muscolo del corpo, e il pugnale reclamava di bere il sangue del suo aguzzino.

«Sì che ti odio, maledetto gobbo nero!»

«Così mi piaci, Andrea. Sembri quasi un uomo, benché la tua voce abbia qualcosa di femmineo. Anche tu hai assaggiato il membro del Segretario? A me puoi dirlo...»

Andrea urlò una bestemmia e sferrò un potente colpo col pugnale contro il tavolaccio accanto a lui. Il ferro si piantò per due dita nel legno duro e vibrò come uno strumento musicale.

### *Le carte*

La preparazione di Andrea, dopo le prove di resistenza fisica e morale, fu equamente ripartita in ulteriori allenamenti e in prolungati colloqui: questi ultimi sia con birri di grande esperienza nelle azioni segrete della Repubblica, sia con un dotto e bizzarro personaggio. Era questi un singolare vecchio dalla barba bianca e lunghissima. Diceva di chiamarsi Crisostomo, e di essere un greco di Costantinopoli, uno degli ultimi cristiani rimasti nell'antica capitale dell'Impero, ormai dissolto dalle orde dei turchi infedeli. Pretendeva di avere oltre ottant'anni ma di prepararsi ugualmente notte e giorno alla riconquista della città, che fatalmente doveva essere strappata ai maomettani. Crisostomo portava sempre uno strano cappello nero a larghissime tese, di uso non comune a Firenze. Aveva ufficialmente il compito di impartirgli una severa istruzione geografica. In una grande borsa custodiva, arrotolate, carte mai viste di Europa, Asia e Africa: alcune parevano antichissime e il vecchio sosteneva che risalissero a molti secoli prima del sacco di Costantinopoli a opera dei cristiani di Occidente, quasi tre secoli addietro, e che un paio fossero addirittura dei tempi di Costantino il Grande e dei suoi immediati successori.

«E non basta» ripeteva, mostrandogli itinerari sconosciuti attraverso i deserti dei mori o le nevi dei Germani. «La sapienza dei Romani discende dal sapere dei Greci, queste carte sono state concepite ad Alessandria d'Egitto e conservate nella famosa biblioteca. E, prima ancora, queste conoscenze erano proprie dei dotti dei faraoni, si perdono nella notte dei tempi, millenni prima dell'avvento del Salvatore.»

Andrea seguiva con genuino interesse le spiegazioni di Crisostomo il saggio, che intervallava il suo parlar fiorentino a frasi in latino e in una lingua sconosciuta che certamente doveva essere greco. Crisostomo descriveva senza apparente ragione terre, regioni e luoghi sconosciuti, e per le prime due settimane, gli parve che il vecchio volesse impartirgli un'approfondita istruzione geografica, ma senza arrivare mai al dunque: qual era il luogo dove sarebbe dovuto andare? Quali nemici avrebbe dovuto combattere, e quali misteri svelare?

Un giorno, il vecchio sapiente di Costantinopoli mise un gran pacco di carte sul tavolo. Si alzò una nuvola di polvere e sia lui, sia Andrea tossirono e presero a lacrimare.

«Con le mie indicazioni, accompagnerò i primi passi che sei chiamato a compiere, giovane fiorentino. Ma il seguito è nelle mani della sorte. L'esito fortunato della missione dipende da te, dalle parole di chi incontrerai, dalle strade che prenderai.»

«Non conosci la mia meta, perdio?»

«No, e devi credermi. Ma anche se avessi dei sospetti, delle idee, non te le direi a nessun costo.» Lo guardò fisso negli occhi, corrugando la fronte. «Ho resistito ai tormenti dei turchi, Andrea, e le torture di quel diavolo di Violante non mi fanno paura.»

«Io non posso partire per questa missione se non conosco l'oggetto del desiderio!»

«Un libro, mio giovanissimo amico.»

«Che intendete dire?»

«Devi recuperare un libro. Lo riceverai da un uomo di età simile alla tua ma di stirpe diversa.»

«Ma dove, e come? E che genere di libro?»

«Altro non so. Ma per iniziare il tuo cammino, ti saranno di grande aiuto le arti che hai imparato in queste settimane. Quel libro» mugolò il vecchio «contiene un segreto. Il Segretario, il tuo Machiavelli, è convinto che possa portare vantaggio a se stesso e alla Repubblica. Illuso! Ma se risponde a verità, ciò che ho intravisto fra le carte che gli stolti della tua Signoria mi hanno permesso di sfogliare, le sue pagine custodiscono qualcosa di molto più importante: l'origine prima del mondo, la purezza.»

Andrea non comprese. Il vecchio saggio parlava nella sua lingua, ma le parole erano evanescenti e ingarbugliavano la matassa intricata dei suoi pensieri.

«Che significa, la purezza?»

«Guarda e ascolta.»

Crisostomo spianò alcune pergamene davanti a sé. Non parevano antiche, ma le figure avevano, per il giovane fiorentino, qualcosa di diverso da ogni immagine da lui conosciuta, prodotta dalle mani di pittori e miniatori. Il greco indicò con il dito ossuto due figure femminili, nude:

«Queste sono le sorelle di Eva. E il bosco fitto che vedi intorno a loro è l'Eden. Ma non si trova nel luogo dove lo vogliono le Sacre Scritture. E dicendo questo, giovane barbaro, io so di bestemmiare, tuttavia non posso farne a meno».

Con un gesto rapido, il vecchio raccolse le carte e le mise via. Al loro posto, stese due vedute di città. In una, minuziosa e precisa, ritratta come avrebbe fatto per miracolo un uomo in volo e rinchiusa entro il disegno di una catena con il lucchetto, Andrea riconobbe Firenze. L'altra città era straniera, grande e bella, ma per lui sconosciuta. Fu il vecchio, stavolta, a sorridere per il suo sguardo stupito.

«Da Firenze prende il via la tua missione. Imparerai a memoria, questa notte, le carte che ti ho appena mostrato. E le confronterai con le pergamene conservate in un'altra biblioteca, qui nella tua città natale.»

«Dove?»

«È compito di Violante indicarti il luogo. A me, invece, spetta insegnarti a riconoscere altre carte. Quelle che ti guideranno in una città al di là di due catene di monti, nelle terre che furono dei mori e che i re cattolici hanno riconquistato. Troverai pergamene con disegni simili a questi, ne imparerai i contorni, e saprai leggere le lettere che accompagnano quei fogli.»

Andrea si concentrò sulla carta, lesse un nome, e lo compitò lentamente:

«SE-VIL-LA! Mi spingerò così lontano?».

La risata del vecchio, squillante come una campana d'argento, lo fece sobbalzare sulla sedia per lo stupore. «Oh, no, giovane fiorentino! Ben altro sarà il tuo penare!»

«E dunque perché Siviglia?»

«In quella città troverai ad aspettarti agenti di Firenze. Ti proteggeranno e ti daranno le indicazioni necessarie affinché tu possa proseguire. Fra loro ci saranno uomini saggi e uomini stolti. Prendi il meglio da ognuno, giovane Andrea. La forza da sola non basta. È il cervello che conta.»

*Prigione*

Il Gigante contava il passare del tempo, nella notte imbiancata dalla luna piena, mentre guardava il grande giardino oltre la finestra sbarrata. Aspettava che si muovessero i cespugli di bosso intorno alla casa. Ma non c'era un refolo di vento: quello che sperava di vedere, da un momento all'altro, era un segnale.

Afferrò le sbarre della finestra con entrambe le mani, tirando con tutta la forza. Era capace, in quel modo, di muovere un carro, o di fermare un cavallo in corsa; allo stesso modo aveva spezzato così tante vite, alcune innocenti, che da molti anni, ormai, ne aveva perso il conto. Il ferro aveva già ceduto, nei giorni precedenti; ora si trattava di piegarlo, fino a consentire il passaggio di un uomo. Sarebbe bastato anche meno, visto chi aspettava.

Pensò ancora una volta alla sua donna vera e a suo figlio. Sapeva che avrebbe dovuto scacciare dalla mente quelle immagini, appena si fossero presentate. Ma da molto tempo aveva capito che il suo scopo non era evitare il dolore, bensì l'opposto. Voleva sentire nel petto e nel ventre il morso dell'orrore e il cuore squarciato dallo strazio. Avrebbe desiderato la morte, anche per mano degli inglesi, pur di scampare a quella tortura che si infliggeva da solo. Ma l'odio e il desiderio di vendetta lo tenevano su.

Il segnale, un ramo di bosso che si muoveva a intervalli regolari, lo salvò dal ricordo. Afferrò di nuovo le sbarre e quasi senza sforzo le piegò. Vide la figura nera incappucciata uscire dal verde fitto della siepe. E quando fu davanti alla finestra, lui la aiutò a passare dal varco.

La piccola donna si alzò in piedi e si tolse il mantello nero. Era giovane, con la pelle assai ambrata e i capelli nerissimi lunghi sulle spalle. I grandi occhi scintillavano alla debole luce della lampada a olio.

«Eccomi, amore mio.»

Il Gigante le afferrò le spalle minute, con una delicatezza che nessun amante avrebbe mai potuto uguagliare. Le tolse in un attimo il corpetto, ma quando apparve il piccolo seno, si fermò.

«Hai scansato l'epidemia?» le chiese.

«Ho evitato ogni contatto, come mi avevi detto. E ho tenuto il fazzoletto sul viso.» Lei lo guardò con occhi che chiedevano amore. «Perché, se io fossi infetta, non vorresti più avermi?»

Il Gigante la sollevò, e in un attimo lei fu libera da ogni indumento. Il Gigante la prese così, in piedi, con una forza e una delicatezza di cui nessun altro, al mondo, era capace.

«Io ti vorrei ogni momento della mia vita. Ma nessuno deve sapere che sei qui.»

Andrea attese che tutti dormissero. Poi scavalcò l'unica finestra senza inferriate, all'ultimo piano e si calò a terra con la fune che aveva rubato. «Hai visto, Violante, che bravo allievo?» disse a mezza voce. Gli sfuggì un sorriso. Al posto dei calzari portava scarpe di corda e tela che avevano il dono di non fare rumore, sulle pietre della strada, quasi fossero invisibili. L'aria fredda pungeva, ma per muoversi meglio, si era tolto le vesti ed era rimasto in lunghe braghe e camicia.

Nei giorni dell'addestramento, Andrea aveva studiato i movimenti delle guardie e dei contadini. Di giorno non c'era alcuna possibilità di passare indenne attraverso le maglie della sicurezza, la notte sì. O così almeno sperava: farsi cogliere in fuga equivaleva a morte sicura. Ma a Firenze lo aspettavano serie faccende, e il rischio valeva il prezzo.

Il fittissimo frutteto era una barriera impenetrabile alla vista, ma offriva anche il modo di passare senza essere notato. All'inizio, per il tratto più scoperto, Andrea strisciò come un gatto, pronto a scattare per afferrare la sua preda: pochi balzi, per venti braccia, col favore del buio. Perse la strada, la ritrovò e finalmente arrivò alla fine di quel bosco profumato di frutti. Lì attese la prima delle guardie di ronda. Quando vide l'armato camminare lento e cadenzato lungo il limitare del frutteto, iniziò a contare: uno, due, tre, quattro... Lo sbirro gli era appena passato davanti, quando Andrea si tolse le scarpe di corda e corse verso la palizzata di ferro intorno al podere segreto della Camera Nera di Firenze. Cinque, sei, sette, otto... La difesa notturna era stata studiata per impedire l'intrusione dall'esterno, ma risultava debole per chi avesse voluto, come lui, compiere il percorso nel senso opposto. Nove, dieci.

Era arrivato il momento di nascondersi nella buca che aveva visto scavare dai contadini il giorno prima.

Appena il birro si fu allontanato, Andrea affrontò la notte, finalmente libero.

Arrivò a Porta al Prato mentre le guardie la stavano aprendo, e si mescolò alla folla che entrava in città di buon'ora. Respirò a pieni polmoni l'aria lurida di Firenze e provò la stessa sensazione di vomito che lo aveva colto davanti al bambino. Quegli occhi innocenti gli avrebbero ricordato ogni volta da quale parte stava il Male. Scegliere era un'altra cosa.

Rabbrividì alla vista dei cadaveri, soffocati nelle loro feci, e dei corpi gonfi e già sfatti che i Fratelli della Misericordia, incappucciati di nero, portavano via dalle case, fra le grida dei bambini e i pianti delle donne. Ma era pur sempre la sua città. E ora come non mai desiderava vedere sua moglie, quel poco che gli restava prima di partire per la misteriosa missione. Così, con il pensiero di lei addosso, non si accorse di avere delle ombre dietro di sé.

## *Andrea nei guai*

Andrea era seguito con arte, non troppo da vicino né troppo da lontano.

A calcare con arte e astuzia le sue orme erano in due, un uomo e una donna. Si erano tenuti a distanza, quando il giovane fiorentino aveva lasciato la casa segreta, invisibili e impercettibili. Fantasmi nelle tenebre.

Andrea non aveva mai fiutato la loro presenza nelle ore di duro cammino, nonostante avesse gli occhi e le orecchie attente in modo spasmodico ai rumori più impercettibili. Quando fu in città, fra la gente che affluiva verso il mercato, col sole già alto e il cuore allegro per l'imminente abbraccio con sua moglie, perse lo stretto controllo che lo aveva tenuto vigile fino ad allora, e si distrasse. L'uomo e la donna poterono così permettersi di accorciare le distanze.

Nei primi giorni del morbo, i fiorentini più abbienti avevano lasciato la città, per rifugiarsi nelle loro ville di campagna; gli altri erano rimasti murati nelle case fatiscenti, in attesa che la morte venisse a prenderli. A ogni nuovo giorno, invece di ringraziare nostro Signore, lo bestemmiavano per il solo fatto di aver rimandato la loro fine, allungando la straziante attesa.

Andrea si trovò di fronte una città diversa. In ginocchio, stremata dalla fame, cupa, con il cuore spezzato e prosciugato dell'ultima goccia di sangue. E nell'aria l'odore della merda malata, della carne putrida, dell'acqua stagna. I morti giacevano a cielo aperto e avevano perduto ogni sembianza umana: le ossa consumate, il volto distorto in tragiche maschere di disperazione.

Via via che si avvicinava a casa, la dolorosa meraviglia lasciava spazio alla paura. L'idea che la sua amata non ci fosse più gli torse le viscere e per la prima volta dopo tanto tempo si ritrovò a pregare.

Finalmente arrivò. E vide sbarrata la porta dove lei era rimasta a salutarlo nel loro ultimo giorno insieme. La via era vuota, non era rimasto nessuno a cui chiedere. Andrea chiuse gli occhi e respirò forte, ma il dolore prese il sopravvento e a nulla valsero i recenti insegnamenti. Prese a scalciare contro la porta e a batterla con i pugni, finché uno spiraglio si aprì e gli apparve un'ombra, che lo afferrò forte per un braccio e lo tirò dentro, richiudendo subito.

Era un uomo mai visto, alto e magro, con la barba nera corta sul mento e i capelli scuri e mossi. Aveva gli occhi così profondi, al lume della torcia, che gli parvero listati di fumo, come facevano certe donne di strada. Andrea pensò che avesse la febbre, anche lui preda del male.

«Chi sei? Dov'è mia moglie?»

«Che ci fai qui, giovane fiorentino? Quale pazzia ti ha spinto a lasciare la casa?»

Andrea gli afferrò la camicia e la strinse forte, costringendolo a chinarsi verso di lui:

«Dimmi dov'è mia moglie!».

L'uomo si liberò subito della stretta e gli dette una spinta con la mano, tanto forte da mandarlo a sbattere contro il muro.

«Sei un idiota, Andrea! Pensi di poter lavorare per la Camera Nera di Firenze e venire qui a scopare tua moglie quando ti pare?»

«Dimmi dov'è lei!»

«Non lo so io e non lo saprai nemmeno tu. Ora ti riconduco alla casa segreta, dove subirai la punizione che ti meriti.»

«Io andrò invece al cospetto di Machiavelli, lui sa per certo dov'è.»

L'uomo rise, tenendosi la pancia. Andrea ebbe il tempo di guardarlo bene, al fiammeggiare del lume: gli difettavano i muscoli potenti, sul corpo troppo grosso, e quella veloce occhiata lo rassicurò sul fatto che non portava armi. Nel tempo di un respiro, mentre quello ancora rideva, mise a frutto gli insegnamenti ricevuti. Dopo aver giudicato la forza dello sconosciuto, ne valutò la prontezza e la velocità, che gli apparvero scarse. Senza perdere altro tempo, si lasciò dunque cadere in ginocchio, come se per lo sconforto avesse perso ogni forza e volontà. E quando l'uomo si piegò, gli vibrò col capo un colpo al ventre molle, facendolo ribaltare. Poi gli mise un ginocchio sul collo e lo stordì, badando a non ucciderlo.

Andrea prese fiato, con respiri profondi e regolari. Faceva già caldo e il sudore gli colava negli occhi e gli inzuppava la camicia. Pensò che tutto gli stesse sfuggendo: dov'era sua moglie? Era ancora viva? Da quanto tempo il nuovo birro era sulle sue tracce?

Comprese di essere finito in un guaio senza rimedio. Lo avrebbero ucciso: il Segretario e i suoi avevano perso ogni fiducia in lui, agente segretissimo della Camera Nera di Firenze, sorpreso per strada come un volgare ladro di polli. Rimaneva un modo per salvare la pelle. L'estremo tentativo: incontrare il Segretario e implorare il suo perdono. Si alzò in piedi e riaprì la porta, solo uno spiraglio. Aveva in tasca un pezzo d'argento tirato a lustro, uno specchietto che rifletteva le immagini in modo prodigioso. Una magia del lontano Oriente e non a caso era stato il saggio Crisostomo a donargliela. Lo sorresse con due dita e lo fece sbucare appena oltre lo stipite. Osservò con attenzione il riflesso della strada, prima da una parte e poi dall'altra. Poteva andare, la via era libera.

Ser Niccolò lo si trovava di rado nella sua casa, e del resto Andrea aveva l'assoluta proibizione di cercarlo in quel luogo. Doveva provare al Palazzo della Signoria, ma per forza sarebbe passato al vaglio dei birri, e magari di Violante in persona. Attraversò Mercato Vecchio, dove più facili avvenivano le imboscate. Lì Firenze mostrava un volto peggiore: case bruciate e fumo che odorava di legna e carne. L'immensa facciata di Palazzo Vecchio sorgeva improvvisa, come la parete di una montagna rossa e gialla, sovrastata dalla snella e altissima torre d'Arnolfo. Ogni volta, a quella vista imponente, il cuore gli danzava nel petto: adesso lo congelava la paura. Mille torce ardevano, nell'illusione di scacciare il maligno dalla città e di fermare assassini, ladri e prostitute che imputridivano fra i vicoli senza sole nella più antica cerchia della città. Si fermò assai prima della loggia, e nella facciata buia vide un lume baluginare da una delle finestre. Andrea sapeva di poter contare sulla protezione dei birri e addirittura di Violante, se si fosse trovato in grave pericolo mentre era ancora in territorio fiorentino. Alla casa segreta avevano tenuto conto anche di questa eventualità.

In un altro momento, Violante lo avrebbe condotto dal Segretario, magari dopo mille accorate preghiere. Ma il nano nero non aveva cuore e non poteva capire cosa avesse spinto Andrea a fuggire da quel luogo di orrore e di tortura: l'amore. Se lo avesse avuto fra le mani, gli avrebbe torto il collo, dunque meglio evitarlo.

Fu in quel momento che vide qualcuno di sua conoscenza uscire dal portone principale del palazzo: inconfondibile, magro, coi capelli corti e lisci. Vestiva un abito dimesso, bianco e nero, e camminava lesto fra due birri armati di picche. La vista di Niccolò Machiavelli, solo, senza il suo fido aiutante, lo rincuorò un poco. Ma lo stesso non osò andargli incontro.

Decise di seguirlo a distanza. Il terzetto entrava e usciva dai coni di luce giallastra mandati dalle torce, come apparizioni spettrali di demoni, pronti a ghermire i vivi per portarli dai dannati. Li seguì per la via de' Calzaiuoli, stretta e tortuosa, in direzione del Duomo.

Il terzetto girava per vie e stradine, senza soffermarsi mai. Andrea, con un brivido, si accorse che era la direzione di casa sua, dove aveva aggredito il birro che l'aveva seguito. Finalmente li vide fermarsi davanti all'uscio, piantonato da altri due armati. Col cuore impazzito, Andrea si fece il più possibile prossimo a loro.

«Dunque è stato qui?» chiese il Machiavelli a una delle guardie.

«Sì, Segretario. E ha sbuzzato il Vanni. È dentro, macellato.»

«Non lo vedrò, ho da fare. Se quel giovane è così pazzo, lascerò decidere a Violante della sua sorte. Torniamo al palazzo.»

Andrea si sentì di ghiaccio come se fosse nudo in inverno. Chi aveva squartato il birro, e perché? Qualcuno voleva incastrarlo! Pensò ai nemici, ai pisani, ma poi lo spettro di Violante gli apparve nella mente, implacabile come la morte. Lo odiava davvero, dunque!

Sentì i passi del Machiavelli e della sua scorta che si allontanavano. Pianse, mentre li seguiva: diventava urgente spiegare ogni cosa, ma solo a lui, al Segretario, senza la minaccia delle armi. Sapeva che il Machiavelli aveva mente prontissima, capace di scovare l'inganno ovunque. La notte si faceva sempre più fitta e il cielo opaco era schiarito appena da uno spicchio di luna, appuntito come una falce. Le torce accese lo aiutarono: si sarebbe fatto coraggio, avrebbe rischiato, si sarebbe palesato implorando perdono.

Ma decise il destino. Erano quasi giunti sul Lungarno, vicini al palazzo degli Specchi, quando la scorta abbandonò il Segretario. Andrea si chiese quale astuzia si nascondesse dietro quell'insolita decisione. I birri lasciavano Niccolò Machiavelli da solo, di notte, in mezzo alla strada? All'improvviso si aprì una porticina, camuffata fra i conci di pietra, e il Segretario ne fu inghiottito. Andrea corse verso la porta. Non aveva altra speranza che farsi aprire. Ma chi mai lo conosceva, in quel palazzo di signori? Eppure doveva approfittarne adesso che il Segretario era solo, senza birri intorno e soprattutto senza Violante. Gli avrebbe parlato, perdio, e lui gli avrebbe creduto. Si morse il pollice per la rabbia, pensando alla sua fuga idiota, alla cecità della sua libidine. Si attaccò all'uscio e batté e batté, ingoiando le lacrime. Finché gli aprirono.

Due occhi verdi lo fissarono, alla luce di una lampada a olio.

«Chi sei? Che vuoi?»

Occhi e voce flautata di ragazza. Giovane, molto giovane. Meno di quindici anni.

«Devo vedere il Segretario! Digli che sono Andrea!»

Gli occhi verdi sorrisero.

«Chi ti dice che il Segretario sia qui?»

«L'ho visto, perdio!»

Andrea si sentì asciugare delle proprie forze: era finito, nessuno lo avrebbe fatto passare, perfino una fanciulla si burlava di lui. Sarebbe morto due volte: prima di vergogna e poi per il ferro di un birro. Poi un volto bianco e rosso lo invitò a entrare:

«Vieni».

Andrea salì grandi scale di pietra illuminate dalle torce e poi percorse un lungo corridoio che ricordava una galleria scavata nella roccia, per quanto fossero alti sulla strada, vicini al tetto. Seguiva una ragazza molto giovane, vestita solo di una leggera tunica. Ma ogni volta che il lume ne faceva trasparire le vesti, vedeva qualcosa di strano, nel corpo che lo precedeva zampettando.

Sentì le voci acute dei bambini, prima di vederli. E quando il corridoio giunse alla fine, gli arrivò il fumo pesante delle candele, tanti ceri accesi in un salone enorme, con le finestre chiuse da tavole di legno. Mandavano il calore di quattro camini accesi.

Si trovò al centro di una cerchia di fanciulle e di fanciulli in verdissima età: il fumo cresceva e gli venne naturale proteggersi gli occhi con il dorso della mano.

Perse di vista, in quella piccola folla, la ragazza che lo precedeva. In fondo al salone, una tenda rossa si muoveva, come scossa dal vento. Erano i fanciulli, vestiti di bianche tuniche, che entravano e uscivano dalla stanza seguente. Il fuoco e il fumo acre gli ricordarono l'inferno, e quando scostò la tenda rossa, fu certo di esserci capitato.

*Livorno*

Il Gigante carezzò con due dita il volto della piccola donna che gli stava accanto. La nave rollava, sotto il vento teso di maestrale. I marinai avevano già annunciato l'approssimarsi del porto di

Livorno, alla prima luce del sole. Quella che sembrava la fine del viaggio era per lui solo l'inizio. La donna si alzò, cingendo le sue ginocchia fra le braccia. Il telo che li riparava cadde dalla branda, scoprendole il piccolo seno e la schiena liscia e scura.

«Tu sai parlare il fiorentino?»

Il Gigante le accarezzò il collo. Non con il vero amore che poteva donare solo al ricordo di una donna ormai fatta polvere, ma con infinita e dolce tenerezza.

«Quella lingua non ha segreti per me. È anche per questo che gli inglesi mi hanno scelto.»

«Il tuo uomo è fiorentino. È un giovane di poco più di vent'anni, non è alto, ma è forte. Non è bello né sapiente, ma vivo e amorevole, più di tutti i suoi concittadini. Che sono per lo più falsi e bugiardi, e anche stupidi, pur credendosi furbi.»

«Come gli inglesi.»

«No, peggio. Ma Andrea, questo è il suo nome, è migliore di loro. L'ho spiato con attenzione, e ho raccolto le confidenze di sua moglie.»

«Fino a quando dovrà vivere, Andrea?»

«Serve ai tuoi scopi, la sua fine sarai tu a deciderla. Per nessun motivo lo avvicinerai. Perché la tua missione abbia esito felice, il fiorentino non dovrà mai sospettare la tua presenza. Ma sarà lui a darti le informazioni che ti indicheranno la strada e l'obiettivo da perseguire.»

Un'onda più alta delle altre fece entrare nella cabina spruzzi di mare odorosi. Il Gigante raccolse il telo sudicio e coprì il corpo della ragazza.

«Hanno delle belle pretese, i tuoi inglesi.»

La donna lo fissò con gli occhi neri carichi di rimprovero.

«Sono miei quanto tuoi. Anch'io ho motivi per odiarli. E ragioni per ubbidire a loro, in cambio di qualcosa d'importante.»

«Hai ragione, sono ingiusto.»

«Userai il giovane Andrea come ti sembrerà opportuno e lo seguirai a breve distanza. Mortificherai il tuo corpo, per non farti notare, ma sarà inevitabile che qualcuno ti additi.» La ragazza guardò la nudità del Gigante, con un sospiro. «E in quel caso, ucciderai. Come farai con tutti quelli che Andrea incontrerà nel suo cammino.»

«Questo so farlo bene. Nessuna traccia sarà lasciata.»

La ragazza annuì.

«Sbarcherò con te a Livorno e ti accompagnerò alle porte di Firenze. La mappa che ti hanno dato nelle isole ti sarà sufficiente per orientarti in quelle strade. Così come ti basterà il denaro.»

Una voce annunciò in italiano l'attracco al porto di Livorno. La ragazza e il Gigante si rivestirono dei loro stracci e salirono la ripida scaletta che conduceva sul ponte. Uno spruzzo salmastro, portato dal vento freddo, bagnò le loro facce. Il Gigante strinse la mano di lei, e la vide sorridere felice.

«Avrò bisogno di una donna, a Firenze.»

«Non ne dubito» rispose lei, ridendo. «Ma io non posso oltrepassare con te le porte di quella città maligna.»

«Non tu. Mi serve un'agente degli inglesi, oppure, ancor meglio, un'ignara cortigiana. Ma abile, spietata e pronta d'intelletto.»

La nave era ferma alla banchina. Il Gigante vide un molo di legno, ragazzi nudi a tirare le cime, altri che pescavano nell'acqua lurida, molte navi e barche e poche case oltre una bassa fortezza rossa. C'era il giglio dei fiorentini, anch'esso dipinto di rosso su campo bianco, murato sopra una porta. La ragazza era già scesa sul molo e gli tendeva la piccola mano.

«Avrai quanto ti serve. Posso mandarti un'agente fidata, la cui vita è preziosa, oppure se vuoi una pedina sacrificabile.»

«Meglio sacrificabile.»

Dietro la tenda rossa e pesante c'erano donne, uomini, vecchi e bambini, alcuni con le tuniche bianche, altri nudi. E molti di loro erano intenti a congiunzioni carnali. Andrea fu colpito dall'odore dolciastro, un miscuglio di qualche essenza orientale e di effluvi provenienti dalle nudità. Sudore e afrore di marcio, che gli parvero fratelli del tanfo nelle strade: la stessa promessa di morte a cui nessuno, povero o ricco, poteva sfuggire. Era come se i candelabri, che anche in quella seconda stanza ricoprivano interamente le pareti, cuocessero con le loro fiammelle le teste e i volti di quella triste umanità.

Nessuno degli uomini in età somigliava al Machiavelli. Eppure era lì che il Segretario era entrato. Andrea si aggirò per la stanza, evitando mani adunche di vecchie discinte che cercavano di afferrargli le vesti. Membra gialle e bianche piene di macchie nere, pelle cascante. Le grida acute e gli scoppi improvvisi di risate che risuonavano in quelle sale non avevano alcuna gioia. Pensò ai morti rattrappiti, nei vicoli che scendevano verso il fiume, e rivide le loro bocche spalancate, simili al riso dei teschi. Tutto, in quel palazzo, gli parlava di morte, e Andrea provò acuto il desiderio di fuggire, tornare in strada fra i suoi simili, a costo di affrontare la vendetta di Violante. Si sentiva estraneo. Vide un'altra porta, coperta stavolta da una tenda verde. L'aprì, col cuore che correva, e nel quasi buio notò un altro uscio. Aprì anche quello, e se non cadde nel vuoto fu solo grazie alla sua prontezza. La porta si affacciava direttamente sulla strada. Si sentì afferrare per la camicia e si voltò di scatto, sudato e in preda a un oscuro timore.

«Tu qui, Andrea?»

«Segretario!»

Il Machiavelli era vestito dei suoi panni più belli e ricchi delle cerimonie importanti, ma mandava anche lui il lieve afrore di quelle ampie sale infernali. Lo guardò con gli occhi furbi da volpe.

«Mi hai seguito? Sei fuggito dalla casa? Non hai messo nel conto che questo potrebbe costarti la vita?»

«In nome di Dio, Segretario, io vi imploro il perdono. Sia maledetta la mia libidine! Ma non ho sbuzzato io il birro! Ve lo giuro!»

«Tu ne hai visto il corpo, Andrea?»

«No: ma vi ho sentito, quando parlavate coi birri di fronte alla mia casa.»

«Il certo non esiste, Andrea. Piuttosto, vince l'incerto.»

«Dovrei forse dubitare del mio Segretario?»

«Di tutti, Andrea. Compreso te stesso. E ora vieni con me.»

Il Segretario lo prese per mano, come un padre con il figlio, e insieme attraversarono di nuovo la fuga delle sale. I candelabri non avevano smesso di ardere, ma il groviglio umano si era sciolto e le anime perse erano sparite. Il Machiavelli spalancò una vetrata e uscì con Andrea su un'ampia terrazza che si affacciava sul fiume, la grande cloaca a cielo aperto. Un serpente infernale che agonizzava sotto i ponti.

Al centro della terrazza li attendevano tre figure. Solo quando fu a pochi passi da loro Andrea li riconobbe: erano il suo istruttore e il vecchio greco Crisostomo. Infine Violante, tutt'uno con la notte. Il Machiavelli glieli indicò uno per uno.

«L'ultima prova, Andrea, mancava solo l'ultima prova.»

Intervenne Violante, con la sua voce bassa e insinuante:

«Lo sapevi, che la punizione per il tuo fallimento sarebbe stata una sola…».

Andrea era a testa bassa, prostrato da umiliazione e terrore.

«La morte, perché nessuno deve sapere.»

Violante estrasse il suo lungo pugnale e ne saggiò l'affilatura col pollice.

«Purtroppo, giovane amico, non hai tollerato il rigore che ti avevamo imposto e sei fuggito dalla casa. Questo è imperdonabile.»

Andrea chinò il capo.

«E dunque, se fossi rimasto a marcire in quella torre, ora sarei salvo...»

«Sei stato privato di una donna per mesi!» disse il Machiavelli, con voce squillante. «Come si può imporre a un uomo questa tortura?»

Gli altri tre risero, ma il Segretario li zittì con un gesto. Nell'improvviso silenzio, il maestro d'armi fece un passo avanti. Per la prima volta, il giovane fiorentino lo vide sorridere.

«Nessuno può entrare o uscire dalla casa segreta.»

«Io ce l'ho fatta» protestò Andrea.

«No, ragazzo mio, ti abbiamo lasciato andare. Sei stato controllato giorno e notte. E con il sole, i miei uomini non ti hanno lasciato respiro.»

Tutti risero di nuovo e stavolta il Machiavelli non li zittì.

«Era quella l'ultima prova» lo confortò. «L'hai appena sostenuta.»

Andrea non sapeva se rinascere o piangere.

«E dunque è stata solo una finzione?»

Il Machiavelli gli afferrò le braccia. Ad Andrea parve di leggere addirittura affetto, nei suoi occhi.

«Avevamo bisogno di sapere come avresti reagito, subendo una pressione fortissima: ovvero se saresti stato capace di ragionare con la testa, oltre che con il membro.»

Il maestro di spade abbracciò Andrea. Un gesto che ebbe il potere di dargli la pace.

«Sei stato un ottimo allievo e siamo orgogliosi di te. Sei addirittura riuscito a ingannare uno dei nostri migliori agenti, a casa tua.»

«Soprattutto», aggiunse il Segretario, «tu hai cercato me, evitando chiunque altro. Questa era davvero l'ultima prova. Gli altri avevano ordine di ucciderti, se ti fossi rivolto a loro.»

Un'improvvisa fierezza si impossessò di Andrea. Era un uomo. Un combattente. Forte nel corpo e nello spirito.

«Quando inizia la mia missione?»

«Adesso. Non tornerai più alla casa. Partirai domani, ma prima visiterai una biblioteca segreta. E il tempo è breve.»

«Dove si trova?»

«Nelle stanze di un palazzo fiorentino. L'unico guardiano è stato ben pagato con fiorini della Signoria, dunque ti lascerà fare. Ma avrai poche ore per consultare le carte.» Il Machiavelli indicò Crisostomo. «Potrai farcela solo ricorrendo alle raffinatezze di cui ti ha reso edotto il nostro greco...»

Il vecchio bizantino guardò il Segretario con disprezzo, poi sorrise ad Andrea:

«Il mistero inizia dalle carte nascoste in quel mare di libri. Ti troverai immerso in una biblioteca sterminata, per dei barbari come voi. Lì sono conservate alcune lettere segrete, giunte alle terre dei re cattolici dai confini del mondo, infine portate a Firenze dalle spie dei Medici. Dovrai impararle a memoria, e le nuove informazioni che otterrai, insieme alle notizie che hai appreso dai miei libri, costituiranno la grande mappa del tuo sapere. Impiegherai quindi la tua forza, il tuo coraggio e l'astuzia che ti hanno insegnato questi selvaggi. Ma in più avrai il cuore e l'intelligenza ingenua dello spirito, che ti danno altri occhi per vedere cose che loro non vedranno mai. Vieni con me, le ore della notte corrono veloci».

Mentre Andrea e Crisostomo rientravano nel palazzo, un'ombra li osservava dalla sommità di una torre antica. Era il Gigante delle isole del nord, appena giunto a Firenze: lui vedeva anche di notte, con la vista dei rapaci.

*Primo giorno d'estate*

Il calore estivo di Firenze, denso come l'acqua, era appena combattuto da un refolo di vento, ma il Gigante non se ne curava: aveva un compito da portare a termine e quello era il suo unico pensiero.

Dopo che nella Dominante era stata ripristinata la Repubblica, Giovanni de' Medici si nascondeva in esilio a Roma, come quasi tutti i membri più in vista della sua famiglia, e forte era la nostalgia per la sua amata biblioteca di Firenze. Tale meraviglia si trovava in una stanza al piano nobile del palazzo ed era impossibile forzare le robuste sbarre alle finestre o introdursi in altro modo, senza che se ne accorgesse l'unico servo rimasto a presidiarla. Il Gigante aveva dunque puntato su altre debolezze, per vincere con un aiuto esterno le difese altrimenti inespugnabili.

La luna era alta in quella notte di caldo torrido. La donna si avvicinò al portone, dal vicolo di fronte. La luce bianca fece risaltare il rosso vermiglio della sua veste leggera e i lunghi capelli neri. Guardò in basso, passando davanti al Gigante, ma non certo per modestia: era lei difatti la cortigiana più ambita di Firenze, per la quale perdevano il sonno anche i potenti e che aveva traviato tanti giovani, nobili e mercanti. La donna teneva gli occhi a terra perché aveva paura. Il Gigante ne avvertì l'odore e notò le gocce di sudore che le imperlavano il collo.

Non poteva più amare, da tanto tempo. Da allora di donne ne aveva possedute molte e altre ne avrebbe avute, certo, e con un vigore che ben pochi mostravano. Ma il suo amore era morto. Aveva una nuova famiglia adesso, con la quale desiderava ricongiungersi con quel briciolo di cuore che gli era rimasto, ma non era la stessa cosa. Con loro, nel luogo lontano da Dio e dagli uomini dove vivevano, aveva trovato qualcosa di simile alla pace. Ma i maledetti inglesi avevano scoperto il rifugio, e per assicurarsi i suoi servigi usavano l'arma schifosa del ricatto. Si credevano astuti, ma non potevano immaginare quale voragine fosse spalancata nel suo cuore. Nelle carezze audaci della sua donna trovava la forza per vivere ancora, ma quei gesti riaprivano ogni volta le sue ferite più antiche.

Adesso, alla vista di quella bellissima femmina, ardeva dal desiderio di possederla, ma domò il fuoco, in nome del dovere. Le porse una piccola borsa di fiorini d'oro e la donna bussò rapida al portone.

L'uomo che le aprì non era né giovane né vecchio. La vide e la fece subito entrare, sbarrando l'uscio. Il Gigante attese, ripetendo fra sé una ballata della sua terra:

*Where Lagan stream sings lullaby*
*There blows a lily fair*
*The twilight gleam is in her eye*
*The night is on her hair*
*And like a love-sick lennan-shee*
*She has my heart in thrall*
*Nor life I owe nor liberty*
*With love is lord of all.*

*And sometimes when the beetle's horn*
*Hath lulled the eve to sleep*
*I steal unto her shieling lorn*
*And thru the dooring peep*

*There on the cricket's singing stone,*
*She spares the bogwood fire,*
*And hums in sad sweet undertones*
*The song of heart's desire.*

Finalmente udì sordi rumori provenire dal portone. Si avvicinò e l'uscio si scostò di poco. Sentì ansimare e piangere piano. La sua mano forte aprì il battente e lo richiuse subito, appena fu passato.

La donna era al centro dell'atrio, nuda, e la sua pelle bianca era bagnata dal chiaro di luna che pioveva dalle finestre. Nella mano stringeva ancora lo stiletto, rosso del sangue del servo. I seni appuntiti si sollevavano e si abbassavano a un ritmo veloce, il volto era rigato dalle lacrime, che scioglievano il belletto. Il Gigante si avvicinò e con due dita della mano le sollevò il mento. La bellissima cortigiana aprì la bocca e cercò di dire qualcosa, ma il Gigante le chiuse le labbra. La strinse a sé e le carezzò il corpo perfetto, scosso da singhiozzi e umido di sudore. La donna si calmò un poco e si abbandonò. Allora il Gigante le afferrò la testa e con un rapido gesto le ruppe il collo. Un attimo dopo, come una tragica bambola di pezza bianca, si afflosciò sul pavimento.

In una camera da letto giaceva il servo, nudo anch'egli, al centro della vasta macchia di sangue che aveva intriso il giaciglio. L'assassino adagiò il cadavere della donna su di lui e le piegò il braccio, in modo che lo stiletto corrispondesse alla ferita nel collo dell'uomo. Poi prese il lume a olio e salì le grandi scale di marmo.

La biblioteca era immensa, più di quanto potesse concepire: i volumi erano senz'altro più di mille. Sapeva che il giovane fiorentino aveva avuto l'ordine di trovare le carte, di leggerle e impararle a memoria, e poi di riporle al loro posto. Non sarebbe stato facile seguire le sue tracce. Cercò il dorso in pelle rossa, di cui aveva imparato la forma, e non impiegò molto tempo a trovarlo. Ne scorse le grandi pagine affollate di figure dipinte e trovò finalmente quella che raffigurava le amazzoni e gli uomini senza testa. La strappò dalla legatura, attento a non danneggiarla, poi piegò il foglio e lo nascose con cura nel corpetto. Trovare le lettere fu complicato: quando le ebbe fra le mani, stava spuntando l'alba e non aveva il tempo per sceglierle. Le lesse con attenzione, le imparò a mente e ne appuntò delle parti su un foglio che aveva in tasca. Poi accese il fuoco nel caminetto e le bruciò, attento che non rimanesse altro che fine cenere bianca.

Il sorgere del sole lo colse fuori delle mura di Firenze, sulle orme del giovane agente della Repubblica, nel suo lungo cammino verso le terre dei re cattolici.

# 3
# SIVIGLIA, LUGLIO 1508

## *Il porto d'Occidente*

Andrea di Francesco fu colpito dallo splendore della città di Siviglia, grande e ricca, e gli parve addirittura più bella di Firenze. Quando aveva visto per la prima volta le sue mura, dalla via di occidente, gli era tornata alla mente la scena che accoglieva i viaggiatori quando giungevano alla Dominante da settentrione e vedevano levarsi dalla piana coltivata un recinto di pietra color del ferro, simile ai cancelli del cielo, dietro al quale si alzavano le gran fabbriche della città. Ma nel meridione della Spagna, sotto l'influsso potente dell'Oceano, il cielo era assai più chiaro: a luglio il sole bruciava la pelle scoperta come fosse fiamma viva e la gran luce costringeva a tenere gli occhi socchiusi. Il giovane agente della Repubblica era riuscito a mantenere il segreto e tutti lo avevano creduto un mercante di stoffe di Firenze, giunto lì per stabilire un accordo di scambio a danno delle gabelle francesi. Andrea non aveva mai visto tanta gente, e della più varia. Le strade erano piene di popolo, molto più che al Mercato Vecchio nei giorni di maggior affollamento. C'erano tanti mori, in giro, e ciò gli parve singolare, poiché quella grande città era stata la prima a essere riconquistata alla cristianità. Eppure le stesse mura sembravano portare ancora il marchio degli infedeli: ciò era evidente nelle merlature, nei tetti e nei portali. Perfino la magnifica Cattedrale ricordava le forme moresche di Toledo e Cordova, che il giovane aveva attraversato nel suo lungo viaggio. E le strade, che erano ampie appena varcate le mura, e così ben pavimentate che gli era parso di camminare su tappeti d'oriente, al centro si contorcevano come budella. Finché, per miracolo, si aprivano su piazze tanto vaste che il sole rendeva simili a laghi d'argento.

La meta di Andrea era una casa vicina alla sponda del gran fiume, che chiamavano Guadalquivir. Mai il giovane fiorentino avrebbe pensato di vedere qualcosa di più maestoso del Tevere o del Po. Sull'acqua placida ondeggiavano innumerevoli navi: sembrava quasi che la città avesse preso possesso del fiume e le sue case si fossero mutate in barche, calandosi in acqua e moltiplicandosi. La scia degli alberi e delle vele dava anzi l'idea che tutta Siviglia scivolasse verso l'Oceano, per prendere la via del remoto Occidente.

La casa era piccola. L'ingresso si apriva su un vicolo in ombra e al riparo da sguardi curiosi. Andrea era solo e portava con sé un bagaglio modesto. Legò il cavallo a un grande anello di ferro e bussò alla porta. Si affacciò un uomo che lo apostrofò malamente:

«Chi siete?».

Il giovane agente aveva imparato bene il castigliano, e si fece intendere a dovere.

«Il mercante di Firenze. Sono giunto in ritardo…»

La finestra si richiuse subito. Andrea sentì dei passi scendere le scale e finalmente l'uscio si aprì. L'uomo era vecchio, coi capelli lunghi e la barba incolta. Lo guardò con disprezzo, benché fosse stato istruito bene dagli agenti di Firenze e attendesse il suo visitatore.

«Io non so cosa dovete fare» disse, voltando subito le spalle e precedendo Andrea per gli scalini ripidi. Dal caldo polveroso della strada, passarono a una gran frescura, come se fossero entrati in una grotta. La stanza non era buia, anzi era pervasa da una luce strana, soffusa, che non proiettava ombre. Andrea alzò la testa e gli parve addirittura che mancasse il soffitto e al suo posto ci fossero vari strati di tela, come all'interno di una tenda nel deserto del centro di Spagna. Udì voci ovattate di donne, ma non vide anima viva. Cento odori impregnavano l'aria, alcuni familiari, altri ignoti: spezie, tanto rare che solo i grandi signori ne potevano disporre per le loro mense.

«State attento a dove mettete i piedi» brontolò il vecchio. «La casa è tutta qui, non ho modo di ospitarvi come forse vi aspettate.»

«Non mi serve nulla: datemi solo un giaciglio e da mangiare.»

Il padrone di casa si voltò e finalmente rise. Non aveva più denti in bocca.

«Per quello non c'è alcun problema.»

La stanza era la più alta della casa, nell'ultimo vano di un'antica torre. Era così angusta che Andrea chinò per istinto il capo, ma quando il suo ospite aprì la finestra, la luce fu tanto forte da accecarlo. Sopra il mare rosso e bianco dei tetti di Siviglia, la vista era bellissima. Da lassù, Andrea poté ammirare tutta l'ansa del grande fiume, con la foresta di navi che lasciavano il porto per cento direzioni diverse.

«A quali ore è aperta la Casa de Contratación?»

Il vecchio rise di nuovo.

«Dovreste avere le ali, per passare da una delle sue finestre. E se anche poteste farlo, credete che vi lascerebbero parlare con chiunque?»

«Ho il modo per ottenere ciò che voglio.»

L'uomo lo guardò fisso.

«Se siete fatate, voi spie in riva d'Arno, allora a che pro fare tanta strada? Fatevi portare in volo dagli angeli...»

Andrea lo afferrò per il bavero della camicia, tanto unta che quasi gli scivolò dalla mano, e lo sollevò a un palmo da terra.

«Non osate mai più rivolgervi a me con queste parole. Ma soprattutto non fate mai più il nome degli uffici segreti della Dominante. Per voi, per le vostre donne e per chiunque altro, io sono un mercante di Firenze.» Il vecchio si fece pallido per la paura, e allora Andrea rincarò la dose: «Forse non possiamo ancora volare, ma le armi dei Priori arrivano lontano, e fossi in voi ne avrei timore».

«Lasciatemi stare, siete stato chiaro.»

Lo rimise giù, con più forza del necessario. Il vecchio si infilò di nuovo le sue laide ciabatte. Ora parlava con voce malferma:

«Ho fatto ciò che mi era stato ordinato, il resto è affar vostro. Saprete quel che vi serve dall'Infedele. Andate nella piazza della Cattedrale e con le spalle rivolte al gran fiume, prendete il terzo vicolo che si apre alla vostra destra: girate due volte su voi stesso e battete all'uscio di pietra».

Andrea non aveva ben capito cosa il vecchio intendesse, ma non voleva apparire sciocco o timoroso. In verità aveva il cuore stretto in un pugno di ferro e avrebbe voluto piangere. Perché perfino l'aria, in quella terra riarsa, aveva per lui un sapore straniero e quando alzava gli occhi al cielo, in cerca di conforto, non vedeva l'azzurro di Firenze, ma una vampa terribile che poteva togliere il bene della vista. Sapeva che quello era il motivo per cui le strade erano coperte da drappi stesi da tetto a tetto, simili a gallerie, che lo facevano sentire un topo braccato, come se nemmeno la sua anima potesse fuggire e volare in paradiso.

Andrea aveva dormito due ore: per non dare tempo al demonio di mettergli inciampi su un cammino tanto difficile, ma soprattutto perché non riusciva a star fermo a lungo, nonostante la grande stanchezza. Si dedicò al suo diario. Gli rimanevano ancora pochi giorni per raccontare le sue fortune o sventure al Segretario e affidarle a qualche viaggiatore diretto in Italia. Quando uscì nel vicolo, il sole non era più a perpendicolo sulla sua testa, e l'ombra aveva rinfrescato i muri. Camminò piano, timoroso di ogni incontro. Le vie erano assai strette: mai dritte, tanto che gli parevano tracciate dalla mano di un bambino o di un pazzo. Ebbe difficoltà a trovare la piazza che cercava, e spesso girò in tondo senza accorgersene. Poi fu attirato da una gran luce e finalmente sbucò davanti alla Cattedrale. Quando giunse nel vicolo giusto, era bagnato di sudore come un ratto affogato. Gli tornarono a mente, finalmente chiare, le parole del vecchio: il vicolo ombroso era tondo e quasi si inviluppava in se stesso. Socchiuse gli occhi e contò i giri: quando avvertì di averne compiuti due, si fermò. Era vero, alla sua sinistra c'era un grande architrave di marmo, e perfino le porte sembravano coperte di pietra sottile. Andrea giudicò fosse opera degli antichi, che lì avevano edificato una colonia di Roma, quando il grande fiume si chiamava Betis, prima della conquista degli infedeli. Bussò alla porta e gli aprì un servitore gigante, scuro come l'ebano. L'uomo gli fece cenno di seguirlo: non disse nulla, ma era evidente che lo stesse aspettando. Dentro la casa, nell'androne scuro, l'aria era fresca e profumata. Gli parve di sentire la fragranza della cannella e del pepe, e da qualche parte c'era il gorgoglio d'acqua di una fontana. Il moro scortò Andrea su per le ampie scale. Arrivarono a un corridoio e si fermarono davanti a una porta. Il moro aprì.

In una stanza azzurra, ricolma di libri, di vasi di spezie e di antichi manufatti, lo ricevette un giovane, seduto su una ricca sedia simile a un trono, vestito con una tunica che rammentava la veste di un uomo di Chiesa. Era piccolo, scuro di pelle, con la barba nera molto corta, e sorrideva aperto e leale.

«Venite, vi prego. Sedetevi davanti a me» disse, indicando una cassapanca.

Parlava fiorentino, con l'accento delle classi più alte. Il gigantesco servitore versò una mistura fumante in due minuscole tazze, da una brocca variopinta con un gran becco curvo.

«Prendetene anche voi: è tè d'Oriente, ha fatto molta strada per arrivare a me.»

Andrea fece cenno di sì e si accomodò. La tisana era profumata come un campo di maggio. E il sapore era forte e delicato a un tempo. Non ci fu bisogno di alcuna presentazione e d'altra parte nessuno dei due sapeva il nome dell'altro, né desiderava conoscerlo. Però Andrea aveva delle domande che da troppo tempo covava nel petto:

«Mi è stato riferito che solo i sudditi dei re cattolici hanno il diritto di compiere il viaggio. E io non parlo il castigliano così bene da nascondere che sono straniero...».

«Siete molto giovane. Forse più di me. Eppure dovreste sapere che le regole sono fatte per essere violate. Sarebbe come se vi arrendeste subito di fronte a una donna che non si vuole concedere, senza nemmeno sospettare che in realtà il suo cuore vuole dirvi di sì.»

«Quindi ho la possibilità di passare per spagnolo, agli occhi del Piloto Mayor...»

Il giovane rise, bevendo la tisana e versandone ancora.

«Proprio lui, invece, non deve sapere! È fiorentino anch'egli, siete una razza molto diffusa, nel mondo, e pericolosa… Capirebbe subito e vi rispedirebbe da dove siete venuto, sempre che fosse in buona disposizione. Ma per fortuna ser Amerigo si fa vedere di rado, alla Casa. No, dobbiamo agire a un livello molto più basso. E allo stesso tempo, senza fingere troppo: in tal modo, saremo più credibili. Soprattutto, nessuno sospetterà il vostro segreto…»

«Voi sapete?» gli chiese Andrea.

Gli occhi, sopra il bordo della tazza, lo guardavano attenti. Il giovane allungò un braccio e gli mise il dito indice sulle labbra, come avrebbe fatto una donna innamorata, per fermare parole troppo audaci. La sua mano era profumata, e ciò turbò un poco il fiorentino. Ma la ritrasse subito, e di nuovo sorrise.

«Solo ciò che occorre. Non temete, non vi farò domande, per saggiare se ne sapete più di me. Anche se la curiosità mi tormenta. Là dove dovete andare, c'è tutto quello che la mente può immaginare e molto di più: è il mondo a noi sconosciuto, ciò che fa abbassare confuso lo sguardo, perché non lo si comprende, e per cui muoiono le parole sulle labbra, quando si tenta di raccontarlo. Una Città d'Oro è ben possibile…»

Andrea pensò al suo segreto, a quanto fosse più grande e prezioso di qualsiasi fantasia umana. Gli occhi del levantino, due strette fessure, lo guardarono di traverso, e capì che sperava in un suo cedimento, sia pure piccolo. La curiosità gli stava mangiando l'anima.

«Ditemi, dunque: come farò a superare l'ostacolo della Casa de Contratación?»

«Ho corrotto alcuni. C'è una gran folla di uomini di cuore, che vuol fare il viaggio. Sapete quel che si dice delle terre nuove…»

«Ben poco. Sono un umile e fedele servitore della Signoria e non ho visto molto, oltre i confini d'Italia.»

«Mi domando perché il Segretario abbia scelto voi, e non uno dei suoi agenti che operano a Siviglia.»

«Voi, per esempio?»

«Oh, io no davvero!» La risata del levantino era cristallina come quella di un fanciullo. «Ho compiti più delicati, da svolgere. E non reggerei alla fatica che vi attende. Di certo, sia pure senza esperienza diretta di viaggi, saprete delle meraviglie e delle ricchezze, più favoleggiate che vere. Sono sicuro che la loro eco è giunta tra Porta Rossa e Palazzo Vecchio. Gli avventurieri si muovono da tutta la Spagna e aspettano alla Casa, dall'alba al tramonto. Ci sono piccoli nobili senza terra, *hidalgos* figli cadetti di famiglie impoverite. Vogliono una lettera di viaggio, una concessione dei sovrani per andare in cerca di nuove terre, e sono disposti a uccidere per rubarsela l'un l'altro. Ma questi nobili da strapazzo si tirano dietro anche un esercito di disperati, criminali sfuggiti alle galere, ragazzi e perfino donne.»

A quell'ultima parola, che il levantino lasciò cadere ad arte, Andrea non poté contenersi:

«Donne, avete detto?».

Il levantino prese le due tazze e le pose una accanto all'altra, vicine alla brocca dal becco ricurvo. «Mettete l'oro favoleggiato e la terra nuova accanto alla disperazione, e l'incendio divamperà in tutta Siviglia. Comunque questo ci aiuta. Alla Casa de Contratación sono talmente occupati a non far imbarcare assassini e spie di Francia e d'Inghilterra, che non baderanno a un povero italiano: un mezzo castigliano, un bastardo. E quel po' d'oro che abbiamo a disposizione ha unto le ruote che servivano, senza far arrivare in alto il vostro puzzo. Vi dirò come dovrete comportarvi, domani all'alba, quando vi presenterete alla Casa.»

«E le donne?»

«Lasciatele stare.»

«Ma avete anche delle carte, per me.»

Il giovane sorrise e guardò il grandissimo moro, che a sua volta ammiccava. Andrea capì solo allora che era più di un servitore muto. Il colosso aprì una cassapanca e ne trasse dei fogli piegati, stretti con un nastro azzurro. Il levantino sciolse l'involto e cercò qualcosa.

«Non c'è molto, purtroppo. Quel che abbiamo raccolto è contenuto in poche carte.»

Gli porse un mezzo quaderno. Andrea lo aprì, vide con sollievo che era scritto in italiano e gli ci volle poco a completarne la lettura. Ne fu in parte deluso, perché sperava di trovare informazioni utili che potessero indirizzarlo nella sua ricerca. Fece per mettere in tasca i fogli, ma il giovane levantino li riprese e li porse al moro. Un attimo dopo erano di nuovo chiusi nella cassapanca.

«Ci sono cose che dovrete ascoltare da me e tenere a mente» disse, versandosi ancora da bere. «Quasi tutti pensano a una terra sconfinata.»

«Non è così?» chiese stupito Andrea. «Dopo i viaggi del genovese, è stata avvistata, e in parte esplorata, una costa infinita, sia a settentrione che a meridione. Esattamente dove il Vespucci ha visto un Mondo Nuovo…»

Il giovane scosse il capo.

«Le Indie occidentali sono piccole.»

Andrea sospettò che il levantino intendesse canzonarlo, o che fosse addirittura pazzo, e la sua sorte a Siviglia fosse più in pericolo di quanto pensasse. Ma quel giovane aveva gli occhi troppo vivi, per aver perso il senno.

«Forse è immensa, la terra che si dipana a occidente delle Antille, che sia il Cipango, la Cina, o l'India, o un continente nuovo, come molti, il Piloto Mayor in testa, asseriscono con sicurezza. Ma è la vastità del vuoto, quella che si apre. I marinai più audaci hanno incontrato solo una linea di costa, interminabile e spesso incerta, con foci di fiumi che paiono cambiare di luogo a ogni successiva rilevazione, e montagne che forse sono nuvole, e viceversa. Sulle spiagge dicono di aver visto danzare animali fantastici, amazzoni e uomini senza testa. Forse sono immagini tratte dalla loro infantile fantasia, nutrita di paure nate in mari diversi, oppure viste su carte d'invenzione. Ma chi può dire cosa riservi l'ignoto? Per ora, quell'incerta linea, toccata davvero solo dai pochissimi che consegnano alla mappa segreta della Casa le loro informazioni, non è altro che un'immaginazione, una speranza, uno sconfinato scrigno di desideri. Le Indie occidentali, le terre su cui si può camminare, rette da un governatore, sono invece piccole e ostili, e povere d'oro. Sono la disperazione di chi vi approda, dopo un viaggio terribile. Sono campi da arare in un caldo peggiore di quello africano, da strappare a selvaggi disperati, ormai decimati dal lavoro forzato nelle *encomiendas* e dalle malattie. Non avreste troppe difficoltà a parlare con tutti gli abitanti di Hispaniola, giovane fiorentino.»

«E chi dovrei sentire, di preciso?»

«Chi vi offrirà, in un viluppo di invenzioni, di lusinghe e di minacce, di falsità di ogni genere, un briciolo di inconsapevole verità. Sono certo che la saprete riconoscere, se il Segretario non ha perso il suo acume nello scegliere gli uomini.»

«Per quando si prepara, il prossimo viaggio?»

«È questione di giorni: forse quattro, al massimo sei. Siete giunto con troppo ritardo, l'equipaggio è già completo, anche se i disperati che affollano le stanze della Casa non lo sanno, o non vogliono convincersene.»

«E dunque, come farò?»

Il giovane ammiccava.

«Qualcuno sarà costretto a rinunciare, tra i marinai: un malanno improvviso, per esempio.»

Il levantino gli prese le mani e le strinse fra le sue. Era un commiato che Andrea non si aspettava giungesse tanto presto. Sentì che il suo ospite gli faceva scivolare tra le dita una moneta; dal peso gli parve d'oro. Fece per chiedere qualcosa, ma il giovane continuava a sorridere, e mise un'altra volta l'indice davanti alle labbra.

Quando fu lontano dalla casa, Andrea si fermò e guardò meglio l'oggetto che gli era stato affidato. Raffigurava da una parte una testa di donna con un elmo, dall'altra un uccello, forse una civetta. Un enigma. Ma era davvero una moneta d'oro, e molto antica. La infilò in tasca e non ci pensò più.

Nello stesso istante, il grande moro aveva preso in braccio il suo padrone, Abdul-Ibn-Khafir, decimo figlio illegittimo dell'emiro di Gerusalemme e agente fiorentino fedele al Primo Segretario della Repubblica di Firenze Niccolò Machiavelli. Lo aveva baciato come fosse un amante bambino e lo aveva messo a letto. Le tende, nella fresca camera con le pareti dipinte di verde, erano sollevate dal vento serale. Il servo aveva chiuso le imposte, poi era tornato accanto al suo padrone e gli aveva carezzato i corti capelli, mormorandogli dolci parole. Il levantino aveva pensato ai verdi prati su cui non poteva più correre, ai suoi cavalli arabi che ormai lo avevano dimenticato, alle vergini che non lo attendevano più, al lume della lampada, dietro le finestre chiuse. E per questo piangeva, in silenzio. Siviglia era per lui più estranea della sua città natale, più ancora della dolce Firenze, i cui domini aveva percorso come agente della Signoria e i cui letti aveva visitato come campi di battaglia. Abdul-Ibn-Kafhir aveva perso la forza delle sue gambe e ora non aveva più nulla. Gli restava solo il suo fedele servo, il gigantesco moro, che faceva tutto per lui.

E il moro gli rese un ultimo servizio. L'ora era tarda, il visitatore della notte stava per giungere. Il servitore amava il suo padrone, non voleva che soffrisse inutilmente: lui pagava di nascosto le puttane, perché recitassero la parte di donne innamorate; lui si adoperava per dar corpo alla finzione di un'impossibile normalità. Prese dunque il cuscino di seta e lo premette con forza e dolcezza contro il viso di Abdul, accarezzandolo e consolandolo. Fu una pena di breve durata: presto l'anima del giovane raggiunse il suo paradiso.

Il moro rimase a lungo davanti al corpo del padrone. Poi un rumore da fuori lo fece trasalire. Aprì l'imposta e calò il lungo braccio. Afferrò la mano dello straniero, grande e forte quasi quanto la sua, e lo tirò su. Il Gigante andò subito al letto, per accertarsi che il levantino fosse davvero morto. Ma il moro non voleva che venisse toccato e chiese allo straniero di rispettare i patti: il corpo doveva essere seppellito entro il tramonto successivo, come dettava il Corano, e non andava distrutto, come avrebbero voluto coloro che avevano decretato la sua uccisione. Quanto a lui, doveva inoltre essere libero di andarsene subito dopo, e i suoi fratelli e le sue sorelle lasciati indisturbati. Il nuovo arrivato sorrise nell'ombra, senza rispondere. Iniziò a cercare, si fece aprire le cassapanche e consegnare ogni incartamento. Trovò il mezzo quaderno, gli dette una breve scorsa e poi lo mise in una piccola borsa che aveva a tracolla. Infine tagliò la gola al moro, con un rapido gesto, provocandone la morte immediata. Prima di andarsene, il Gigante dette fuoco alle grandi tende, e una vampa altissima rischiarò la notte di Siviglia. Prima che l'incendio si estinguesse, della casa sarebbe rimasto solo un cumulo di braci.

Il Gigante sorrise incantato dalla vampa e pensò a un altro rogo, alle capanne di legno e paglia della sua patria. Inalò il tanfo della carne bruciata, mentre le urla invadevano il quartiere, e rivide i corpi carbonizzati della sua vera moglie e del loro unico figlio: nessuna morte avrebbe mai potuto colmare la misura. Nessun atto di violenza, nemmeno contro gli inglesi, avrebbe mai lenito la ferita.

La donna, piccola e scura, gli si avvicinò e gli prese la mano. Il Gigante sentì uno strano calore fluirgli nel corpo, passando dal braccio al cuore. Abbassò lo sguardo e incontrò i suoi occhi. Lei sorrideva solo con quelli, senza muovere le labbra:

«È andata come doveva andare?».

Il Gigante le prese il mento e le alzò con delicatezza la piccola testa.

«Sì. Perché sei qui? Chi ti ha portato a Siviglia?»

«Vogliono che tu abbia un controllo, ma non potrò seguirti ovunque.»

Gli accarezzò il braccio e lo portò via dalla strada, che già si riempiva di gente. Si tuffarono in un vicolo, poi lei spinse un piccolo uscio e lo convinse a entrare. Nella casa minuscola, ombrosa e fresca, il Gigante le tolse le vesti, senza strapparle. Lei lo abbracciò e si tirò su, aggrappandosi alla sua vita con le gambe scure.

Il Gigante fu invaso da un gran sollievo. Poteva uccidere oppure congiungersi così, per addormentare un dolore invincibile. Cos'era che gli mancava e gli dilaniava il cuore? Il fantasma di sua moglie, di suo padre e sua madre, oppure qualcos'altro? La piccola donna, prima di congedarlo, gli asciugò le lacrime, con un lembo della sua lunga gonna:

«Perché non vuoi trovare, in me o in un'altra donna, quello che cerca il tuo cuore?».

«Io non posso.»

«Tu combatti contro un passato che è morto.»

«Io sono morto.»

La piccola donna scura sorrise.

«Tu sei vivo, invece. La forza che ti pervade è infinita, prende le membra, il sesso, il cuore e la testa. Ma io non posso fare altro per te. Qui fuori ci sono due cavalli e una cassa arrivata da Nord. Ti serviranno per raggiungere la nave. Ora vai.»

«Dov'è ormeggiata?»

«Te lo dirò dopo l'ultimo bacio.»

*Inglesi*

La nave era ancorata in una rada protetta, a mezza giornata di cammino da Siviglia. Il suo capitano non aveva timore di essere avvicinato dalle imbarcazioni dei re cattolici: lo proteggevano le bandiere speciali che esponeva. D'altra parte non era possibile scorgere la nave da terra, se non scendendo da un ripido sentiero che un paio di armati presidiavano giorno e notte, con l'ordine di uccidere chiunque si avvicinasse. Tranne l'uomo che avevano atteso per molti giorni.

«Volete vederlo adesso, Sir?»

L'anziano secondo attese la risposta del suo capitano, che tardò a giungere e fu preceduta da un profondo sospiro.

«Sì, Malcom. Preparate le carte, per favore, e ordinate agli uomini di raddoppiare la guardia sul ponte.»

I due uscirono dall'alloggio degli ufficiali e scesero sotto coperta. L'invincibile riverbero del sole spagnolo filtrò dalla murata, segnando con lame di luce gli scalini.

«Non potrei mai abituarmi a questa luce e soprattutto a questo calore, Malcom.»

«Nemmeno io, Sir. Adesso possiamo ripartire?»

«Non ancora. Il nostro ospite ha ancora alcune faccende da sbrigare, a Siviglia.»

I due ufficiali raggiunsero il ponte inferiore. L'odore di sentina era terribile e il capitano si portò il fazzoletto al naso. Un armato, a un cenno del secondo, aprì la piccola porta della prigione. Si udì un rumore di catene trascinate.

«E comunque, Malcom, dove andremo non fa certo meno caldo, almeno a quanto mi hanno assicurato.»

Il Gigante era incatenato alla murata e li guardò con occhi carichi di odio. Il suo aspetto era spaventoso e i due ufficiali si tennero a distanza.

«Non so come vi chiamiate, né mi è necessario saperlo. Così mi è stato detto. E dunque, se non avete nome, non siete del tutto umano. Mi perdonerete perciò per il trattamento che vi abbiamo riservato.»

Il Gigante non rispose. Aprì e richiuse la mano, e il capitano provò un brivido.

«D'altronde la vostra gente è selvaggia e ribelle. E voi siete decisamente pericoloso. Adesso vi farò liberare dalle catene, ma sappiate che i miei uomini hanno l'ordine di uccidervi al minimo movimento brusco di quelle vostre… mani.»

«Non liberarmi, allora. Non è necessario.»

«Come volete. Quanto tempo dovremo attendervi?»

«Quello che ci vorrà. Ma gli ordini li do io, inglese. Potrei anche ammazzarti e prendere il comando della nave.»

Il capitano divenne rosso in viso. L'armato imbracciò lo schioppo e lo puntò contro il prigioniero, mentre il secondo estraeva la sciabola:

«Non osare rivolgerti così a Sir Malcom, sudicio irlandese...».

Il capitano abbassò l'arma del suo ufficiale, con una rapida mossa del braccio.

«Mi hanno detto che avresti risposto così. E gli ordini che ho ricevuto sono molto chiari. Ti porteremo dove ci dirai di andare.»

Il capitano, inutilmente trattenuto dal suo secondo, si avvicinò al Gigante incatenato. Sfiorò col volto quello del prigioniero: se questi avesse voluto, gli avrebbe schiacciato la testa in un attimo.

«Però sappi che in ogni momento, dall'altra parte del mare, può accadere un imprevisto. E se mi capiterà l'occasione giusta, sarà un vero piacere ucciderti personalmente.»

La risposta del Gigante fu il sibilo di un serpente:

«Tu sei morto quando mi hai fatto incatenare, inglese».

Il capitano fece di nuovo quattro passi indietro e ordinò alla guardia di togliere i vincoli al prigioniero.

«Di quanti uomini hai bisogno?»

«Nessuno.»

### *La Casa de Contratación*

Andrea iniziò a sentire le voci quando la piazza non era ancora in vista. L'arida spianata di terra battuta, già arroventata dal sole, al primo sguardo gli sembrò deserta, a parte due cani scheletrici, in cerca di cibo e d'acqua. Udì il rumore di un'imposta che si chiudeva, o forse di un uscio sbattuto, e qualcuno si mosse, sotto i tetti e dentro agli androni. Si chiese dove fossero gli abitanti di Siviglia. Donne e bambini guardavano, protetti dall'ombra, uno spettacolo che metteva paura: davanti al portone della Casa, come un nugolo di mosche sopra una carogna, si addensava una piccola folla.

Quando fu vicino, vide occhi spalancati e febbricitanti, labbra spaccate e bianche per la polvere della strada. Il puzzo dei corpi, sudati e bruciati dal sole, lo prese allo stomaco. Era un afrore che sapeva di urina e di lezzo, di vomito e di vino. Non c'era modo di passare, e d'altra parte la porta era ancora sbarrata. Alcuni si voltarono a guardare il nuovo venuto, distratti per un momento dal pensiero del loro impossibile viaggio. C'era chi portava abiti lisi e stracciati, eppure memori di una nobiltà impoverita ma disperatamente difesa. Con gli occhi cerchiati di nero per fame o lussuria, si muovevano rapidi, a cogliere ogni possibile mutamento nella fissità della Casa. Da un lato, un gruppo fra i meno temerari cercava riparo dal sole terribile stando in piedi con le spalle a un muro, su cui calava una sottile fetta d'ombra. Immobili, ricordavano un manipolo di condannati in attesa dell'esecuzione capitale. Molti di loro non sarebbero mai partiti, o avrebbero trovato la morte in nave.

Un improvviso vociare annunciò l'apertura della Casa. Gli uomini si fecero risucchiare come olio in un imbuto. Sulla porta, uno sgherro li toccò uno a uno, sulla spalla, e li mandò dentro. Alcuni li respinse, senza spiegazione, scrutando in loro i segni di una malattia. La ribellione degli esclusi durò un attimo, perché dalla porta semiaperta spuntarono due armati con le picche. Anche Andrea si mise nella calca, e finalmente la mano del portiere lo toccò sulla spalla, spingendolo dentro.

Per la prima volta da mesi, Andrea ebbe brividi di freddo. Nell'atrio lindo e fresco della Casa de Contratación, risaltavano ancora di più miseria e disperazione. Uniti solo da un coraggio leonino e dalla volontà di partire a qualsiasi costo, quegli uomini anelavano il comando di una nave, ma si sarebbero accontentati di un passaggio. Eppure, nello sguardo e nei modi di molti di loro, Andrea lesse qualcosa di simile alla nobiltà d'animo.

Nella calca che si approssimava a un lungo tavolo, fra tutti notò una donna. Aveva begli occhi, neri e grandissimi. Da lontano la si poteva scambiare per un uomo, ma era certo femmina, anche se coperta con panni luridi, brache lunghe e stivali da *hidalgo* cadetto, giunto da qualche lontana borgata, dove il padrone condivideva la fame del suo ultimo servo. Gli tornarono a mente le parole del levantino: erano dunque, anche le donne, disposte a qualsiasi cosa... Quando fu il suo turno, la sconosciuta parlò con l'ufficiale spagnolo, seduto davanti al registro: Andrea la vide contrattare, difendendosi meglio degli altri e sputando per terra con rabbia, di fronte al rifiuto. Mentre attendeva il suo turno, Andrea guardò in giro, e vide che a poca distanza c'era un'altra femmina. Aveva il viso piccolo e fine, un lieve rossore sulle guance, forse un residuo di belletto.

Le seguì con gli occhi, mentre ragionavano col piloto, che aveva il registro aperto sul banco di legno e la penna intinta nell'inchiostro. La prima pretendeva di essere un uomo. Andrea si stupì: non era possibile che il piloto si ingannasse. L'altra non nascondeva affatto la sua natura, ed era evidente che intendeva usare il suo corpo, per sopravvivere durante il viaggio: d'altronde non esisteva il bene o il male, la traversata era il solo fine, la sola giustizia.

Quando fu il suo turno, Andrea si stupì di come la procedura fosse rapida e senza intoppi, per lui. Il piloto lo segnò come marinaio semplice per il viaggio di prossima partenza: intinse la penna nel calamaio e scrisse il suo nome e una sigla su un pezzetto di carta telata. Gli occhi di chi era vicino guardarono quel foglio come se fosse il bene più prezioso al mondo. Andrea uscì a fatica dall'atrio della Casa, facendosi avvolgere di nuovo dalla vampa spietata della piazza di Siviglia.

Sentì il bisogno di confessarsi: aveva visto troppe cose e udito racconti che gli avevano tolto il sonno, e la sua coscienza non era limpida. La piazza della Cattedrale era più grande di quella su cui si affacciava la Casa de Contratación. La chiesa non suscitò la sua meraviglia, ma il campanile, chiamato La Giralda, era straordinario. Nel tempio l'aria era fresca, ma altrettanto spessa che all'esterno. Davanti all'altare, un prete stava salmodiando, ma non c'erano fedeli ad ascoltarlo. Finalmente Andrea trovò un confessore disposto a sentire i suoi peccati. Il confessionale odorava di resina e Andrea rilasciò animo e membra, trovando un attimo di pace. Il suo sguardo stanco si posò su alcuni recessi che avrebbero potuto accogliere una carta preziosa.

Quando si rialzò dall'inginocchiatoio, vide qualcuno che non avrebbe pensato di trovare, tanto meno in quel luogo e così presto: la donna della Casa. Era piedi contro il muro, con quei suoi occhi grandissimi e neri che lo fissavano. Ed era bella. Venne verso di lui con passo sicuro e lo afferrò per un braccio.

«Perché ti hanno preso senza fare storie?»

Andrea non si aspettava tanto coraggio. Si chiese se per caso conoscesse il suo vero nome e la missione segreta, poi decise che non era possibile perché non li sapeva nemmeno il levantino, l'agente personale del Segretario. Si liberò dalla stretta, afferrando con la mano il polso sottile ma forte:

«Non lo so, forse è stata fortuna, forse la Provvidenza».

«Non dire stupidaggini» mormorò lei. «Chiunque ucciderebbe, per avere il tuo posto.»

Andrea si guardò intorno, con vivo sospetto. «Mi hanno preso come semplice marinaio, per la nave che partirà la prossima settimana.»

«Non è abbastanza? Sei deluso? Cosa pretendevi? L'importante è andare, non importa come, né con chi.»

«E allora, se è così, meglio a me che a te.»

La donna gli afferrò entrambe le braccia e lo tirò a sé:

«Io devo andare alle terre nuove...».

Era così sporca e odorava di rancido che fino ad allora non gli aveva infiammato alcun desiderio. Ma ora che erano così vicini, non poteva fare a meno di guardarla. Quegli occhi lo turbavano.

«Tu, come tutti.»

La mano della sconosciuta abbandonò la stretta sul braccio e gli accarezzò il collo.

«Io ho una ragione in più, e molto grave.»

"Anch'io, e non sai quanto" pensò Andrea.

«Non ho il potere di aiutarti» le disse, mentre il respiro della donna si faceva più frequente e le sue gote si arrossavano. E anche lui sentì il calore nascergli nel ventre e scendergli lungo le gambe.

Non parlarono più, e si guardarono ancora. Uscirono dalla basilica, affrettando il passo. La donna lo prese per mano e lo guidò verso una locanda vicina. E per Andrea il tempo si fermò. Vide il volto di un oste grasso, sentì gemere scalini di legno sotto i suoi passi, avvertì l'odore pungente di una stanza minuscola, foderata di legno. Ormai era il desiderio a guidarlo.

Guardò, dall'unica finestra, Siviglia color d'ocra e il tramonto carico, maestoso. Si tolse in gran fretta la camicia e le brache e quando fu nudo, invece di amarlo, la sconosciuta estrasse dalla veste un corto pugnale e glielo puntò sul collo. I suoi occhi neri erano diventati abissi di rabbia: Andrea non riusciva a reggere quello sguardo terribile.

«Chi hai corrotto per ottenere il passaggio?» La voce era incrinata dal dolore, come sabbia sul vetro. «Alla Casa accettano solo chi ha da offrire speciali qualità, chi è raccomandato da qualche potente, oppure chi paga bene...»

«Ho usato il poco denaro che ho portato dall'Italia.»

La donna ebbe un fremito, spingendo la punta del pugnale sul collo di lui.

«Hai l'aspetto di un miserabile, eppure hai pagato qualcuno della Casa! Io invece ho dovuto lasciare tutto...»

Il giovane fiorentino fu preso da una paura improvvisa e il sudore gli bagnò la fronte:

«Sei dunque sfuggita al boia...».

«No, sono una donna onesta e timorata di Dio.»

Ad Andrea il riso sgorgò senza freni, nonostante il timore per il pugnale, affilato e tenuto da una mano ferma. La punta del ferro si spostò dal suo collo al petto nudo, facendogli un graffio leggero, ma lungo più di un palmo.

«Non mi canzonare, non me lo merito. Avevo un marito e una casa.»

Andrea rabbrividì, e per la prima volta ebbe timore per la sua vita. Perché si calmasse, conveniva farla parlare.

«Qui a Siviglia?»

«Oh, no.» Fece un gesto con la mano, come a scavalcare monti e mari. «In Inghilterra. Ho perso tutto, quando mio marito mi ha lasciata.»

Andrea cercava il momento per reagire. Ma il polso della sconosciuta era ancora duro, e la punta del pugnale non abbandonava la sua pelle:

«E perché vuoi fare il viaggio?».

Gli occhi della sconosciuta gli parvero ancora più grandi e spiritati:

«Chi non ha altro, cerca la fortuna nel mare Oceano. Tutti vogliono *ir a valer mas*, andare dove si può mostrare le proprie capacità. È meglio che farsi ammazzare da una vita di stenti».

«Ma una donna!» esclamò Andrea, con voce rotta. «Costretta a fingersi un uomo, in mezzo a quelle bestie...»

«Credi di essere migliore, tu? Solo perché sei meno orrendo della maggioranza di quei bruti?»

«Né migliore né peggiore.»

Il sole si abbassava, sui tetti di Siviglia, e Andrea pensò che ogni minuto in più sarebbe servito per allentare la rabbia e l'attenzione di quella pazza. Ma lei continuava a giocare col ferro, graffiandogli il petto:

«Qui tutti hanno bisogno di aiuto, ma nessuno è disposto a darne. L'unico fine è raggiungere le Indie, a qualsiasi costo. A qualsiasi prezzo».

Un vociare improvviso per strada li distrasse. Ma la donna fu pronta a puntargli di nuovo il coltello sul petto.

«E tu, hai già ucciso?» le chiese Andrea.

Lei abbassò lo sguardo.

«Dio lo sa di cosa e quanto mi sono macchiata. Ma a te offro la possibilità che agli altri ho negato, se troverai il modo di fare imbarcare anche me. Conosco i trucchi per arrivare vivi a destinazione. È un lusso per pochi, credimi.»

«Se davvero custodisci simili segreti, perché non ti hanno preso?»

Con una mossa improvvisa, le afferrò il polso e lo strinse: non gli parve tanto forte, era pur sempre femmina. Lei mantenne fermo il pugnale, ma aveva perso di vigore. Questo riaccese il desiderio di Andrea.

«Ora basta chiacchiere. Chi diavolo sei?»

La spinse sul letto, e quando fu sopra di lei le mise la mano sulla bocca, perché le grida non richiamassero gente. Quegli occhi grandi carichi di odio lo intimorivano. Andrea esitò e lei, lesta come un gatto, lo graffiò. Lui lasciò la presa e in un attimo la donna fu di nuovo in piedi, il seno nudo sodo e bellissimo. Andrea sentì il volto bruciare come il fuoco e un liquido caldo che gli colava sul collo. Si accarezzò il viso. La mano era rossa di sangue: gli aveva tagliato la gota.

Cercò di controllare il dolore, come gli era stato insegnato nella casa nera di Firenze, mentre lei frugava nelle tasche dei suoi abiti, abbandonati sulla sedia. Allora con un balzo la raggiunse, le afferrò i capelli e le sbatté la testa contro il muro. Lei barcollò e per un attimo fu convinto di averla uccisa, ma quel diavolo aveva mille vite: si riprese e in un attimo aprì l'uscio e si dileguò.

Andrea strappò un lembo della camicia e tamponò il sangue che scendeva copioso, si rivestì e la inseguì. Uscì dalla locanda che la notte aveva già accarezzato le strade di Siviglia. Ma nel meridione di Spagna, il crepuscolo durava poco e il buio scendeva in un momento. Rischiò di inciampare nei cento ostacoli che i budelli della città ponevano sul suo cammino. Il sangue gli aveva imbrattato mani, brache e camicia e lo misero in allarme i passi cadenzati degli sbirri, che udiva prossimi. Non poteva rischiare un arresto: aveva il suo segreto da mantenere a ogni costo.

La donna ormai era scomparsa e solo allora Andrea si rese conto di non conoscere il suo nome.

### *Il piloto*

Andrea tornò nella sua stanza che il sangue scorreva ancora. Ma non provava rabbia per la sconosciuta. Piuttosto, non voleva perdere quella donna non avuta: la desiderava e giurò a se stesso che l'avrebbe cercata, nel poco tempo che gli rimaneva. L'imbarco era imminente, e c'erano altre persone da incontrare. Tanto valeva cominciare adesso.

Siviglia era una trappola infuocata che poteva rivelarsi mortale, specie in una notte senza luna e con l'aria ancora così bollente da consumare la pelle. Dal fiume spirava un vento teso, caldo e carico di umidità, lo stesso che gonfiava le vele delle navi in corsa fra le anse del fiume, dirette al mare Oceano.

Camminò a lungo prima di trovare la piccola porta che cercava. Raccolse una pietra e picchiò con forza all'uscio. L'uomo che gli aprì aveva il braccio sinistro rigido, contratto in una posa singolare, come fosse incollato al corpo. Andrea lo riconobbe subito, era lo scrivano della Casa de Contratación.

«Siete voi, dunque...»

«Abbassa la voce!» disse lo spagnolo tra i denti, con rabbia. «Richiudi la porta e seguimi.»

La casa aveva muri spessi. Mentre scendevano le ripide scale che portavano a una cantina, il giovane fiorentino disse tra i denti: «È fredda, la tua casa, piloto».

«Non mi appartiene né vi abito. Tu parli troppo. Ricorda che questo incontro non è mai avvenuto.»

Nella profonda stanza, illuminata da una lampada a olio, c'era un tavolo sepolto da libri e carte. Il freddo diventò forte, entrava e usciva dalle viscere, come magica corrente. Andrea rabbrividì e rimpianse di non avere una giubba. Il piloto gli fece cenno di sedersi.

«Hai impresse nella mente le carte di Giovanni de' Medici?»

Andrea annuì.

«Ho fatto quello che dovevo fare. Ma mi hanno detto che i segreti più nascosti sono qui, nelle terre dei re cattolici.»

«Il tuo padrone, a Firenze, è stato molto abile a muovere le sue spie. Hai a disposizione queste ore notturne, per leggere le nostre carte: entro pochi giorni dovranno tornare alla biblioteca di Fernando Colombo, cui appartengono.»

«Il figlio del genovese?»

«Il figlio bastardo. Lui non naviga, la rendita procuratagli da suo padre gli permette di passare il tempo a raccogliere libri e stampe: la sua casa ne è piena.»

Andrea riconobbe alcuni piccoli codici manoscritti e un paio di grossi libri dalla pesante legatura. Il greco Crisostomo, alla casa segreta, gli aveva raccomandato di leggere il codice di Pané e di studiare la nuovissima carta di Martin Waldseemüller. La trovò subito: era ripiegata e la aprì con cura, occupando il ripiano del tavolo. Sul disegno, le Indie occidentali sembravano lontane dalla Cina e dal Cipango, e poste davanti a una grandissima massa di terra che sbarrava il passaggio verso l'estremo Oriente. Il cartografo tedesco aveva ritratto il grande geografo antico Tolomeo accanto al Vespucci e addirittura aveva chiamato America la parte meridionale della nuova terra, dal nome del Piloto Mayor e spia dei Medici. Il piloto notò il suo sguardo di ammirazione e scosse il capo:

«Quello che vedi con i tuoi occhi stanchi è gran parte frutto di fantasia, fiorentino. Queste carte parlano poco, a te che hai una missione e non puoi fallire. Altro è il vero tesoro, lo scrigno che raccoglie la verità sulle terre d'Occidente. Sono le relazioni dei capitani, di ritorno dalle Indie, che vengono portate alla Casa: i cartografi, tenuti al massimo segreto, le aggiungono su una carta accurata e sempre aggiornata, che conservano come l'oro più puro».

«*Il Padrón Real!*» esclamò Andrea, rialzando il capo dalla carta. «La carta che dovrei consultare, ma non è possibile. Ne ho potuto vedere degli estratti, a Firenze. Il Primo Segretario ha fatto copiare dalle sue spie più fidate la carta di Cantino, che Ercole d'Este a sua volta ha copiato dall'originale...»

Il piloto sorrise, mentre apriva un cofano di legno scuro chiuso a chiave e ne estraeva dei fogli ripiegati.

«Nessuna copia riporta i dettagli dell'interno, fiorentino: solo le coste. E comunque non c'è un solo Padrón Real. La Casa conserva altre carte ancora più segrete, con i dettagli forniti dai pochi che hanno osato spingersi all'interno di quella vastissima terra.»

Le carte che il piloto stese sul tavolo dispiegarono ad Andrea profili di coste e vastità di mari che non comparivano sulla mappa tedesca del mondo. A prima vista, al lume incerto della lampada, gli parvero grandi terre vuote, quasi bianche, ben diverse dalla bella e vivida stampa e dall'elegante ornato di Waldseemüller. C'era un'esile linea di costa, più volte interrotta, come se sparisse nel nulla. Avvicinando l'occhio alla carta, incollata su un telo di lino perché rimanesse tesa e non si sformasse, Andrea notò che la sagoma delle nuove terre d'Occidente non corrispondeva alla forma tracciata dal tedesco. Certo, alcuni fiumi sembravano simili, ma mostravano un corso diverso e più lungo. Nulla era disegnato là dove non si erano mai spinti gli esploratori, né erano riportate le terre delle amazzoni e degli uomini senza testa. Ma, in più, comparivano mille minuti particolari, disegnati con estrema cura e tutti nominati con scrittura piccolissima, tanto che certe chiazze grigie sulla carta, viste da vicino, si rivelavano invece griglie fitte di parole, di nomi, di appunti.

«Come vedi,» gli disse sorridendo il piloto «oltre la costa non c'è molto: ma certo assai più di quello che qualsiasi copia del Padrón Real possa mostrare.»

«Potrò portarla con me?»

«Sei matto, fiorentino? Non sai cosa ha fatto il tuo Segretario, perché tu potessi accedere a queste carte, né quanto ha pagato. E quanto pagherebbero le teste coronate d'Europa...»

«Dunque dovrò copiare le parti che mi servono?»

«Nemmeno questo. Avrai il tempo di imparare a memoria quel che ti serve.»

Andrea lo guardò con aria mesta.

«Vuoi dire che rimarremo qui tutta la notte e io dovrò...»

Il piloto prese una grossa chiave da una tasca e la mostrò al giovane agente del Machiavelli:

«Io no di certo. Rimarrai da solo. Domani mattina sarai liberato. Approfitta del tuo tempo nel migliore dei modi».

Andrea si alzò di scatto dalla sedia e afferrò il piloto per la camicia.

«Tu sei pazzo! Io sono un inviato della Signoria...»

Lo spagnolo non mostrò alcun turbamento. Gli strinse il polso con la mano sana, più forte di quanto Andrea credesse possibile, ma lo lasciò subito andare.

«Questi sono gli ordini del tuo Segretario, fiorentino. Nulla dovrà lasciare questa stanza, domani, neppure in copia. Controllerà il tuo compagno di viaggio.»

«Compagno di viaggio?»

Ma il piloto era già oltre la soglia, e spingeva l'uscio per chiuderlo.

«Datti da fare, l'olio nella lampada non è infinito.»

Andrea sentì la chiave che compiva due giri nella serratura.

Il piloto attraversò il centro di Siviglia nel pieno della notte. Era il momento in cui le donne, all'ultimo piano delle case, toglievano i teli gialli e rossi tesi da tetto a tetto, che riparavano dal terribile sole. Il piloto sentì quel familiare fruscio e guardò il cielo liberato dalla velatura. Una vista commovente, se pure vi era abituato. Il firmamento offriva la sua profondità azzurra tempestata di miriadi di stelle. Vide l'Orsa, che indicava l'Occidente. Non aveva fatto il lungo viaggio, e sapeva che non l'avrebbe compiuto mai. Sospirò, perché ogni giorno vedeva l'eccitazione e la smania di chi era disposto a dare la vita per imbarcarsi, e sentiva di perdere qualcosa che né donna né denaro avrebbero mai potuto compensare. Ma conosceva la propria natura e sapeva che il suo posto era a Siviglia. Non sarebbero mancate occasioni per ricevere doni dai marinai di ritorno dalle Indie occidentali, e così avrebbe potuto comunque avere tra le mani le meraviglie di un Mondo Nuovo.

Le corde che tendevano i teli colorati, sciolte dalla tensione, ricaddero sulle pareti delle case, e le colpirono come schiocchi di frusta. Non si accorse, il piloto, che un uomo non più giovane, ma molto alto e di forza straordinaria, lo seguiva fin dalla casa dove aveva rinchiuso il fiorentino. Forse fu il lieve rumore del suo passo, a farlo voltare. Non vide gli occhi, era troppo buio. Ma sentì le sue mani forti, che lo afferrarono per le braccia e lo tirarono su. Si ricordò di quando era bambino e suo padre, uomo grande e forte, lo sollevava come un bambolotto, per baciargli le labbra. Ma ora il suo cuore non era gonfio d'amore, ma di terrore e disperazione. L'uomo, di cui finalmente intravide i tratti del volto, aveva gli occhi chiari di uno straniero. Occhi neutri che non rivelavano alcuna emozione. Il piloto prese a urlare, scalciando, ma il suo tormento finì presto. Rapido come il fulmine che spacca il cielo d'estate, lo straniero gli strinse intorno al collo una delle corde che pendevano dalle finestre poi lo lasciò andare come un sacco vuoto. Il piloto colava schiuma dalla bocca e la lingua gli pendeva fuori dalle labbra, ormai esangui. Il Gigante gli abbracciò le gambe e lo strattonò con forza verso il basso, finché gli spezzò l'osso del collo e la sua anima volò via disperdendosi nella notte calda, come il fumo di un cero appena spento.

L'assassino cercò nelle vesti del morto la sacchetta con i pezzi d'oro ricevuti per aver garantito al giovane fiorentino la partenza per il Mondo Nuovo, e se la mise in tasca. Poi liberò lo sventurato dalla corda, lo trascinò per un breve tratto e lo adagiò nel vano di una porta, lontano dagli sguardi dei passanti. Tastò con le dita il collo e quando trovò i solchi, ancora rossi, prese dalla tasca un nastro di tela, di quelli che usavano gli assassini notturni, i ladri in cerca di sprovveduti stranieri, e glielo strinse forte intorno alla ferita. Infine gli sputò in faccia e corse nella notte, sotto le stelle di Siviglia.

Andrea si svegliò di soprassalto. Non aveva modo di sapere quanto tempo fosse passato: la lampada aveva bruciato l'olio e il buio mozzava il fiato. Ma la sete e la fame non lo ingannavano: era di certo spuntata l'alba e il sole aveva compiuto almeno metà del suo giro nel cielo. Si chiese cosa aspettasse, il piloto, a liberarlo. Si alzò, sbattendo le gambe contro i piedi del tavolo, inciampò e bestemmiò tutti i santi del cielo fiorentino. Trovò a tentoni la porta, che era ancora chiusa. Picchiò forte sul legno, urlò. Ma non c'era nessuno che lo ascoltasse.

Il fresco buono della cantina era diventato un maledetto caldo umido che gli inzuppava le vesti e gli tormentava il respiro. Si sedette per terra e un piccolo rumore gli fece pensare ai topi: gli avevano detto che Siviglia ne nutriva un'infinità ed erano assai più dei cristiani e dei mori messi insieme. Per un momento pensò che il piloto non sarebbe più tornato e che lui fosse destinato a essere divorato da quelle bestie immonde. Ma se il Segretario aveva scelto il castigliano col braccio morto, pensò Andrea, non lo aveva fatto di certo a caso: la Signoria proteggeva le sue spie e i suoi agenti sparsi ovunque.

Si addormentò, senza avvertire il passaggio dalla veglia al sonno, e poi spalancò di nuovo gli occhi nel buio totale. Cercò di scacciare la paura ripensando alle carte. Si impegnò a ricordare i nomi dei porti e dei fiumi dell'isola Hispaniola, e poi il profilo dell'isola Isabella e la loro posizione rispetto alla linea del Tropico del Cancro. E poi la forma vera della terra a Occidente. E la via segreta, segnata fra foreste e colline, che si perdeva nel nulla di uno spazio bianco. Aveva mandato a memoria tutti i punti segnati nell'itinerario, che coincidevano con quelli che aveva copiato dalla lettera inviata dai pionieri a Giovanni de' Medici: c'erano strani segni, come case di foggia singolare, disposte quasi a scacchiera. Portavano i bizzarri nomi di Egypto, Calcaterra, Tulùm. Che rapporto c'era fra quei nomi e lo scopo della sua missione? Recuperare un uomo e un libro: questo era il suo compito. Ma come poteva, un codice rilegato, essere giunto in quella vastità incognita? E perché? Andrea ne era all'oscuro. Alla casa segreta era stato addestrato con virile sapienza ma non gli era stato rivelato nulla del segreto che si celava oltre l'ultimo atto della sua missione. Un uomo, un libro. Andrea sapeva che avrebbe disubbidito, leggendo prima di chiunque altro, ciò che il Machiavelli anelava di conoscere. Il vecchio Crisostomo gli aveva rivelato che il Segretario sperava di ricavare da quel segreto il bene per la Repubblica, ma soprattutto che la sua essenza era la purezza, origine prima del mondo. Dunque quel libro era davvero tanto potente da sconvolgere i destini di Firenze e dell'intero universo?

L'improvviso rumore del chiavistello lo fece sussultare. Strinse forte i pugni e si nascose in piedi accanto alla porta, rasente al muro. L'uscio si schiuse e una sfera di luce rischiarò la stanza. Era un uomo e portava con sé un lume a mano. Andrea aspettò che entrasse. Era giovane e di corporatura esile, col volto dai tratti orientali, e aveva i capelli raccolti in una strana foggia. Non parve stupirsi della cantina vuota. Andrea gli afferrò la gola e lo spinse sul pavimento, mettendogli il ginocchio sul petto. La lampada rotolò per terra, ma lo stoppino pescava ancora nell'olio e rimase acceso. L'uomo strillò come un'aquila strozzata. Il suo volto gli apparve strano, ma pensò che fosse un effetto del lume, che proiettava ombre paurose sulle mura della stanza.

«Non mi uccidere!»

Aveva parlato in castigliano, ma con un accento che Andrea non riconobbe. Gli puntò il pugnale alla gola:

«E perché non dovrei? Mi avete lasciato qui a marcire! Quanto tempo è passato?».

«Io non lo so!»

«Dov'è il piloto?»

«Doveva venire a liberarti lui, molte ore fa. Tu sei il fiorentino?»

Andrea premette più forte la punta del pugnale sulla pelle morbida dello sconosciuto, e una goccia di sangue gli scese lungo il collo umido di sudore. Provò forte l'impulso di ucciderlo. L'uomo mugolava, pregando in una lingua sconosciuta. Poi in italiano disse: «Se mi ammazzi, non porterai a termine la tua missione!».

Andrea lo tirò su afferrandolo per i capelli, e lo sbatté con la schiena sul tavolo:

«Chi sei?».

«Il tuo compagno di viaggio. Sarò con te sulla *Sagrada Familia*. La nave è ormeggiata e parte domani.»

Lo lasciò andare. Il giovane raccolse il lume e controllò le carte e i libri sul tavolo. Le mani gli tremavano:

«Andiamo, fiorentino, ti devo condurre dal marinaio».

Andrea pensò che appartenesse a una razza debole, senza coraggio; forse era un eunuco d'oriente. Ma senza dubbio era anche lui un agente del Segretario. Che fine aveva fatto il piloto? Uscirono dalla cantina e il giovane richiuse accuratamente la porta a chiave.

«Che ora è?»

«Il sole sta tramontando. Non abbiamo più tempo.»

«Prima devo bere e mangiare.»

*Il vecchio marinaio*

La locanda era piccola e sudicia, ma riparata e forse sicura. Il fatto che non ci fossero avventori non preoccupò Andrea. Nelle ultime ore aveva vissuto i sentimenti di secoli. Paura, coraggio, passione, si erano impossessati di lui e ora aveva la percezione che comunque fosse andata, la sua vita sarebbe stata un'altra, sempre che fosse riuscito a salvarla. Aveva sopportato il durissimo addestramento nella casa nera con l'animo di chi conosce i propri limiti, consapevole che difficilmente avrebbe potuto superarli. Ebbene, i fatti gli davano torto: stava mutando nel corpo, nell'anima e nella mente. E la fame atroce che gli stritolava lo stomaco celava la smania della partenza e la voglia forte della sconosciuta che per un attimo fuggente lo aveva stregato. Si sedette al tavolaccio di legno lontano dalla porta, divorò carne bianca e uova, ma non bevve vino. Il suo compagno si astenne dal cibo.

«Come ti chiami?» gli chiese Andrea.

«Il mio nome castigliano è Pedro.»

«E il vero nome?»

Il giovane fece uno strano gesto con la mano e guardò altrove.

«Non importa.»

«Sei marinaio?»

«No. Non sono nulla. Un servo, se vuoi.»

«A chi appartieni?»

«A un nobile di Siviglia.»

«Come potrai imbarcarti, se non sei un marinaio?»

«Tornerò nelle isole a ogni costo.»

D'improvviso Andrea ebbe un'intuizione. Il cuore prese a battergli forte: dunque il mistero che lo attendeva aveva assunto le sembianze di quello strano giovane. Lo guardò meglio e nei suoi occhi lesse un indicibile struggimento.

«Tu sei nativo delle Indie d'Occidente?»

L'uomo accennò di sì e rivolse altrove lo sguardo sfuggente. Era dunque vero, pensò Andrea: il Segretario aveva messo sulla sua strada un indio di Hispaniola. Si diceva che dopo quindici anni di dominio dei re cattolici, per via dello sfruttamento da parte dei coloni delle *encomiendas*, la stirpe si fosse quasi estinta.

«Sarò la tua prima guida, fiorentino. La città da cui vieni è grande e potente come Siviglia?»

Andrea sorrise e pensò all'orgoglio del Segretario.

«Forse non così grande. Ma è bellissima e potente.»

«Per conto del mio padrone ho conosciuto l'Europa, e sono stato ricevuto alle corti di Parigi e di Londra. Ma ormai sono sedici anni che vivo qui.»

«Dunque dai tempi dell'Ammiraglio genovese...»

«Sì, sono arrivato con il suo primo viaggio. E non vorrei tornare indietro.»

«E la nostalgia per la tua terra? Ne soffri la mancanza?»

L'indio prese un sacchetto e ne tirò fuori delle monete, che l'oste fu pronto a intascare. La sorpresa di Andrea fu grande, vedendo baluginare dell'oro: era difficile che fosse davvero un servo, costui!

«Io non ho patria, almeno in questo mondo. Ma devo tornare

all'isola e sarò la tua prima guida. Ora è tempo che ti conduca dal marinaio.»

Attraversarono insieme la città, all'incerto lume di torce e lampade. Pedro si copriva il capo con il suo corto mantello e teneva sempre lo sguardo rivolto a terra.

La strada era ampia e dritta e nonostante il buio non c'era rischio di cadere vittime di imboscate. Sulle costruzioni, piccole e basse come Andrea ne aveva viste su certe isole della sua patria, a Capraia o al Giglio, dominava un'alta torre di difesa, che superava di molto i tetti. Si fermarono davanti a una casa modesta. Ad aprir loro l'uscio fu un uomo non più giovane e non ancora vecchio: ma la sua età era rivelata solo dalla postura del corpo e dai modi, perché non aveva più un volto umano. Il suo aspetto mostrava difatti una malattia strana e grave: la pelle era bruciata, come se fosse scampato a un rogo. Nell'unica stanza, illuminata dalle candele, c'era un alto trespolo di metallo, a cui era appesa una gabbia che rinchiudeva un uccello. Pedro si avvicinò e infilò le dita tra le sottili sbarre, mormorando una cantilena. Alle orecchie di Andrea suonava come le litanie antiche di mare, le aveva udite quando era bambino, a Livorno, dai marinai che tornavano dai viaggi in Oriente. L'uccello spalancò le ali, fece un verso rauco e l'indiano rise:

«*Tu eres como yo!*».

«È un Ara delle Indie occidentali» disse l'uomo malato, con una voce che somigliava al suo viso. L'indio prese una candela e l'avvicinò alla gabbia: Andrea vide le piume, variopinte oltre l'immaginabile, di un volatile enorme. Maestoso, bellissimo e mai visto.

Il marinaio era piccolo di statura e il suo corpo quasi nudo mandava uno strano odore. Fece sedere i suoi ospiti sui cuscini posati sopra un tappeto di foggia sconosciuta. Offrì loro dell'acqua e del vino chiaro e leggero, che accettarono con riconoscenza. Mise la lampada sul pavimento e le ombre si allungarono sui volti.

«Datemi senz'altro la vostra testimonianza» gli disse subito Andrea. «Domani devo partire e non ho tempo da perdere.»

Il marinaio allargò la ferita che aveva al posto della bocca, e la crosta rossa che gli ricopriva il viso si distese un poco, come le squame di un rettile:

«Se non avete tempo, allora affidatevi alla fortuna, quando sarete a Hispaniola».

«Voi siete l'unico vivente che abbia incontrato il custode.»

L'indio di nome Pedro abbassò gli occhi e il marinaio restò un momento in silenzio.

«Non correte, io non posso darvi certezze, se è ciò che voi e il vostro Segretario volete da me. Nessuno sa chi sia davvero, sempre che esista, l'uomo che cercate... Forse è solo un'idea, una speranza, magari una fantasia.»

«E cosa sapete dirmi, del libro?»

Il marinaio dal volto bruciato alzò di scatto gli occhi verso di lui: «Niente, mi dispiace per voi».

«Ma dunque,» lo incalzò Andrea «avete o no incontrato il custode della Città d'Oro?»

«Oro, nient'altro che oro, non sapete immaginare altro...» Il marinaio aveva alzato la voce, ma presto si ricompose: «Quando gli spagnoli vogliono raccontare quel che di incomprensibile e meraviglioso hanno visto, non hanno altro che l'oro, da usare a paragone. E voi fiorentini non siete diversi da loro».

«Intendete dire che non esiste una Città d'Oro?»

L'uomo sospirò, sollevando un lembo del tappeto e traendone una carta del mare Oceano e delle terre nuove. Andrea la giudicò subito assai simile a quella che aveva visto nella maledetta cantina.

Alcuni nomi erano gli stessi, altri apparivano nuovi. Ma riconobbe le forme precise di quella terra immensa e sconosciuta a tutti, che si stendeva infinita oltre i mari di Hispaniola e di Isabella. Il dito del marinaio, uno stecco di legno bruciato, percorse promontori e golfi e si fermò su una piccola isola. Non c'era alcuna indicazione, salvo la scritta TERRA INCOGNITA.

«Qui siamo sbarcati, senza forze e senza speranza, nel luglio del 1502. Cercavamo la strada per l'India e il Catai, che credevamo fosse a occidente di Isabella. Eravamo arrivati all'isola di Giamaica alla fine di giugno e poi avevamo voltato le prue a meridione e ancora a occidente. Dall'isola più lontana, vedevamo un'infinita linea di costa, senza che ci fosse alcun passaggio. L'Ammiraglio ci fece inginocchiare e con lui recitammo il rosario. Pedro, che avevamo portato in Castiglia nel novantadue, era con noi.»

Il marinaio guardò l'indio e quello annuì.

«Sbarcaste anche sul remoto continente?» chiese Andrea.

«No, l'Ammiraglio lo aveva scambiato per una regione dell'Asia. Cercava il passaggio per l'India e non si dava pace. Navigammo sempre in vista dell'interminabile costa, fino allo stremo. Ma prima dell'inferno che mi ha ridotto nello stato in cui mi vedete, mentre eravamo ancora sull'isola, incontrammo una carovana.»

Il grande uccello si agitò, lanciando il suo verso roco. Il marinaio si alzò in piedi, versò in una coppa dei grandi semi gialli simili all'oro e la mise nella gabbia.

«E dunque?» insisté Andrea.

Il marinaio ignorò la fretta del giovane fiorentino. Dietro la maschera di crosta rossa, i suoi occhi vedevano un altro mondo.

«Erano mercanti» disse, sedendosi di nuovo. «Gente pacifica, abbigliata come principi d'Oriente. L'Ammiraglio era eccitato, chiese loro di Marco Polo e del Gran Cane, ma quelli non capivano e nemmeno Pedro conosceva la loro lingua. Avevano innumerevoli stoffe fra le più delicate che si possano immaginare, introvabili anche a Venezia o nella vostra Firenze. E arnesi di rame, bicchieri e vasi dalle forme singolari, grandi otri colmi di una bevanda inebriante e frutta secca e semi dalla varietà incredibile e anche questi sconosciuti. E funghi dagli effetti strani. Ci fecero capire che erano diretti a settentrione, verso Hispaniola. Poi accadde ciò che troppo spesso succede al di là del mare Oceano...»

Il marinaio si interruppe di nuovo e i suoi occhi si offuscarono. Prima di prendere fiato per esortarlo a parlare, Andrea fu distratto da Pedro. Pareva in balia di una rabbia incontenibile e si stava premendo la lama del coltello sul palmo della mano. Andrea si preparò a reagire, ma fu anticipato dalla voce del marinaio:

«Uno dei nostri, un galeotto liberato dalle catene, spietato con chiunque incontrasse di quella gente nuda e pacifica, vide alcune fanciulle velate. Volle prenderne una, ma lei rifiutò».

Pedro, guardando Andrea negli occhi, premette più forte contro il suo palmo il filo della lama. Due lunghe lacrime gli scorrevano sulle gote.

«E dunque lo sciagurato si gettò su ciò che gli pareva prezioso» continuò il marinaio. «Oro crudo in lingotti, pronto per essere rifuso. I mercanti non avevano armi, ma cercarono di difendere la donna e gli averi a mani nude.»

Il sangue colava dalla mano al braccio di Pedro, tanto che Andrea gli afferrò il polso, e lo sentì forte come il ferro. Il marinaio continuò a raccontare, con la voce rotta che somigliava a un pianto:

«Gli armati puntarono gli schioppi e, prima che l'Ammiraglio e io potessimo fermarli, uccisero quattro mercanti e la ragazza. Non avevo mai visto Cristóbal Colón tanto infuriato: fu lui a colpire uno dei nostri, col piede e con le mani».

Pedro mostrò il taglio che si era fatto sulla mano: era come se volesse punire se stesso per aver assistito impotente e complice a quello strazio indicibile. Andrea fece cenno di sì col capo, per dirgli che aveva capito. Il loro ospite riprese il racconto:

«Stavamo per impiccare il marinaio, davanti agli indi, per dimostrare la nostra buona fede, ma un grido altissimo ci fermò: "Basta morti, in nome di Dio!"».

«Dunque comprendevate la loro lingua!» esclamò il giovane fiorentino.

«Niente affatto. Uno dei mercanti aveva parlato in castigliano. Restammo inebetiti. Si fece avanti un uomo giovane, alto e biondo, che a differenza degli indi che ho incontrato aveva una lunga barba. L'avrei detto senza dubbio europeo del Nord. Ma era davvero un bianco, o invece uno di quei nativi che a volte usano schiarirsi la pelle con certi fanghi lattei? Alcuni di loro indossano abiti dimenticati nei relitti dei numerosi naufragi, che costellano quella linea di costa. Posso solo dirvi che ci parlò con un accento singolare, e non vi saprei dire da quale parte della Spagna venisse.»

«E cosa vi raccontò?»

«Non so dirvi nemmeno questo. Parlò con l'Ammiraglio in gran segreto, nella cabina della nostra nave, guardata a vista da un armato.»

Pedro si alzò in piedi, si tolse la camicia e si strofinò la mano insanguinata sul petto: sembrava volesse disegnarvi strane forme, strade rosse che portavano dal suo cuore alle altre membra. Andrea lo guardò e vide in lui davvero un uomo di un altro mondo. L'uccello variopinto spiegò le ali e lanciò il suo verso, simile al grido di un uomo ferito. Il giovane fiorentino trasalì e si rivolse al marinaio:

«E dunque, quale indicazione potete darmi, per la mia missione?».

«Io non so quale sia l'incarico che la vostra Signoria vi ha affidato. Il mio compito era dirvi dove ho incontrato l'uomo bianco con la lunga barba, che voi chiamate il custode, e così ho fatto.»

Andrea non poteva accontentarsi di quelle poche parole. Il marinaio che aveva davanti era l'unico testimone vivente del mistero verso cui sarebbe corso incontro l'indomani.

«Ma Colombo non vi ha mai rivelato nulla di ciò che gli ha raccontato quell'uomo?»

«Quando era chiuso con lui nella cabina, sentii solo grida altissime e più volte ho temuto che avessero preso a percuotersi. Dopo poco tempo, riconducemmo l'uomo alla sua gente, se tale era per lui, ed essi ripartirono subito. L'Ammiraglio iniziò a vaneggiare proprio allora, nel modo che tutti sanno. Suo figlio mi ha detto che anche nel suo diario, in quei giorni, ci sono segni di una febbre che lo faceva delirare. Mormorava di un regno dei giusti, della Gerusalemme celeste, del ruolo che il Signore gli aveva conferito per riscattare le colpe di tutti gli uomini e convertire l'intero mondo alla sua parola. Sapete quel che si dice di lui. Ed è vero che Dio ci punì con indicibili tormenti, per quello che avevamo commesso sull'isola. Non ho mai visto né udito raccontare di tempeste come quelle che attraversammo, per obbedire all'ossessione dell'Ammiraglio di cercare il passaggio a occidente: erano venti capaci di sollevare una nave dall'acqua e scagliarla sopra una scogliera, o addirittura sulla vetta di una montagna. Non parlammo più di quell'uomo bianco. Ma l'Ammiraglio teneva sempre con sé una lettera, scritta su una strana carta e accuratamente chiusa tra due tavolette di sottile ma tenacissimo legno nero.»

«E che fine ha fatto quella lettera?»

Il marinaio allargò le braccia.

«L'Ammiraglio la teneva addosso alla sua persona, anche

nell'interminabile anno nell'isola maledetta di Giamaica, quando attendevamo il soccorso dal governatore di Hispaniola che non arrivava mai. Gli uomini si ribellarono più volte e patimmo la fame. Tornammo in Spagna alla spicciolata, almeno quelli di noi che erano sopravvissuti agli stenti, alle armi fratricide, agli indi ostili e alle tempeste. L'Ammiraglio rimase a Santo Domingo con quel diavolo del governatore Ovando. Forse sapete che poi tornò qui a Siviglia e quattro anni fa, a Valladolid, rese l'anima a Dio, senza mai abbandonare le sue ossessioni.»

«Ma la lettera, perdio?»

Il marinaio, ancora una volta, non rispose subito. Il grande uccello dei colori del sole gridò tre volte il suo verso, come rivolto a un nemico esterno. E nessuno, né il suo padrone né Andrea o Pedro, avrebbe mai sospettato che davvero un'ombra gigantesca li scrutava da fuori, al riparo della vista.

«Non ne ho saputo più niente» concluse. «Né io né alcun altro vi ha più accennato. D'altra parte i testimoni sono tutti morti: io sono l'ultimo, e come vedete anche per me l'ora è vicina.»

Il marinaio di Cristoforo Colombo, Ammiraglio del Mare Oceano, adesso piangeva davvero, benché le lacrime non si vedessero, disperse nella massa informe del viso.

«Non ho più speranza di vita, per questo morbo maledetto: ma posso ancora, nei miei ultimi giorni, rendere un buon servizio ai nemici dell'Ammiraglio. Il vostro Segretario combatte la famiglia dei Medici, che vuole riprendere saldo il potere in Firenze.»

«Sì, è vero. Il Vespucci è venuto a Siviglia come agente di Lorenzo di Pierfrancesco e ha millantato viaggi mai fatti e terre mai scoperte.»

Il marinaio scosse il capo:

«Siete dunque più partigiano di me, fiorentino. Il Piloto Mayor ha davvero raggiunto terre che nessuno aveva mai avvistato prima. Ma certo non tutto quel che racconta è vero: a differenza del mio compianto Ammiraglio, sa vendere le sue relazioni ai dotti e al popolo, come fossero racconti di gesta, da mercante qual è. Prima avete nominato l'oro... Ebbene, sappiate che qui nelle terre dei re cattolici ne arriverà tanto da riempire ogni forziere del regno. Ne parlano i piloti, al ritorno dai viaggi, nelle chiuse stanze della Casa, interrogati fino allo sfinimento dal fiorentino e dagli altri: e io so che è vero, che quell'oro esiste, a occidente. E certo non solo i Medici ne profitteranno!».

Rimasero tutti assorti: il marinaio pareva essersi addormentato, ma sventolandogli il lume davanti agli occhi, Andrea vide che dalle pliche di pelle cotta, spuntavano ancora due rivoli di lacrime. L'uomo allontanò la lampada con la mano e finalmente terminò il suo racconto, e le ultime parole che si spensero in un rantolo d'agonia:

«Troverete un uomo pio, a Hispaniola. Fidatevi di lui, potrà dirvi cose che io posso solo immaginare».

Andrea e Pedro se ne andarono che ancora non era spuntata l'alba. Ma il marinaio che aveva appena raccontato loro la sua storia, ricevette una visita poco prima dello spuntar del sole. Non conosceva l'uomo che bussò alla sua porta: al lume della lampada, notò solo gli occhi azzurri. Non era un colore comune, in Castiglia, ma nemmeno tanto raro: nel sangue spagnolo c'era la memoria degli antichi Tartessi, degli Iberi, dei Romani, dei Visigoti, germanici guerrieri da cui discendevano le schiatte dei re cattolici. Eppure l'uomo che si pose davanti a lui, in piedi sulla soglia, certo non giovane, anzi quasi vecchio, ma alto e forte come una torre, aveva qualcosa di ancora diverso. Forse era la barba grigia che gli incorniciava il volto, più pallido di quello di qualsiasi abitante di Siviglia.

«Cosa volete?» gli chiese. «Siete fiorentino anche voi?»

«No» rispose tranquillo il Gigante. «Vengo dall'isola d'Irlanda. E quel che cerco davvero, tu non me lo puoi dare.»

Come avesse compreso in quel momento la piega del suo destino, il marinaio dal volto piagato sospirò, abbassando il capo.

«Non ho denaro, né altri beni. E tutto ciò che sapevo l'ho detto al giovane fiorentino. La mia miserabile vita volge alla fine e non ho davvero altro da offrire.»

«C'è una donna con te?»

Il marinaio rise, allargando la piaga che aveva al posto della bocca:

«Mi hai visto bene, straniero? Chi vuoi che stia, con me?».

Il Gigante spalancò la porta ed entrò nella stanza. Vide il vino, ancora posato per terra, e ne bevve dalla caraffa, asciugandosi la bocca col dorso dell'enorme mano:

«Ho conosciuto donne che avrebbero potuto amare anche te, marinaio: così come sei ora. Una ha amato perfino me, mi ha dato un figlio, e i suoi occhi brillavano, quando tornavo a casa. Mi ha amato nonostante sapesse quello che ero, ciò che facevo, l'abisso della mia abiezione. Non ho mai provato gioia, nella mia vita, se non con lei. E mi è stata tolta. Puoi capire cosa significhi, questo?».

«Anch'io ho amato.»

«Sappi dunque che ciò che sto per farti, benché sia dettato da un odio sovrumano, non è per tua colpa.»

Il marinaio prese il lume e lo mise fra il suo volto e quello del visitatore notturno: entrambi piangevano. Improvvisamente il Gigante allungò le mani grandissime e lo colpì, facendogli perdere l'equilibrio. La lampada gli cadde di mano e si ruppe sul pavimento. Il fuoco aggredì le assi di legno e l'assassino colpì ancora con forza il volto del marinaio Diego de Varga, membro delle spedizioni di Cristoforo Colombo: col piede calzato nello stivale gli staccò la pelle ustionata dal viso, che nessun farmaco era riuscito mai a guarire. Il marinaio si coprì la pelle lacerata con le mani, in disperata difesa, ma il suo aggressore era forte e lui era malato e debole. Pugni e pedate lo investirono, si rotolò per terra, perse pezzi di carne, materia e sangue nero fluivano senza fine dal suo corpo. Urla simili a quelle dei maiali macellati ruppero inutilmente il silenzio dell'alba di Siviglia.

Quando finalmente fu silenzio, il Gigante guardò il corpo rattrappito della sua vittima: era affascinato dal sangue e dalla singolarità della malattia che lo aveva afflitto, e il cui esito fatale aveva solo anticipato. Ma le fiamme aggredivano le pareti della casa e già spuntava il sole. Non aveva tempo, per cercare quello che forse il marinaio nascondeva: l'importante era aver eliminato anche quella traccia vivente, dopo il levantino e il piloto. Era ora di andare, ma prima raccolse i brani di pelle che erano caduti dal volto dell'infelice e cercò di ricomporli sul teschio: li spostò e li risistemò, finché non trovò il risultato soddisfacente. E quello, per lui, fu un atto di pietà.

Prima di uscire, il Gigante liberò il grande uccello prigioniero. Gli occhi della piccola donna nera lo seguirono, da lontano, velati di lacrime. Avrebbe voluto con tutto il cuore fargli ora una grande promessa che aveva in serbo per lui, ma gli spietati inglesi tenevano anche lei con un cappio stretto intorno al collo. Si richiuse la veste, coprendosi il capo, e si avviò a testa bassa.

Pedro camminava davanti ad Andrea, facendogli strada. Da solo, il fiorentino non avrebbe saputo ritrovare la via della casa che gli dava riparo e dove avrebbe potuto finalmente dormire, prima che il sole fosse alto.

L'alba li prese alla sprovvista, come del resto accadeva con ogni cosa, a Siviglia. Una colonna di fumo si levava alta alle loro spalle: un'altra casa che bruciava, pensò Andrea, vittima del sole e dell'aria arida. Le donne avevano già teso le tende per riparare le strade dal sole a picco, perché si attendevano una giornata ancora più calda della precedente. Quando le ombre erano nette, la sporcizia che invadeva le strade e le piazze feriva gli occhi, ma quella schermatura addolciva ogni cosa. A Siviglia si nascondeva più che a Firenze: lordure, vicoli chiusi e corti segrete, cose e persone. Si udivano parole appena sussurrate ed echi smorzati, in castigliano, in arabo e in altre lingue misteriose.

Passarono accanto a un alto muro, dal quale spuntavano le sommità di alberi verdissimi. Era uno dei mille giardini invisibili di Siviglia. Andrea guardò le chiome vivide e pensò al refrigerio che offrivano. Sapeva dell'esistenza dei giardini pensili, terrazze quadrate alla sommità delle case. Se qualcuno avesse potuto volare sopra la città, forse avrebbe visto un unico mare verde, simile a una colorata foresta dell'Africa. Gli era stato riferito che i giardini di Siviglia avevano cambiato volto, dopo la scoperta delle terre nuove d'Occidente. Erano state le navi, a mutarne l'aspetto: quando una spedizione tornava dal viaggio, la campana della Giralda suonava a rintocchi, per annunciare la buona notizia. Se ne rallegravano per prime le donne dei marinai, poi gli armatori, per aver ben speso i denari sborsati per la missione. Infine gioivano coloro che sapevano di poter acquistare e rivendere le novità che le navi nascondevano nella stiva. Ma erano i ragazzi e i bambini, i primi a raggiungere la dolce spianata che dalle ultime case di Siviglia scendeva sul greto del fiume: erano ansiosi di veder sbarcare gli uomini e le donne nativi delle Indie occidentali, che spesso venivano portati in Castiglia per essere esposti, donati ai sovrani o fatti girare per città e campagne, per forza o per amore. Com'era d'altronde successo a Pedro, il compagno di Andrea. E molte donne raccoglievano semi e rizomi di piante nuove, che poi coltivavano in quei preziosi giardini, riparati dalle offese del sole crudele e risparmiati d'inverno dalla morsa del gelo. Quelle piante mai viste attecchivano e fiorivano: molte erano meravigliose, alcune mostruose per forma e grandezza, e producevano frutti ignoti alla cristianità. I marinai portavano anche notizie, avidamente raccolte al pari delle merci: alcune riguardavano l'uso che gli abitanti delle Indie facevano di certe foglie e funghi, capaci di cancellare la fatica, di indurre un sonno tenace o di produrre un fumo aromatico, che inalato dava ebbrezza.

La donna era davanti a loro, dall'altra parte della strada.

Andrea riconobbe subito i suoi occhi, neri e grandissimi. Indossava uno strano mantello traforato e il cappuccio le copriva i capelli, ma non ebbe alcun dubbio che fosse proprio lei, la donna della Casa de Contratación. La mano gli corse al profondo graffio sulla guancia, che la corta barba aveva già iniziato a coprire. Non aveva tempo, ma il desiderio di parlarle era forte. Corse verso di lei, mentre Pedro gli gridava:

«Dove vai? Non è quella la strada!».

Andrea non rispose al suo richiamo, ma l'indio lo raggiunse, lo afferrò per la camicia e lo forzò a fermarsi:

«Vieni con me».

«Lasciami andare. Troverò la strada da solo.»

«Non hai più tempo. Chi è quella donna?»

«Ci vedremo a mezzogiorno, alla locanda.»

Andrea si liberò dalla stretta e corse incontro alla sconosciuta, in tempo per vederla sparire in uno dei mille vicoli.

La voce di Pedro lo raggiunse mentre la seguiva nello stretto passaggio:

«No, ci vedremo di là dal mare. Cerca di restare vivo!».

Il vicolo deserto risuonava del ritmo diseguale dei loro passi. Il giovane fiorentino si affrettò e lei iniziò a correre, girando più volte per minuscole piazze e infilandosi in calli larghe appena quanto bastava per far passare un uomo. La donna era abile: conosceva bene la città, scompariva nell'ombra nera e poi, per confonderlo, riemergeva nel sole già accecante. Ma il battito singolare dei suoi zoccoli sulle pietre aiutava il giovane inseguitore e stavolta Andrea non voleva perderla, benché ormai avesse smarrito la strada di casa sua.

A un tratto vide, alta sopra i tetti, la stessa grande torre che sorgeva vicino alla casa del marinaio. Quell'attimo di distrazione gli fu fatale e perse di vista l'oggetto del suo desiderio.

Rimase fermo davanti a un crocicchio di stradine. Finché gli parve di udire uno scalpitare di zoccoli, oltre un vicolo stretto all'inverosimile. Si affrettò in quella direzione, urtando con le spalle i muri che lo stringevano ai lati, e alla fine sbucò nella larga strada, che il sole già inondava di luce come uno specchio. Giunto in mezzo alla via, si arrestò. Qui si trovava la casa del marinaio, ed era proprio la sua, che si consumava come una torcia ardente. Così se ne andavano le sue carte e i suoi ultimi segreti.

Davanti ad Andrea, a dieci passi di distanza, si parò un uomo. Era un gigante, che lo guardava fisso e non parlava. Rimase affascinato dalla potenza delle sue membra e pensò di essere caduto in un tranello, combinato da lui e dalla donna. Se i due erano spie dei Medici, lui era dunque stato scoperto, e ormai non rimaneva nessuno che potesse aiutarlo. Pensò alla sua sorte e alla delusione del Segretario. Maledì cento volte la sua carne debole, cercò il pugnale e lo strinse forte. Il Gigante lo imprigionava con lo sguardo, ma non si mosse.

Un rumore potente fece voltare di scatto il fiorentino. Alle sue spalle, un'altissima vampa di fuoco si alzò contro il cielo e mille scintille gli piovvero addosso. La casa del marinaio si stava accasciando. La strada si popolò di uomini e donne e ognuno gridava contro le fiamme che rischiavano di aggredire anche le case vicine.

Col pugnale stretto nella mano, Andrea non perdeva di vista il Gigante. La folla aumentava e li stringeva da ogni parte: molti avevano portato dei secchi d'acqua e cercavano di contenere l'incendio. Poi una mano fresca strinse d'improvviso la sua e lo tirò fuori dalla calca. I grandi occhi neri della donna della Casa de Contratación lo guardavano, da sotto il cappuccio:

«Presto, vieni con me!».

Andrea le obbedì. La donna si voltava spesso indietro, per accertarsi che nessuno li seguisse. Risalirono con fatica la corrente umana che affluiva alla strada da cento rivoli.

«Perché mi hai attirato in questo luogo?» le chiese Andrea, ansimando.

«Non ho mai smesso di seguirti. Volevo parlarti e volevo farlo da sola, senza quello strano uomo che ti accompagna.»

«Credevo che ti interessasse il denaro nelle mie tasche…»

«Non sai quanto ti sbagli, sul mio conto. Chi è il Gigante?»

«Non lo so.»

«È stato la tua ombra e ha provocato l'incendio della casa. Chi sei tu, e quale motivo ti ha portato a Siviglia?»

Andrea si morse il labbro. L'orgoglio ferito gli fece roca la voce: «Non conosco il tuo nome e pretendi che riveli i miei segreti!».

«Mi chiamo Rose e vengo dalle isole britanniche.»

«Sei una... una donna che uccide per denaro?»

«Sono una donna che ti salva la vita, mi pare.»

Grida feroci scoppiarono dietro di loro. Era il Gigante che sgominava la folla. Due birri lo inseguivano e lui se ne liberò afferrandoli per il collo e scagliandoli contro un muro. Rose prese di nuovo la mano di Andrea e lo trascinò verso il centro più antico della città. Fu una corsa affannosa, tra strade e passaggi sempre più stretti: alla loro destra si aprì un vicolo sgombro, tra due palazzi con i piani alti, e andarono da quella parte con una speranza di fuga più veloce. Ma dopo poco, si accorsero che la via terminava in una piazza quasi circolare, senza altre scappatoie.

Quando si voltarono, ancora mano nella mano, scoprirono che il loro inseguitore aveva chiuso il vicolo d'accesso con la massa del suo corpo. Rose estrasse il pugnale e Andrea vide brillare, ai raggi del sole già alto, la stessa lama che lo aveva sfregiato. L'uomo spaventoso avanzò lentamente. Andrea gridò e prese a picchiare alle porte delle case, ma nessuno aprì. Guardò Rose e le fece un cenno d'intesa: sperò con tutto il cuore che capisse e si gettasse ai piedi del Gigante e con la lama affilata tagliasse le sue caviglie solide e forti come il tronco di una quercia antica. La donna sembrò avere inteso: si mise dietro il giovane fiorentino e insieme attesero che il sicario cercasse di afferrarlo.

Ma Rose, con tutta la forza, spinse Andrea contro il Gigante. Il giovane fiorentino perse l'equilibrio e gli cadde addosso di schianto, con doloroso stupore. La vide fuggire nel vicolo, leggera come il vento: poi gli arrivò sul viso un terribile pugno e perse conoscenza.

Si risvegliò che il sole stava calando, e certo era rimasto incosciente più di un'ora, sulle pietre arroventate del selciato. Nella piazza non c'era nessuno, tranne due bambini che lo guardavano spaventati dalla soglia di una casa. Si chiese perché il sicario non l'avesse ucciso. Certo Rose, fuggita a quel modo, non poteva essere sua complice.

Andrea sentiva il corpo stanco e quel che era peggio, la mente provata. La partenza era prevista per l'indomani, doveva trovare la sua nave e unirsi all'equipaggio. E prima recuperare le sue cose, i preziosi appunti, il diario, la moneta del levantino... Si rialzò con le ossa rotte e corse in direzione del fiume, affidandosi all'istinto e girando più volte in tondo, prima che la visione della Giralda gli indicasse la via giusta.

Quando fu davanti alla porta della casa che lo ospitava, lo colpì un silenzio inconsueto. Alzò lo sguardo e alle finestre spalancate vide sventolare le tende gialle.

Salì di corsa le scale. Il corpo del vecchio padrone era riverso davanti alle stanze delle donne: aveva il collo piegato in modo innaturale e gli occhi spalancati. Affrontò con disperazione l'ultima rampa. Spalancò la porta della sua camera e vide le sue poche cose sparse sul pavimento. Ritrovò il diario e recuperò la moneta del levantino, che aveva nascosto nella fessura di una trave. Per fortuna era stato abbastanza prudente da occultare in un luogo ancor più sicuro la lettera d'imbarco. Tenne stretto il pugnale e si accorse di tremare un poco, mentre entrava in ogni camera. Sembrava che un vento di tempesta fosse entrato nella casa e avesse succhiato via ogni forma di vita. Contò quattro cadaveri. Non c'era sangue, dunque erano stati uccisi tutti a mani nude. Poi un lieve rumore lo fece sobbalzare. Qualcosa aveva disturbato i piccioni, sul tetto. Guardò le travi del soffitto e gli parve di vederle addirittura flettere, sotto un grande peso che si muoveva lentamente.

Rimase immobile, guardando brillare l'ansa del fiume sotto i raggi indorati del sole, oltre la finestra spalancata. La sua nave, la *Sagrada Familia*, era lì, da qualche parte, pronta per salpare. Si mosse con estrema leggerezza, cercando di non fare alcun rumore. Raggiunse la finestrina che dava sul tetto e mise la testa fuori.

C'era Rose rannicchiata lassù, gli dava le spalle e con la mano stringeva forte il suo ferro affilato. Avrebbe potuto lanciarle il pugnale e con un po' di fortuna trafiggerle il collo. Ma non era ciò che voleva. Salì anche lui, badando di non far rumore. Quando le fu vicino, Rose si voltò. I suoi grandi occhi erano rossi di pianto:

«Non sono stata io».

Le strinse forte il braccio, torcendoglielo un poco. La donna ebbe un gemito di dolore e il pugnale le sfuggì di mano, rotolando argentino sulle tegole rosse. Andrea lo raccolse e lo mise nella tasca della giubba. Il vento portava con sé i lontani rumori distorti del porto.

«Vieni di sotto.»

La trascinò quasi di peso fino alla piccola finestra e la costrinse a entrare nella stanza. La spinse sul paglericcio e lei vi cadde rotolando.

«Cosa eri venuta a cercare, qui?»

«La tua lettera d'imbarco. Credevo che il Gigante ti avesse ucciso.»

«Era ciò che speravi di provocare. E cosa ne avresti fatto, della mia lettera?»

«Sarei partita al posto tuo. Non guardano il nome e io so come fare, per passare da uomo.»

Andrea si sedette accanto a lei. Nonostante i luridi stracci, aveva davvero le forme di una donna, ogni volta per lui più desiderabili. Se la immaginò nuda e pensò al suo corpo in mezzo a quelli di trenta marinai. Le sfiorò il seno e lei non reagì.

«Forse faresti meglio a comprarti il passaggio in un altro modo, se proprio vuoi andare a morire a Hispaniola.»

Lei lo guardò con odio:

«Sono una donna onesta. Ho un marito».

«E dov'è? Ti permette di vivere in questa città infernale?»

«Mi ha lasciata per andare di là del mare Oceano. Devo attraversarlo anch'io, per trovare lui.»

Andrea la guardò con aria beffarda:

«Sei una moglie davvero molto devota, per decidere di affrontare un simile viaggio in cerca di un uomo che ti ha abbandonata».

Le gote di Rose si imporporarono un poco, ma non abbassò lo sguardo.

«Devo sapere perché è andato via da me.»

«È per trovare risposta a questa domanda che hai abbandonato ogni dignità e ti sei così ridotta?»

La donna strinse coi pugni la coperta della branda e gli occhi le si riempirono di lacrime.

«La pena che ho nel cuore mi costringe il respiro come un artiglio. Io sono stata la più fedele e la più dolce delle mogli. Lui l'uomo più caro e forte.»

Quelle parole suscitarono in Andrea i dolci ricordi che la nuova avventura aveva sepolto sotto una lieve coltre di cenere.

«Avrà avuto un'altra donna, perdio!»

Rose si alzò dal paglericcio e andò accanto a lui. Il sole le bagnava il viso di luce dorata, facendo risaltare gli occhi rossi di pianto.

«Se fosse come dici, non mi sarei mossa dalla mia casa d'Inghilterra. No, sono sicura che mio marito non ha seguito una nuova donna. Quando un amore è vero e pieno, non può sparire senza una ragione. Come se il sole d'improvviso si spegnesse: se anche tu hai amato, lo sai...»

Andrea strinse più forte l'impugnatura del coltello e guardò gli alberi delle navi, ormeggiate sui moli.

«Anch'io ho una moglie.»

«E allora saprai anche che, come all'inizio di un amore non c'è certezza, e ognuno chiede sempre all'altro se lo ama e vuol sentirselo ripetere, così, se l'amore sopravvive, nutrito dai sensi, allora subentra una dolce sicurezza, la fiducia.» Gli prese la mano e la strinse forte. «È qualcosa di grande, non può cessare d'un tratto!»

«E cosa vorresti chiedere, a tuo marito, nel caso incredibile che lo trovassi?»

Rose lo guardò negli occhi: Andrea non aveva mai visto tanto fuoco e ne ebbe paura.

«Perché, perché… Questa domanda mi scoppia nel petto, mi taglia il cuore e non mi lascia vivere. È sempre presente, giorno e notte, viva e crudele.»

«Temo che dovrai rinunciare al viaggio.»

«No, se farai in modo che anch'io mi imbarchi sulla *Sagrada Familia*.»

«Tu sogni. E perché dovrei farlo?»

Lei gli passò la mano sulla cicatrice, sotto la barba:

«Ti darò protezione».

«So badare a me stesso, perdio. Non mi serve l'aiuto di una donna, per quanto sia abile di coltello.»

«Ti guarderò le spalle. Non conosco, né voglio conoscere, il motivo che ti ha spinto qui da tanto lontano per compiere la traversata, ma hai nemici molto forti e la tua vita è in grave pericolo. Quel Gigante ti vuole morto: ho seguito i suoi passi, ha ucciso chiunque tu abbia incontrato.»

Andrea sentì svanire il desiderio per Rose. Al suo posto, solo sospetto e paura.

«Che ne sai, di come ho impiegato le mie giornate?»

«Sono sempre stata la tua ombra, da quando ti ho incontrato.»

Sorrise, ma ormai per Andrea la donna rappresentava solo una minaccia per la sua missione.

«Che cosa hai visto?»

Stavolta Rose abbassò lo sguardo.

«Ti ho seguito per tutto il tempo. Hai parlato con il levantino e con il piloto della Casa de Contratación.»

Andrea cercò il pugnale, sotto la camicia.

«Hai udito le nostre parole?»

«No, ma ho visto il Gigante muoversi sulle tue tracce. E sono venuta a salvarti.»

Il ferro non era l'arma adatta. Doveva evitare di lasciare altre tracce dietro di sé. I morti, in quella casa, non avevano versato una goccia di sangue, sterminati da una forza sovrumana. Lui avrebbe fatto altrettanto. Si slacciò la cintura. Era sottile, ma robusta.

«Spogliati.»

«Ti ho detto che sono una donna onesta.»

«Mi dispiace, ma non posso lasciarti andare.»

Rose lo guardò, spalancando i grandi occhi neri. Eppure Andrea non vi scorse il terrore cieco che aveva visto nei condannati al patibolo. Si chiese se davvero fosse necessario sacrificare quella donna sfrontata e coraggiosa. Ser Niccolò, il suo Segretario, lo avrebbe spinto a non esitare, perché il male di pochi poteva portare al beneficio di molti. Ma Andrea non era uomo che potesse uccidere senza dubbi.

«Perché vuoi che mi spogli?»

«Perché si creda che sia stato il Gigante a ucciderti, dopo averti violata. E non voglio toglierti io gli abiti, dopo.»

«Hai ragione, non lo vorrei nemmeno io.»

Rose iniziò a piangere in silenzio, mentre si slacciava il corsetto, e non accennò nemmeno a difendersi. Restò nuda e si inginocchiò davanti a lui. Mentre con un braccio si copriva per pudicizia il bianco seno, con l'altro scostò i capelli e gli offrì il collo:

«Non farmi soffrire troppo».

Andrea si mise alle sue spalle, con le mani tremanti. Quando stava per girarle la cinghia intorno al collo, Rose si voltò verso di lui:

«Quel Gigante non è solo. Grandi forze lo aiutano e io so cose che tu non sai».

«Non mi guardare!»

La donna obbedì, offrendogli la schiena indifesa. Senza l'impaccio degli abiti goffi, per Andrea era bella come la Venere di un pittore fiorentino. La forza gli abbandonò le mani e il suo cuore prese a correre. Rose si girò di nuovo. I suoi occhi parvero al giovane fiorentino ancora più grandi. Non si copriva più il seno e aveva la posa di una santa in attesa del martirio. Gli parlò di nuovo, con voce tranquilla:

«Il Gigante è andato alla nave».

«Quale nave?»

«Non è una nave spagnola.»

«Cosa stai dicendo?»

«Io non so se la tua città, Firenze, possiede navi che possono affrontare il mare Oceano. Ma quella che ho visto non appartiene ai re cattolici.»

«Il Gigante è salito su una nave straniera? Dov'è ormeggiata?»

«Fuori Siviglia, ben nascosta. A mezza giornata di cavallo.»

«Descrivimela, perdio! Raccontami le insegne. Hai udito quel mostro parlare con qualcuno?»

Rose fece cenno di no, chinò di nuovo il capo, stringendosi i capelli, e gli offrì il collo di cigno.

«Fai presto, ti prego, non mi regge più il cuore.»

Era rassegnata. Andrea, invece, aveva il corpo madido di sudore e le parole stentavano a uscirgli dalla bocca. Avvicinò le mani al collo della donna, ma tremava come in preda a una febbre mortale. Lanciò un urlo che udirono anche in strada. Rose ne approfittò per alzarsi. Afferrò i suoi stracci e si coprì. «Portami con te! Ti sarò di aiuto, non te ne pentirai!» gridò con la voce rotta dalla paura.

«Non posso!»

Andrea gettò la cinghia per terra e sfoderò il pugnale, sperando di trovare la forza di colpire. Rose indietreggiava e prendeva tempo.

«Invece puoi! Allo stesso modo in cui hai corrotto il piloto della Casa de Contratación, usa il tuo denaro per procurarti un'altra lettera di imbarco.»

Il fiorentino si rese conto che non avrebbe avuto cuore di affondare la lama nel suo petto. Rinfoderò il pugnale, certo che ne avrebbe pagato le conseguenze.

«Non ho più denari. E se imbarcare di nascosto un altro uomo è cosa quasi impossibile, figuriamoci una donna. Con quale arte nasconderesti la tua natura, su un fragile legno in mezzo al terribile mare Oceano?»

«Sono più maschio di quanto tu creda.»

«Non ho modo di fare quanto chiedi.»

Rose si era già rivestita. Era pallida, ma aveva ripreso in fretta la sua sicurezza.

«Sei pronto a uccidere, ho visto: e allora trova un marinaio molto giovane che compia il nostro stesso viaggio, ruba le sue carte e gettalo nel fiume. Io prenderò il suo posto.»

Andrea la guardò con sconcerto:

«Uccideresti così un innocente?».

Rose ebbe un moto di riso:

«La nave pullula di ladri e di assassini, fra i marinai. Faresti un favore al boia».

«Hai una strana idea della giustizia.»

«Tu stavi per strozzarmi!» gli strillò lei sul viso.

«Per un buon motivo. E rimpiango di non averlo fatto.»

«E allora, come intendi agire?»

Il giovane agente del Machiavelli guardò sconsolato fuori della finestra: il tempo era scaduto, doveva presentarsi all'imbarco.

«Se non posso ucciderti, dovrò per forza portarti con me.»

## *Il patto*

Si arrangiarono a mangiare il pane caldo e le frittelle di ceci che vendevano ai banchi del mercato e a bere dalle fontane. Poi, quando il sole cominciò a calare, entrarono nella Cattedrale. Prima del viaggio, Andrea doveva render conto dei suoi peccati e recuperare ciò che gli serviva. Al confessionale c'era una fila di beghine e marinai. Dovettero attendere. Sembravano due sposi, inginocchiati accanto, eppure un'ora prima lui stava per ucciderla. Si sarebbe detto che Rose dicesse l'Ave Maria, con gli occhi all'altare, invece parlava ad Andrea, sia pure a bassa voce, con una foga degna di un inquisitore:

«Chi sei tu, per attrarre dei nemici come quello, a Siviglia? Nemmeno hai detto il tuo nome. Mi hai dato di meretrice, di criminale, ma credo che piuttosto sia tu, ad avere qualcosa da nascondere...».

«Io mi chiamo Andrea» tagliò corto il fiorentino. «E non so cosa quel Gigante voglia da me.»

Andrea non mentiva affatto: il Segretario gli aveva detto che i loro tanti nemici avrebbero potuto seguirlo fino a Siviglia, ma non aveva aggiunto altro. Passata la paura, che consigliava sempre mosse avventate, il giovane pensò a ciò che era successo quella mattina nelle vie di Siviglia: prima era certo che il Gigante volesse sopprimerlo, ma rivedendo la scena, nella sua mente, ne avvertiva ora tutta la stranezza: quell'uomo non ne aveva affatto intenzione.

Pensò con timore al suo futuro. Finora aveva saputo contare solo sulle sue forze, sull'ingegno e sulla fortuna. Finché aveva attraversato città e campagne, non si era imbattuto in pericoli reali, benché il suo viaggio, già a quel punto, fosse più lungo di quello che mai avrebbe immaginato di compiere in tutta la sua vita. Ma se già a Siviglia era stato sfiorato dall'ala della morte, cosa sarebbe accaduto nel mare Oceano, e poi a Hispaniola, e infine nelle Indie sconosciute?

Il prete uscì dal confessionale. Andrea si alzò dalla panca e gli andò incontro.

«Confessatemi!»

«È tardi, marinaio. Ripassa domani.»

«Domani è tardi. Devo imbarcarmi oggi.»

«Cerca un altro prete.»

Doveva per forza raccontare i suoi peccati proprio in quel confessionale, e non avrebbe certo mollato.

«Volete negarmi l'assoluzione? La mia anima vi rimarrebbe sulla coscienza!»

Era un sacerdote assai giovane e cedette subito alle insistenze del giovane straniero. Mentre gli raccontava tutto il male e la rabbia che aveva in corpo, Andrea cercò con la mano il nascondiglio della sua lettera d'imbarco. Appena la trovò, la mise nella tasca interna della camicia. Il prete lo assolse, assegnandogli una penitenza che gli avrebbe portato via troppo tempo. Andrea decise di farla durante la traversata, che già di per sé sarebbe stata certamente un bell'assaggio di purgatorio.

Quando uscirono dalla Cattedrale, girarono insieme intorno alla piazza, bagnata dal sole carico del pomeriggio. Rose gli stringeva forte la mano:

«Che intendi fare di me, adesso?».

«Hai detto che puoi passare per un ragazzo. Ebbene, hai l'occasione per darne prova.»

Lei lo guardò con un'ombra di spavento nei grandi occhi neri. Non aveva più la sicurezza solita, ora che il momento s'avvicinava.

«Come farò a salire a bordo, senza lettera d'imbarco?»

«Dovrai nasconderti. Solo quando saremo oltre le isole Azzorre potrai rivelarti, senza rischiare che ti sbarchino prima di Hispaniola. Sempre che...»

L'immagine si presentò alla mente di Andrea, chiara e assai probabile. Esitò un momento e Rose lo tirò per la camicia.

«Sempre che cosa?»

«Che non ti gettino in mare.»

Lei sorrise, sollevando di scatto il mento con aria sprezzante:

«Saprò evitarlo».

«Allora fai subito un fagotto dei tuoi abiti e dalli a me. Rimani solo con le brache, ma tieni il pugnale. Nasconditi bene in qualche anfratto del molo e cerca di non finire stuprata e uccisa dalla gente del porto. Quando imbarcheranno i marinai della *Sagrada Familia*, scendi in acqua e nuota fin sotto la murata di dritta. Farò un solo tentativo di tirarti a bordo con una cima. O andrà bene, oppure...»

«Oppure cosa, Andrea?»

Il giovane non voleva dirglielo: "Oppure ti ucciderò con le mie mani, se ti scopriranno, perché in ogni caso tu non possa raccontare di me e della mia missione".

Arrivarono davanti all'alloggio di Andrea. Non potevano più entrare, perché i birri avevano preso possesso della casa, e una folla di gente li osservava frugare dappertutto e portar via i corpi degli uccisi. D'altra parte, pensò l'agente del Machiavelli, non aveva molto da prendere.

Il Gigante li osservava, dalla sommità di una torre. Accanto a lui c'era la giovane donna scura di pelle: un leggero affanno scuoteva le sue piccole membra.

«Avresti dovuto uccidere anche lei. Hai ordini precisi.»

Il sicario le rispose senza guardarla: teneva le mani sulla fronte, per proteggersi dal riverbero del sole calante e non perdeva una mossa del fiorentino e della donna che lo accompagnava.

«Ho libertà di disporre di qualunque vita. E ciò significa che posso sopprimere, oppure risparmiare. Vale solo il mio giudizio. Ed è meglio, per ora, che quella donna viva.»

«Ammazzerai anche me, alla fine?»

Il Gigante non rispose. Quando non vide più Andrea e Rose, prese con l'enorme mano la piccola donna, le tolse le vesti e la spinse, con la massima delicatezza di cui era capace, contro il muro antico della torre. La prese subito, senza una carezza, una parola o un mormorio. Ma lei lo baciò con tutto l'amore che poteva.

Scesero infine le ripide scale, in fretta, per raggiungere le navi e prepararsi all'imbarco. Dietro di lui, la donna quasi correva, per stargli dietro:

«Sarò sull'altra nave».

«Non ho più bisogno di te.»

«Lo sai, devo controllare ogni tua mossa. Ma non mi vedrai.»

Il Gigante si fermò, voltandosi verso la piccola donna:

«Mi hai chiesto che farò di te. Non voglio il tuo male. Ma quando saremo davanti al gran segreto, ucciderò ogni anima viva. Non ti far mai vedere».

"Dovrò dirti un altro grande segreto, quello che ti riguarda", pensò la donna. Ma non disse altro, perché il tempo correva implacabile.

### *L'imbarco*

Andrea si era immaginato di vedere cose mai raccontate da nessuno. Si figurava vele altissime, bianche e rosse; navi di foggia strana, uomini rudi eppure con occhi fiammeggianti per cose meravigliose già viste e sguardi profondi per desideri infiniti. Invece era rimasto in piedi inutilmente per così tanto tempo che non avrebbe nemmeno saputo dire quanto: e poi aveva dormito come un animale, sulla polvere del molo. Adesso, col sole già alto e implacabile, era di nuovo in piedi da ore, stretto tra altri venti marinai. Intorno c'erano degli armati di schioppo, che tenevano uniti quei disperati come un branco di pecore e allo stesso tempo scoraggiavano chiunque provasse ad avvicinarsi. Li trattavano come dei forzati, dei condannati a un esilio perenne, o condotti alla morte: e quella era ragionevolmente la sorte che avrebbero incontrato molti di loro. C'erano altri gruppi, nei moli vicini, perché quel mattino partivano tre navi, oltre la *Sagrada Familia*. Andrea avrebbe voluto tenere a mente i preparativi, i carichi imbarcati, studiare i volti dei comandanti, ma in mezzo al puzzolente branco dei marinai non poteva fare altro che alzare il capo e guardare il cielo. L'azzurro gli feriva gli occhi, il collo gli doleva e la febbre scuoteva di brividi tutto il suo corpo: già alcuni cadevano svenuti, e temeva che sarebbe accaduto anche a lui, se non li avessero fatti imbarcare presto. Anche quello poteva essere un vile espediente per selezionare l'equipaggio.

Delle voci stridenti li chiamarono, e subito i corpi pigiati fremettero e il gruppo iniziò a muoversi. Andrea non riusciva a vedere niente, solo la terra polverosa ai suoi piedi, e quasi inciampò nel legno del molo. Con un suono simile a quello dei tamburi da guerra, il branco affrettò il passo verso la nave. Andrea riusciva a scorgere, tra le rade assi del molo, l'acqua lurida e ferma del gran fiume, che puzzava di orina e di carogna, certo lontana dall'idea che si era fatto delle onde del mare Oceano. Aveva navigato da Livorno alle isole toscane, per molti mesi, e quel mare domestico, nel ricordo, gli pareva assai più selvaggio. Le onde verdi e limpide che schiaffeggiavano le prore delle navi fiorentine, nel piccolo porto della Dominante, annunciavano l'asprezza e il candore del mare aperto. Quell'immenso fiume, invece, scorreva lentissimo e prometteva solo un oblio disperato.

Li fermarono, uno per uno, sulla passerella che portava alla nave, rallentando ancora l'imbarco. Pareva che cercassero qualcosa, o qualcuno: frugavano nelle vesti, anche nelle pieghe delle camicie. Un uomo di età, ma alto e forte, fu addirittura spogliato nudo. Andrea, ancora pigiato nella calca, se ne accorse e cercò il suo pugnale. Lo prese per l'impugnatura e lo fece scivolare lungo la gamba: sotto di lui, le assi del molo erano abbastanza rade perché potesse disfarsene senza richiamare l'attenzione dei suoi compagni. Cercò di prendere bene la mira, poi chiuse gli occhi e lasciò andare la presa. Il pugnale passò tra i due legni e fendette l'acqua con un lieve rumore, che si confuse con lo sciacquio della corrente. Il giovane fiorentino pensò che adesso era salvo, ma indifeso: se fosse riuscito a tirare a bordo Rose, e con lei la sua arma, allora quella donna avrebbe davvero potuto aiutarlo. Sempre che lei fosse riuscita a passare per un uomo, in modo ancora più efficace di come aveva fatto alla Casa de Contratación.

«Hai fatto bene. Non vogliono armi, a bordo, e oggi cercano anche un assassino.»

Un brivido gelido percorse il corpo di Andrea. Chi aveva parlato era un uomo piccolo e magro, coi capelli bruni tagliati cortissimi, in piedi accanto a lui. Il pallore del suo volto senza età – poteva avere diciott'anni come trenta – contrastava con il colore nerissimo dei capelli e delle folte sopracciglia. Aveva la barba non rasata e il suo sguardo era febbricitante.

«Non ti preoccupare,» aggiunse «ho provveduto anch'io, e chissà quanti altri. Nessuno di noi vuol perdere l'imbarco o finire addirittura nelle galere di questa città.»

«Hai detto che cercano qualcuno...»

«Pare che uno dei piloti della Casa, quello che scriveva i nostri nomi sul registro, sia stato trovato morto in una delle vie più sordide della vecchia Siviglia. Gli hanno rubato i soldi ed è stato strangolato con i lacci dei briganti castigliani. Era un uomo molto odiato, specie da chi è stato scartato per il viaggio...»

Andrea lo guardò con un sincero stupore. Il giovane marinaio parlava in perfetto castigliano, ma con uno strano accento: ad Andrea ricordò quello del levantino. Forse veniva anche lui dalla Palestina, pensò. Ma tutta Siviglia era piena di stranieri: inglesi, francesi, italiani come lui, tedeschi, tutti con la stessa pretesa di essere sudditi dei re cattolici.

«E allora perché cercano il suo assassino tra di noi? Non avevamo certo motivo di vederlo morto...»

«Sei così ingenuo, marinaio? Tutti sanno che lo hanno pagato in molti, per ottenere l'imbarco. Chi gli ha preso i soldi, l'ultima notte, ha fatto di certo un bel bottino. Chiunque di noi può aver nascosto quel denaro, per riprenderlo al ritorno dal viaggio.»

«Ma chi fosse stato così idiota, adesso rischierebbe di non farci partire!»

L'uomo rise.

«Questa *nao* deve salpare entro oggi. Anche loro sanno che è inutile perquisirci tutti. Prenderanno qualcuno a caso, poi vedrai che lasceranno perdere.»

L'urto degli uomini dietro di loro, sospinti dagli altri, li fece quasi cadere: il gruppo si spostò di nuovo in avanti, e finalmente, dopo che un colosso nero li ebbe tastati, uno sì e uno no, salirono a bordo.

Andrea non aveva mai visto una nave come quella. Quando fu sul ponte, insieme agli altri, in attesa che venissero impartiti gli ordini, non riconobbe nulla. Gli era familiare solo la grande vela quadra, già spiegata sull'albero maestro. Il resto era ben diverso dai navigli livornesi e pisani, che ben conosceva. Era come se le necessità del grande viaggio avessero imposto modifiche alle navi spagnole, rendendole simili a imbarcazioni da sogno. Ma per fortuna lui era un semplice mozzo, con l'incarico di pulire il ponte, arrampicarsi sugli alberi e sciogliere le vele. E benché ogni legno di quella nave fosse diverso da quanto serbava nella mente e nel cuore, Andrea fu certo che le cose da fare, per il più umile dei marinai, sarebbero state sempre le stesse.

Ordinarono loro di gettare i bagagli sul ponte. Nel sacco del fiorentino c'erano solo gli stracci maschili di Rose, insieme al diario e alla moneta. Un castigliano barbuto, vestito in una foggia strana, urlò parole che capirono in parte. In alto, sul castello di prua, un uomo di aspetto appena più gentile, ma anch'egli con abito dimesso e di foggia singolare, li guardava con le mani conserte. Andrea capì che era il capitano, perché aveva ben calzato in testa un cappello nero. Accanto a lui, vestito ancora meglio, c'era un gentiluomo. Incrociò il suo sguardo e fece fatica a nascondere la meraviglia: era Pedro, l'indio che doveva accompagnarlo nella sua missione segreta. Era dunque un servo o un signore? Anche lui si accorse di Andrea: alzò appena la mano e con l'indice gli fece segno di no. Avrebbero dunque viaggiato fingendo di essere inconsapevoli l'uno dell'altro, come imponeva la segretezza della missione.

Voci concitate, dal molo, a cui rispondevano grida quasi musicali dalla nave, davano la cadenza esatta dei lavori per preparare la partenza. Un marinaio toccò Andrea sulla spalla e gli indicò un argano: c'era un ragazzo, forse di nemmeno quindici anni, che stringeva la ruota con tutta la sua forza, e pareva esser lui, con la sua disperazione, a tener ferma la nave. Anche Andrea afferrò le pale dell'argano, e a un ordine secco cominciò a spingerle. Teneva la fronte bassa, per lo sforzo, e dopo un po' il sudore gli entrò negli occhi e glieli bruciò, come se avesse guardato in faccia il sole: non vedeva più nulla. Contò i giri della ruota, che sembrava fatta di ferro: due, quattro, otto... Intorno a loro, i marinai si muovevano in ogni direzione, apparentemente in modo caotico, ma il distacco dalla riva di una grande nave era un lavoro complesso che richiedeva la più dura delle discipline. Uno schianto, come se lo scafo si fosse spezzato in due, annunciò che la nave era libera dagli ormeggi.

Andrea giudicò di non poter attendere oltre. I movimenti frenetici dei marinai gli offrirono l'occasione per correre alla murata. Legò stretta una cima al legno e la gettò di sotto, senza guardare, poi tornò subito al suo posto. Tenne il capo basso, in attesa, ma non accadde nulla. Pensò che se Rose era riuscita a salire a bordo, aveva dovuto prendere alla svelta il sacco, sparire sotto coperta, rivestirsi e nascondersi. Pregò che avesse sciolto la cima, facendola cadere in acqua.

Rialzò finalmente il capo, e vide i marinai al lavoro: alla Casa gli erano sembrati poco più che bruti, ora invece parevano dei musici, ognuno impegnato a togliere il meglio da un delicato strumento. La nave si mosse, conquistò il centro del gran fiume e veleggiò verso occidente. Andrea si voltò verso Siviglia, per un ultimo sguardo, e vide che le altre due navi stavano salpando a loro volta le ancore.

Il gran fiume percorse molte miglia, descrivendo grandi anse, fino all'estuario. Per ore e ore non ci fu altro che fiume e campagna, e il fiorentino ebbe appena la forza per alzare qualche volta la testa dal suo duro lavoro. Solo quando il sole scese, poté aggrapparsi alla murata e guardare oltre. Davanti ai suoi occhi passarono i villaggi di Coria e La Puebla, nella piana sconfinata. Quando finalmente giunse la fine del suo turno di lavoro, Andrea si avviò sotto coperta, pregando Dio di dargli la forza per resistere fino alla sua destinazione. Ma aveva fatto appena pochi passi, quando le gambe gli cedettero all'improvviso e cadde in ginocchio sulle assi di coperta. I marinai intorno a lui dettero appena uno sguardo, senza aiutarlo. Si rialzò con grande fatica e sentì un freddo maligno mordergli le membra: eppure il sole grande e rosso, che tramontava all'orizzonte, era lo stesso che riscaldava i pomeriggi di Siviglia, come il fuoco di una fornace. Le mani gli tremavano così forte che non riusciva a tenerle ferme e faceva fatica perfino ad aggrapparsi alla cornice del boccaporto. Scendere le scalette, fino ai tavolacci sotto coperta, fu per lui come varcare la soglia dell'inferno. Quando raggiunse il suo giaciglio, riuscì appena a salirvi sopra, e appena si distese, capì dall'affanno, dal dolore e dal sudore che gli copriva tutte le membra, di avere una gran febbre.

Sperò che il sonno giungesse subito a rinfrancarlo. Ma passarono inutili i minuti, e poi le ore. I suoi occhi non si chiudevano e alla fine vaneggiarono, stanchi. Vide intorno a sé sua madre e i suoi fratelli, e il Segretario, e le dolci colline sopra Firenze. Cercò di alzarsi, per bere e rinfrescarsi la fronte, ma il vigore lo aveva del tutto abbandonato, e il tremito non si fermava. Fu preso dallo sconforto. Se non fosse riuscito a tornare in sé e a riposare, il giorno dopo la sua sorte sarebbe stata segnata: l'avrebbero sbarcato e la sua missione segreta sarebbe finita per sempre. Se invece fossero stati già sul mare Oceano, l'avrebbero lasciato indifeso a Madeira, o addirittura qualcuno gli avrebbe affrettato la fine, affidando il suo corpo al mare.

Vide un'ombra che passava davanti alla sua branda. Non aveva modo di sapere che ora di notte fosse: il tempo era segnato solo dallo sciabordio delle onde e dal rollio della nave. Pensò che fosse di nuovo un'immagine dettata dal delirio, perché non era un marinaio, quello che stendeva su di lui una morbida coperta e gli tastava la fronte con la mano fresca. Così faceva sua madre con lui bambino, a Firenze, quando lo vegliava nelle notti in cui cadeva preda della febbre. Forse, quello accanto a lui era un fantasma: sapeva che gli spiriti dei marinai morti in mare si accanivano ancora a tentare il viaggio, perché non sapevano di esser trapassati e ancora desideravano ardentemente di vedere profilarsi all'orizzonte il molo di Hispaniola, e anelavano l'oro e le carni delle fanciulle indigene. Ma il marinaio che sollevava la coperta ed entrava nella sua branda era reale. Cercò la forza per protestare, ma una mano gli fermò le parole sulla soglia delle labbra:

«Non sei malato. Il tuo corpo non è abituato alla fatica. La febbre viene dallo sfinimento, per quello non riesci a dormire. Abbracciami stretta, il tremito passerà».

Andrea obbedì, era dolce sentire il tepore del corpo di Rose. Il tremito gli passò quasi subito, e anzi nacque potente il desiderio. Ma lei lo fermò:

«Riposa, adesso. Devi resistere per più di quaranta giorni. Lascia che siano altri, i più deboli, a essere gettati in mare prima di Hispaniola».

Andrea pensò che quella donna era più forte di dieci uomini. Non voleva ancora dormire e la implorò di fargli udire ancora il suono della sua voce, appena mormorata:

«Cosa ti spinge, con tanta forza, a compiere il viaggio? Come puoi essere sicura che il tuo uomo sia di là dal mare?».

«Nelle cose che mio marito aveva preso, prima di fuggire c'era la traccia sicura della sua destinazione... Seppi così che l'isola Hispaniola, per quanto grande, è popolata da pochi indigeni, ormai quasi consumati dal morbo e dalla fatica del lavoro che gli *encomenderos* impongono loro. E il governatore Ovando, i suoi armati, i coloni, sono solo poche anime, che abitano in sparute e povere case. Tutto il resto è un'immensità ignota in cui nessuno si azzarda ad andare. Le Indie sono piccole...»

Andrea ripensò alle parole del levantino: quel che gli diceva Rose era vero.

«Dici di avere nella mente e nel cuore solo tuo marito! Ma lui ti ha abbandonato. Questo proprio non riesco a capirlo...»

Rose gli mise di nuovo l'indice sulla bocca e dolcemente la chiuse. Le sue parole, adesso, erano un sussurro appena udibile:

«Pensi che una donna possa provare amore per l'uomo che l'ha abbandonata? Disperazione sì, nostalgia del tempo perduto, forse. Ma amore, non più: piuttosto mi agita l'odio...».

«Vuoi spingerti fin laggiù per ucciderlo?»

Rose esitò.

«Devo sapere perché un mattino mi sono svegliata e il letto era vuoto. Ricordo ancora l'aria di maggio: in Inghilterra, a volte, è dolce come a Siviglia, o come forse da voi, in Italia. Ho chiamato il mio buon marito, il mio amante dolce, ma in tutta la casa non c'era nessuno. È singolare, l'animo umano, quando non riesce a credere in quello che deve per forza subire... L'ho cercato umiliandomi oltre ogni immaginazione. Mi sono ridotta a dormire in strada per anni. Ma non posso tornare finché non mi sarà chiaro perché è andato via da me. Questa invincibile domanda mi domina.»

«Non hai mai pensato che potrebbe essere morto?»

«No, sono sicura che sia vivo. Ah, se avessi avuto mio padre e mia madre, per confortarmi e aiutarmi!»

«Sei dunque tanto sola?»

«Ho una sorella. Ho chiesto aiuto a suo marito, un filosofo che conosce uomini importanti, alla corte inglese. L'ho inutilmente implorato, appellandomi ai ricordi che avevamo in comune...»

«Quali ricordi?»

«Non voglio dirtelo.»

Andrea non protestò, perché ormai udiva appena le sue parole, senza comprenderle appieno. E finalmente il sonno lo vinse.

## *Rotta a occidente*

La fregata inglese aveva appena lasciato il suo ormeggio segreto oltre le anse morte del gran fiume, al di là dell'*Isla Mayor*. Era stata issata la bandiera con la croce di San Giorgio, perché il capitano Sir Malcom, nonostante fosse irritato e spaventato per il carico e il passeggero, sapeva di non dover temere attacchi, almeno fin oltre Madera.

I marinai armarono i cannoni: erano bocche da fuoco nuovissime, a lunga gittata, capaci di prevalere su qualsiasi nave da guerra. La stiva era stipata di barili di polvere nera, assai più di quanti ne servivano per caricare l'artiglieria pesante. La nave custodiva anche molte armi leggere, nuovissime e mai viste dai comuni marinai, capaci di lanciare proiettili a grande distanza e con notevole precisione. Erano chiuse nella stiva in casse sigillate ed erano riservate all'equipaggio di una seconda nave, che avrebbe fatto la traversata tenendosi a distanza e bene al riparo della vista. "Un equipaggio davvero misterioso" pensò Sir Malcom. A Londra gli era stato riferito che si trattava di guerrieri molto particolari, al comando di un singolare capitano. E che non avrebbero mai dovuto mostrarsi ai suoi uomini.

Appena ebbe preso il largo, la nave virò a settentrione. La navigazione procedette in vista della costa portoghese, ma a maggior distanza che nell'uso comune, per evitare qualsiasi scontro a fuoco. Ogni oncia della polvere nera, a bordo, era difatti necessaria e quindi intoccabile, fino all'arrivo a destinazione. E il mare da percorrere era tanto, più di quanto Sir Malcom potesse immaginare. Né lui né chi guidava il misterioso equipaggio della seconda nave, infatti, sapevano con esattezza dove fossero diretti.

Il secondo giorno la nave giunse in vista di Finisterre. A metà del giorno, il capitano prese dall'armadio chiuso a chiave un dittico di avorio bianco intarsiato e andò da solo sul ponte di comando. Aprì i due pannelli, incernierati tra loro come la copertina di un libro, e un filo di seta si tese tra essi. Poi prese l'astrolabio e il sestante e ripeté più volte l'operazione, per misurare la latitudine con la maggior precisione possibile.

Il giorno successivo fu impiegato in una strana navigazione in mare aperto, con vari cambi di rotta e senza un'apparente logica: i marinai si chiedevano che diavolo avesse in testa il loro capitano, ma Sir Malcom era forse uno dei tre soli piloti di re Enrico in grado di individuare con esattezza un punto in mezzo al mare, nel golfo di Biscaglia.

All'alba del terzo giorno, la vedetta sull'albero maestro gridò un avvistamento, a dritta. Sir Malcom salì personalmente sull'albero maestro, fino alla torretta. Sorreggendosi alle corde, guardò l'orizzonte e vide una nave. Fu certo, nonostante la distanza, che fosse la seconda fregata inglese, con l'equipaggio misterioso a bordo. Gridò, dall'alto del punto di osservazione, l'ordine immediato di procedere verso occidente. La rotta avrebbe seguito una via intermedia tra quella aperta dal genovese Colombo e una più settentrionale, trovata dall'italiano Giovanni Caboto per conto di Enrico VII. La fregata di Sir Malcom era più veloce delle *naos* dei re cattolici: sarebbe giunta a destinazione con poco ritardo rispetto alla *Sagrada Familia*, grazie alle correnti del nord.

Il Gigante era a prora e godeva del vento sul viso. Il mare d'Irlanda era duro ma fiero, diverso da quello, nero e infido. Il mare d'Irlanda era il suo mare, la sua terra, la sua casa di un tempo, offesa, violentata e sventrata.

A bordo si limitava a mangiare e a dormire, senza scambiare parola con alcuno. Molti dei marinai lo disprezzavano, perché era un figlio d'Irlanda; i più lo temevano, perché di aspetto e di modi spaventosi. Guardava oltre l'orizzonte, certo che di là dal mare, oltre ogni terra conosciuta, oltre le Indie occidentali, ci fosse una costa ignota. E lui solo conosceva l'ultimo tratto della rotta, perché nessun marinaio inglese aveva mai navigato in quell'ostile arcipelago popolato di selvaggi antropofagi, di uomini senza testa e angeli dell'inferno. I pochi esseri umani, in quelle acque, erano rari e audacissimi pirati. Là sorgeva la Città d'Oro, il luogo dove si celava il segreto che i suoi padroni custodivano. Fu investito da uno spruzzo di acqua gelida. Scacciò i ricordi che gli bombardavano il cuore e si concentrò sulla missione. Sul dovere da compiere. Per occupare la mente fece il calcolo delle armi di cui avrebbe avuto bisogno, i tempi, i modi per nascondersi e per intercettare e seguire l'agente fiorentino. Era stato tutto predisposto, con l'aiuto della piccola donna. Ma nemmeno il Gigante conosceva la sua meta finale e il destino che avrebbe dovuto affrontare.

Di quell'ultima parte del viaggio, aveva paura anche lui.

# 4
## IL MONDO NUOVO

*Isola Hispaniola, agosto 1508*

Andrea era a prua, col suo piccolo bagaglio ai piedi, insieme a dieci altri uomini che non avevano più la forza di lavorare. Tre marinai erano morti, poco oltre le Azzorre, un numero esiguo, per quel viaggio. Mentre il vento che veniva dal mare gli frustava il viso, pensò che era stato assai fortunato: se al sorgere del sole non avessero avvistato terra, sarebbe stato di certo il prossimo, e con lui sarebbe fallita anche la sua missione. Secondo gli accordi presi con il Segretario, in quel malaugurato caso avrebbe dovuto spendere le ultime forze per raggiungere la murata e gettare il suo quaderno nelle onde del crudele Oceano. E invece era vivo, e assaporava con gioia selvaggia quella straordinaria condizione.

Guardava una striscia di terra densa di foreste e la foce di un fiume, oltre la quale gli parve di scorgere dei tetti. Il cuore gli batté forte. Dopo un lungo tempo, tra le grida dei marinai, a cui si aggiunse un lontano vociare da terra, giunsero in vista del molo. Andrea vide una lingua bianca, che gli parve addirittura di marmo. Quando ormeggiarono, si accorse che era fatta di una pietra mai vista, porosa come una spugna del mare seccata al sole, dura come il ferro più duro.

Santo Domingo de Guzmán era un forte, qualche torre e poche case basse. Non era una città né un villaggio. Ma per contro non esisteva una parola per definirla.

I marinai che versavano in condizioni peggiori vennero scesi a spalla sul molo. Andrea, insieme ad altri dieci, fu abbandonato.

Appena toccò terra, fra le voci che si accavallavano, le grida e i lamenti, si sentì svenire. Perse l'equilibrio e il sacco gli sfuggì di mano, ma prima di cadere, qualcuno lo sorresse. Andrea guardò il suo soccorritore negli occhi: aveva il volto scuro per il sole, indossava una casacca di foggia nuova e gli parve mandasse un curioso odore.

«Cosa si dice, in Castiglia?»

Andrea non capiva. Era certamente spagnolo, e proveniva da famiglia nobile o quanto meno agiata.

«Cosa vuoi sapere?»

«Tutto. Come scorre la vita oltre questo mare. Quali vesti si usano, gli umori, gli odori. Parlami del porto di Siviglia. Descrivimi il suo cielo.»

Il giovane fiorentino pensò che l'uomo fosse pazzo, in preda a uno strano delirio. Intanto il vociare non scemava. Gente comune, signori: una massa febbricitante premeva intorno al molo. Chiedevano notizie della Spagna, che a qualsiasi europeo sarebbero parse sciocche e inutili.

«Non so dirti nulla di nuovo. Perché mi chiedi questo?»

«Guardati intorno, marinaio. Cosa vedi?»

C'erano sole e polvere e nient'altro.

«Nulla» rispose.

«È un nulla che non ti puoi figurare, marinaio. Intorno a noi c'è un verde profondo, infinito e ostile. Io sono qui da cinque anni e la Castiglia mi manca come il corpo di una donna amata. Vuoi mangiare? Vuoi bere? Qui ti lasceranno morire. Vieni a casa mia e raccontami il cielo di Spagna.»

Andrea non aveva la forza per contraddirlo, e pensò che d'altra parte era stata la Provvidenza a mandarlo. Guardò la nave: tra i marinai che stavano sbarcando c'erano di certo Rose e l'indio Pedro, ma intanto il suo salvatore lo trascinava, tenendolo per mano, entro il muro che cingeva la città. Avrebbe pensato in seguito a loro.

Le case erano bianche e a un piano, i tetti avevano una forma strana, diversi da quelli di Spagna. Ma Andrea non aveva la forza di alzare la testa: era tormentato dalla nausea e camminava con gli occhi fissi a terra. Per la via polverosa c'erano i polli, o almeno ne avevano le sembianze. Non vide cani, né gatti. Non vide bambini, solo donne di piccola statura, coperte di mantelli dai vividi colori, con volti scuri e il naso grande come quello di Pedro. Un vecchio, con fattezze simili a loro, stava in piedi davanti a una porta e lo guardò negli occhi. Gli parve un uomo fiero e la sua veste, anch'essa coloratissima, sembrava coperta di piume di uccello, simili a quelle nella gabbia del marinaio di Colombo, a Siviglia.

La casa era fatta di due sole stanze. Una donna stava mettendo delle ciotole rosse su un tavolo bianco. Andrea incontrò il suo sguardo e vi lesse una gran paura. L'uomo, invece, gli sorrideva in modo aperto e leale:

«Siediti, marinaio. Mangia e bevi quello che vuoi, ma intanto parlami della Spagna».

Si svegliò di soprassalto e sentì un gran freddo. Si chiese come fosse possibile, in quella terra dove il sole sembrava il fuoco dell'inferno. Aveva dolori terribili in tutto il corpo e non poteva rialzarsi.

Sollevò appena il capo. Era completamente nudo, in una pozza di urina e di sterco, lontano dalla strada. Dei ragazzini scuri di pelle lo guardavano e ridevano, ma appena aprì gli occhi fuggirono. Sentiva gridare: girò il capo, con gran sofferenza, e vide quattro armati ubriachi che bastonavano a morte un indio. Tentò ancora di alzarsi, ma il dolore era terribile, come se gli avessero spezzato le gambe e le braccia. Pensò al quaderno in cui aveva raccontato i suoi segreti: il ladro gli aveva certo preso anche quello e avrebbe dovuto riscriverne intere parti a memoria, per la relazione al suo Segretario.

Il limitare della foresta era una specie di altissimo muro verde, sovrastato da foglie enormi da cui pendevano mille fili, per certi versi simili a rovi, ma affatto diversi. Udiva scoppi di armi da fuoco e grida incomprensibili, vicine e lontane, alternate a silenzi innaturali. Era certo che lo avrebbero ucciso e si chiedeva come aveva potuto essere stato tanto stupido. D'improvviso tutto si fece nero.

### *La rotta di Caboto*

Le due navi inglesi avevano costeggiato l'isola di Hispaniola tenendosi molto a settentrione. Incrociarono una nave spagnola fuori rotta, ma riuscirono a evitare lo scontro. Il capitano Sir Malcom fece gettare le ancore in una piccola rada. Scese in coperta col cuore in tumulto, insieme al secondo, e raggiunse la sua cabina. Malediceva in cuor suo gli spagnoli, gli irlandesi e segretamente perfino il suo stesso re, che gli aveva imposto quella missione assurda. Avrebbe ucciso volentieri il Gigante, quanto meno per gelosia: aveva preso possesso del suo alloggio e imposto subito il suo comando a tutti gli altri marinai. Quei vigliacchi lo temevano, benché durante la traversata avesse comandato senza violenza, imponendosi solo con lo sguardo. Ma anche lui ne aveva paura e poteva solo sperare di cogliere un'occasione, quando fossero sbarcati a terra.

Il Gigante era seduto al suo tavolo. Il capitano lo guardò con odio e lo apostrofò con voce gelida, rimarcando il disprezzo:

«Dunque adesso dove andiamo?».

«Seguiremo la rotta dell'italiano Caboto.»

Sir Malcom rimase a bocca aperta.

«Tu sei pazzo, irlandese! Caboto è morto molto più a settentrione, naufragando fra i ghiacci. Una sola delle sue navi ha fatto ritorno.»

Il Gigante aveva in mano un foglio con un portolano manoscritto. Lo ripiegò prontamente e lo strinse nel pugno.

«Invece è giunto alla terra oltre i ghiacci e ha proseguito il suo viaggio secondo i piani. Poi le sue navi sono scese verso sud lungo la costa di una terra immensa e senza speranza, finché il calore insopportabile del sole ha preso il posto del gelo del settentrione. Ma prima di incontrare le isole degli spagnoli, Caboto ha virato bruscamente a occidente, verso l'ignoto.»

«Tu mi prendi per stupido, selvaggio. Se anche avesse seguito la rotta che dici, come avrebbe fatto a raccontartelo? Di sicuro non è mai tornato.»

Il Gigante ripose il foglio e sorrise senza pietà, come un cacciatore di fronte alla sua preda morente.

«Non lui. Ma uno spagnolo, Gaspar Corte-Reál, ha raccolto alcune sue cose, sette anni fa.»

Cavò dalla tasca una piccola scatola di metallo, un rosario e un acciarino. Li depose sul tavolo, uno accanto all'altro.

«I nativi hanno consegnato a Corte-Reál questi oggetti, sicuramente appartenuti a Caboto, come indicano le incisioni. C'era anche una carta, con appunti di sua mano.»

«E tu, come fai a...»

«Non ti riguarda, inglese. Tu segui i miei ordini.»

Sir Malcom mise la mano all'elsa della spada e la strinse forte, con tutto l'odio che aveva, mentre il rossore gli infiammava il viso. Aveva una voglia irresistibile di tagliargli il capo, adesso. Ma cosa avrebbe potuto raccontare, al suo ritorno in patria? Era meglio provocare un incidente a terra, o approfittare di un attacco dei selvaggi... E quei pensieri gli dovevano passare negli occhi, perché il Gigante pareva divertito.

«Non ti agitare» gli disse. «Dobbiamo attendere gli spagnoli.»

«Ma cosa farnetichi, maledetto ribelle?»

Il Gigante non rispose, un po' per disprezzo, un po' perché ancora non sapeva neppure lui quante navi sarebbero giunte e in quale punto di quell'ignoto mare le avrebbero incrociate.

«Adesso scenderò a terra, con una lancia. Non so quando tornerò, ma voi non vi muoverete da questa rada. Ucciderete chiunque dovesse avvicinarsi, nativo o europeo.»

«Intendi attraversare l'isola da solo?»

«Sì.»

Sir Malcom sorrise: non sarebbero mancate occasioni di morte per il Gigante, in quei luoghi orribili. Gli parlò senza riuscire a nascondere il proprio compiacimento:

«Ciò che hai in mente è pericoloso, irlandese: i nativi, decimati dai coloni spagnoli, vivono ormai solo in queste lande inospitali e sono ben disposti a uccidere gli europei che vi si avventurano».

«Non sperarci, inglese: tornerò, e quando avremo finito questa missione, sarà un piacere spezzarti quel collo bianco e grinzoso.»

Sir Malcom bestemmiò. Ma si fece forza e non reagì. Corse sul ponte, ancora più rosso in viso, gridando rabbioso gli ordini al suo secondo. Il Gigante, rimasto da solo, prese di nuovo dalla tasca il foglio che aveva ripiegato e lo lisciò con delicatezza, distendendolo sul tavolo: da una parte c'era la mappa sommaria della sua rotta segreta, ma sull'altra facciata aveva disegnato lui stesso una testa di donna, con penna e inchiostro nero. Somigliava a certi dipinti fiorentini di trent'anni prima, come quelli di Sandro Botticelli. Ma non ritraeva affatto una fanciulla della riva d'Arno: quei capelli appena accennati, nella realtà erano stati rossi come il fuoco e profumati di narciso. Bagnò la carta di lacrime, come non faceva da molto tempo.

*Rose*

«Ho io il tuo quaderno. L'avevi accanto a te.»

Voce dolce, sommessa.

Andrea si sentiva debole e felice. Incontrò i grandi occhi neri di Rose: era ancora più bella, coperta da una veste multicolore, come le donne indie. Anche l'incarnato del viso gli sembrò più scuro. Poteva passare senz'altro per una nativa dell'isola, a parte la statura e i tratti delicati.

La stanza era piccola, le sue pareti bianchissime. Su una di queste spiccava un grande crocifisso nero.

«Hai letto il mio diario?» le chiese.

«Pagine sparse, ma non ho capito molto. Non hai fatto che chiedere di quel quaderno, nel vortice del tuo delirio. E invocavi il tuo Segretario...»

«Quanto tempo è durato?»

«Tre giorni e tre notti. Ti sei svegliato più volte, ma deliravi per la febbre.»

Andrea aveva una gran sete e capì che era coperto di piaghe, perché non c'era un pezzetto della sua pelle che non gli facesse male.

«Aiutami ad alzarmi.»

Camminò piano intorno alla piccola stanza, sorretto dal braccio dolce ma fermo di Rose. Poi si sedette davanti a un piccolo tavolo. Lo confortò la vista del pane bianco e dell'acqua fresca, su una tovaglia pulita.

«Mi hai raccolto tu?»

«No, devi ringraziare i frati. Eri nudo, il corpo pieno di lividi, privo di conoscenza. Ne trovano tanti in quello stato. Quando ti ho visto ho gridato forte il tuo nome, ma tu non mi hai risposto.»

Andrea mangiò del pane e bevve con avidità tutta l'acqua della brocca. Poi tornò sul letto. Sentiva rifluire la forza nelle membra doloranti, e il suono rassicurante della voce di Rose lo cullava in un dolce dormiveglia. Passò così il resto della giornata, scivolando nella notte in un sonno profondo.

Quando sì svegliò, il sole era appena sorto. Due giovani, vestiti con un saio più corto e leggero di quello dei domenicani di Castiglia, lo accompagnarono in una stanza, dove c'era una grande tinozza. Lo aiutarono a spogliarsi e a lavarsi. Poi, dopo averlo accuratamente asciugato, gli offrirono un abito simile al loro.

Uscì nel cortile. La gran luce lo accecò, tanto che chiuse gli occhi e porse il braccio perché lo sorreggessero. Quando si abituò al chiarore, osservò la costruzione che lo aveva ospitato: era una specie di grande capanna, metà di legno e metà di sasso, coperta da un tetto che pareva di paglia. La sovrastava una gran croce. Accanto c'era una casa in pietra, ancora in costruzione, a cui dei nativi e dei castigliani stavano lavorando insieme. Mancava ancora il tetto. Sull'uscio apparve Rose, che lo sospinse all'interno.

«Vieni, il padre ti aspetta.»

Una delle stanze della nuova costruzione era terminata. A un tavolo stretto e lungo sedeva un frate, un po' più anziano degli altri, ma sempre assai giovane. Aveva i capelli corti e lisci, gli occhi nerissimi e la pelle leggermente ambrata. Andrea credette che quello che lo ospitava fosse un convento di ragazzi. Altri due religiosi erano in piedi, accanto all'unica finestra. C'era una statua singolare, alla parete: rappresentava senza dubbio la Beata Vergine, ma aveva un abito coloratissimo e le fattezze delle piccole donne scure di Santo Domingo. Rose si sedette accanto a lui. Il frate indicò l'acqua e il pane, sul tavolo, e gli fece cenno di servirsi.

«Sei caduto vittima di uno dei *desperados* dell'isola, fiorentino. È strano che non ti abbia ucciso. Hispaniola è un'incarnazione dell'inferno. Non c'è morale né pietà alcuna.In questa città non ci sono leggi, e i delitti restano impuniti.»

«Ma avete un governatore, Ovando...»

Il frate si rattristò.

«Già, il governatore. Un uomo cattivo nell'animo, il peggiore dei tagliagole.»

Il giovane frate aveva parlato con lentezza, accompagnandosi con lievi gesti, come se, protetto dalla fede nel suo Dio, il male che imperversava nel mondo fuori da lì non gli facesse paura.

«Io devo andare...»

Il religioso alzò la mano destra, e come se fosse un segnale convenuto, uno dei giovani chierici sparì oltre una piccola porta.

«Non ancora» disse. «Per compiere la missione che ti è stata affidata, devi prima incontrare una persona. È già pronta a riceverti.»

«Quindi voi sapete perché io sono qui...»

Il frate sorrise appena.

«Non so niente, fiorentino. Ma se Bartolomé vuole che ti forniamo assistenza, così sarà.»

Nel frattempo il giovane chierico era già tornato e parlò all'orecchio del frate. Andrea fu vinto dall'impazienza e gli afferrò il braccio:

«Chi è Bartolomé?».

Il giovane santo si liberò dolcemente dalla stretta.

«Non farmi altre domande. Questo fratello ti porterà dalla maga. Poi tornerai qui e starai coi nostri frati.»

«Devo render conto al capitano della *Sagrada Familia*, la nave che mi ha portato qua. Ho una lettera d'ingaggio, mi cercheranno...»

La mano del frate si posò sulla guancia del fiorentino, per una fugace carezza. Era calda e ruvida come quelle dei braccianti, tormentati dai lavori più duri.

«Tu sei morto, marinaio. Sei caduto vittima di un *desperado*, il tuo corpo è finito preda delle bestie feroci. Non hai visto come la foresta circonda e assedia questa piccola città? Nessuno ti cerca più, la terra che ti sarebbe spettata è già stata divisa tra gli altri tuoi compagni. Se tornassi vivo, come per miracolo, ti ammazzerebbero loro. No, adesso tu sei uno dei nostri fratelli.»

Andrea pensò che forse non si era mai svegliato dal sonno indotto dalle droghe e stava ancora vaneggiando. Dopo il frugale pasto, consumato tutti insieme, il fraticello e Rose lo accompagnarono per un sentiero che sembrava addentrarsi nella foresta umida come un grembo di donna, alle spalle della città. Camminarono per un tempo lungo e a un certo punto il viottolo si trasformò in una galleria scavata in una materia verde, densa come la carne, in cui filtrava appena la luce del sole. L'aria sembrava più densa di quella che un uomo potesse respirare, restando in salute e con la mente ferma. Sotto i loro piedi non c'era più terra battuta, ma un denso tappeto di erba grassa, che quando era calpestata, liberava un effluvio pungente che dava alla testa. Salivano al cielo alte grida di uccelli e versi di animali del tutto sconosciuti: Andrea pensò alle parole adatte per descrivere tutto ciò al Machiavelli, ma non le trovava. I nomi che conosceva non bastavano, non erano adatti.

Nessuno disse una parola, finché in fondo al sentiero apparve una radura con al centro una grande capanna. Donne europee e indie erano affacciate alle finestre e alle porte. Ad Andrea parvero senza alcun dubbio delle prostitute, e quello a cui Rose e il frate lo stavano conducendo, era certamente un bordello.

## *La maga*

Cani randagi, magri e malati, si aggiravano per la radura, che la foresta chiudeva con un altissimo muro verde. Andrea immaginò gli animali temibili che la abitavano: serpenti mostruosi, forse, e altre creature di un demonio esotico. Un grido che sapeva di umano gli fece alzare il capo e vide volare alto uno di quegli uccelli magnifici che raccoglievano nelle loro piume tutte le sfumature dell'iride. Si avvicinò alla grande capanna, seguendo Rose, con il cuore in burrasca e la mente nera. Le donne intonavano un canto mai udito ed entravano e uscivano libere: molte erano a seno scoperto, alcune nude, e non mostravano ritegno.

Il frate, sulla soglia della capanna, sorrise e gli fece un cenno: «Vieni, ragazzo».

Andrea varcò la soglia. Il muretto era fatto di conci di pietra enormi e irregolari, ma perfettamente connessi tra loro, dalle forme così diverse e inusuali che di sicuro erano opera del maligno. Sullo zoccolo, si alzavano le pareti di legno e canne. Sedute su una lunga panca che girava intorno all'unica stanza, il fiorentino vide donne giovani e anziane, e perfino delle bambine.

Il frate si fermò davanti a una tenda pesante e colorata, simile a un tappeto moresco di Granada:

«Io non posso entrare» gli disse, chinando il capo. «Ti aspetto fuori del tempio.»

Aveva detto proprio così: «il tempio». Andrea scostò il pesante tessuto, che solo al tatto rivelò la sua sconcertante natura, composto com'era da un infinito numero di piccole piume colorate. Nascondeva una nicchia rischiarata da molte candele, i ceri che le navi di Castiglia portavano a Hispaniola. Su una specie di trono, anch'esso di pietra, una donna senza età, con i tratti del volto simili a Pedro, pregava. Lei non era nuda. Indossava una veste nera, da monaca.

«Tu vuoi sapere dell'uomo bianco e della città» disse d'un tratto.

Aveva parlato in castigliano, con la voce limpida di una ragazza. Andrea la guardò negli occhi neri, abissi profondi in cui perdersi per l'eternità. Si chiese se il Segretario avesse i suoi agenti anche in quella remota provincia del Mondo Nuovo e non fosse anche lei una spia della Repubblica. La donna gli lesse nell'animo e rise, come una cascatella d'acqua di fonte:

«Non so nulla della tua patria, né della missione che sei stato chiamato a compiere. Io obbedisco a Bartolomé. Lui ha detto che hai studiato le carte. Che conosci una via».

L'ordine del Machiavelli era di attendere un intermediario, appena sbarcato, per le istruzioni sull'ultimo tratto di viaggio. Un uomo pio, gli aveva detto a Siviglia il marinaio dalla faccia bruciata. Era dunque Bartolomé? Andrea era confuso e incerto:

«Io non so niente!» gridò alla donna.

«Tu credi di non sapere, ma giungi con molte notizie utili per trovare la città, il custode e il suo libro. Non esiste una via per arrivarci, ma tante vie. Le più importanti le conosci tu, altre Bartolomé, altre ancora un re che ti sta aspettando.»

«Un re?»

«I personaggi che hai incontrato finora ti hanno offerto ognuno frammenti della loro conoscenza. Hai acquisito una carta, la memoria di certe lettere preziose e hai conosciuto l'uomo che incontrò l'Ammiraglio, di là dal mare. Ma hai soprattutto un oggetto, che ti aprirà la via. Questo dice Bartolomé.»

Il sangue gli si ghiacciò nelle vene. Il levantino gli aveva fatto scivolare nelle mani una moneta. Ma gli era stata rubata da chi lo aveva drogato e abbandonato nudo e morto.

«La moneta d'oro!»

La maga sorrise, davanti ad Andrea mangiato dall'angoscia.

«Dimentica l'oro, non è per lui che sei venuto in questo mondo! Adesso che ho parlato con te, so che sei davvero l'uomo che Bartolomé attendeva. Lo incontrerai presto.»

«Sarà la mia guida?»

Lei scosse il capo.

«No, avverrà l'inverso.»

Prese quattro candele accese dietro di sé, e le dispose a formare un quadrato ai piedi del fiorentino. Infine raccolse una zolla di terra erbosa e la mise in mezzo ai quattro piccoli fuochi. Si inginocchiò e carezzò il minuscolo prato, mentre parlava con voce solenne:

«Tieni bene a mente ciò che sto per dire, è importante».

Si alzò e spense le candele una per una, con le dita. Si levò il leggero fumo delle chiese. Un tempio.

«Questo sarà per te il segno più importante: saprai di essere giunto alla meta quando ogni cosa intorno a te muterà aspetto, cogliendoti di sorpresa.»

Alzò lo sguardo e puntò i suoi profondi occhi neri su quelli di Andrea:

«Sempre che il Mondo Nuovo non ti accechi. Quel luogo è il mistero più grande. Chi ha calpestato quel prato ha ritrovato se stesso».

«Che significa?»

La maga abbassò di nuovo lo sguardo e non ruppe più il suo silenzio. Andrea sentì ridere piano dietro di sé e si voltò. Una piccola donna scura e nuda, che teneva discosta la tenda, lo prese per mano e lo condusse fuori dalla minuscola stanza. Le altre donne rimasero sedute a guardarlo, ridendo piano. Notò un crocifisso di legno, appeso al muro, vicino alla porta: nonostante la penombra poté ammirarne le pregevoli forme. Dunque, pensò, la capanna non era un bordello.

L'arrivo del frate ne fu la conferma.

«Per i nativi questo è il tempio, marinaio. E queste donne erano le sacerdotesse di una falsa dea.»

«E voi tollerate che l'immagine di Cristo sia mischiata fra gli idoli in un luogo dove femmine girano senza vergogna?»

«Hanno abbracciato la vera fede, Andrea, ma è giusto che conservino i loro antichi riti.»

«Non avete paura di consentire un'eresia?»

«In questo luogo non vi è neppure l'eco della Santa Inquisizione, marinaio. Non siamo in Castiglia. E chi arriva con le navi, cerca mori e falsi *conversos*. Hai saputo ciò che dovevi sapere?»

«Non so risponderti. Chi è Bartolomé?»

«È un uomo giusto. Fidati di lui.»

Il sole calava sul margine della foresta, tingendo l'orizzonte di un viola carico che Andrea non aveva mai visto, né in Italia né in Spagna. Erano passati ormai cinque giorni dallo sbarco a Hispaniola: doveva ancora ricongiungersi a Pedro e cercare con lui Bartolomé, l'uomo che gli avrebbe indicato la via segreta di là dal mare. Rose lo accompagnava sempre, quasi a ogni passo: ed era un doppio tormento, perché fin dai giorni di Siviglia aveva vissuto come un monaco combattente, e il calore di quella donna, le vesti semplici che le carezzavano la pelle, lo accendevano di desiderio.

I frati di Santo Domingo gli avevano dato dei panni puliti e un sacco con delle cinghie, da portare in spalla. Preparò con attenzione il suo bagaglio. Vi nascose, ripiegato tra le vesti, il piccolo quaderno sul quale aveva annotato le memorie della sua missione. Rose lo sorprese e gli parlò dalla soglia della stanza, a braccia conserte:

«Te ne vai adesso?».

«Non posso più attendere. E tu, hai trovato tuo marito?»

«Ho chiesto. Santo Domingo è assai piccola. Ma non c'è traccia di lui.»

«E dunque cosa farai?»

Rose sorrise, malinconica e fiera.

«Mi imbarcheranno sulla prossima nave in partenza per la Spagna, così dicono. Per ora sono ospite dei frati.»

«Credevo che ti muovesse la bramosia di ritrovare tuo marito, invece ti sei arresa facilmente...»

Il sorriso della donna si sciolse.

«Non ho detto che partirò. Lo troverò, ovunque sia.»

«Vorresti cercarlo da sola? E dove, poi?»

«Mi aiuterai tu.»

Andrea scosse il capo. Guardò l'orizzonte, dove il viola si faceva sempre più scuro, sopra l'interminabile mare verde. Fu preso dallo scoramento.

«No, io devo andare di là… E comunque, se tuo marito non è fra questi disperati, allora è morto.»

Rose gli andò vicina e lo fissò con i suoi grandissimi occhi neri. Aveva le braccia sempre conserte: come se difendesse non tanto la fortezza di pietra del suo corpo, ma qualche misteriosa idea, un sogno o un desiderio inconfessabile.

«È vivo. Gli uomini di Ovando sono sempre in cerca delle spie: portoghesi, soprattutto, ma anche sudditi delle mie isole. Ne hanno impiccati due, pochi giorni prima che arrivassimo. Si dicono naufraghi, ma scendono da settentrione o si imbarcano da Siviglia con vari inganni.»

«E dunque anche tuo marito sarà stato ucciso!»

«I frati hanno raccolto le confessioni di tutti i condannati. Ho visto l'elenco dei loro nomi e lui non è tra questi.»

Andrea terminò di riempire il suo sacco. Lo chiuse strettamente con le cinghie, poi si alzò e mise le mani sulle spalle di Rose, col cuore che gli batteva veloce. Lei stavolta lo lasciò fare. Avrebbe dato qualsiasi cosa, perché il fantasma di quel marito scomparisse, come una nuvola di fumo allo spegnersi di un fuoco o una tormentosa visione di sogno alla luce del mattino.

«Come fai a dire che non è annegato, oppure ucciso dai selvaggi o perito in chissà quale altro bizzarro modo?»

Ma Rose aveva lo sguardo sicuro e tranquillo. Gli staccò dolcemente le mani dalle spalle:

«Mi basta sapere che non è morto qui. Ho potuto leggere i registri del monastero, e negli ultimi cinque anni non c'è traccia di lui. Prima di allora, ai tempi del governatore Colombo, erano ben pochi gli sbarchi, e nessun bianco poteva passare inosservato. Tanto meno un inglese».

Andrea la guardò bene e si sorprese delle piccole rughe graziose che le increspavano il viso.

«Da quanto tempo ti ha lasciata?»

Rose non rispose subito. Abbassò lo sguardo, poi mormorò poche parole, appena udibili:

«Sono dieci anni».

«Tu sei pazza. Vivi da dieci anni in questo tormento?»

Il giovane fiorentino le sollevò il mento e incontrò i suoi occhi bagnati di lacrime.

«Ancora e ancora, per tutto il tempo che sarà necessario!»

Rose aveva quasi gridato, con ferma determinazione. Di nuovo non accennò a respingerlo, quando lui le passò la mano fra i folti capelli neri.

«Se impiccano le spie inglesi, allora sei anche tu in pericolo...»

«Non cercano una donna. E poi non ho paura di nessuno e sono brava in molte cose.»

Il cuore di Andrea prese a correre. Non pensò più al suo bagaglio, né alla sua missione o al luogo che lo ospitava. Sentiva di non poter più resistere:

«Cosa vorresti barattare, oltre la tua abilità nel maneggiare quel coltello?».

La strinse forte a sé e cercò le sue labbra. Ma prima sentì la punta del suo pugnale contro la gola.

«Sono brava a far questo» ruggì lei.

Andrea cercò di afferrarle il polso per farle cadere il pugnale, come a Siviglia. Ma stavolta Rose tenne l'arma ben stretta:

«La mia forza ti sarà utile ancora, non credi? Forse potremmo fare un altro scambio. Nessuno mi imbarcherà per la Spagna contro il mio volere e tu mi aiuterai ancora una volta».

Rose ansimava, i capelli umidi incollati alla fronte bianca. Gli parve bella come l'Assoluto. Quasi tremava per il desiderio, ma l'improvviso pensiero del Segretario e di Violante bastò a trattenerlo.

«Senza dubbio sei una donna singolare e forse potresti davvero aiutarmi. Ma devo andare da solo. E poi l'orizzonte che si apre di là dal mare è tanto vasto che non potresti mai ritrovare tuo marito, anche se fosse giunto vivo alle terre sconosciute.»

«Tu non sai niente, come gli altri...» Rose si morse il labbro, sentì di avere osato troppo. «Prima di quel mistero, il mare custodisce una grande isola: non vi sono ancora colonie, ed è perciò meta di *desperados* in fuga e di pirati. Hanno stretto accordi con i selvaggi Caribi, che mangiano carne umana. Non tarderà a raggiungermi la notizia di un bianco alto e biondo, che sta da qualche parte.»

«Ma come faresti a trovarlo, in mezzo al nulla?»

«Lo cercherò.» Rose fece un vago gesto della mano, in direzione della foresta. «Mi aiuteranno le sacerdotesse del tempio. Loro sanno tutto, ogni notizia le raggiunge.»

Andrea pensò al tempio-bordello, alle piccole donne nude, alla maga.

«Hanno occhi e orecchie di là dal mare?»

«Gli spagnoli arrivano senza femmine e prendono qua le loro compagne. Le donne di Hispaniola custodiscono la memoria dell'isola e non conoscono ostacoli di foreste, di montagne o di mari.»

Andrea fu certo che Rose nascondesse un segreto. Credette che dietro a quegli occhi neri che adesso lo fissavano, rotondi come ruote, si agitasse un altro pensiero, altrettanto potente del marito fedifrago che cercava con disperazione.

«Hai imparato tutto questo in due giorni? Ma chi sei tu, veramente?»

Andrea non attese risposta. Si mise il sacco in spalla e si avviò verso la porta. Quando era già sulla soglia, Rose corse verso di lui e lo afferrò per il braccio:

«Tu credi che per dieci anni io sia stata senza far nulla, prima nelle mie isole e poi a Siviglia? Ho saputo più cose di chiunque altro, dalla parola viva dei marinai e dei coloni. Forse hai ragione a pensare che io sia pazza, ma certo non sono stupida. E non sono venuta qui inconsapevole».

Rose ansimava e Andrea seguì con gli occhi il movimento del suo seno, pensando alla casa segreta di Firenze, alle raccomandazioni di Violante, del suo maestro d'armi e del vecchio Crisostomo: più dei nemici avrebbe dovuto temere la libidine che gli mordeva le carni e gli offuscava la prontezza della mente. Stava per mandar via quella donna, una volta per tutte, come una pazza quale in fondo riteneva che fosse. Ma poi il ricordo dei suoi maestri svanì nell'aria rovente di Santo Domingo. In quella stanzetta oltre i confini del mondo si sentiva solo come un bambino. Poteva mentire, forse solo per quella notte.

«D'accordo: domani verrai con me al porto, cerco una persona. Ma ora vieni qui da me, nel mio letto.»

Si aspettava di vedere spuntare di nuovo il coltello, invece Rose avvicinò le labbra alle sue. Cercò nuovamente di abbracciarla, ma lei lo guardò con occhi brillanti e con un lieve sorriso gli rispose, semplicemente:

«No».

Andrea restò in piedi, anche dopo che lei era ormai uscita. Pensò che quella donna aveva una forza a lui sconosciuta, e che il suo aiuto avrebbe davvero potuto rivelarsi prezioso.

Scaglie di sole nascente accolsero Andrea e Rose sulla riva del mare, poco dopo l'alba. Una piccola folla guardava ondeggiare una delle *nao* arrivate insieme alla *Sagrada Familia*, mentre tendeva le vele per l'Oriente. Tutti avevano occhi pieni di nostalgia, e anche il giovane agente della Signoria si sentì graffiare l'anima per la sua casa in Calimala, a Firenze: chissà quando avrebbe potuto rivederla, sempre che la Provvidenza fosse stata benigna.

I frati non sapevano di un nativo chiamato Pedro, che fosse tornato nell'isola dopo anni di assenza, ma gli avevano detto in quali case poteva servire come maggiordomo. Escluso il forte e il palazzo del governatore Ovando, ben poche costruzioni in pietra suggerivano un rango e un censo adeguato.

All'angolo di una strada, un basso muro abbracciava un giardino gonfio di verdi meraviglie e ignoti fiori carnosi, come un ritaglio di foresta. Davanti a quello, donne native, vestite di lunghe camicie bianche, si lamentavano ad alta voce. Guardavano un gruppo di *peones*, in mezzo alla via, stretti in circolo intorno a un uomo piccolo, coperto dalla polvere gialla della strada impastata col sudore e col sangue che gli colava dalla fronte e dalle mani. Erano di fronte a una costruzione bassa, la cui forma bizzarra non pareva affatto imitare disperatamente lo stile di Siviglia, come avveniva ovunque per l'illusione che l'isola non fosse un remoto inferno, ma davvero la nuova Spagna. Quella casa, invece, disturbava la vista per le sue strane decorazioni ed era tutta rossa, come fosse coperta di sangue.

A parte i tormentatori, la via era deserta. Poi, dall'angolo dov'erano le donne, spuntò un ragazzo, anch'egli certamente un indigeno, che tirava un carretto colmo di frutta. Era evidente che non capiva quel che succedeva, perché si avvicinò con confidenza. Quando fu a pochi passi, Andrea vide che era poco più di un bambino, magrissimo, con occhi neri singolarmente grandi. Sul suo carretto c'erano frutti meravigliosi, inaspettati per la novità delle forme e il profumo inebriante. D'un tratto il cerchio si sciolse: l'indio che era in mezzo a loro rimase a faccia in giù nella polvere della strada, forse già morto. A quella vista, il ragazzino gridò e fece per tornare indietro, ma i *peones* erano già su di lui. Qualcuno prese la sua frutta e la gettò per terra, altri ne mangiarono, sputandola per disprezzo. Il ragazzo piangeva, in ginocchio nella polvere, poi il più grosso degli spagnoli lo prese a pedate, come fosse un cane. Ma il ragazzo, invece di fuggire, cercava di recuperare quel che restava della sua preziosa merce, e allora un altro degli spagnoli raccolse una grossa pietra e gliela lanciò addosso, colpendolo alla testa.

Il fanciullo cadde inerte e il nero dei capelli si macchiò di rosso. Rose impallidì, Andrea fremeva per la rabbia, ma non osavano muoversi né dire nulla, perché adesso gli occhi degli spagnoli erano puntati contro di loro e tutti avevano il coltello stretto nel pugno. Solo allora Andrea si rese conto di essere uno straniero, per quella gente. Rose gli indicò con un rapido gesto della mano la parte da cui erano venuti:

«Separiamoci. Non correre».

Ancora una volta, Andrea le obbedì come un bambino alla madre. Si allontanò piano, mentre lei faceva lo stesso dall'altra parte. Gli spagnoli sembravano disorientati e rinunciarono a seguirli. Subito dopo, concluso il gioco, il gruppo si disperse come nere mosche, lasciando i due corpi nella polvere.

Rose si gettò sul bambino. Gli sollevò la testa, accarezzandola, mentre la piccola bocca piena di polvere si apriva per un flebile lamento. Andrea si avvicinò all'indio. Era vivo anche lui: si era messo in ginocchio e mentre cercava di pulirsi la faccia tumefatta, distese le labbra, tentando un sorriso:

«Andrea…».

Sorpresa, sconcerto. Era proprio Pedro. Il giovane fiorentino gli strinse forte la mano e lo aiutò a rialzarsi.

«Perché ti hanno fatto questo? Chi erano?»

L'indio tossì, sputando il sangue, e malgrado ciò sorrise di nuovo:

«È il puro piacere di uccidere, facile come pisciare contro un muro».

«Che faranno, adesso? Torneranno?»

«Oggi no. Andranno a scopare le loro donne, per non pensare a ciò che non possono capire e accettare.»

«Che significa?»

«È il vero mistero di Hispaniola: un male primitivo che impregna l'aria e contagia vittime e tormentatori. Tutti camminiamo come se in ogni momento, per il capriccio di qualcuno o per volere del caso, potesse giungere una fine improvvisa e banale. Gli spagnoli sono indifferenti alla nostra sorte, ci percuotono solo perché li rassicura farlo con chi è debole e prossimo alla morte. Ma anche loro avvertono la precarietà delle proprie vite.»

Pedro indicò la porta della casa rossa e li accolse in una grande stanza. Enormi tessuti simili a tappeti, dai colori più vivaci, coprivano le pareti. Su un tavolo basso c'erano delle piccole statue, in qualche modo simili alle raffigurazioni dei santi cristiani, ma allo stesso tempo così diverse che Andrea non capiva che cosa rappresentassero. Rimase con una singolare irrequietezza che stava tra lo stupore e la paura: riconosceva teste, braccia e piedi, ma non erano propriamente membra umane. Alcune gli ricordavano il leone, altre il gatto o l'antilope. Era come il gabinetto di meraviglie di un dotto fiorentino, ma ben più strano.

Rose depose con tenerezza il bambino su un basso giaciglio. Apparvero due donne, che lanciarono striduli lamenti e corsero verso Pedro, ma questi le allontanò subito. Non sembrava comportarsi come un semplice servitore.

«Siediti» disse ad Andrea, come un ordine.

«Il tuo padrone è fuori città?»

«Io non sono un servo.»

Il fiorentino lo guardò stupito e poi si voltò intorno, a studiare meglio la stanza. Tutto gli apparve in una luce diversa: non era affatto la casa di un europeo, piena delle cose che agli spagnoli ricordavano la patria lontana, e in nome della quale un semplice vaso di coccio di una manifattura intorno a Siviglia poteva essere disputato a peso d'oro, e così un'immagine sacra o ancor meglio profana. In quel grande atrio, tutto parlava del mistero del Mondo Nuovo.

«Io sono un Cacicco» disse finalmente Pedro, con voce incrinata dal pianto. «Uno di quelli che voi chiamate re.»

## *Marcia nella foresta*

Il Gigante caricò sulla lancia il bagaglio di cui aveva bisogno: era ben chiuso in sacche di tela cerata, al riparo dall'acqua. I marinai durarono molta fatica, per calare la scialuppa in mare. Sir Malcom osservava la scena, dal ponte di comando, lottando con la voglia di far partire senz'altro un colpo di cannone. Ma aveva paura di ciò che avrebbero potuto testimoniare in patria il suo secondo e gli uomini dell'equipaggio, e sospettava che il Gigante sarebbe stato capace di sopravvivere anche al fuoco dell'inferno. Si limitava perciò a coltivare il suo odio, aspettando un'occasione migliore.

Il Gigante si allontanò dalla fregata a forza di remi, verso la costa dell'isola. Ma quando fu a meno di cento braccia dallo scoglio, girò la barca e attese, tenendo lo sguardo fisso a terra. C'era un'altra nave inglese, ormeggiata oltre il promontorio, e con essa aveva stabilito un segnale segreto. Né Sir Malcom né chiunque altro avrebbero dovuto sapere di quell'appuntamento.

Non aspettava fuochi né fumo: teneva invece d'occhio gli arbusti più vicini al mare, che si sarebbero mossi in senso contrario al vento. Il Gigante era in grado di fissare per ore l'orizzonte, senza perdere il vibrare di una foglia, ma non ebbe bisogno di attendere molto. Un basso cespuglio, simile all'olivastro delle coste italiane, si agitò per tre volte, a intervalli regolari. Allora puntò deciso in quella direzione, finché udì il suono della risacca, sulla stretta riva a ridosso della falesia.

Tirò in secca la barca, col bagaglio in equilibrio sulla testa. Prima di cercare il passaggio verso l'interno, guardò il mare e attese che la fregata di Sir Malcom scomparisse alla vista. Quando ormai non riusciva più a distinguere la sommità dell'albero maestro, udì dietro di sé, in alto sullo scoglio, una voce ben nota:

«Hai tutto ciò che ti serve?».

«Non tutto. Il viaggio che mi attende è duro.»

«Armi?»

«Troverò per strada ciò che occorre.»

Il Gigante si arrampicò sulla roccia, con la sacca a tracolla, e raggiunse la piccola donna. Era in piedi, sulla sommità della scarpata. Il sole le aveva reso la pelle ancora più scura. Il vento gli portava il suo profumo, misto al salmastro, e si mantenne a distanza, perché sapeva che non avrebbe resistito molto.

«Dove devo andare?»

«Al porto di Santo Domingo. Non ci sono strade, per quindici miglia almeno.»

«Saprò orientarmi.»

«Il fiorentino è appena sbarcato. Farai come a Siviglia.»

«Non ho dunque tempo da perdere.»

La piccola donna dalla pelle scura aprì la camicia, scoprendo il seno.

«Non mi vuoi? Passerà molto tempo prima di rivederci.»

Il Gigante si avvicinò. Forse solo con lei sapeva dosare la sua forza in modo da non farle alcun male. Le tolse la veste e la strinse a sé.

«Non è in cambio di ciò che mi dai che saprò fermare il male che ho dentro.»

«Tu sei stato reclutato per uccidere: farai ciò che devi.»

La prese subito, come beveva quando aveva sete, come respirava. Poi si concesse di chiudere gli occhi per un poco, sdraiato sull'erba ispida, abbracciato a lei.

Quando si svegliò, vide la piccola donna che lo guardava amorosa e gli passava le dita intorno agli occhi, sul naso e sul mento.

«Hai dormito.»

«Per quanto tempo?»

«Meno di un'ora. Eri agitato e parlavi. Un doloroso desiderio ti assilla. Ti mormoravo parole dolci nelle orecchie, ma non rivelavi il tuo male nemmeno nell'incoscienza...»

Il Gigante si girò di scatto verso il mare, dando le spalle alla piccola donna. Non voleva parlare del suo vero tormento, né con lei né con nessuno.

«Cos'è la Città d'Oro?» le chiese.

«Una ricchezza immensa, un sogno, una pazzia degli inglesi, *quién sabe?* Perché ti fai queste domande, proprio tu? Non conta avere dai nostri nemici ciò che più ci importa?»

«Ho imparato che è bene sapere quanto più è possibile, degli uomini che si devono uccidere. La mia consegna è vaga, il segreto è troppo fitto. Chiunque potrebbe rivelarsi un pericolo mortale. Se sai più di me, aiutami a compiere la mia missione.»

La piccola donna si mise seduta e carezzò con dolcezza la guancia ispida e dura del Gigante.

«Conosco solo Andrea, il fiorentino. È candido. Non custodisce misteri, obbedisce a quanto gli è stato comandato, come me e te. Solo lui saprà portarti alla Città d'Oro. Della sorte di coloro che lo accompagnano dovrai decidere tu, senza consiglio.»

«Il fiorentino deve trovare solo un uomo e un libro, mentre il mio incarico è ben più gravoso! Mi sono stati promessi degli aiuti, ma non ne conosco la consistenza.»

La donna gli posò il dito indice sulle enormi labbra.

«Non temere. Mi ritroverai, quando sarai giunto alla meta. L'equipaggio al mio comando è tutto quanto ti occorre.»

La donna gli carezzò il corpo glabro, poi posò la guancia sul suo petto, ascoltando il potente respiro.

«Anch'io voglio chiederti una cosa. Tu sei un grande amante, il più gentile che abbia mai avuto. Ma so che non trovi mai pace, con me.»

«Con nessuna.»

«Nemmeno con tua moglie?»

«Mia moglie è morta, tanto tempo fa.»

«Cos'è dunque, ciò che cerchi? Perché io so che aneli a qualcosa, con disperazione: ma non corri questi terribili rischi per la salvezza della tua attuale famiglia, né certo per la ricchezza.»

Il Gigante si rialzò e raccolse il suo bagaglio.

Dopo due giorni di marcia, raggiunse una casa di coloni, la più piccola, isolata e adatta ai suoi scopi. Attese con pazienza, studiando la composizione della famiglia che la abitava: contadini poveri, schiacciati dalla prepotenza dei grandi *encomenderos*. E perciò erano i più duri e crudeli coi Taino, che obbligavano al lavoro forzato. Aveva bisogno di un'arma che non fosse una delle sue, ancora chiuse nel sacco cerato. Appoggiati a un albero c'erano dei bastoni con delle grosse lame all'estremità: li aveva già visti usare, durante la marcia, per aprire il verde della foresta compatto come carne, con tagli netti e precisi.

All'alba del terzo giorno, il Gigante si avvicinò alla porta della capanna chiusa a chiave dall'esterno, in cui erano segregati i nativi. Dall'unica piccola finestra contò i corpi profondamente addormentati: erano solo tre maschi adulti e tre femmine. Potevano attendere il loro turno.

La casa dei padroni era fatta di legni e arbusti che si reggevano su un basso muro di rozze pietre, alto fino al petto di un uomo. Non ebbe difficoltà a entrare, arrampicandosi alle pareti, silenzioso come una fiera. Erano in tutto quattro: il capofamiglia, una donna e due figli. Tutti erano ancora immersi nel sonno. Col bastone animato tagliò veloce la gola ai due giovani, ma non poté evitare che la donna si svegliasse. Iniziò a gridare forte, svegliando il marito che subito si alzò in piedi, nudo: aveva già un'arma nel pugno e una lunga frusta nell'altro. Imprecava e bestemmiava, ma il Gigante avanzò inesorabile verso di lui, parando ogni colpo come avrebbe fatto con un bambino. Mentre vibrava un terribile fendente alla gola dell'*encomendero*, sentì un forte bruciore al fianco: la donna, all'aspetto una mezza indiana, l'aveva colpito con un pugnale. Il marito si dibatteva come un vitello sgozzato, e le assi del pavimento erano già intrise del sangue che gli sgorgava con violenza dal collo. Il Gigante tolse il ferro dalla mano della donna e lo gettò lontano. Poi le spezzò il collo, con la stessa facilità con cui uccideva i polli e le lepri, quando aveva fame.

La ferita era superficiale, ma era necessario fermare il sangue. Strappò una striscia da un lenzuolo e se la strinse intorno alla vita. Quando tornò alla capanna dei Taino, ancora chiusa a chiave, sentì i colpi dall'interno e alte grida: i nativi avevano avuto un oscuro sentore di ciò che era successo alla casa dei padroni, ed erano in preda al terrore. Il Gigante aprì la porta e lasciò che tutti fuggissero nella foresta, oltre i campi, tranne il più giovane di loro. Anche uccidere quell'indio fu questione di un momento. Se lo caricò in spalla e tornò alla casa, deponendolo sul pavimento umido del sangue dei padroni. L'*encomendero* non era ancora morto: era riverso per terra e dalla bocca aperta gorgogliavano bolle di sangue. Il Gigante prese il bastone e vibrò un potente colpo alla testa del moribondo, poi mise l'arma nelle mani dell'indio. Cercò del denaro, ma trovò poche monete. Gli serviva anche qualche arma in più, e in una stanza ben chiusa c'era quello di cui aveva bisogno: un arco e delle frecce.

Aveva già visto due cavalli, nella stalla. Erano più grandi e forti di quelli spagnoli dai quali discendevano. Ne prese uno e lo cavalcò a pelo. Gli restava ormai solo un giorno di marcia, per Santo Domingo.

## *Aiguebenà, re dei Taino*

«Tu sei un re?»

Pedro sembrava emanare luce e la sua stanza era adesso simile a una sala del trono. Andrea e Rose lo guardavano con meraviglia.

«È poco più di una burla» rispose. «Gli spagnoli hanno lasciato alcuni cacicchi, a Hispaniola, per tener buono il mio popolo. Una ridicola finzione. Io sono Aiguebenà, figlio di Acanorex, e regno formalmente su questa provincia dai tempi dell'ammiraglio Cristoforo Colombo. Fu proprio lui a inviarmi in Castiglia, per studiare alle vostre scuole.»

«Ma quelli là fuori volevano ucciderti...»

«Per questo desidero tornare in Spagna, più di ogni altra cosa! Là mi tengono come un uccello esotico, ma qui sono esposto al dileggio e al rischio di una morte improvvisa, se il governatore Ovando decide di farmi sparire. Il tempo dei Taino è finito, il mio popolo è quasi estinto. Questa terra non ha più nulla della mia patria. Meglio i vostri simili, i *conquistadores*, meglio le loro città crudeli piuttosto che questa morte senza dignità e senza coraggio. Ma sono tornato perché ho un incarico da portare a termine insieme a te, più importante di qualsiasi desiderio.»

Pedro si interruppe e guardò Rose, come se la vedesse per la prima volta in quel momento.

«Chi è questa donna?»

«È un'inglese» disse pronto Andrea. «Ha fatto la traversata con noi.»

Rose fece un passo avanti, fiera e bella, guardando Pedro negli occhi:

«Cerco il mio uomo. Non so quale sia la vostra missione e non mi importa. Se credete che mi interessi l'oro, vi sbagliate. Io voglio attraversare l'ultimo mare per placare l'angoscia che da troppo tempo mi divora. Saprò esservi utile contro i vostri nemici».

«Come sai che ne abbiamo?»

«Molte spie seguono i vostri passi. Ho visto il Gigante uccidere con ferocia, a Siviglia. E aveva una nave ad attenderlo, ormeggiata fuori città.»

Pedro-Aiguebenà si voltò verso Andrea, con lo sguardo carico di grande preoccupazione.

«Di quale nave parla? Chi è il Gigante?»

«Un sicario,» gli rispose il fiorentino «certo una spia dei Medici, nemici della Repubblica. Per incarico del mio Segretario ho parlato con alcuni uomini e il Gigante li ha uccisi tutti. Sembra voglia fare il vuoto, dietro di me.»

Le donne portarono molte scodelle, che Andrea e Rose accolsero famelici. Pedro-Aiguebenà non toccò cibo, né bevve acqua o vino. Ascoltava il racconto del giovane fiorentino, approvando con cenni del capo.

«Se è come dici lo guida il raziocinio, non un brutale furore: quel Gigante vuole la stessa cosa che vogliamo noi, chiunque sia il suo padrone. Somministrando la morte, ha dissolto ogni traccia del tuo cammino. Ma ha risparmiato sia te che me, perché ha bisogno della nostra guida. Non solo dovremo difenderci dai pericoli del viaggio, ma guardarci anche le spalle.»

Andrea sollevò per un momento il viso dal cibo:

«Forse il suo padrone è il Vespucci, spia dei Medici...».

Pedro allargò le braccia, ieratico come un crocifisso:

«Molti vogliono trovare la Città d'Oro, sia pure per scopi diversi. È dunque necessario arrivarci per primi».

«Se la carta che ho consultato a Siviglia dice il vero, siamo ancora assai lontani...»

Pedro prese le scodelle ormai vuote, le rovesciò e le dispose sul tavolo, a raffigurare terre e mari. Parlando, indicava ora l'una, ora l'altra:

«Abbiamo passato da poco la metà strada: la terra dove andremo è oltre la grande isola ancora vergine che si allunga nel mare per moltissime miglia, chiamata dagli spagnoli Isabella. La Città d'Oro è in un luogo remoto, estraneo anche per la mia gente. È oltre il mare d'Occidente e anche al di là della prima terra che si incontra».

«E dunque, come faremo?»

Pedro, o Aiguebenà come aveva detto di chiamarsi, si alzò dalla sedia con solennità: era davvero un re, un cacicco, un Cristo dolente.

«Tu hai avuto in consegna una moneta d'oro.»

Andrea abbassò gli occhi:

«Mi è stata rubata, insieme a tutte le mie cose, appena sono giunto in quest'isola».

L'indio aprì una scatola di un legno nero mai visto e ne levò una moneta simile a quella che Andrea aveva ricevuto dal levantino, a Siviglia. Ma questa era d'argento e non d'oro: aveva un aspetto molto antico e raffigurava da una parte un uccello, dall'altra un volto di donna. La mostrò, brillante, sotto un raggio del sole:

«Dovrà dunque bastarci questa».

«Cosa potremo farci?» chiese incredulo Andrea. «Non comprerà certo una nave.»

Pedro rise, nascondendo il prezioso dischetto in una piega della sua veste.

«Serve a ben altro, fiorentino ingenuo. C'è già una nave che ci aspetta. Certo è diversa da quelle che tu conosci.»

«Dov'è ormeggiata? Chi sono i marinai? Dobbiamo mantenere a tutti i costi il segreto...»

«La nave è invisibile e quindi sicura. Ma non è ancora vicina.»

«Che significa invisibile?»

L'indio prese dal tavolo la ciotola dai colori più vivaci: era rossa e gialla, con il disegno di un volto ghignante. L'alzò come un sacerdote all'offertorio e il raggio del sole la fece brillare come fosse d'oro puro e non di semplice coccio dipinto.

«Gli uomini vedono quel che si aspettano di vedere. Accadrà anche a te, quando sarai oltre l'ultimo mare. E anche a me, e anche alla tua donna. Ciò che la fantasia degli spagnoli non può concepire, come la nostra nave, può passar loro davanti senza che se ne accorgano.»

«Quando partiremo?»

«Preparati, perché dobbiamo farlo adesso. Bartolomé è già stato avvertito che sei giunto a Hispaniola e che sei davvero l'uomo che aspettava. Andremo da lui a piedi. È una giornata di marcia, verso occidente.»

Pedro mormorò delle parole all'orecchio della donna più anziana. Non era castigliano, ma una lingua sconosciuta, simile al cinguettio degli uccelli di quelle foreste. La donna strinse le mani del cacicco fra le sue e poi gli consegnò un sacco ben chiuso, che l'indio si mise sulle spalle.

### *L'incendio*

Il sole giallo di Santo Domingo si era appena levato. Il Gigante aspettava tranquillo, nella radura della foresta. Tese l'arco e mormorò una litania oscena della sua verde terra. Il fuoco attecchì in un attimo e un gran crepitio riempì l'aria, mentre una possente nube di fumo grigio e nero si alzava dalla casa-tempio. Grida stridule di donne lacerarono il mormorio della foresta. Solo poche videro la luce, con in braccio le bambine più piccole, prima che il tetto crollasse. Il Gigante sorrise, compiaciuto della propria maestria. Scoccò il primo dardo, mirando alla vecchia vestita di nero che era a braccia aperte, per proteggere le altre: la donna afferrò la freccia che si era piantata sul collo, ma morì in quell'atto e cadde sull'erba. Quelle che erano dietro di lei si dispersero. Il Gigante era abile e rapido: tirò le sue frecce con precisione implacabile e presto non si udirono più grida, ma solo il crepitare delle fiamme altissime.

La radura era ampia e il fuoco non si propagò alla foresta intorno. Il Gigante attese che si estinguesse e poi controllò accuratamente che non ci fosse più anima viva, dentro e fuori la grande capanna. Cadaveri di bambine, neri per il fuoco, giacevano sul pavimento del tempio: le piccole braccia rattrappite, i corpi schiantati per il calore. I cani di Hispaniola iniziavano già a fare larghi giri intorno alla rovina fumante, bramosi. Il Gigante fu certo che nessuna delle donne che avevano parlato con l'agente fiorentino fosse sopravvissuta. Non poteva occuparsi anche dei frati, come avrebbe dovuto: il convento era in città e quel borgo selvaggio non era Siviglia, in cui ogni strada offriva rifugi sicuri. Ma soprattutto non aveva più tempo. Doveva seguire da vicino le tracce dei cercatori della Città d'Oro e poi imbarcarsi di nuovo sulla nave inglese.

*Bartolomé*

Il sole era già alto e l'aria umida bagnava le strade e le case di una città che pareva morta. Andrea, Rose e Pedro-Aiguebenà uscirono dal recinto di Santo Domingo e si inoltrarono per una strada che si immergeva nel verde compatto dell'immensa foresta, tra alberi dai rami piangenti simili a funi. Varcarono ciò che sembrava la soglia di un chiostro, in cui la luce filtrava dall'alto e creava strane ombre. Poi l'aria assunse la consistenza e il colore dell'acqua del mare e tolse il respiro. Rose e Pedro camminavano davanti ad Andrea, in silenzio. Alle spalle del piccolo gruppo, un'alta colonna di fumo si levava sopra il tetto verde della foresta e nell'aria c'era il terribile odore della carne bruciata.

Pedro non parlava mai. Camminava armato di bastone, con il quale colpiva i fusti degli alberi per cacciare i serpenti, provocando il cinguettio degli uccelli e il verso di animali sconosciuti. Dopo alcune ore, quando il sole ormai si avviava al tramonto, la foresta iniziò a diradarsi e apparvero prati simili a pascoli, poi campi coltivati e infine una strada. Dietro una recinzione c'era una coltura rigogliosa di enormi foglie verdissime, alte quanto un uomo. La strada era dritta e singolarmente ben tenuta, ma non c'era nessuno in giro. Pedro si fermò, appoggiandosi al bastone, e indicò delle basse colline in lontananza:

«Queste sono le *encomiendas*. La foresta e i campi si alternano, senza un ordine preciso. Qui non arriva nemmeno l'ipocrisia di Ovando, e ognuno fa da sé la sua giustizia. Andremo verso occidente finché ci sarà luce: se verremo fermati e qualcuno vorrà farmi del male, non provate nemmeno a difendermi, ma cercate Bartolomé e che il vostro Dio sia con voi».

Nessuno li disturbò. Incontrarono solo due Taino con la pelle simile alla cera, con lo sguardo perso nel vuoto.

Camminarono oltre il crepuscolo. La campagna sembrava a volte dolce come in Spagna, ma l'occhio veniva d'un tratto ferito da paesaggi diversi da qualsiasi altro. Più che ostili, le forme sembravano appartenere alle campagne della luna. Passarono con orrore davanti ai cadaveri insepolti dei Taino, lasciati dov'erano caduti e mangiati dai cani. Andrea fremette alla vista di un patibolo improvvisato, a cui era ancora appeso per il collo un corpo mezzo macerato. Lo guardò bene, vincendo il ribrezzo e coprendosi il naso con la manica della camicia. Era un europeo. «Dunque,» disse tra sé «per nessuno è sicura la vita, in questo paese.»

Ormai era buio e vedevano appena la strada sotto i loro piedi. Pedro-Aiguebenà aprì il sacco che aveva in spalla e divise con gli altri un magro pasto, fatto di uno strano pane nero e di grandi foglie che li invitò a masticare piano.

Quando si rialzarono, l'indio indicò un piccolo lume, su una collina. Salirono il pendio e alla fine giunsero in vista di una casa bassa con portico, che dominava vasti campi coltivati. Una donna indiana, non più giovane, corse loro incontro. Prese la mano di Pedro, la baciò e se la passò più volte sul viso umido di lacrime. Pronunciò parole incomprensibili, a cui Aiguebenà rispose piano, con dolcezza. Poi la donna si rialzò e li scortò verso la casa.

«Adesso conoscerete Bartolomé» disse Pedro.

«È anche lui un cacicco, come te?»

«No. È un fratello vostro, in Cristo.»

Un'altra indiana era seduta sotto il portico, e aspirava del fumo con la bocca, da foglie arrotolate che bruciavano piano. Mise la mano sulla maniglia di un grande uscio istoriato, con due croci scolpite sulle ante:

«Parlate piano. Ci sono i *niños* che dormono».

Mentre la donna apriva la porta, udirono uno strano canto. Intorno alla casa, i contadini, tutti Taino, mugolavano una strana malinconica melodia, ma senza lo strazio comune presso i nativi.

L'atrio era grande, col tetto sorretto da capriate di legno. Era singolarmente spoglio, tranne alcune immagini sacre, tra cui una coloratissima Vergine a cui erano appesi degli strani rosari coi grani che sembravano d'oro, di rubino e di altre pietre preziose, e splendidi fiori. La donna indicò i *niños*: ce n'erano molti e tutti dormivano tranquilli dentro delle ceste accostate al muro bianco.

«Sono i figli di chi è morto per non aver voluto vivere con i bianchi.»

La stanza era fresca e Andrea e Rose iniziarono a sentire la stanchezza. Si abbandonarono su un giaciglio coperto da un drappo cremisi, che sembrava di velluto. Pedro restò invece in piedi, in attesa.

Un'altra porta si aprì e si richiuse subito, lasciando appena intravedere una cappella illuminata dai ceri. La stanza si riempì del canto sacro di un piccolo coro maschile, che subito si spense. Apparvero quattro giovani uomini. Uno di loro, esile e non alto di statura ma con la pelle più bianca e i tratti europei, si avvicinò a Pedro e gli prese la mano:

«Benvenuto, fratello».

«Tutto si è compiuto come avevi predetto» disse Pedro-Aiguebenà. «Questi sono il fiorentino e la sua donna.»

Prima che Andrea potesse protestare, il nuovo arrivato andò verso di lui e lo abbracciò stretto, come fosse un fratello:

«Benvenuto. Io sono Bartolomé. E da qui inizia il tuo viaggio».

Portarono da mangiare e da bere. Bartolomé sorrideva e trattava i nuovi ospiti come se fossero membri della sua grande famiglia. Aveva poco più di vent'anni, ma dai suoi occhi e dai tratti del suo volto, comunicava la dolcezza e la saggezza dei vecchi.

«Io sono un *encomendero*, come gli altri.»

Andrea mangiava del pane giallo, il cui sapore gli era sconosciuto, e guardava Bartolomé incredulo:

«Questo luogo è così diverso... Non c'è crudeltà».

«È la fattoria di mio padre. L'*encomienda* non è di per sé un male, fratello mio: la Corona ci affida un territorio e gli indiani che lo abitano, per proteggerli e convertire le loro anime alla vera fede. Noi e i Taino lavoriamo insieme per la sopravvivenza in questo Mondo Nuovo. I coloni spagnoli invece pretendono che le *encomiendas* siano dei feudi. Con la complicità del governatore Ovando.»

«Quanti altri vivono e lavorano...» Andrea non trovava le parole.

«Vuoi dire in pace con se stessi e con Cristo?» gli suggerì Bartolomé, guardandolo con grande tristezza. «No, Andrea fiorentino, non ce ne sono altri. Forse ce ne saranno in futuro. Io sono fra i pochissimi che vivono e lavorano nella propria *encomienda*; gli altri l'affidano ad assassini prezzolati e stanno in città. Si limitano a visitarla ogni tanto e a riscuotere gli esosi tributi che pretendono dai villaggi Taino. Quei pochi che ancora resistono, a occidente.»

Bartolomé fece un cenno in direzione della piccola porta della cappella, che si aprì di nuovo per lasciar passare quattro grandi uomini, armati di schioppi, temibili armi da fuoco da portare in spalla. Avevano però al collo delle grandi croci di legno, come i frati domenicani.

«Dobbiamo difenderci» disse Bartolomé. «Questi fratelli ci hanno aiutati contro gli attacchi degli altri *encomenderos*, e adesso faranno altrettanto per proteggere il tuo viaggio.»

«Quali attacchi?»

«Siamo in guerra, fratello mio. Gli *encomenderos* vicini non tollerano questa isola di giustizia, e di notte e di giorno cercano la nostra fine. Hanno ucciso molti Taino e alcuni dei miei fratelli. Non hanno rispetto per la vita di alcuno, certo nemmeno del mio abito.»

Andrea solo allora comprese.

«Tu sei dunque…»

«Sono sacerdote da un anno, fratello. Ma il mio compito è scrivere, per rivelare ai re cattolici e al mondo la terribile stortura di quest'isola.»

«Sei anche tu una spia di Firenze?»

L'*encomendero* rise di cuore, imitato dai suoi confratelli. Gli armati si erano messi intorno alla tavola, circondando Andrea e Rose come fossero nemici. Il giovane fiorentino ne ebbe anzi un po' timore. Solo Pedro, rimasto sempre in silenzio, appariva tranquillo.

«Il tuo Machiavelli» disse Bartolomé «non sa neppure della mia esistenza. Ciò non toglie che io sia un tramite per la tua missione.»

«Non capisco...»

«Io ero con Ovando, nel 1502, all'epoca in cui l'ammiraglio Cristóbal Colón intraprese il suo quarto e ultimo viaggio. E con lui c'era quest'uomo santo, che voi chiamate Pedro.»

Andrea annuì:

«Conosco già questa storia».

«So che te ne ha parlato un marinaio, a Siviglia,» proseguì Bartolomé «ma sappi che ti ha raccontato solo una parte della vicenda terribile e meravigliosa.»

Andrea pensò all'uomo con il volto devastato da una misteriosa malattia e al grande uccello colorato, portato vivo da quelle terre.

«Mi ha parlato di un uomo bianco, che forse era il custode della Città d'Oro. E di una lettera che nessuno ha più visto, prima che Colombo la portasse in Spagna.»

«Quel viaggio, fratello mio, è stato il più terribile di cui un marinaio serbi il ricordo. Un uomo, come sai, provocò la morte di molti innocenti. La mano di Dio sospinse i superstiti nell'inferno di Giamaica, senza più navi. Combatterono contro la povera gente, che li guardava con timore: passarono un inverno irreale, più caldo dell'estate in Andalusia. Un anno atroce.»

«E l'Ammiraglio tenne sempre con sé la lettera del mercante bianco?»

«La dette a colui che doveva averla, nelle terre del settentrione. Questo io posso testimoniarlo per conoscenza diretta.»

«Tu ne conosci dunque il contenuto?»

Bartolomé scosse più volte il capo, prima di rispondere. Ma

non era un semplice cenno di negazione, quanto il segno di un profondo sconforto.

«Non c'era indicata alcuna via per la città che dobbiamo raggiungere.»

«Perché dici dobbiamo? Io devo compiere la mia missione da solo.»

Gli uomini armati puntarono gli schioppi contro di loro. Rose si alzò in piedi, stringendo impaurita il braccio di Andrea. Il fiorentino si chiese se fossero capitati tra amici o tra nemici: cercò lo sguardo di Pedro, per un conforto, ma l'indio era impassibile. Bartolomé, invece, aveva negli occhi una tranquilla determinazione:

«Faremo il viaggio insieme, fratello mio».

«Hai appena detto che non sei un uomo del mio Segretario. E la mia missione riguarda la salute di Firenze...»

«Non occorre che Niccolò Machiavelli, la cui fama è giunta fino a queste isole, sappia ogni cosa. Aiguebenà è fedele a Firenze e il tuo incarico per conto della nuova Atene d'Italia avrà il suo corso, non temere.»

«Dunque perché vuoi venire con noi?»

«Perché ti sono necessario.»

Bartolomé prese un foglio di carta pergamena, bianco e liscio, e intinse una penna in un vasetto d'inchiostro. Segnò delle linee apparentemente senza senso, poi dei numeri.

«Tu conosci una via di cui pochissimi sanno, che parte da un punto preciso della costa e raggiunge l'interno.»

«L'ho imparata a Siviglia, su una carta copiata dal Padrón Real.»

Bartolomé sorrise.

«Non copiata: tu hai avuto, per una notte intera, il Padrón Real originale, la carta più segreta del mondo. Il tuo Segretario ha letteralmente venduto l'anima al diavolo, perché tu potessi studiarla.»

«Finché è durato il lume» sospirò Andrea.

«Spero che tu abbia imparato bene quella via, perché sei l'unico a saperla. Ma non conduce direttamente alla città: senza altre conoscenze, porta nell'intimo di un continente sconosciuto e vastissimo, più dell'Europa e dell'Africa messe insieme. Da solo ti perderesti nel nulla, senza meta e senza ritorno. Occorre invece seguire la tua strada, contando i giorni e le distanze percorse, e abbandonarla a un segnale preciso. A quel punto bisogna seguire un'altra via, che da lì si dirama.»

«E cosa sai, tu, di tanto prezioso?»

«Io so il segnale e i giorni di marcia. Quindi siamo necessari l'uno all'altro: tu conosci la via del continente, io quest'ultimo segreto.»

Andrea fremeva di rabbia: nessuno gli aveva detto che avrebbe condiviso i suoi segreti con quel frate. E lui gli negava i suoi! Pensò al Machiavelli, con la nostalgia che un bambino prova per il padre lontano:

«Aspettavo di incontrare qui un agente del mio Segretario, che mi procurasse un imbarco su qualche nave. E ora spunti tu, che dici di non conoscerlo nemmeno!».

Bartolomé sorrise e i pirati abbassarono finalmente gli schioppi.

«La nave ci aspetta già da due settimane. Adesso dormite, perché domani mattina partiremo prima dello spuntar del sole.»

### *Piruti*

Su quel versante di Hispaniola era scesa una foschia leggera, che copriva tutto quanto e spegneva i rumori. La piccola compagnia era composta dal giovane fiorentino, da Pedro-Aiguebenà, da Bartolomé, dai quattro giganteschi armati con le croci al collo e da

Rose. Gli uomini avrebbero voluto lasciarla all'*encomienda*, affidata alle altre donne, perché la riconducessero a Santo Domingo, in attesa di un imbarco. Ma quella notte aveva tirato fuori il pugnale, mostrando a tutti l'intenzione di usarlo. Dopo ore di strepiti e di furia Bartolomé ne aveva raccolto la confessione, e alla fine aveva acconsentito alla sua presenza.

Bartolomé e Pedro li guidarono lungo strade che morivano in sentieri, fra campi di frutti dai colori chiari e brillanti, finché arrivarono al mare. La distesa blu si annunciò con una luce bianca, oltre le ultime colline. Avevano compiuto quattro giorni di difficile cammino. Guardarono con sconforto una brulla scarpata che scendeva nelle spume del mare. Due corni di terra erano protesi a occidente verso una piccola isola, come le chele di un granchio. Al tramonto del quinto giorno Pedro accese un fuoco, ma vietò loro il sonno, malgrado la grande stanchezza. Solo Rose posò la testa sulla spalla di Andrea e chiuse gli occhi. Il giovane fiorentino accolse quel gesto come un dono. Bartolomé aprì il suo sacco e distribuì a tutti delle strane gallette, fatte di un grano particolare, giallo e croccante:

«La nave che ci porterà di là dal mare ha certamente già visto il nostro fuoco. Non abbiate timore dei marinai che incontrerete».

«Perché dici questo? Chi sono?»

«Spagnoli che hanno deciso di vivere al di fuori delle regole di Ovando. Ci assicureranno il passaggio del primo tratto di mare.»

Al tramonto, le onde lanciarono miriadi di riflessi di ogni colore. Il volto bianco di Rose era perso all'orizzonte. Sembrava che chiedesse al mare dov'era il suo uomo e la ragione dell'abbandono. Andrea era ormai rassegnato ad amarla e odiava quell'ossessione: ma anche lui, cosa sperava di trovare, di là? Obbediva a ser Niccolò e serviva la sua Repubblica. Tuttavia gli sembrava che il Mondo

Nuovo volesse aprirgli il petto per cavargli qualcosa di profondo. Sorrise tra sé per quello strano pensiero e Bartolomé ne equivocò la ragione:

«Non ridere, Andrea, perché sei ancora lontano. Forse non abbiamo nemmeno superato la metà strada».

«Tu cosa cerchi davvero di là da questo mare, Bartolomé?»

Lo spagnolo sorrise a sua volta. I suoi occhi brillavano di una strana luce, ma Andrea pensò che fosse il riflesso del fuoco e dell'ultima luce del sole morente.

«Voglio vedere anch'io la Città d'Oro, almeno una volta.»

«Mi chiedo quali siano i tesori che quella città nasconde.»

«Che cosa ti ha detto il tuo Machiavelli?»

Rose si era stesa sull'erba, con i capelli sciolti a formare una grande corona nera. Ad Andrea parve una delle sante di quelle terre, che erano più sensuali delle donne di Castiglia. Pedro era in piedi a scrutare l'orizzonte e gli altri erano seduti intorno al fuoco, con le armi in spalla. Benché fossero alla vigilia di un'avventura che si annunciava terribile, ognuno di loro viveva una pace mai provata prima. Andrea non avrebbe dovuto rispondere alla domanda di Bartolomé, seguendo i rigidi dettami ricevuti durante la sua istruzione nella casa segreta di Firenze, ma sentì che qualcosa poteva confidare, almeno a lui, per alleviare il peso che portava:

«Ho parlato col Segretario per breve tempo, prima di partire. Mi è parso che anche lui non sapesse granché di ciò che mi mandava a cercare».

Bartolomé attizzò il fuoco, con un lungo bastone.

«Il Segretario ti ha mai parlato di un uomo venuto da settentrione?»

Andrea si irrigidì.

«Io sono solo uno strumento nelle mani della Signoria di Firenze...»

«Hai mai visto un uomo vestito di nero, nelle stanze di Palazzo Vecchio? Hai chiesto chi fosse?»

Le domande di Bartolomé si erano fatte incalzanti e la sua voce era quasi aspra.

«Io ho cercato solo di seguire le istruzioni e di agire. Non sono uomo da fare domande.»

«Ma te le poni adesso, Andrea, non è così? E quello che vedrai, e che anch'io spero di vedere, ti darà un cuore nuovo. Anche la diversità di questa isola e di queste genti ti parranno povera cosa. Tu credi nella giustizia?»

Il sole era ormai tramontato e si era fatto buio quasi d'un tratto.

«Nella Giustizia divina.»

«È possibile ottenerla anche su questa terra.»

Un urlo li fece balzare in piedi. Anche Rose si svegliò, impugnando il suo coltello. Dal gruppo degli armati partì un colpo di schioppo, ma prima che il frate guerriero riuscisse a ricaricare l'arma e gli altri potessero fare una qualsiasi mossa, spuntarono dal nulla dieci orribili uomini tutti neri, vestiti di stracci repellenti e con catene, spade, fionde, ogni sorta di armi. Li presero in un baleno, forti dell'assoluta sorpresa. Nel terrore più cupo, Andrea attese la morte. La vide arrivare, con un ghigno di denti bianchi su un viso più nero della notte. "Dio mio salvami" fu il suo ultimo pensiero.

## 5
## OLTRE L'ULTIMO MARE D'OCCIDENTE

*Estrema punta occidentale dell'isola di Hispaniola*

Andrea giaceva su un pavimento di sudice assi, in una piccola stanza dalle pareti di legno. I polsi e le caviglie libere dai ceppi.

Si aprì una porta e la luce di una lanterna gli ferì la vista. Vide il volto scuro e grinzoso di un uomo, poi dalla luce emerse la figura intera, così minuscola che non gli arrivava all'ombelico. Non indossava abiti europei antiquati, com'era uso fra gli spagnoli di quella colonia. Portava una tunica bianca, allacciata in vita con una catena che a prima vista era d'oro puro. I capelli lunghi erano legati sulla sommità del piccolo capo con una specie di fazzoletto, di foggia simile ai turbanti orientali. Nella preziosa cinta portava un'arma corta da fuoco, una di quelle pistole della cui novità si raccontava a Firenze e che addosso a lui pareva un cannone. Quando trovò il fiato per parlargli, la voce di Andrea tremava un poco:

«Che volete da noi? Non abbiamo denaro»

«Siamo pirati, hai ragione, e sei a bordo della nostra nave. Ma non devi temere.»

Lo stupore rubò ogni forza al fiorentino. La voce era acuta e sottile, come avevano certi nani armoniosi, ma la coloritura era senz'altro quella di una donna!

«Io sono Maria Assunta de Cordoba e Real, e ho sessantadue anni.»

Solo allora Andrea si accorse del profumo delicato, di violette.

«Voi scherzate...»

«Non lo faccio mai. Non ti dirò come il destino mi abbia portata a queste remote isole: come ognuno fa, mi sono imbarcata a Siviglia e ho speso tutte le arti per nascondere il mio sesso. Ho patito la sorte dei topi, ho mangiato carogne...»

Puntò la pistola contro la parete e tirò il cane, armando l'acciarino. Andrea provò un lungo brivido di terrore.

«Ho ottenuto un'*encomienda*, praticando crudeltà che non voglio tu conosca. Ma la mia anima non ha retto e non sono stata la sola ad abbandonare i coloni. I miei uomini sono pochi, vedrai, ma la loro lotta sgorga dal cuore.»

«Lotta contro chi?»

La nana abbassò l'arma e la infilò di nuovo nella cintura. Non sembrava più minuscola, certo non di spirito.

«Contro questo inferno. Contro il Mondo Nuovo degli orrori. Bartolomé non ti ha detto e mostrato niente?»

Andrea non capiva. Dunque quella piccolissima donna era amica di Pedro e del frate, benché né Violante né il Segretario gli avessero parlato di lei.

«Siamo sulla nave che deve portarci di là?»

La nana lo prese per mano. La pelle scura e ruvidissima evocava creature mostruose e ignote di quelle isole. Lo condusse sul ponte della nave, senza più rispondere. L'imbarcazione era piccola e malandata, e alla luce delle lanterne si scorgevano solo quattro uomini, intenti alle vele. La notte era un abisso e la luna non bastava a schiarirla, ma li consolava una dolce brezza che saliva dal mare calmo.

«La mia nave ti porterà oltre l'isola selvaggia di Isabella. Lì troverai un'altra imbarcazione, diversa da quel che immagini.»

«Ma voi siete un'agente di Firenze?»

La piratessa rise, col suono di tanti campanelli argentini.

«Pensi che la tua città sia il centro del mondo, fiorentino? Quel tempo è passato, se mai vi fu. Lo sa il tuo Segretario, che altrimenti non mi avrebbe pagato tanto bene.»

Giunsero al castello di poppa. Dietro i vetri della cabina di comando si muovevano lente ombre. Andrea fu certo che fossero Pedro e Bartolomé.

«E come ha fatto ser Niccolò a pagarvi per il servizio che mi offrite? Lui è al di là dal mare Oceano, al di là della Spagna, dei monti e dei fiumi...»

«Fai troppe domande inutili, fiorentino.»

La stanza era rischiarata solo da una candela posta su un tavolo, e quando entrarono, Andrea riuscì appena a intravedere i volti dei suoi compagni di viaggio. C'erano anche due marinai. Uno di loro prese fra le mani la nana, come avrebbe fatto con una bambola, e la mise a sedere su un piccolo trono, sopra cinque cuscini ricamati a filo d'oro.

Maria Assunta de Cordoba adesso sembrava e si sentiva una regina. Indicò il suo ospite prigioniero con un comando grazioso del minuscolo braccio:

«Ti faccio una specie di profezia, Andrea di Francesco, fiorentino, uomo fidato di ser Niccolò Machiavelli e agente della Dominante, città il cui ricordo mi risveglia in uguale misura piaceri e dolori. Finora, seppure inseguito da un terribile pericolo, sei stato sempre assistito. Quando lascerai questa nave, invece, per la prima volta sarai solo: Pedro e Bartolomé, che sono amici miei, non avranno potere di aiutarti. E certamente incontrerai molti pericoli, nel vasto mondo al di là, che è certo sconosciuto ma niente affatto disabitato».

Andrea alzò il mento, in segno di sfida. Pensava che quella singolare donna guerriera volesse intimorirlo, e certo non voleva sembrarle un vile:

«Ho un compito da portare a termine. Se avessi paura, non sarei qui».

La nana sorrise con materna fermezza.

«Sei un giovane uomo coraggioso e la tua inconsapevolezza ti aiuta.»

Uno dei marinai accese un altro lume e vinse le ombre. Pedro e Bartolomé guardavano fissi Andrea, senza sorriso. La luce della lampada a olio, che dondolava al rollio della nave, disegnava sui loro volti giochi strani e mutevoli, facendoli sembrare demoni d'inferno. Andrea non vide Rose e lo prese un gelido timore.

«Dov'è la donna che era con noi?»

Un marinaio portò sul tavolo una bottiglia dal collo stretto, di vetro pregiato, con un liquido bianco. La nana piratessa se ne fece versare poche gocce in un minuscolo bicchiere, che conteneva due dita d'acqua limpida. Le gocce si mossero come vive e furono subito dissolte.

«Il tuo Segretario mi ha annunciato la visita di un suo uomo fidato, un giovane di nome Andrea, e quello senza dubbio sei tu: Pedro è il tuo garante e Bartolomé è amico mio. Non aspettavo nessun altro, tanto meno una donna.»

Andrea guardò le mani dei marinai: erano così grandi che avrebbero potuto spezzare il collo di un uomo in un momento, e certo lo avevano fatto molte volte. Si chiese quale misterioso e terribile giuramento li legasse alla minuscola donna e quale ordine di morte avessero già eseguito.

«Si chiama Rose» implorò. «È inglese e non ha a che fare con i coloni spagnoli...»

«E cerca suo marito, lo so.»

Il pianto di Andrea saliva dal cuore, e non seppe trattenere le lacrime:

«Ma insomma, è viva o no, perdio?».

«Sì, è viva. Perché ti interessa tanto?»

«Lei è... innocente.»

La nana gli fermò il pianto con un guizzo rapido dei suoi minuscoli occhi neri.

«Non deve disturbare la tua missione. E d'altronde non possiamo tenerla con noi: ci attende, al ritorno, un viaggio molto lungo, ci darebbe troppo impiccio e perirebbe in modo atroce, se la lasciassimo da sola. È meglio ucciderla subito. Ti prometto che i miei uomini faranno in modo che non soffra e forse non se ne accorgerà nemmeno.»

Andrea si piegò in ginocchio, come avesse ricevuto un pugno nel petto. Ma riuscì a dar voce al suo dolore:

«Non voglio che muoia».

La nana strinse i piccoli pugni e lo guardò severa. Sedeva più in alto di lui, e pur esile, la sua voce aveva la forza di una gigantessa:

«Hai più a cuore quella donna o il compito che ti ha affidato il tuo padrone, ser Niccolò Machiavelli, Primo Segretario della Repubblica di Firenze? Ti interessa di più lei o la sorte della tua città, retta a vita dal gonfaloniere Pier Soderini e assediata da molti nemici? Rispondi sinceramente, Andrea di Francesco, fiorentino di Calimala. Ma pensaci bene, prima».

«Non voglio che muoia.»

La piratessa richiamò l'attenzione di uno dei marinai.

«Ebbene, portatela qua.»

Dopo poco, la porta si aprì di nuovo ed entrò uno dei marinai, con un rumore sonoro di catene: trascinava per un braccio Rose, con le caviglie strette da due ferri neri. Aveva gli occhi rossi per il lungo pianto e la notte insonne.

«Che bisogno c'era di metterla in ceppi?» protestò Andrea.

«Come ti ho detto, non attendevo un altro ospite, e su questa piccola nave non ci sono comode cabine. Dunque tu vuoi che questa donna viva? Ti ripeto che portandola con te, contravverrai agli ordini del tuo Segretario.»

Gli occhi neri e grandissimi di Rose erano fissi su quelli atterriti di Andrea. La sua pelle scura appariva adesso bianca, forse per la luce diafana. Cercava inutilmente di divincolarsi dalla stretta del marinaio, e la sua voce era aspra e dolce al tempo stesso:

«Io non voglio andare con nessuno. Voglio sbarcare di là per cercare il mio uomo. Io so del racconto del marinaio di Siviglia: so dell'uomo bianco, che chiamano il custode, dietro alle cui tracce state tutti. Se ci sono europei, dall'altra parte, io devo chiedere a loro notizie di colui che mi ha abbandonata. E a lui, quando l'avrò trovato, chiederò perché».

La piratessa girò il suo piccolo capo e guardò Rose con commiserazione:

«Cosa penseresti mai di fare, da sola, in un continente sconosciuto? Di là dal mare ci sono più genti e cose di quanto possiate immaginare, tutti voi».

«E dunque portatemi di là, poi lasciatemi al mio destino.»

La nana sospirò, volgendo di nuovo lo sguardo verso Andrea.

«Allora, giovane allievo di ser Niccolò, se tu vuoi che questa donna viva, dovrai condurla con te. E amala, perché lei ama te.»

«Perché dici questo?»

«Perché è la verità. Riposatevi tutti, saranno giorni duri, la traversata è lunga. Ma prima, Andrea, noi due dobbiamo parlare, da soli.»

La piratessa diede l'ordine di sgomberare la stanza. In un momento restarono solo lei e Andrea, seduti di fronte. Al lume sempre più fioco della lampada, la nana sembrava un demone bambino, come quelli di cui raccontavano a veglia i contadini toscani: spuntati dalla terra, come in un sinistro miracolo, per raccontare storie e dare consigli non richiesti. Ma adesso era lei, con la sua voce squillante di topo, a chiedere qualcosa:

«Io ho i mezzi per portarti dove devi andare. So di una rotta segreta dei Taino e dei loro alleati e nemici, ma anche per me, oltre a questo mare c'è solo il nulla: non conosco segni di terra, né fiumi o rade, né punti di approdo. Chi ti farà traversare questo estremo braccio di mare, può solo portarti a un castello, che forse non è altro che una fantasia».

«Quale castello? Non c'è niente del genere, nelle carte che ho studiato.»

La nana allargò le piccole braccia, simile a una bambola preziosa.

«Così dicono i Taino. Ma se vuoi che ti assista e ti riporti in patria, devo sapere quello che tu sai della costa che si stende al di là. Voglio conoscere i fiumi, le montagne, le vie di terra, tutto ciò che si può vedere dal mare.»

«Non mi è permesso dirti questo.»

La piccola voce della nana si indurì:

«Il tuo Machiavelli mi ha concesso di stabilire il prezzo dei miei servigi. Tu, prima, hai chiesto come farà a pagarmi: ecco, questo è il modo».

«Io non dirò a nessuno ciò che ho imparato a memoria sul Padrón Real.»

«Allora sciolgo il mio onore dall'impegno con la Repubblica di Firenze. E deciderò se rischiare, riportandovi a terra, oppure farvi sparire qui, dove non c'è nessuno. Non farmi cadere in tentazione, ti prego.»

Come tratte dal nulla, la nana spinse verso Andrea delle grandi carte bianche, una penna e un vasetto d'inchiostro.

«Mi basta il profilo della costa e gli approdi che tu solo conosci. Sono certa che Niccolò ha scelto bene, reclutandoti, e che la tua memoria sarà precisa.»

Andrea non poteva fare altrimenti: passò tre ore, segnate da una grossa candela, a disegnare quel che aveva imparato sulle carte viste a Siviglia, in una cantina che voleva a ogni costo dimenticare. Evitò il cammino segreto per la Città d'Oro, ma descrisse con diligenza le spiagge e i monti, i fiumi e le insenature, le correnti e i pericoli che avrebbero dato a una nave di pirati un vantaggio inestimabile per la navigazione, in quei mari sconosciuti. Alla fine, la piratessa studiò attentamente le carte fitte di segni e di nomi che le restituì, confrontandole con altre simili che teneva chiuse a chiave in uno stipetto. Poi gli sorrise:

«Sei abbastanza intelligente, Andrea, perché non hai mentito. Ora quello che mi serviva è completo: e non è, come sicuramente pensi, per facilitare le scorrerie di un pirata. Qua non incrociano navi cariche di oro o di altri beni. Altro è il nostro compito».

«Dimmi qual è, allora.»

«Ti hanno detto di cercare una Città d'Oro…»

Andrea fece per protestare, ma la nana lo zittì con un gesto:

«Non negare, perché non serve e non ti chiederò nulla della tua missione. Ma io so che non è il metallo prezioso a chiamare con voce irresistibile il tuo Machiavelli. Quando arriverai, se ti aiuteranno destino e fortuna, vedrai ciò che io posso solo sognare. Ma quell'Idea sorregge la mia volontà e arma i miei cannoni, perché un giorno, in queste isole, sia ristabilita la verità della Giustizia».

Andrea non aveva più la forza né la voglia di chiederle altro. Fece il gesto di alzarsi, per andare finalmente a dormire, e la nana annuì.

Uscì in coperta, e come in un sogno vide salire, dalle assi rade del ponte, un sottile fumo, che sembrava vapore. Quasi si convinse di essere a bordo di una nave stregata.

## *Ordini reali*

Il Gigante era a prua della fregata inglese, alla fonda. Nella notte aveva preso una scialuppa ed era stato sulla seconda nave, che si teneva a distanza, al limite estremo di avvistamento. L'aveva raggiunta senza alcuna scorta, perché così doveva essere, e perfino lui era pieno di meraviglia per ciò che aveva visto a bordo. L'equipaggio era composto di pochi marinai, assurdamente vecchi. E il contingente guerriero, a cui erano riservate le armi della nave di Sir Malcom, era rinchiuso nella stiva. Aveva disperatamente chiesto di incontrare il comandante: chiunque, amico o nemico, si sarebbe stupito di vederlo implorare a quel modo. Ma i marinai, che obbedivano a precise consegne, lo avevano circondato al lume delle torce, puntandogli contro gli schioppi. Così aveva consegnato a loro le carte e le ultime istruzioni per proseguire il viaggio. Ora quella nave attendeva un segnale.

Sir Malcom era nella sua cabina e girava intorno al tavolo, con le mani strette dietro la schiena: mormorava terribili bestemmie, sfogando il suo rancore contro il destino, contro il re, contro se stesso, ma soprattutto contro il Gigante, che lo aveva rapinato della sua dignità, o di ciò che lui reputava tale. Aveva dovuto attenderlo per tre giorni, a Hispaniola, dopo che era sceso a terra. Per tutto quel tempo aveva sperato che venisse ucciso dai Taino o dagli stessi spagnoli, e che quella maledetta missione andasse al diavolo. Ma poi l'aveva visto tornare, ridente come dopo una festa. Era salito a bordo senza neppure degnarsi di porgergli il saluto e per tutto il tempo restante aveva parlato in confidenza col secondo, un tempo fedele solo al suo capitano.

Li vide avvicinarsi entrambi alla sua cabina. Quando entrarono, il Gigante irlandese gli mostrò una carta col sigillo di re Enrico: un documento che fino ad allora aveva tenuto segreto e lo faceva padrone della nave.

«Questo per tua informazione, inglese.»

«E io,» rispose Sir Malcom, con la voce tagliata dal pianto «a cui il re stesso ha dato il comando, che dovrei fare?»

«Tu puoi spararti subito, maledetto inglese, oppure gettarti a nuoto e cercare rifugio tra i selvaggi dell'isola, o anche viaggiare con noi. Non ho ordini precisi, per quanto ti riguarda.»

Il capitano prese a tremare. Chiese conforto al suo secondo, ma il vecchio marinaio scuoteva il capo:

«Spiacente, Sir, quella carta è autentica. Dobbiamo obbedirgli, fino a missione conclusa».

«Questo non mi era stato detto, a Londra! E invece tu lo sapevi già?»

Sir Malcom pestava le assi del ponte col piede, come un bambino bizzoso. Gonfie lacrime importune gli scendevano sulle guance. Il secondo, tanto più anziano, ebbe pietà di lui:

«Voi siete sempre il mio capitano, Sir».

«E allora fai uccidere questo sporco irlandese!»

«Non posso. Vi prego, rassegnatevi. Sarà solo fino al termine della missione.»

Il Gigante diede ordine di salpare verso occidente. La nebbiosa costa di Hispaniola abbandonò l'orizzonte, lasciando posto all'ignoto. Col sestante e l'astrolabio, l'assassino poteva calcolare la rotta seguendo esatta la latitudine, senza sgarrare di un decimo di grado. Altrettanto non avrebbe saputo fare il capitano, che pure aveva imparato l'arte della navigazione a Londra.

Sir Malcom era chiuso nella sua cabina. Sciolse sul tavolo una carta: poteva solo seguire la rotta imposta dall'irlandese con l'esitazione di un bambino. Capì che la sua nave procedeva lungo la costa settentrionale di un'isola lunghissima, protesa verso occidente, che gli spagnoli chiamavano Isabella.

Alla mezza del terzo giorno di navigazione, il capitano uscì sul ponte e attese che il ragazzo di vedetta smontasse dall'albero maestro. Le veglie notturne e la forzata inedia da prigioniero lo avevano reso preda di pensieri fumosi. E se il Gigante fosse stato un nemico dell'Inghilterra?

Il ragazzo scese dalla scala di corda e Sir Malcom lo afferrò per la camicia.

«Che ordini hai ricevuto dal Gigante?»

Il giovane era confuso, non aveva ben capito chi aveva il comando, ma aveva paura del suo capitano e non esitò a rispondere:

«Devo avvistare delle navi. Una piccola flotta».

«Solo questo?»

«Non devo gridare l'avvertimento, ma scendere subito e riferire solo a lui.»

«Che altro sai?»

«Nulla, Sir.»

Il quarto giorno, come aveva detto a Sir Malcom, il ragazzo di guardia abbandonò la gabbia e scese la scala di corda. Il capitano fu pronto a fermarlo, stringendogli forte il braccio:

«Navi?».

«Quattro, Sir. Spagnole.»

Il ragazzo corse a riferire al Gigante. Già alcuni marinai si erano affacciati alla murata e guardavano l'orizzonte. Il secondo sparì sotto coperta. Sir Malcom non aveva le stregonerie dell'irlandese, ma sapeva accorgersi che la nave virava a dritta, per incrociare la rotta delle navi avvistate. Era ormai sicuro che fosse un tradimento ordito dal Gigante: scese dunque sotto coperta e raggiunse i cannoni. Solo due artiglieri badavano ai pezzi, gli altri erano altrove, intenti ad altri compiti. I marinai, la polvere nera incollata ai corpi fradici di sudore, si alzarono di scatto in piedi. Sir Malcom ruggì il suo ordine:

«Armate il cannone!».

I due si guardarono l'un l'altro, senza accennare a un movimento.

«Fate quel che vi dico! Io sono il vostro capitano!»

«Adesso comanda il Gigante...» disse il più giovane dei due. Sir Malcom sfoderò la sciabola e lo colpì di striscio, al volto. Il giovane cadde in ginocchio, con un grido acuto. Dalla guancia aperta uscì un fiotto di sangue. Il capitano puntò l'arma contro l'altro marinaio:

«Fai come ho detto!».

In coperta, ignaro di quello, il Gigante e il secondo guardavano le navi in avvicinamento. Ormai le vedevano bene.

«Sono quattro grandi castigliane» disse il vecchio marinaio, preoccupato.

«*Nao*» precisò tranquillo il Gigante. «Datemi lo specchio.»

Il secondo gli porse un grande ovale argenteo e lui lo puntò sul sole, muovendolo rapido. Segnalava qualcosa, con un codice che il nostromo non poteva comprendere. Dopo poco tempo, sulla prua della prima nave spagnola comparvero bagliori intermittenti.

«Cosa dicono?»

«Che tutto va bene.»

«Ma gli spagnoli sono i nostri nemici» mormorò il secondo. «E siamo nel mare di nessuno, dall'altra parte del mondo...»

«Questi spagnoli non ci attaccheranno.»

Il secondo lo guardò stupito:

«Che intendete dire?».

La calma fu scossa da un colpo di cannone. Era partito dalla loro nave: il Gigante e il secondo videro la palla compiere la sua parabola e spezzare un albero di una nave spagnola. Dopo un istante, dal fianco dell'ammiraglia dei re cattolici spuntarono i cannoni e partì una salva di risposta. Una palla colpì la fregata inglese, sbriciolando cinque braccia della murata di dritta e uccidendo due marinai. Sulla nave si scatenò il caos: il mare si era coperto di fumo e nessuno era più sicuro della posizione degli spagnoli. Il Gigante sembrava aver preso fuoco:

«No! Ci sentiranno, perdio!».

«E chi mai?» gridò il secondo.

«I pirati, idiota!»

«Ma non ce ne sono, in queste acque...»

I marinai, senza attendere ordini, avevano armati gli altri cannoni. I fusti di bronzo già spuntavano dalla fiancata della nave, ma il Gigante diede l'ordine di non rispondere al fuoco:

«Trovate subito chi ha sparato quel colpo! E non fate nulla fino al mio ritorno!».

L'ammiraglia spagnola, ormai vicina, armava di nuovo l'artiglieria e si preparava all'abbordaggio. Il Gigante salì fino alla sommità dell'albero maestro, insieme a uno dei mozzi, e con lo specchio segnalò freneticamente qualcosa di misterioso. Quando scese di nuovo sul ponte, trovò i marinai affacciati a guardare la nave dei re cattolici, che sfilava immensa davanti a loro: l'effetto dei segnali era stato immediato, perché i loro cannoni rimasero muti. Non c'era alcun suono, sopra lo sciabordio delle onde, nemmeno grida di gabbiani o i versi degli strani uccelli di quelle isole.

Il secondo aveva intanto trovato i due artiglieri colpevoli. Uno aveva il volto sfregiato da una profonda ferita di sciabola. Il Gigante li fece legare all'albero maestro e ordinò ai marinai affacciati alla murata di liberare la vista per gli spagnoli: si videro i loro comandanti e tutto l'equipaggio sul ponte, in attesa di ciò che era stato loro evidentemente promesso.

Il Gigante interrogò personalmente i due sventurati: li sottopose con le sue stesse mani a tormenti indicibili, tanto che alcuni dei marinai inglesi caddero svenuti per l'orrore e la paura di subire una sorte analoga. I due, prima di spirare, raccontarono la verità sull'accaduto e l'ordine ricevuto da Sir Malcom. Alla fine i loro corpi vennero appesi all'albero di prua e infine gettati in mare. Tanto bastò perché tornasse la calma e le navi spagnole proseguissero nella rotta stabilita, affiancate alla fregata inglese.

La navigazione della strana flotta, composta da navi tra loro ufficialmente nemiche, proseguì per quel che restava del giorno e per tutta la notte. Poi, poco prima dell'alba successiva, un lume appeso all'albero maestro dell'ammiraglia spagnola, annunciò che le rotte si separavano di nuovo, Quando il sole fu alto, delle navi dei re cattolici non c'era più traccia.

Sir Malcom fu messo in ceppi, prigioniero nella sua cabina. Non ebbe alcun conforto, né cibo né acqua.

Spuntava il sole, quando il secondo entrò nella cabina.

«Ho evitato che veniste ucciso subito, Sir» disse il vecchio marinaio.

«Sporco traditore. Ti farò impiccare, al nostro ritorno.»

«Voi sarete sempre il mio capitano. La carta in possesso del Gigante gli conferisce il comando assoluto, ma solo fino al compimento della missione, come vi ho detto ieri. Al ritorno, verrà sbarcato in un luogo ancora segreto e voi tornerete con ogni onore a Londra.»

Sir Malcom tossiva e sputava, e al secondo parve anche che si fosse pisciato addosso. La sua rabbia scorreva senza freni e senza ragione:

«Ci tornerò con la sua pelle e la tua appese all'albero maestro, vigliacco».

«La nave è vostra, Sir. Farete ciò che riterrete opportuno. Ma sappiate che solo per capriccio del caso non siamo morti tutti. Certo non ignorate che la stiva è ricolma all'inverosimile di armi ed esplosivi.»

Il Capitano divenne rosso in viso:

«Dove ci sta portando, quell'animale? È un oltraggio, che solo io non sappia il fine vero di questa missione!».

«Siamo diretti alla costa del continente, attraccheremo in un luogo sconosciuto e inesplorato. Lì sbarcheremo il Gigante e voi sarete liberato.»

Sir Malcom sembrò improvvisamente calmarsi:

«Vuoi dire che mi scioglierete dai ceppi?».

«Questo è certo, Sir. Ne ho io le chiavi. E conservo un'altra lettera sigillata del re, da consegnarvi in quel momento.»

Sul volto del capitano apparve un sorriso cattivo.

«Forse non ti farò impiccare.»

Andrea e i suoi navigarono in mare aperto per tre giorni. Una brezza leggera sospingeva le vele verso occidente, e i marinai della piratessa lo dissero un miracolo. La nave dei pirati era piccola e di forma singolare: curiosamente panciuta, come una cocca, possedeva però anche cannoni, benché pochi, ed era veloce a tagliare il mare. Rose e Bartolomé alloggiavano in una cabina sul ponte, mentre la loro scorta, privata delle armi, stava sotto coperta. Andrea riuscì a sapere quale rotta seguivano. Per sfuggire incontri sgraditi seguivano la costa meridionale, dall'isola di Giamaica verso la punta estrema di Isabella.

Finché all'alba del sesto giorno di navigazione un marinaio armato venne a prenderlo mentre ancora dormiva: la nana piratessa voleva vederlo con urgenza e non gli fu lasciato il tempo e il modo di avvertire gli altri. Andrea si aspettava di essere condotto all'alloggio del capitano, invece il marinaio aprì una botola e lo fece scendere sotto coperta. Passarono davanti a una guardia armata e sentì forte uno strano calore. Un denso vapore filtrava dalle assi e impregnava l'aria. Il marinaio aprì un'ultima porta, serrata da un lucchetto, e lo spinse oltre la soglia, richiudendo subito dopo.

Lo accolse un vasto ambiente inaspettato, grande come mezza nave: su ogni lato c'erano finestre chiuse da spessi vetri, attraverso le quali vide l'infinita linea dell'orizzonte marino. Solo perché si aspettava ormai ogni sorta di stranezza, Andrea non pensò di delirare.

Al centro della stanza c'era l'origine del caldo: una grande tinozza, piena d'acqua profumata e fumante. E nella vasca era immersa una bellissima donna, senza vesti, con l'acqua che le arrivava all'ombelico. In braccio, la donna cullava con amore un essere a prima vista simile a uno scimmiotto, ma che invece, come Andrea capì subito, era la piratessa. Lo chiamò con voce sottile:

«Vieni da noi. C'è qualcosa che devi sapere, prima della fine di questo viaggio».

Il rollio della nave increspava la superficie dell'acqua. Andrea scese i pochi scalini. La bellissima donna aveva la carnagione chiara e la testa rasata, tranne una treccia che le scendeva dalla nuca. Le sue fattezze suscitavano una leggera inquietudine, benché non fossero molto diverse da quelle delle altre isolane. Ma certo non aveva mai visto un corpo più puro o una pelle più liscia. Era forse una principessa india, pensò. La giovane donna sorrideva e continuava a cullare dolcemente la nana, come se volesse indurle il sonno. L'aria era densa e impregnata di un forte profumo di violette, che salvava Andrea dalla ripugnanza per il piccolo corpo scuro e grinzoso.

«Stiamo per arrivare al di là.»

La nana mormorò qualcosa all'orecchio della sua ancella, che la immerse nell'acqua calda fino al collo e poi le asciugò con amore la pelle ruvida e nera, con un panno candido. Quando uscì dall'acqua odorosa, Andrea scoprì con sconcerto che la creatura bellissima non era donna, ma uomo.

La nana, nuda e ancora stillante di acqua balsamica, lo guardò e sorrise.

«Tu mi credevi uomo e invece sono donna. Ora, vedendo il mio amore, sei ancora più confuso: non è vero, Andrea? Lo sconcerto che provi è la vera essenza della terra sconosciuta che è oltre l'orizzonte. A tutto ciò che incontriamo nel Mondo Nuovo, noi pretendiamo di dare un nome familiare. Ma ogni cosa è allo stesso tempo uguale e abissalmente diversa che in patria. Perfino i fiori sgargianti e profumati ci fanno tremare di paura: li vediamo simili a quelli di casa, ma come se una forza diabolica li avesse smisuratamente ingranditi e deformati. Il cuore quasi non regge alla visione, perché non sapremmo descriverli ai nostri cari! Anche la crudeltà di Hispaniola, che non comprendi perché ti sembra folle, è la reazione degli animi più semplici a questo sconcerto.»

Andrea scosse il capo:

«Sono poveri fanciulli crudeli, come a Firenze e da ogni altra parte».

La nana approvò, annuendo.

«Ma in questi luoghi la loro crudeltà diventa estrema, perché è l'unica difesa contro l'ignoto che ne inghiotte le anime. Tu sei diverso, perché vinci il tuo sconcerto aprendoti al nuovo. Ma non basta ancora. Devi superare altre prove, per guidare i tuoi compagni alla Città d'Oro.»

Andrea indicò l'essere bellissimo, che si offriva alla vista senza alcun velo:

«È il tuo amore, hai detto. Com'è possibile?».

«Rinuncia a tali domande, Andrea» gli rispose dolcemente la nana. «Di là dal mare troverai droghe che ti apriranno mondi di cui non hai percezione. Oppure capaci di farti dormire per giorni interi. Ma in entrambi i casi cambieranno la tua mente e il tuo cuore. Per comprendere il Mondo Nuovo, che è maschio e femmina insieme, dovrai compiere un viaggio in te stesso.»

«Io non capisco quello che dici.»

«Ami tua moglie?»

Il giovane fiorentino esitò un attimo, prima di annuire. La nana sorrise:

«Ma desideri Rose più di ogni altra cosa, non è vero?».

Andrea non rispose, ma alla nana bastò guardarlo negli occhi.

«Hai fatto bene a non volere che fosse uccisa» gli disse a mezza voce. «Ti servirà una vera donna, quando sarai al di là. Ho parlato a lungo con lei e ho compreso perché la chiama l'ignoto. Ora ho fiducia nella tua Rose quanta ne ho in Bartolomé.»

Andrea non seguiva più le parole della piratessa.

«Quando scenderemo a terra?»

«Non lo faremo. Siamo prossimi a uno stretto, la via più breve fra la punta estrema dell'isola Isabella e l'ignoto continente. Lì sarete trasbordati su un'altra nave.»

«Altri pirati?»

«Oh, no. Ti è stato già detto: è una nave invisibile.»

«Che significa? È una stregoneria?»

La minuscola capitana rise, scuotendo il capo, mentre si rivestiva con cura e si allacciava stretta la cintura d'oro.

«Aspetteremo il tuo ritorno, Andrea. Incroceremo sulla rotta che da questo capo occidentale porta all'isola di Giamaica, per evitare le navi spagnole e mantenere sicuro il mare per il vostro ritorno. Fra un mese esatto troverai ad attendervi, alla vostra costa d'approdo, un'imbarcazione altrettanto invisibile e veloce di quella che vi farà giungere al castello.»

Andrea annuì e fece per andarsene, ma la capitana lo fermò.

«Devi sapere le ultime cose e le devi udire solo tu: né io né Bartolomé dobbiamo averne conoscenza. Perché nessuno, nemmeno coi peggiori tormenti, possa strapparcene la notizia.»

La nana rivolse un gesto all'ermafrodita, che accennò a un piccolo inchino e avanzò verso Andrea, stillando acqua odorosa.

«Spogliati, Andrea.»

Prima che il giovane potesse riaversi dall'ennesimo stupore, la bellissima creatura gli sganciò i bottoni della camicia. In un attimo fu nudo e condotto per mano al centro della vasca. La nana salì faticosamente gli scalini e scomparve oltre la porta.

Andrea viveva un misto di paura, sconcerto e desiderio. Avrebbe voluto, allo stesso tempo, fuggire e restare.

«Ma chi sei, tu?»

Andrea provò la dolcezza di carezze sconosciute e baci di sapore mai sentito, ma poi si scostò:

«Basta».

L'ermafrodita guardò in alto e mise l'indice sul naso, per invitarlo al silenzio. Subito cadde su di loro uno scroscio d'acqua, in mille sonori rivoli. Un rumore che copriva qualsiasi parola.

«Di là ci sono città deserte,» mormorò all'orecchio di Andrea «ma anche popolosi mercati pieni di ogni ricchezza.»

Aveva parlato in perfetto castigliano, con voce di seta.

«Una di queste è la città che io cerco?»

«No, puoi attraversare le città vuote, ma devi evitare quelle abitate. Saprai di essere vicino alla tua meta da alcuni chiari segni.»

L'acqua scrosciava da grandi tinozze, poste sopra di loro.

«E dunque?»

«Di là dal mare c'è un mondo diverso da ogni cosa a te nota. Hispaniola è stata stuprata e ha conservato solo in parte il suo vero volto. Ma proseguendo il viaggio, seguendo le strade che sai, giungerai dove il tuo stupore sarà totale. Vedrai quello che mai avresti immaginato. La sua stranezza ti sopraffarà.»

«Che cosa vedrò?»

«Te ne accorgerai da solo, in quell'istante. E allora saprai di essere giunto alla Città d'Oro. Quando ogni cosa muterà aspetto e calpesterai i prati ritrovando te stesso.»

Andrea riconobbe, con meraviglia, le esatte parole con cui lo aveva congedato la maga del tempio, a Santo Domingo.

«Questo mi è già stato detto, e non so cosa significhi.»

«Vedrai la grande cupola, oltre il fiume, e capirai.» La cascata d'acqua stava perdendo intensità, le loro parole erano di nuovo udibili e l'ermafrodita gli fece cenno di tacere.

«Adesso preparati, perché è giunta l'ora e i tuoi compagni ti stanno già aspettando.»

*La nave invisibile*

La luna piena disegnava la cocca pirata sul mare immobile, netta come a mezzogiorno. Andrea era in piedi alla murata in attesa dell'altra nave, che li avrebbe portati al di là dell'ultimo mare. Si chiedeva se fosse davvero stregata e quanto tempo avrebbero dovuto attendere ancora.

Ognuno era in silenzio, preda dei propri pensieri. I marinai avevano reso gli schioppi agli armati di Bartolomé. I giganti con le croci al collo erano saliti sul ponte per ultimi e si erano disposti intorno, come cani da guardia.

Anche Rose era inquieta. Si riparava dalla brezza notturna con un prezioso scialle di tessuto esotico, dono della capitana. A ogni folata di vento si stringeva ad Andrea. Ma per il giovane fiorentino, il desiderio di lei era una dolorosa incertezza: per tutta la notte, più volte soli, la splendida donna inglese aveva infatti respinto ogni approccio. Era come se la sua mente andasse senza posa da lui al misterioso marito, che stava fra loro come un fantasma di tormento.

Poi, senza preavviso, risuonò nell'aria un richiamo gorgheggiante, simile al verso di uno strano uccello. Nessuno poté dire da dove venisse. Un marinaio, affacciato sul mare deserto, indicò l'abisso:

«Scendete!».

Nessuno gli obbedì, guardandolo come si guarda un pazzo.

«Che significa?» chiese Andrea. «Quando arriva la nave?»

«È ora. Scendete.»

Si voltarono verso Bartolomé. Dal mare fermo non veniva alcun suono, nemmeno un lieve sciacquio. Il prete *encomendero* sorrideva e il suo volto, al lume delle torce, emanava una luminosa gioia. Fece cenno agli altri di obbedire e si avviò tranquillo a una scala di corda, gettata al di là della murata. Pareva un santo avviato a un felice martirio.

Fu come inghiottito dalla nera massa d'acqua. Aiguebenà invitò Andrea, con un gesto della mano, a fare altrettanto. Il giovane fiorentino sospirò, poi afferrò con forza la corda e scavalcò il parapetto. Guardò di sotto, ma non vide che il mare nero. Che l'imbarcazione fosse davvero invisibile? Legò bene il sacco alla schiena. L'ignoto gli serrava il cuore ed era scosso da forti brividi, come avesse la febbre. Prima di calarsi nel ventre dell'oceano, aiutò Rose a scendere per l'esitante mezzo, che oscillava nel vuoto.

Solo quando sentì prossimo il respiro del mare, vide ciò che li aspettava. Dapprima gli parve di scorgere dieci uomini nudi immersi nell'acqua fino al petto, uno dietro l'altro, in fila. Poi si accorse che avevano in mano dei remi e infine, quando fu proprio sopra di loro, vide finalmente la promessa nave invisibile: un grande tronco nero tagliato a metà per la lunghezza. Talmente basso, sulla superficie dell'acqua, da scomparire alla vista di chiunque.

Andrea guardò preoccupato Bartolomé, che era ancora aggrappato alla corda:

«Come faremo a starci tutti quanti?».

«È grande e comoda.»

I marinai della singolare barca, stretta come un ago ma lunga almeno trenta braccia, erano di razza india, ma coi tratti del volto diversi dai Taino. Bartolomé aveva detto il vero: il fondo era ampio e asciutto. Strani cuscini, che sembravano fatti di piume, lo rendevano perfino comodo. Gli indi fecero segno ai passeggeri di stendersi. Udirono un altro richiamo, poi la nave invisibile si allontanò in fretta da quella dei pirati. Rose chiuse gli occhi, mentre Bartolomé parlava sottovoce con Pedro. Dopo poco, non ci fu altro che cielo e mare, e quando la luna tramontò, furono inghiottiti dalla notte.

Il ritmo regolare dei rematori e lo sciacquio delle onde erano gli unici suoni. Quando gli occhi si furono abituati all'oscurità, la flebile luce delle stelle donò loro una visione tenuissima, ma incomparabile: sulla superficie del mare nero si percepivano i movimenti lucidi di grandi pesci, simili alle sirene dei miti marinari. Passavano sotto la chiglia della lunga barca e sembravano volerla scortare fino a riva. Bartolomé e gli altri se li indicavano l'un l'altro.

Filarono senza parere, fratelli dei pesci, nel braccio di mare fra l'estrema punta occidentale della selvaggia Isabella e la costa sconosciuta del continente. E dunque nessuno avrebbe potuto notarli, perché erano al di là del mondo conosciuto, oltre il sentire comune. C'era tempo per riposare. Andrea cercò la mano di Rose e la strinse forte. Lei ancora non dormiva: rispose al suo gesto, senza respingerlo.

«È un orizzonte immenso» gli mormorò dolcemente. «Non so più se voglio cercare mio marito.»

«Ora siamo in viaggio. Non pensare.»

Il cuore di Andrea prese a battere più forte, ma alla fine anche lui fu inghiottito dal sonno e sognò di essere accolto nel ventre del mare, negli abissi verdi di un mondo ancora vergine per gli europei e dunque davvero nuovo.

All'alba del sesto giorno, la fregata inglese superò l'estremo occidentale dell'isola di Isabella. La nave con l'equipaggio misterioso passò a distanza tale da non essere scorta.

All'orizzonte, solo il mare infinito. Il Gigante era solo, a prua, e il suo volto fendeva il vento caldo e umido che aveva preso a soffiare forte, da terra. Nella mano destra stringeva, quasi inutile, il sestante. Perché il Gigante poteva volare e vedere con gli occhi dei gabbiani. Faceva adesso un largo giro sopra le navi, a occidente, sopra ciò di cui i marinai non avevano ancora esperienza. Valutò l'infinita linea di costa del continente sconosciuto. Vide una grande punta, protesa verso l'estremità dell'isola di Isabella. Sapeva che la nave invisibile del fiorentino era giunta all'approdo e se ne compiacque. Ma il tempo stava per scadere.

Quando riaprì gli occhi, il Gigante chiamò il secondo e diede l'ordine di ammainare le vele. Da una tasca interna del corpetto prese alcune grandi pagine piene di figure e macchiate di sangue. Le aveva rubate a Firenze nella biblioteca di Giovanni de' Medici. Cercò quella che raffigurava le amazzoni e gli uomini senza testa. Con la punta del dito seguì strane linee contorte, simili a ornamenti. Lui sapeva che avevano invece un altro significato.

Calcolò esattamente l'ora, poi dette l'ordine al ragazzo di vedetta di fissare il mare in direzione del mezzogiorno. Una piccola nave nera, senza insegne, sarebbe spuntata dall'estrema propaggine dell'isola. Avrebbe virato per doppiare il capo in direzione dell'occidente, verso Hispaniola. Poi sarebbe giunta la flotta spagnola, da ponente.

Il vento cadde all'improvviso e il mare si fermò come un lago. Restarono due ore in attesa, immersi nel calore atroce simile a quello dell'inferno. Infine il mozzo gridò dalla torretta dell'albero maestro il primo avvistamento: dietro la punta boscosa era apparsa una piccola nave, panciuta ma veloce, forse una cocca. Il Gigante chiamò di nuovo il secondo:

«Sono loro. Dovranno bastare due salve di cannoni. Non una di più.»

«Diamo battaglia a quella misera nave? Ma avete detto che non c'è più tempo e che dovete scendere a terra...»

«Tutto deve compiersi esattamente. Riprenderò in seguito il tempo perduto: e non sperare anche tu che io muoia, inglese, perché tornerò.»

«E se perissimo, dopo avervi sbarcato? Oppure se l'equipaggio, che tanto vi odia e vi teme, si ammutinasse, lasciandovi in quell'inferno?»

«Non sarete mai soli: quelli che tu ritieni nemici, per i vessilli che inalberano, sono invece gli amici che ci assistono. Non l'hai ancora capito?»

Il ragazzo di vedetta lanciò il secondo grido convenuto. Da occidente erano ormai visibili le navi spagnole, quelle a cui si riferiva il Gigante, che adesso chiudevano alla cocca ogni possibilità di fuga.

«Due sole salve, ricorda.»

«Abbiamo cannoni e polvere e palle per far fronte all'intera marineria nemica! La nave quasi affonda, per il peso.»

«Ho detto due, non un colpo di più.»

«Faremo come vorrete.»

La sorte della cocca pirata fu subito chiara a tutti. La minuscola capitana aveva visto i nemici appena doppiato il capo. Sapeva di non avere via di fuga, almeno per mare. Non era abbastanza veloce per sfuggire alla morsa e le mancavano cannoni per vincere battaglia contro forze tanto superiori. L'unica sua possibilità era un approdo a Isabella, in favore del vento che aveva ripreso a soffiare. Arenarsi sulla costa sabbiosa avrebbe dato speranza all'equipaggio di fuggire all'interno dell'isola. E dunque la nana ordinò di sfruttare il vento occidentale per correre verso quella lingua di terra. La sua nave era piccola e veloce e la manovra sembrò riuscire. Ma il Gigante aveva previsto quella mossa e poteva contare sull'eccellenza della fregata inglese e sull'abilità dei marinai. Sembrò anzi che lo stesso demonio del mare fosse giunto in suo aiuto, cambiando il corso alle correnti: prima che il sole raggiungesse lo zenit, la sua nave era ormai prossima ai pirati e in procinto di tagliar loro la strada. I marinai gli obbedivano senza mostrare fatica, come se fosse davvero Satana incarnato.

Ma una forza altrettanto diabolica e nemica della sua, impedì al Gigante di porsi in tempo di fianco alla cocca. Fu invece la capitana pirata a cogliere il momento favorevole e a sparare per prima una salva di artiglieria. I marinai inglesi cercarono di sfuggire, ma altri colpi di cannone dei pirati andarono a segno, prima che il Gigante potesse armare i suoi.

L'irlandese fu colto, per la prima volta, da una dolorosa sorpresa. Il fumo si alzava dagli squarci della fiancata e si levavano alte le grida di dolore dei marinai. Tra il frenetico rincorrersi degli ordini e dei controrordini, la cocca pirata sfilava veloce davanti a loro. Si affacciò alla murata: gli ufficiali lo invitavano a mettersi al riparo, ma lui rifiutava di scendere in coperta e anzi si esponeva con gran pericolo. Sembrava cercasse disperatamente di vedere qualcosa o qualcuno a bordo della nave pirata. Partì finalmente la prima salva inglese, ma appena il fumo si fu diradato, la cocca corsara apparve intatta. Allo sconforto per la propria sorte, nei marinai si sommò l'orrore per l'ira del Gigante: si era voltato verso di loro con lo sguardo rosso di sangue e carico di un odio che non avevano mai visto, nemmeno nella più crudele delle guerre in cui avevano combattuto. La sua voce era il ruggito di una fiera:

«Fermate quella nave, perdio! Non più di un'altra salva!».

I cannoni spararono ancora, ma troppo tardi: quando il fumo si fu sollevato, i marinai della fregata inglese videro la poppa della nave pirata sfuggire davanti a loro.

Il secondo corse verso il Gigante, alla murata di prua:

«Dobbiamo sparare di nuovo! Ora!».

«No! Due salve dovevano bastare. Il resto ci serve!»

«Ma dov'è l'altra nave, allora? Abbiamo bisogno dei suoi cannoni!»

Il Gigante afferrò il vecchio marinaio per la giubba. Nella sua mano, sembrava un pupazzo di stracci.

«No, perdio! L'altra nave è inglese solo di nome ed è come se non esistesse! Entrerà in gioco solo alla fine!»

La cocca pirata, sfuggita quasi illesa all'attacco, si dirigeva verso la costa, ormai vicina. Ma fu a poche braccia dalla lunga spiaggia, all'estrema propaggine occidentale dell'isola di Isabella, che si compì il destino di Maria Assunta de Cordoba e Real, figlia illegittima di un Grande di Spagna, e della sua nave di pirati che tali non erano, se non forse di nome e di fama. Chi comandava la flotta spagnola fu più abile degli inglesi: sopraggiunsero due fregate del re cattolici, che si affiancarono alla piccola nave nera. Il Gigante schiumava di rabbia, nel vedere svolto in modo tanto abile il lavoro che era destinato a lui: da entrambi i lati, gli spagnoli crivellarono di colpi i pirati, che subito imbarcarono acqua, inclinandosi su un lato. Molti si gettarono in mare, ma a bordo delle navi spagnole c'erano dei soldati, armati anch'essi di schioppi. Furono così tanti, i colpi che spararono agli sventurati in acqua, che presto le onde divennero rosse di sangue.

La fregata inglese era giunta anch'essa sul luogo dell'eccidio. Il Gigante chiamò il secondo:

«Preparate l'arrembaggio!».

Il vecchio marinaio lo guardò con stupore:

«È compito degli spagnoli, e comunque ormai la nave affonda».

«Fai come dico, idiota.»

Dal ponte della fregata inglese vennero gettati i levatoi e i soldati e i marinai, armati di sciabole, passarono esitanti sul ponte dei pirati, ormai assai inclinato sull'acqua. Il Gigante era avanti a tutti e uccideva chi trovava tra i naufraghi. Tenendosi in precario equilibrio, raggiunse il castello di poppa, sfondò le porte, passando rapido a filo di spada i vivi e i morti che incontrava.

Raggiunse la vasca, ancora mezza piena di acqua tiepida. L'ermafrodita bellissimo era nudo e guardava il corpo rattrappito della piratessa suicida. Il Gigante era mosso da un odio implacabile, una rabbia che andava oltre i suoi ordini segreti. Tagliò il membro della creatura con la spada, poi si accanì contro il suo bianchissimo seno e infine gli mozzò la lingua. Ma non lo finì. Quando il fuoco cominciò a divampare e la via di fuga dal relitto divenne precaria, lo guardò sussultare d'agonia in un lago scarlatto.

La nave pirata affondò. Il Gigante risalì a bordo della fregata inglese. Guardò le mani bagnate di sangue, quasi incredulo di ciò che aveva compiuto: l'ermafrodita, nella sua purezza, rappresentava ciò che a lui disperatamente mancava.

Il secondo pensava al suo capitano, ancora incatenato sotto coperta, sperando che giungesse presto il tempo stabilito per liberarlo.

Alla rosata luce del levar del sole, Andrea e gli altri navigavano a pelo dell'acqua, lungo una costa bassa e sabbiosa. Non erano tuttavia così vicini da rischiare di essere scorti da terra. Mentre la barca nera e lunga sfiorava silenziosa le onde, il giovane fiorentino aveva faticosamente fermato sul suo piccolo quaderno le memorie per il Segretario. Gli pareva impossibile che quelle note, a pelo dell'acqua, potessero raggiungere il Palazzo dei Signori, sulla dolce riva d'Arno. A Dio piacendo, avrebbe comunque raccontato ogni cosa lui stesso, al suo ritorno a Firenze. Ma quasi non credeva più che la sua città esistesse davvero, e nemmeno i pisani, i Medici con i loro intrighi e perfino lo stesso Niccolò Machiavelli. Cercò nella costa un segno, sull'ininterrotta linea di verde e di roccia. Poi a settentrione comparve il profilo di una vasta isola e l'imbarcazione iniziò a virare verso terra. Pedro immerse la mano nell'acqua, saggiando la velocità e valutando l'approssimarsi dell'approdo. Poi alzò il braccio magro e indicò ad Andrea la spiaggia, ormai prossima:

«Ricordi il racconto del marinaio di Siviglia?».

Andrea annuì:

«Conosco ormai quella storia come l'avessi vissuta io stesso».

«L'ammiraglio Colombo, nel suo quarto e ultimo viaggio, incontrò una carovana di mercanti: donne e merci splendide e mai viste.»

«E con loro c'era un uomo bianco che parlò in castigliano e consegnò all'Ammiraglio una lettera...»

«Il custode della Città d'Oro» disse Aiguebenà, con lo sguardo già perso nel verde lontano. «Quella che vedi è la loro patria originaria. Io dovevo portare te e Bartolomé all'approdo in questa terra ignota a tutti, anche a quel che resta del mio popolo, e così ho fatto.

D'ora in poi sarai tu a guidarci, Andrea. Hai letto i libri fiorentini, hai imparato i disegni e studiato le carte più segrete del mondo. E coloro che potevano darti indicazioni hanno parlato solo con te.»

Andrea sorrise mestamente. Pensava che avrebbe saputo a malapena guidare qualcuno a cavallo sulle vie per Siena o Pisa. Già per lui sarebbe stato difficile giungere al mare o superare Pistoia e valicare l'Appennino. Come avrebbe fatto mai a condurli in quella immensità verde e azzurra?

«Io non so nulla!»

Il cacicco lo guardò con rimprovero:

«Tu saprai trovare la via di terra per la Città d'Oro. Te la rivelerà un segno, la foce di un fiume o un monte di strana forma, o un'insenatura insolita e memorabile. I marinai ci sbarcheranno nell'unico punto che conoscono, perché ben visibile dal mare».

«Ma qual è la patria di questi rematori?» domandò Andrea.

«Non sono Taino ma Caribi, mangiatori di carne umana. Nemici del mio pacifico popolo, che subisce il martirio dagli spagnoli e anche da questi loro fratelli. Ma la parola di Dio li ha convertiti.»

«Qual è l'approdo che cercano?»

«Un castello.»

«Così mi ha detto anche la piratessa, sulla sua nave: ma non è nelle carte che ho studiato.»

«Perché sorge a mezzogiorno, rispetto alle coste già avvistate dai navigatori. La sua memoria non è dunque su quel che chiamano il Padrón Real. Dal castello, quale che sia, andremo a piedi verso settentrione, finché tu non riconoscerai il primo segno che hai imparato sulle carte.»

Andrea annuì: non c'era altro da fare, oltre che combattere con la paura.

Finalmente vide una torre, su un'altura a picco sul mare. Quando si avvicinarono, fra gli spruzzi di spuma, l'aspetto di tale meraviglia si definì: erano alte e potenti mura di pietra, quasi rosse sotto il sole già alto e feroce. In Andrea suscitarono una sottile angoscia. La costruzione pareva fatta con la sapienza antica che gli architetti di Firenze o di Milano non erano ancora riusciti a eguagliare. Gli sembrò addirittura che i Romani o i Greci avessero costruito una loro colonia su quella terra. Ma quelle forme erano a un tempo familiari ed estranee. Appartenevano alla stessa idea di perfezione degli antichi, ma non erano di questo mondo.

Bartolomé lo guardò e sorrise:

«Anche il mio cuore, Andrea, sussulta di timore e ammirazione. Conosco statue di questo popolo, intagliate nel legno, e stele di pietra enigmatiche che sono giunte fino a Hispaniola. So quale sentimento ti turba. Immagina un bambino, destinato a diventare un abilissimo pittore, rinchiuso fino a vent'anni in un'oscura caverna. Se Dio gli guidasse la mano, pur senza alcun insegnamento potrebbe creare un'opera splendida, magari come un Leonardo tuo conterraneo. Ma allo stesso tempo tanto diversa da mettere paura...».

«Sì» rispose assorto Andrea, mentre le onde si infrangevano sulla spiaggia e gli spruzzi gli frustavano il viso e il petto. «È proprio ciò che provo, guardando queste mura.»

La lunga barca dei Caribi giunse finalmente a riva e i marinai la tirarono in secca sulla spiaggia bianchissima. Su di loro incombeva la roccia su cui sorgeva il castello. Rose chiese aiuto ad Andrea, per scendere a terra, e lui sentì la morbidezza del suo corpo, mentre i lunghi capelli gli solleticavano il viso. La guardò con desiderio più forte di sempre. La sua pelle gli apparve bianca, come se il sole spietato nulla potesse su di lei. C'erano solo il nero della chioma e degli occhi, il rosso vivo delle labbra.

Rose indicò le mura in pietra, che ormai si rivelavano per quelle di una vera città:

«Dove sono, gli abitanti?».

Aiguebenà porgeva a ognuno i pochi bagagli. Sorrise alla domanda, scuotendo il capo:

«Da alcuni anni nessuno più accende fuochi fra queste mura. I Taino e i Caribi le tengono d'occhio da molto tempo: qui salpavano le barche dei mercanti verso le nostre isole. Da nessun altro era possibile ottenere tessuti tanto preziosi e belli, frutti capaci di sfamare per tre giorni, piume di colori mai visti. Ma adesso la fonte di tanta bellezza sembra inaridita. Forse fuggono gli spagnoli e si nascondono come piccoli animali in remote tane».

La città era deserta. Mentre accendevano un fuoco, al riparo di un'alta muraglia, notarono qualcosa di straordinario, a conferma delle parole di Pedro. Dalla terra, a ridosso dei muri, spuntavano sottili tronchi, serpenti di legno che si erano insinuati fra le pietre, aderendovi intimamente. Alcuni singolari alberi appiattiti, involtavano come carta le murature. Bartolomé disse che tali piante crescevano velocissime: da quel che vedeva, si poteva dire che la città non avesse più abitanti da pochi anni.

Seduti intorno al fuoco, vegliarono fino a tardi. Andrea e Rose, con Pedro e Bartolomé, si tenevano stretti, con lo sguardo rivolto al mare. I quattro frati guerrieri tenevano d'occhio la foresta, con le armi in pugno. I marinai Caribi stavano per conto loro, intenti a riparare la barca.

Il bagaglio di cui disponevano era misero e soprattutto scarseggiavano i viveri. Ma Bartolomé li tranquillizzò:

«Aiguebenà, ispirato dalla Provvidenza divina, saprà procurarci durante il cammino ciò di cui abbiamo bisogno. Tu, Andrea, hai visto Hispaniola, violentata dai bianchi e ridotta arida e avara, ma questo è un mondo vergine, ricolmo di ogni vera ricchezza. Nessuno, sappi, ha mai posto piede qui: noi siamo i primi, ed è un luogo misterioso perfino per i Caribi, che come vedi hanno paura».

Andrea guardò, contro il chiarore morente del cielo, le sagome nere di quei misteriosi indi, che parlavano tra loro: non avevano osato mettere il piede fra le mura della città e sembravano anzi ansiosi di abbandonare gli europei al loro destino.

«La piratessa mi ha detto che tornerà a riprenderci tra un mese. Non voglio dubitare di lei. Ma se questi indiani dovessero fuggire, come faremo a ritrovare la strada?»

Bartolomé allargò le braccia:

«Tu non hai fede nella divina Provvidenza».

Andrea abbassò lo sguardo e fissò le fiamme che guizzavano sulla sabbia candida. Tutto era diventato mutevole, nella sua vita, come quel fuoco pronto a spegnersi a un soffio di vento più forte.

«Ho una missione da compiere, vi terrò fede.»

«E cosa pensi di trovare, in fondo al cammino?»

Ad Andrea parve di veder passare una strana luce negli occhi di quel prete singolare, ma sperò che fosse solo il riflesso del fuoco. Lo guardò con voluta espressione di meraviglia:

«Lo sai, Bartolomé, qual è il mio incarico. Il Segretario mi ha detto che avrei affrontato un viaggio impossibile, guidato solo dalla mano di Dio. Ma ora mi sembra davvero un'impresa folle, come tutto questo meraviglioso mondo».

Lo spagnolo sorrise, disarmante:

«Quel che intendevo chiederti, Andrea, è cosa davvero ti abbia condotto qua. Non dubito della fede che riponi nel tuo Segretario e del tuo amore per Firenze. Ma cosa cerchi in questo Mondo Nuovo, per te stesso?».

Il fuoco, il tepore della notte e la vista del mare placido, invitavano alla confidenza reciproca. Andrea sospirò e disse quello che aveva nel cuore:

«Non mi bastava Firenze. Né Livorno o Milano. Soltanto durante la guerra con Pisa, in mezzo al mare aperto, ho sentito allentarsi la morsa che mi stringe il petto. Qualcosa mi manca, capace di aprirmi la mente e il cuore: così ho accettato questa missione, sperando di trovare la mia medicina nelle strade più nuove del mondo».

Rose, con un bastoncino preso dal fuoco, faceva strani triangoli e ghirigori sulla sabbia. Pareva immersa nei suoi pensieri.

«E tu, donna forte,» le chiese Bartolomé «cosa stai scrivendo?»

La bellissima inglese si riscosse e cancellò i segni col piccolo piede nudo.

«Quello che voglio chiedere a mio marito: perché mi ha abbandonata.»

«Forse troveremo una traccia del tuo uomo. Ma è più probabile il contrario, in questa vastità che le nostre menti non possono concepire.»

Rose rialzò la testa e guardò il confuso orizzonte della foresta.

«So che dovrei trovare in me stessa la risposta alla domanda. Forse non è per lui. Forse anch'io cerco qualcos'altro. Ma non ho la tua fede, e non mi basterebbero gli spazi vergini a cui anela Andrea...» Il suo sguardo lasciò l'orizzonte per fermarsi su quelli dei suoi compagni: «Ma tu, Bartolomé? E tu, Pedro? La vostra opera è preziosa a Hispaniola, tra gli indi vessati dai coloni. Perché dunque li avete abbandonati?».

Aiguebenà mormorava qualcosa di indistinto su una fine disperatamente cercata, ma fu coperto dalla voce squillante di Bartolomé, che sembrava declamare un'omelia:

«Io cerco una Giustizia umana che si accordi a quella divina...».

«E la cerchi qui?» disse Andrea.

Il frate *encomendero* indicò l'orizzonte con un ampio gesto del braccio, come volesse comprendere il mondo intero, poi puntò l'indice sul fiorentino con la stessa autorità che aveva reso famoso il Savonarola:

«La Città d'Oro che ti hanno incaricato di trovare, mio giovane e innocente amico, è la luce che rischiarerà le nostre tenebre!».

Ma poi si alzò in piedi di scatto:

«Adesso basta, dobbiamo riposare».

Fra i timori che ognuno espresse a Bartolomé, nella loro prima notte nella terra al di là di ogni mare, era vivo il pensiero delle fiere, dei serpenti e di tutti i terribili animali, veri e favoleggiati, che popolavano quelle sconosciute regioni. Pedro li rassicurò, impedendo loro di cercare rifugio nelle case abbandonate e ordinando ai Caribi di tenere acceso il fuoco sulla spiaggia per tutta la notte. Avrebbero vegliato uno per volta, per tutto il tempo dell'oscurità.

Finché il sonno non li vinse, furono tormentati da terribili strida, alternate a canti melodiosi, ruggiti di fiere, strani versi simili a schiocchi e ogni altro genere di suono sconosciuto. E subito prima di chiudere gli occhi, nel pieno della notte, a qualcuno parve di vedere, nella fitta foresta e sulle alture, dei punti luminosi, forse dei fuochi.

Dunque non era affatto abbandonata, quella regione. Nel sonno Andrea ebbe di nuovo l'impressione di sentire vicino il corpo di Rose e le sue mani che gli accarezzavano il viso. Ma forse era solo un sogno, l'urgenza di un desiderio troppo a lungo patito.

Alle prime luci, Pedro-Aiguebenà comandò ai Caribi di trasportare la barca fino al punto da cui sarebbero partiti per inoltrarsi nella foresta. I dieci marinai la sollevarono sulle teste e in tal modo iniziarono la marcia, simili a un drago di qualche saga, intonando uno strano canto, una sorta di ossessivo mormorio.

Al confine occidentale della fortezza, incontrarono una strada che si addentrava nella foresta. Per quello che poterono giudicare, benché già invasa dalla vegetazione, era lunga e diritta e pareva percorribile. Andrea chiamò gli altri:

«Se questa è una via lastricata come la intendiamo noi, deve per forza portare a un'altra città».

Bartolomé e il cacicco lo guardarono preoccupati:

«Le carte che hai studiato suggeriscono di seguirla?» chiese il prete.

«No, i segni erano più a settentrione.»

«Decidi come la ragione e il cuore ti suggeriscono, Andrea. Sei il depositario dei segreti, seguiremo la tua volontà.»

Il giovane fiorentino decise che avrebbero proseguito la marcia lungo la spiaggia bianca, disposti in fila per due. In testa alla colonna c'erano Andrea e Pedro: dietro di loro seguivano Rose e Bartolomé. I quattro frati guerrieri camminavano al fianco dei Caribi, con la barca, perché non fuggissero. Spesso uno degli armati si allontanava di poco verso terra, per accertarsi che non ci fossero esseri ostili, umani o animali.

Più si allontanavano dal misterioso castello abbandonato, più trovavano difficoltà a dare un nome a ogni cosa, come se la loro strada fosse la via per l'inferno e tutto ciò che si presentava ai loro occhi fosse lì solo per spaventarli e deriderli: piccoli e grandi demoni tramutati in foglie mostruose, o in legni di forma mai vista, o in pietre scavate in mille modi, oppure ancora incarnati in sembianze di animali. Allontanando lo sguardo dal mare o dal cielo azzurro, che pure erano simili al mare di Toscana o di Spagna, tutto quanto sembrava così diverso dal conosciuto da apparir loro per preconcetto ostile.

Al quarto giorno di marcia, sabbia e foresta si confusero. Calpestavano un suolo che non sembrava né terra, né acqua, tanto era diverso dal loro mondo domestico. Non giudicavano più con le categorie del buono o del cattivo, del bello o del brutto. Valeva quanto riuscivano a comprendere ciò che li circondava.

Nelle rare soste, oppresso dal caldo e con la pelle coperta di un sudore denso come colla, Andrea provò a descrivere nei suoi appunti ciò che vedeva. Ma non trovava parole efficaci. Disperava di essere compreso dal Machiavelli o da chiunque altro avesse letto il suo diario, se mai fosse giunto in riva d'Arno. Raccontò che per miglia l'erba spuntava dal sasso vivo, ed era come di ferro, tanto da non poterci camminare. Descrisse una foresta così intricata che appena vi entravano, per ripararsi dal sole spietato, il cielo spariva e calava una notte verde. Cercarvi rifugio era voler morire. Grandissimi insetti vi nidificavano. L'aria era tanto spessa che pareva subito di soffocare: i tronchi degli alberi sembravano fatti di cento colonne lisce, fuse insieme da una forza anch'essa diabolica. Dalla sommità di alcuni colava uno strano liquido, misto a pioggia e chissà che altro. Andrea implorò più volte l'aiuto di Dio, a voce alta e scrivendolo sul suo diario. Doveva vincere l'impulso di gettarsi in mare e nuotare fino ad affogare e spegnere la sua pena.

Alla fine del quarto giorno, anche la paura morì. Ormai erano preda del nullа.

La nave inglese era ormeggiata davanti alla spiaggia sconosciuta, dopo il tramonto. Il secondo e tutti i marinai, affacciati alla murata, immaginavano terribili misteri oltre il verde profondo della foresta: si attendevano di vederla vomitare, per qualche maligno miracolo, mostri acefali, amazzoni e innumerevoli diavoli. Temevano l'immensità dell'incognito, che incarnava ogni loro paura.

Il Gigante attese che l'oscurità permettesse di giungere a terra in segreto:

«Preparate la scialuppa, ora!».

Il vecchio marinaio diede ordine che la piccola barca fosse calata oltre la murata, a forza di corde, per posarla sulla superficie del mare.

«Quanti uomini volete con voi?»

«Nessuno, per adesso. Dammi solo quanto ho chiesto.»

Il secondo gli porse una pistola, molti sacchetti di polvere e due lunghi coltelli affilati. Il Gigante bestemmiò in modo così atroce che i marinai rabbrividirono, e qualcuno fece il segno della croce.

«Adesso prenderete il largo, lontano dalla vista: tornerete sotto costa al segnale stabilito.» Il Gigante indicò la seconda nave, contro il disco della luna appena sorta: «Allora farete sbarcare le forze segrete».

«Sta bene. Come troveremo l'insenatura?»

Il Gigante non sapeva rispondere. Gli avevano solo detto che un passaggio si infiltrava nella foresta, fra acqua e terra, navigabile anche da una fregata.

«Lo saprete al secondo segnale.»

Mentre saliva sulla scialuppa, il Gigante guardò il secondo, con odio. La luna, già alta nel cielo nero, colpì il suo volto. Una bianca maschera di morte.

«Che ne farai di quell'idiota del tuo capitano?»

«Lo lascerò libero. Sono gli ordini che abbiamo entrambi. La nave deve essere comandata da lui, in vostra assenza.»

«Scoppia di rabbia, perché non accetta la sua inettitudine. Come quando ha fatto sparare quella cannonata contro gli spagnoli. Vorrà nuocermi in ogni modo.»

Il vecchio marinaio abbassò lo sguardo e fu costretto ad annuire:

«Ne avrà la tentazione. Ma non lo farà, perché è un leale suddito del re e vuole il bene dell'Inghilterra».

«E vuole anche il bene del mondo?»

«Non capisco.»

«Lascia stare, inglese. Io spero che tu abbia ragione. Ma che farai, invece, se il tuo Malcom agirà come temo?»

Il secondo patì orgoglio e dolore. Il Gigante terribile lo agghiacciava, ma era vivo l'amore per il capitano.

«Perché volete farmelo dire? Sapete bene che eseguirò gli ordini.»

«Invece io voglio proprio che tu mi ripeta, stupido inglese, le consegne più segrete. Cosa vogliono a Londra, se l'idiota non farà ciò che deve?»

Per il secondo, ogni parola era una ferita:

«Lo ucciderò e farò credere agli altri che si è gettato in mare».

«Obbedirai davvero a quest'ordine, che proviene direttamente dal tuo re?»

«Sarò pronto a farlo, irlandese. Ma non ce ne sarà bisogno.»

Il Gigante era già a bordo della scialuppa, calata con gran fatica dai marinai. Si era involtato in un gran mantello e stringeva il sacco con le armi. Appena la chiglia toccò l'acqua, mostrò il pugno teso al secondo. Gridò, come il ruggito di un leone:

«Fallo, inglese! E non credere di sfuggirmi mai».

Dall'albero maestro della nave segreta, la piccola donna scura seguì con lo sguardo il suo Gigante. Lo perse quando fu in procinto di scendere a terra. E piangeva, per ciò che di lì a poco avrebbe dovuto dire e fare.

*Quinto giorno di marcia*

Dalla parte di terra premevano gonfie nuvole nere, e la mattina del quinto giorno il cielo cominciò a piangere.

La pioggia li feriva, a volte monotona e continua, a volte a burrasca, rotta da sordi tuoni sempre più vicini. Poi divenne una fitta sassaiola. Rose era stretta al braccio di Andrea, con i lunghi capelli fradici, e camminava a testa bassa. I piedi affondavano in un'improvvisa palude che non era terra né acqua. Nel cielo, oltre l'isola che fronteggiava la costa, si era formata un'immensa macchia nera.

«*Huracán!*» gridò improvvisamente Pedro, puntando l'indice verso il mare. Su di loro la pioggia diabolica perse d'improvviso ogni forza. In lontananza, invece, le onde del mare Oceano erano simili a montagne in lotta tra loro. Ammirarono atterriti quella catastrofe e Pedro-Aiguebenà sorrise della loro meraviglia:

«Non è difficile che accada, in questa stagione. Tutto termina in un tempo così breve che pare impossibile. Ma quello che vediamo adesso sarebbe letale solo per le navi che vi fossero in mezzo. Ben altra è la devastazione quando l'*huracán* incontra la terra: né alberi né opere dell'uomo possono resistere alla sua furia, e certamente anche noi saremmo spazzati via».

«È accaduto alla flotta di Bobadilla e Roldán» disse Bartolomé. «Fuori del porto di Santo Domingo, ai tempi dell'ammiraglio Colombo…»

Bartolomé aveva appena iniziato il suo racconto, che il sole splendeva di nuovo. L'orizzonte marino era stato il campo di battaglia del paradiso e dell'inferno. Ora lo turbava solo una tenue nebbia.

«È già tutto finito?» chiese Andrea, stupefatto.

Bartolomé lo guardò con un'espressione di pena:

«Sembra che l'Onnipotente plasmi ancora il Creato, in questa parte del mondo. Trova il segno che stai cercando, Andrea, perché dobbiamo inoltrarci nell'interno. Benché ci attendano pericoli forse peggiori».

Ripresero la marcia verso settentrione. E poco prima del tramonto, Andrea finalmente riconobbe, o così gli parve, il corso sinuoso di un torrente. Prima di giungere al mare, le sue acque si dividevano in due rami, come esattamente ricordava sulla carta segreta. E una roccia dalla bizzarra forma a testa d'aquila pareva voler spiccare il volo sull'Oceano. Gridò per la gioia e corse avanti a tutti, sulla spiaggia bianca. Rose lo inseguì, con i capelli al vento. E quando immerse le mani nel ruscello per bere l'acqua fresca, lei era inginocchiata accanto a lui.

«È questo, dunque?» gli chiese.

Andrea sfiorò con la sua guancia quella di Rose: sentiva il profumo del suo alito e l'odore pungente del sudore, dopo la corsa. Non rispose. Le prese il viso fra le mani e le baciò forte la bocca, come fosse già la sua amante. Lei non sfuggì, ma anzi rispose al suo bacio. E poi rise:

«Adesso dove andiamo?».

Andrea si alzò e studiò il paesaggio. La foresta era chiusa come uno scrigno. Su una lieve altura, gli parve di vedere una costruzione. Anche di quella serbava memoria il Padrón Real, nella cantina di Siviglia.

«Il punto è questo» disse a Bartolomé e a Pedro, che si erano fatti accanto. «Risaliremo il fiume fino a una strada nella foresta. Non so quanto sia lungo il cammino, ma certamente porta alla Città d'Oro.»

"A un inferno verde" pensò. Non aveva cuore di dir loro che quella via finiva in un nulla bianco, sulla carta segreta. Si chiese se davvero Bartolomé custodiva un segreto a lui ancora ignoto. A lui era forse affidato il loro destino.

Aiguebenà scese nel letto del torrente e ne saggiò la profondità. I Caribi lo guardavano senza espressione, con la barca sulle teste, come se la gioia degli europei fosse per loro incomprensibile. Quando tornò, scuoteva il capo:

«Acque impossibili, per questa barca. Occorre costruirne una assai più piccola, per risalire il torrente».

«I marinai possono farlo?»

«Il legname non manca. Abbiamo attrezzi di ferro, e corde robuste. Potranno fare una barca che accolga otto di noi.»

«Noi siamo quattro, gli armati altrettanti e molti di più i marinai Caribi...»

«Ne basteranno pochi, per remare. Gli altri li manderemo indietro, con la barca grande.»

Bartolomé si avvicinò e strinse forte il braccio dell'indio:

«Lasceremo anche due fratelli guerrieri. Se ci attendono eserciti nemici, due schioppi o quattro non faranno differenza. Ma saranno preziosi per scortare i Caribi fino a Hispaniola».

Mentre i marinai lavoravano, sotto il comando imperioso di Aiguebenà, Andrea strappò con accortezza le pagine ancora bianche del suo piccolo quaderno. Preparò due involti di tela. Li bagnò nel catrame che i marinai avevano scaldato per la nuova barca. Avrebbero risparmiato ai fogli l'acqua del mare e del cielo. Nel primo involto mise il mozzicone di matita e le pagine vuote. Al secondo affidò invece le note già scritte, con tutti i disegni. Gli armati le avrebbero date a un equipaggio in partenza per la Spagna, se mai avessero visto il porto di Santo Domingo. E con l'aiuto di Dio, pensò il giovane fiorentino, il suo diario avrebbe alla fine raggiunto Firenze. Pensò al Segretario che seguiva compiaciuto i suoi passi, sulla via della Città d'Oro. Il cuore di Andrea si rallegrò, perché sentiva di aver tenuto fede al suo impegno. E soprattutto provava al Machiavelli di esser padrone degli insegnamenti ricevuti nella casa segreta, sulle colline di Firenze. Alla faccia del nero Violante.

Vergò le ultime righe sul margine, prima di sigillare l'involto:

*Affido le mie parole a questi selvaggi, Segretario, al mare e al destino: se le leggerete e io non tornerò, pensate alla mia famiglia.*

# 6
# LA VIA DELL'EDEN

*Sulla strada per la Città d'Oro*

Navigavano da due giorni su un fiume bizzarro, che sembrava tradire la sua natura. Non risalivano una vera corrente: le acque imputridivano in laghi simili a paludi, ritrovavano un corso e poi si perdevano in terreni privi di consistenza, come fatti di spugna. La loro via era una rete di fossi d'acqua ferma, intrecciati tra loro senza capo e senza fine. Forse era la Provvidenza, a indicar loro la direzione giusta.

Accostavano la barca a riva, per cercare cibo: erbe commestibili, scelte da Aiguebenà, e piccoli animali. Poi di nuovo prendevano la via d'acqua, tormentati dal sole e dagli insetti. I due armati sembravano i più sofferenti per quei disagi. Bartolomé e Pedro erano invece tranquilli e parlavano a voce bassa tra di loro. In genere in castigliano, ma a volte nell'ignoto idioma dei Caribi: quasi gridando, come in litigio. O come se vedessero in modo opposto il loro destino.

Al tramonto, esausti dal sole, erano cullati dallo sciacquio della barca e dai colpi ritmati dei remi. Improvvisi rumori evocavano strane creature acquatiche: un brivido percorreva tutti, e Rose stringeva Andrea in un abbraccio che forse non era di amore, ma dava al giovane fiorentino l'illusione che fossero soli. Se quella donna inseguiva davvero l'uomo che l'aveva abbandonata, in quei momenti Andrea sperava che il suo cuore fosse altrove. D'altra parte era cessato ogni legame con il loro mondo d'origine. Come se fossero passati attraverso paradiso, purgatorio e inferno. Come all'inizio del Creato.

Andrea confrontava il paesaggio con ciò che aveva imparato sulle carte segrete. Ma non c'era altro che acqua e foresta. Un verde profondo e mutevole, come la somma di tutti i colori del mondo. Il fiume descrisse un'ampia curva, e sulla riva destra apparve una piccola radura. Bartolomé gli indicò due forme, sulla sponda, che a prima vista sembravano solo dei blocchi informi di pietra:

«Sono le stele di questo popolo. È segno che una via è vicina». Aiguebenà dette ordine ai rematori di dirigersi a riva. Le pietre, come aveva detto Bartolomé, erano senz'altro lavorate da uomini. Ma nessuno avrebbe saputo dire cosa rappresentassero. Riconoscevano un volto, delle mani, parti del corpo, sia pure fatte in modo bizzarro. Ma il resto appariva a tutti oscuro. Andrea tremò nel vedere, su una pietra, l'immagine di un teschio. Fu proprio a quella pietra che i Caribi ormeggiarono la barca. Pedro-Aiguebenà notò il turbamento del giovane fiorentino e sorrise paterno:

«Non paragonare queste immagini alle statue dei tuoi antichi: se talvolta la forma può dirsi vagamente simile, il significato è sempre oscuro».

Si sedettero sull'erba, grossa come corda e viscida come un nido di serpenti. Gli armati erano dietro di loro, con gli schioppi pronti e i coltelli sfoderati. Mormorii indistinti provenivano dalla vicina foresta, una muraglia che pareva impossibile attraversare.

«Eppure questo è un porto d'attracco» disse Bartolomé. «Dovremmo essere vicini a qualcuno dei luoghi custoditi nel tuo ricordo.»

Andrea si alzò in piedi e guardò meglio l'orizzonte di terra, per quello che la foresta lasciava intravedere. E finalmente, dalla parte di ponente, scorse qualcosa. Cercò febbrilmente nella memoria delle carte consultate a Siviglia. I disegni che aveva visto nella biblioteca di Firenze sembravano acquistare un senso preciso. Il fiume e l'incrocio dei canali si ramificavano in un intreccio infinito, come un albero a cui era avvinto un rampicante. Tale era il simbolo sulla carta, a occupare l'ignoto di quei luoghi. E c'era in vista una collina puntuta, che in quel mondo piatto pareva innaturale. Ricordò una parola, accanto al disegno di un monte isolato, sul Padrón Real: Egypto. Di lì passava la strada. Dunque erano vicini alla meta? Indicò la singolare altura ai suoi compagni:

«Dobbiamo andare su quel monte».

Bartolomé guardò sconfortato la muraglia vivente.

«Come faremo?» disse. «Non è possibile che vi siano sentieri.»

«Se questo molo è degli antichi signori di queste terre, una strada ci deve pur essere. Troviamola e raggiungiamo quell'altura, altrimenti tanto vale tornare indietro.»

Gli armati misero in spalla gli schioppi e cercarono con le sciabole di aprire un varco nell'intrico terribile. Sudavano come davanti a una fornace, mangiati da mille insetti di ogni specie e dimensione. Per la forza che impiegavano, non pareva che cercassero di scavare un passaggio nel verde di un bosco, ma nelle carni stesse della madre terra. Presto si fermarono, esausti. Aiguebenà saggiò con la mano il piccolo varco scavato:

«Non è qui. Occorre cercare il sentiero in un altro modo».

Si spostò più avanti, e poi ancora, davanti all'inviluppo di vegetazione. Finché guardò i suoi compagni con grande tristezza:

«Mi chiamano».

Dicendo questo scomparve, inghiottito dalla foresta come per maleficio, senza un grido o un lamento. Rose si strinse forte ad Andrea, piangendo:

«Dov'è andato?».

«Non lo so.»

«Che faremo, in questo inferno?»

Gli armati cercarono per un po' di allargare il varco in cui era sparito il cacicco. Ma gli alberi e le foglie erano un unico corpo vivo. Pareva cedere e si stringeva di nuovo, impedendo ogni avanzamento.

Aiguebenà riapparve all'improvviso, dieci braccia più in là. Aveva il corpo coperto di una strana farina gialla e verdastra. Gli occhi erano di color rosso vivo, sulla maschera bianca del volto.

«Il passaggio c'è. Le piante lo hanno ripreso, ma ho ritrovato il filo. Posso condurre Andrea al di là.»

«Verrò anch'io» gridò Bartolomé.

Aiguebenà scosse il capo:

«Non è prudente. Uno di noi deve comandare i Caribi e impedire che fuggano. Rimarrai tu, con un armato. L'altro verrà con me e Andrea».

Rose strinse con più forza il braccio del giovane fiorentino, fino a fargli male:

«Non voglio lasciarti».

### *L'amazzone nera*

Il Gigante ormeggiò la scialuppa in una cala riparata, sotto un piccolo promontorio. Vide la seconda nave alla fonda, oltre la punta rocciosa. Si mise in spalla lo schioppo e nascose bene il resto, all'asciutto. Poi ruppe con una pietra il fondo della scialuppa e si accertò che affondasse.

Camminò lungo la piccola spiaggia, sempre con gli occhi al mare, e salì le rocce del promontorio. Il vento teso gli gonfiava la camicia e gli sferzava il viso. Gli parve che acqua, sole e aria fossero più forti del suo dolore. Che vincessero il vuoto che lo lacerava da così tanto tempo. Volle fermarsi e assaporare quell'attimo di pace inattesa.

Scese gli scogli verdi d'acqua e raggiunse le onde più violente. Accolse la frusta del mare a occhi chiusi. Pensava alla sua isola, a un tempo remoto, al sole del pomeriggio che cambiava i colori delle colline. Al silenzio della campagna intatta. Aveva quindici anni e sedeva sul sentiero in discesa davanti alla sua casa. Era in pace con se stesso e con il mondo. Accordava il ritmo lento del suo cuore al gorgogliare lontano di una fonte d'acqua. Lasciava scorrere i pensieri, liberando l'anima.

Le onde, aumentate di forza, volevano adesso strappargli il viso.

Vent'anni prima non era l'acqua spumosa, a colpirlo: lo feriva lo scudiscio dell'aguzzino inglese. Quattro maledetti – tanti ce ne volevano e nemmeno bastavano – lo costringevano a guardare i cadaveri della sua vera moglie e del suo unico figlio, fatti a pezzi dalle loro sciabole.

Il vento che si faceva di tempesta gli toglieva il respiro. Trent'anni prima lo soffocava il lezzo di altri corpi bruciati.

Riaprì gli occhi, strinse i pugni e lanciò un urlo che avrebbe ucciso di paura molti dei suoi nemici. Un attimo di pace non bastava a lenire la sua pena, ma anzi la rinfocolava. Gli abiti fradici lo inchiodavano agli scogli, e allora se li strappò di dosso e rimase nudo. Raggiunse finalmente la grande baia che si apriva al di là del promontorio. Fra poco avrebbe posseduto la piccola donna, l'unica che aveva il potere di alleviargli il dolore per un'ora. Un'ora, un'intera vita, una tenera carezza in una foresta di coltelli.

Lo aspettava dove la spiaggia bianchissima cedeva il passo alla foresta. Ma stavolta non era sola: c'erano quattro figure nere incappucciate, armate di potenti balestre e con le faretre irte di frecce. Andò verso di lei correndo, ma quando fu a pochi passi, la donna diede ordine di puntare le armi su di lui:

«Fermati!».

Il Gigante, nudo e tremante, obbedì subito. Non si accorse, o forse non volle vedere, le lacrime che scendevano sul volto della guerriera.

«Vuoi farmi uccidere? Dove ho sbagliato?»

«La tua missione prosegue come stabilito. Nulla è cambiato.»

Il Gigante indicò le armi che lo minacciavano:

«E allora perché mi accogli in questo modo? Sono infiniti giorni che ti aspetto…».

«Non mi potrai avere, stavolta.»

Era un terribile sicario. L'unico in grado di compiere l'impossibile incarico che gli era stato affidato. Ma cadde in ginocchio, sulla sabbia candida:

«Perché?».

«Quanto è forte il tuo odio?»

«Quanto il vuoto che ho dentro! È insanabile, una sete eterna. Che solo tu puoi stemperare!»

Ora la piccola donna scura di pelle piangeva più forte. La scuotevano i singhiozzi:

«Non mi avrai, stavolta. L'odio che ti muove sarà più vivo e la tua forza inarrestabile. Ma in fondo a questa strada, troverai la pace che cerchi».

Il Gigante alzò lo sguardo. Era cupo come la morte e carico di incredulità:

«Nessuno può darmela».

«E invece troverai davvero quello che insegui da così tanto tempo. Questa è la solenne promessa che ti faccio. Rialzati, amore, e guardami bene, perché forse non mi vedrai più. Gli inglesi hanno voluto che ti negassi l'ultima tenerezza del mio corpo. Ma in cambio ti ho rivelato qualcosa che non avresti dovuto sapere. Cogli il frutto che ti verrà offerto, al fine ultimo di questa impossibile tragedia.»

Anche il Gigante sembrava piangere, col viso nella sabbia:

«Dimmi cosa devo fare».

«Attendili, seguili e manda il segnale: io e le mie armi faremo la nostra parte.»

Il Gigante rimase solo.

Sapeva seguire da vicino le sue vittime, senza alcun sospetto. Una qualità preziosa. La diversità di quella foresta lo agevolava: a Hispaniola aveva imparato a sfruttarla per spostarsi veloce, evitando l'incerta consistenza del terreno. Sapeva approfittare della diversa robustezza dei tronchi e dei rami. Usava come appigli le funi verdi e rosse che scendevano dagli alberi. Appeso ai rami più alti, aveva preso confidenza con quella terra nuova. Si teneva al riparo da animali e insetti che non conosceva.

Attese con pazienza gli europei, il cui cammino passava per forza da quella spiaggia bianca. E quando finalmente li scorse, sicuro a sua volta di non essere scorto da loro, iniziò il suo silenzioso lavoro finale.

Li vide fermarsi alla foce dello strano fiume, per due giorni. Costruirono una piccola barca per risalirne la corrente. Capì che da quel punto sarebbero entrati all'interno della foresta. Prese lo specchio e aspettò che il sole uscisse dalle sparse nubi. Fece in modo di produrre due lampi visibili fino all'orizzonte marino: poi altri due, infine uno di conferma.

Il Gigante vide la barca più grande abbandonare il resto del gruppo, condotta dai nativi indiani con due degli armati. Immaginò cosa riportavano indietro, ma non poteva seguirli. La sua missione lo vincolava a terra. Si sarebbe poi occupato di ripulire ogni traccia a Firenze. Non temeva l'impresa, era a suo agio sia fra quegli altissimi alberi che fra le torri delle città.

Temeva di più la promessa che gli aveva fatto la piccola donna dalla pelle scura e odorosa.

*Egypto*

Proseguirono incerti, turbati dall'odore della morte presente ovunque, eppure diverso da come lo conoscevano. Diversi erano l'acqua e l'aria e perfino il cielo, che riuscivano solo a indovinare, sopra un tetto di foglie mostruose.

Andrea si voltò, per cercare gli occhi di Rose, ma lei camminava con lo sguardo rivolto a terra. I lunghi capelli, fradici per l'aria liquida, le coprivano il volto. Dietro marciava in silenzio l'armato, con occhio vigile ma pieno di paura. Il giovane fiorentino si rivolse di nuovo ad Aiguebenà:

«Dev'essere ben d'oro la città che cerchiamo, per meritare tutta questa sofferenza...».

Il cacicco lo guardò sorridendo.

«Cosa ti intimorisce, Andrea?»

«Non ho paura. Ma non ricordo più il profumo della terra bagnata, sulle colline intorno a Firenze, benché ci provi con ogni forza. O l'odore dello zafferano e di altre esotiche droghe, portate al Mercato Vecchio dai porti d'Africa. In primavera si mischiano al profumo dei giaggioli e a quello del glicine. Quei rami contorti pieni di fiori viola adornano anche la porta di casa mia, in Calimala. Ma i colori e gli odori sconosciuti di questa foresta hanno il potere di cancellare ogni ricordo di quant'altro esiste al mondo.»

Il sorriso di Aiguebenà divenne uno sguardo severo:

«Tu sei il prescelto, Andrea, perché hai ascoltato le profezie. La Città d'Oro merita ogni sofferenza. Qualsiasi vita può cadere in nome suo, perché è un'idea che ha la purezza del cristallo».

Videro entrambi un lampo vicinissimo, un fulmine a ciel sereno. Andrea si coprì gli occhi con un braccio, mentre Rose corse avanti a lui con grande eccitazione e gli afferrò la mano, invitandolo a seguirla:

«Vieni!».

La luce improvvisa era quella del sole: il sentiero, quasi annullato nella foresta, adesso rivelava la sua natura di vera e propria strada, con pietre regolari per pavimento, simili a quelle delle vie romane. Davanti a loro, c'era qualcosa che somigliava a una capanna. Andrea si fermò, colpito da una rivelazione:

«È questa!».

«Che cosa?» gli chiese ansioso Aiguebenà.

«È la strada che dobbiamo fare: sulla carta di Siviglia c'era il disegno di una casa...»

L'indio gli afferrò il braccio:

«E tu la riconosci, Andrea?».

«Sul Padrón Real, vicino a un luogo chiamato *Egypto*, era disegnata una costruzione. Sono sicuro che fosse questa che vediamo.»

Per descriverla al suo Segretario, Andrea avrebbe potuto solo dire che era fatta senz'altro di legno e a suo modo aveva finestre e un tetto. Ma ogni altra proporzione architettonica pareva confusa e distorta. Era tutta scolpita e dipinta, ed enigmatici disegni rossi ricordavano il sangue raggrumato. Oggetti simili a maschere, appesi alle travi, somigliavano in modo orribile a teste mozzate.

Mentre si avvicinavano circospetti, l'armato li superò per proteggerli, più spaventato di loro. Puntava la grossa arma da fuoco contro un nemico invisibile. Ma a poche braccia di distanza, si fermarono tutti: solo Aiguebenà avanzò ancora, senza alcun timore. Dimostrava anzi gioia, finché lo videro varcare la soglia della capanna.

Dopo un po', il cacicco riapparve e fece cenno agli altri di entrare.

Appena oltrepassata la porta li aggredì uno strano odore pungente, intenso come quello del pepe portato dai portoghesi al Mercato Vecchio. I loro occhi erano ciechi per la differenza di luce, ma quando si abituarono alla penombra, furono sopraffatti da ciò che videro. Non lo sapevano spiegare neppure a se stessi, come se la mente non interpretasse ciò che riceveva dagli occhi.

Aiguebenà indicò delle strane nicchie intorno alle pareti, che sembravano annerite dal nerofumo, come quello prodotto dalle candele in una chiesa europea:

«Vedi? Essi dormono».

Un grido soffocato di Rose rivelò ad Andrea cosa Aiguebenà gli mostrava: erano almeno dieci cadaveri, riccamente vestiti, sdraiati sopra dei baldacchini ricoperti da una rete variopinta. Le sembianze dei morti sembravano quasi intatte. Portavano delle corone e calzari che sembravano intessuti di perle d'oro o di qualche altro elemento prezioso.

«Perché dici che dormono?»

«Sono stati preservati dai signori di questa terra» rispose Aiguebenà «per raggiungere intatti la fine del conto del tempo.

Quello che loro credono manchi all'estinzione del mondo. Sono dei viaggiatori.»

«Quel che dici è una bestemmia, Pedro.»

Aiguebenà fece il segno della croce e invitò tutti a imitarlo:

«I santi e i martiri, murati nelle urne delle vostre cattedrali, dormono un identico sonno, in attesa del giudizio finale!».

«È dunque proprio questo il luogo» disse Andrea, cercando lo sguardo di tutti. «Adesso dobbiamo salire il monte qui vicino: dall'alto riconoscerò l'itinerario da seguire.»

Uscirono dalla capanna, dominati insieme da orrore, rispetto e devozione per quei morti misteriosi. Il sentiero proseguiva in direzione dell'altura: era ancora in parte libero dalla morsa della foresta, ma pieno di detriti e assediato dalle radici di alberi dalle cento forme, che già ne scalzavano le pietre. Dopo pochi passi, li fece trasalire un fruscio, fra le grandi foglie. L'armato puntò lo schioppo e per un attimo scorsero una grande bestia, che poteva essere una scimmia come quelle africane, ma anche un uomo. Aiguebenà fece loro cenno di proseguire tranquilli:

«Questo popolo è estenuato. Con quella capanna, ancora salda in un generale abbandono, cercano di salvare il proprio ricordo. Sono ormai rimasti in pochi: i loro mercanti fanno visite sempre meno frequenti alle nostre isole».

«E non vi è altra gente, in questa terra?»

Sulle labbra di Aiguebenà apparve una piccola smorfia di dolore.

«*Quién sabe?*» disse, invitandoli a proseguire il cammino. «A te cosa è stato prescritto dalle profezie?»

«Di non attraversare le città vive di mercanti e guerrieri, ma di visitare quelle morte.»

«E ciò per te ha un senso?»

«Non so cosa siano le città morte: io non ne ho mai viste, nella mia patria, a parte certe rovine che dicono appartenute agli antichi Romani...»

Aiguebenà indicò col braccio davanti a sé:

«Forse la profezia intendeva queste».

Si arrestarono davanti alle pendici della montagna, che si innalzava improvvisa dal terreno. Sembrava liscia, come squadrata dall'ascia di un titano. E la sua superficie era coperta da un'intricata coltre di piante rampicanti, simili ai rovi, che nascondevano alla vista un'interminabile scalinata.

L'armato liberò con la sciabola le pietre regolari, sotto la vegetazione fittissima. La montagna era in realtà una grande piramide: alzando gli occhi, ne scorsero la sommità.

«Come quelle del vostro Egitto» mormorò Aiguebenà, stupito come loro.

Nessuno parlò più, mentre salivano faticosamente gli scalini, con l'armato che apriva la strada. E quando ebbero superato le chiome degli alberi, videro finalmente l'immensità del mare verde. Scorsero le anse contorte dei corsi d'acqua e la rete dei canali e delle paludi, che all'estremo orizzonte comunicavano col mare. Continuarono a salire, nonostante i serpenti che l'armato si affrettava a uccidere con la sciabola o a far precipitare nell'abisso.

Infine raggiunsero la cima, quasi spoglia di vegetazione. C'era un tempietto di pietra, privo di sculture o simboli. Aiguebenà vi entrò per ispezionarlo, mentre lo sguardo di Andrea era attratto dalla visione del panorama.

Ebbe un'improvvisa rivelazione, come lo scioglimento di un enigma a lungo cercato. Tutto gli parve semplice e ovvio. Il cuore gli prese a battere forte e il respiro gli si fermò nella gola.

Altre piramidi spuntavano dall'immenso mare verde, isolate come scogli. Andrea cercò l'involto impermeabile con i suoi appunti, per fissare quell'immagine. Nel far ciò si rese conto, per la prima volta, dello stato dei suoi abiti, consunti e lacerati dal viaggio. Vide che anche Rose stentava a coprirsi, e così l'armato che li accompagnava. Solo Aiguebenà appariva come quando erano partiti. Si sentì come un mendicante nella piazza della Cattedrale di Siviglia.

Con mano tremante, collegò fra loro le piramidi in un reticolo di linee. Apparve un ordine regolare, sia pure di significato oscuro. Fu preso da una grande agitazione: le immense fabbriche erano nell'esatta posizione di alcuni disegni del Padrón Real. Fu dunque sicuro di trovarsi sulla strada giusta.

«Questa piramide è parte di un'unica e grandissima città morta» disse ad Aiguebenà. «Dobbiamo attraversarla, per seguire le istruzioni che ho ricevuto.»

Non ebbe risposta. Il cacicco scrutava il cielo e sembrava non curarsi delle sue parole:

«Ho visto dei lampi, Andrea, ma il cielo è sereno».

In quel momento udirono lo sparo di uno schioppo, che si ripeté in una lunga eco: poteva giungere da qualsiasi parte. Subito dopo ce ne fu un secondo. Rose indicò col braccio teso la via d'acqua, gridando quel che gli altri avevano già capito:

«I nostri compagni sono stati assaliti!».

Andrea richiuse in fretta il quaderno nell'involto. Afferrò la mano di Rose e scese di corsa l'incerta scalinata, davanti a tutti. Ma a metà strada si fermò, alzando la mano:

«Guardate laggiù!».

Sotto di loro il fiume si torceva in un'ansa, con la superficie segnata da una scia: era la loro barca, e a bordo c'erano almeno due persone. Ma ne distinguevano appena le sagome.

«Sono i Caribi» disse Andrea, con voce rotta. «Hanno ucciso Bartolomé e il nostro armato.»

Aiguebenà fissava la sagoma sull'acqua. Sembrava vedesse, per magia, più di quello che appariva agli altri.

«I Caribi non sanno usare le vostre armi da fuoco» disse.

«Forse l'armato si è difeso e ha ucciso alcuni rematori. E i superstiti sono fuggiti!»

Il cacicco scosse lentamente il capo:

«Non possiamo più riprenderli, né aiutare Bartolomé. Dobbiamo continuare il viaggio da soli».

«Invece dobbiamo capire cosa è successo!» protestò Rose, stringendo con forza il braccio di Pedro. «Non vuoi aiutare quel sant'uomo, tuo fratello in Cristo?»

Aiguebenà rimase in silenzio, come in un torpore. Ma poi si riscosse e conclusero la discesa. Superarono senza fermarsi la capanna dei morti; poi si inoltrarono nel sentiero tagliato nel ventre della foresta e finalmente sbucarono sul molo antico.

Non videro alcun segno di violenza: nel piccolo spiazzo, fra le due pietre lavorate, non c'era il corpo di Bartolomé né quelli dell'armato o dei Caribi.

«Se i rematori hanno avuto la meglio,» disse Andrea «che ne è dei corpi dei nostri?»

Aiguebenà sembrava di nuovo immerso nei suoi misteriosi pensieri. Rose corse verso la riva e guardò l'acqua lenta e putrida:

«Forse li hanno gettati nel fiume» disse.

Andrea provò un acutissimo sconforto. Da soli non erano neppure in grado di costruire una zattera per inseguire i fuggitivi, o anche solo per tornare indietro. Si inginocchiò anche lui sulla riva verde. Aveva ragione Aiguebenà: dovevano proseguire da soli. Ma si chiese come avrebbero fatto, senza Bartolomé. Solo i suoi segni segreti indicavano quando abbandonare la strada del Padrón Real.

Prese coraggio e si voltò verso i suoi compagni:

«Dobbiamo trovare la Città d'Oro. Ho una missione da compiere».

Riposarono un poco. Ognuno nutriva la speranza di veder comparire all'improvviso Bartolomé o l'altro armato. Ma il silenzio era rotto solo dal mormorio dell'acqua e dalle strida degli uccelli.

Vollero riprendere la via prima che il sole sfiorasse l'orizzonte: in quei luoghi il buio inghiottiva ogni cosa quasi senza preavviso. Andrea confrontò il disegno che aveva fatto dall'alto della piramide col ricordo del Padrón Real. Si sarebbe orientato di giorno col sole e di notte con gli astri. Confidando nella misericordia di Dio.

Li stremò una marcia disperata. Dopo il tramonto, finalmente quieti, non bastò il cibo rimasto nei sacchi. Ma Aiguebenà proibì all'armato di usare lo schioppo contro i grossi animali. Raccolse invece per loro quel poco che offriva l'avara foresta. Anche accendere il fuoco divenne difficile. L'aria greve inzuppava ogni cosa, le carte e l'acciarino. L'armato difendeva in ogni modo la polvere nera, unica speranza contro l'ossessivo e invisibile timore delle fiere.

Durante tre giorni e tre notti terribili, percorsero una lunga distanza, che nessuno poté stimare. Superarono la seconda e poi la terza piramide. Mangiarono, dormirono un poco, camminarono in silenzio. Ripeterono con monotonia lo stesso rituale per altri quattro giorni.

Aiguebenà camminava davanti a tutti, a fianco dell'armato. Rose stava in mezzo alla piccola fila, protetta.

Un dubbio macerava Andrea: fino a pochi anni prima, da quelle contrade partivano ricchi mercanti per le isole dei Taino e dei

Caribi. E ancora, pii uomini e donne onoravano i morti nella casa di legno che avevano visitato. Perché dunque non incontravano nessuno?

Fu così finché il Destino colpì implacabile, cambiando la sorte che sembrava segnata. O forse indicando una via nuova, che Andrea non avrebbe mai immaginato. Ma quando il segno si manifestò, tolse loro ogni speranza.

«Dio mio, aiutaci» disse il fiorentino, a mezza voce.

### *Segnali*

Il Gigante seguiva la marcia di Andrea dall'alto degli alberi, ben nascosto fra le grandi foglie. Lo aiutavano le strane funi che pendevano dai rami. Uccideva col coltello i serpenti e le altre bestie immonde, che si annidavano negli anfratti dei tronchi e nelle chiome.

Quando il gruppo degli europei si divise, capì che il destino aveva mutato il suo verso. Doveva scegliere un obiettivo principale. Si impose di risparmiare ogni oncia di polvere nera e ogni singola palla del suo schioppo. Ne avrebbe avuto bisogno più del previsto, prima della fine.

Mise in spalla il bagaglio e salì la cima dell'albero più alto. Superato il tetto della foresta, il suo sguardo si aprì sul vasto orizzonte: il mare splendeva lontano, a oriente, sotto la luce bianchissima del mezzogiorno. Confrontò la posizione del sole con i segni delle carte rubate a Firenze.

Gli occhi si adattarono al chiarore. Scorse finalmente l'altra nave, alla fonda. Aveva temuto fosse perita nella terribile tempesta, quando era già in vista di terra. Pensò al segreto della piccola armata che viaggiava sotto coperta. Ma soprattutto, con acuta nostalgia, alla piccola donna nera che aveva sfiorato il suo cuore, abbandonato nel buio da tempo immemorabile. L'ultima volta gli aveva detto, con le lacrime agli occhi: «in fondo a questa strada troverai la pace che cerchi». Come poteva sapere? Che cosa aveva letto nella sua anima? Nel suo petto c'era un abisso che nemmeno un amore appassionato poteva colmare.

Vide le scialuppe lasciare la nave, una a una. Trasportavano una forza guerriera implacabile, legata da un patto di sangue. Le seguì con lo sguardo, finché scomparvero dietro le chiome degli alberi. Avrebbero atteso il segnale sulla spiaggia, sempre in vista della nave.

Aprì il sacco che aveva sulla spalla e ne trasse uno specchio. Lo girò verso il sole e fece il primo dei segnali convenuti. Attese con pazienza, poi ripeté due volte lo stesso gesto. Finalmente vide brillare dei lampi di risposta dalla fregata inglese. Segnalò allora la posizione delle grandi piramidi nella foresta, che avrebbero usato come punti di vedetta. Ebbe di nuovo risposta dalla nave. Fu certo che lo avessero visto anche le forze accampate sulla spiaggia.

Scese dall'albero. Doveva, ignoto a tutti, seguire il cammino degli europei. Scoprire fra i canali l'imbocco per far passare la flotta all'interno della foresta. E poi segnalarlo alla donna scura: lei avrebbe fatto lo stesso con la nave di Sir Malcom e con gli spagnoli. Infine, in prossimità della Città d'Oro, avrebbe provveduto a concludere davvero l'opera. Nessuno sarebbe scampato alla sorte che gli era stata assegnata. Era senza dubbio un'impresa al di là delle possibilità di qualsiasi uomo, ma che lui poteva compiere con esattezza.

Forse proprio in quell'ultimo momento si sarebbe sciolto l'abisso di gelo del suo cuore. Si chiese come, e per opera di chi. Gli riempiva il cuore la promessa solenne della piccola donna: «in fondo a questa strada troverai la pace che cerchi». L'avrebbe attesa per chiederle perché, e poi l'avrebbe posseduta per l'ultima volta. A quel pensiero ebbe un brivido. Anche lei, come tutti coloro che aveva usato durante la missione, era sacrificabile: ma, per la prima volta, il Gigante non era sicuro di quel che avrebbe fatto davvero.

*Amazzoni*

Il terreno si era fatto roccioso, i grandi alberi più radi. All'alba dell'ultimo giorno di marcia, Aiguebenà svegliò Andrea prima degli altri. Indicò con un ampio gesto del braccio l'orizzonte. Nella luce rosata di un sole già caldo, la grande piana mutava in una valle.

«Guarda laggiù, quella lontana scarpata.»

La foresta si estingueva in una stretta gola, fra due scoscesi altipiani. Andrea non aveva più bisogno di cercare punti di riferimento: adesso la loro via era obbligata. Osservò con attenzione le rocce che il cacicco gli indicava. Erano libere dalla vegetazione, ma troppo lontane perché potesse scorgere qualcosa.

«Non vedi nessuno?» insisté Aiguebenà.

«Chi dovrebbe esserci?»

L'uomo che si era fatto chiamare Pedro, re dei Taino e agente del Machiavelli, lo guardò con grande tristezza:

«Non le hai viste, ma te ne accorgerai fra poco».

Andrea era troppo stanco per insistere. Il cacicco gli sembrava perso in un altro mondo e in un altro tempo. Non era più il Pedro che aveva conosciuto a Siviglia: si era fatto assai più magro, quasi una figura ieratica. Come vicino a una morte che non voleva fuggire. Ripresero la marcia, a ogni ora più esausti, ignari delle mutevoli meraviglie intorno a loro. Sempre curvi e con lo sguardo a terra, come anime del purgatorio. Andrea sorreggeva Rose, che sembrava in preda alla febbre. Il sole, senza il riparo del tetto verde, li bruciava. Ma la donna non volle mai fermarsi. Gridava con rabbia quella volontà e a volte camminava davanti a tutti, anche all'armato.

Avevano gli abiti laceri ed erano senza viveri. Aiguebenà e Rose raccolsero pochi frutti sconosciuti. L'armato catturò piccoli e repellenti animali, che mangiarono crudi. Le due alte scarpate, ormai prossime, li chiudevano in un canalone. La foresta lasciava il posto a un suolo roccioso costellato di strane buche circolari, da cui sgorgavano polle d'acqua. Pochi alti alberi con le foglie giganti erano isolati come sentinelle mute. Un piccolo fiume scorreva rapido: Andrea pensò all'Arno gonfio, all'inizio dell'inverno. E fra i versi degli uccelli e di ignoti altri animali, cominciò a udire dei fischi strani. Erano simili a quelli che aveva già sentito a Hispaniola. Aiguebenà gli indicò la sommità della scarpata, al suo fianco:

«Ora le vedrai».

E Andrea stavolta le vide davvero.

Il sangue gli si ghiacciò nelle vene. Perfino il suo cuore sembrò fermarsi: due file di donne, o tali proprio gli sembravano, seguivano dall'alto il loro stesso cammino. Ma non erano le donne piccole e scure di Santo Domingo. Le aveva viste, nelle case in cui i padroni spagnoli le sfruttavano come schiave usando loro ogni violenza. Quelle camminavano con lo sguardo a terra, sfuggenti come animali feriti. Queste erano diverse. Benché, col sole negli occhi, vedesse solo delle sagome nere, Andrea pensò di assistere a una processione di amazzoni. Fregi di marmo del tempo antico, come la terra ne restituiva a volte in Lazio o in Toscana. Statue mirabili di corti principesche. Ma erano guerriere senz'altro vive:

avevano lance e picche. E anche lunghe canne di ferro lucente, che forse erano addirittura degli schioppi europei. O armi da fuoco che ad essi somigliavano molto.

Aiguebenà parlò a lungo con l'armato, nella sua lingua musicale. Poi mise una mano sulla spalla di Andrea e gli sussurrò all'orecchio:

«Stringi forte la mano di Rose e affretta il passo».

Bastò l'incrociarsi dei loro sguardi, perché il giovane fiorentino capisse il pericolo mortale. Quasi correvano lungo il bordo del torrente, sul terreno ormai spoglio e accidentato. Superarono profondi pozzi naturali e rocce taglienti come lame.

Infine, in favore di luce, videro bene le donne che li minacciavano, dall'alto delle due scarpate. Quando Andrea scorse il volto di alcune, gli parvero perfino assai belle, come certe madonne fiorentine. Pensò che fosse effetto della febbre, o un delirio provocato dalla stanchezza:

«Così sono le donne di queste contrade?».

«No» gli rispose piano Aiguebenà, mentre abbassava rabbiosamente lo schioppo dell'armato. «Queste guerriere vengono dal mare e debbono cogliere le nostre vite. Qualcuno cadrà subito, altri dopo.»

Andrea aveva vissuto la loro marcia come un sogno. Solo allora considerò quelle donne una vera minaccia, e non un'apparizione miracolosa. Ebbe finalmente paura.

«Periremo dunque tutti! Ma perché? Chi sono, chi le manda?»

«Per ora vogliono solo la mia vita e quella dell'armato» rispose tranquillo il cacicco. «Non le vostre.»

Il cielo era sereno, ma udivano sempre più forte il brontolio del tuono.

«È in arrivo un altro *Huracán*?» chiese Andrea.

«No, siamo troppo lontani dal mare. Corri più svelto, stringendo forte Rose, perché non prendano anche la sua vita!»

L'ignoto li atterrì.

Nel mezzo di quel suolo ostile, irto di pietre appuntite e quasi spoglio di ogni vegetazione, si aprì all'improvviso una gran piazza rotonda. Non capivano ciò che si parava di fronte a loro, se fosse la fine del loro viaggio. Andrea pensò a una nuova incomprensibile meraviglia del Mondo Nuovo. Ma le amazzoni iniziarono a tirare frecce e colpi d'arma da fuoco contro di loro. L'armato, che aveva già raggiunto il limitare di quella strana radura, fu colpito da un dardo che sembrava caduto direttamente dal cielo. Fu preso tra la gola e il petto. Cadde in ginocchio e sembrò sparire nel nulla, come inghiottito dalla terra.

Aiguebenà si voltò verso Andrea e Rose e gridò con tutta la sua forza, puntando loro addosso due occhi di fuoco:

«Via! Seguite il torrente, e non fermatevi mai!».

Non potevano che obbedirgli. Corsero stringendosi con disperazione per mano. E mentre la distanza tra loro e Aiguebenà aumentava, videro finalmente cos'era davvero quella singolare radura: davanti a loro si apriva un enorme pozzo rotondo, come fosse scavato nella roccia dal dito stesso di Dio. Aiguebenà era giunto al bordo di quell'abisso e stava in piedi, col braccio teso. Andrea non udiva più nulla, perché le amazzoni erano scese dalle rocce e correvano urlando verso di lui. Ma lesse chiaramente sulle sue labbra un ordine perentorio:

«Andate!».

Poi si alzò un grido altissimo e udirono un tonfo, come un corpo che cadeva nell'acqua da grande altezza.

Infine restarono solo Andrea e Rose, in corsa verso il nulla.

Dopo un po' non udirono più voci né clangore di armi. Non c'era una via di fuga: li stringevano due pareti scoscese, lisce come il ferro. Avrebbero dovuto volare come gli uccelli. Non si voltarono mai indietro. Corsero sulla stretta riva del fiume, che dopo poche braccia si annullò.

Scesero sul greto roccioso. L'acqua era sempre più impetuosa. Alla fine incontrarono un muro di vapore, contro la luce accecante del sole.

Andrea sorreggeva Rose, che sembrava non avere più forze. Il rumore di tuono riempiva l'aria. Gridò per farle coraggio, ma non sentiva più la propria voce. Era esausto, fradicio dell'acqua tumultuosa che schizzava con violenza dal torrente. Non poté più portarla in spalla. La sistemò al riparo del costone di roccia e si avventurò da solo nell'unica direzione possibile. Strisciò sul muschio viscido e infine si tenne a stento alle pietre: lottava immerso nella corrente, che lo trascinava verso la nube di spuma.

Si trovò alla fine immerso nella nuvola d'acqua, senza quasi poter respirare. Intravide un abisso, nel frastuono di tutti i tamburi dell'inferno.

Tornò indietro, con pena indicibile. Era pieno di graffi, sulle gambe e sulle braccia. Rose lo attendeva adagiata sulla roccia, i lunghi capelli incollati alla testa e alle spalle. Ormai solo pochi veli fradici le coprivano il bel corpo.

«Non c'è modo di proseguire» le gridò.

Rose annuì: aveva già capito dove portava quella strada.

«Riposiamoci ancora un poco. Poi torneremo indietro, se vorrai.»

«Io non voglio» rispose Andrea, con forza. «Non posso: i nemici, chiunque siano, ci attendono al varco per colpire anche me. Tu potresti salvarti, forse, se tornassi indietro da sola.»

Rose trovò la forza di sorridere e abbassò il capo. La sua testa era coperta dalla gran chioma nera, intrisa d'acqua. Era scossa dai brividi.

«Io, una povera donna? E poi, allora, perché sarei giunta fin qua? Ormai devo arrivare fino in fondo al mio delirio.»

Andrea la guardò incredulo. Erano giunti in quel luogo insieme, per una catena di eventi di cui non avevano il controllo. Ma non pensava più che la muovesse ancora quel pensiero fisso, per il quale aveva lasciato la sua casa e la sua patria, incontrando i più grandi pericoli.

«Davvero credi ancora di trovare tuo marito?»

Leggevano sulle labbra le proprie parole, per il rumore della corrente e il rombo ininterrotto di tuono. Andrea la strinse forte, accostando la guancia alla sua, come fossero teneri amanti. Ognuno gridò le proprie parole nell'orecchio dell'altro:

«Ma com'è possibile che questo pensiero ti abbia portato fin qui, dalla lontanissima Inghilterra, e che sia durato così tanto tempo?».

«Hai detto giusto: è solo un pensiero. Una secrezione inarrestabile del cervello, che si nutre di se stessa e dura quanto vuole.»

I lunghi capelli si incollavano sugli occhi e sulla bocca. Andrea vi passava la mano, cercando delicatamente di ricomporglieli: avevano sofferto per l'acqua e il sole e i cento passaggi nelle gallerie verdi di quell'assurda foresta. Avrebbe voluto tanto sciogliere tutti i nodi che li tormentavano, uno per uno.

«Devi davvero amarlo tanto, quell'uomo...»

Rose abbassò di nuovo il capo e rise piano.

«No, è talmente diverso da quel che ti immagini... Non posso amare chi non c'è più da tanto tempo. Non è più lui: è un'ombra. Per te è diverso. Hai il tuo Segretario e la tua patria, che certo ami e porti sempre dentro di te. Io no. Alla tua domanda rispondo senza esitare: no, non amo più mio marito. Anzi, è come se non fosse mai esistito.»

«E allora davvero io non comprendo il fuoco che ti anima e ti ha portata a finire i tuoi giorni, con me, in questo inferno.»

I grandi occhi di Rose si bloccarono in una fissità spaventosa. Era altrove, forse nella sua casa d'Inghilterra.

«Il mio non è amore, ma odio. E non per lui, bada bene, che pure mi ha abbandonata senza un motivo: perché è ormai così lontano dal mio cuore da non poter più avere il mio amore né il suo contrario. Odio il pensiero che mi domina, che fa fremere le mie membra contro la mia volontà. Il pensiero inestinguibile che si riduce a quell'unica domanda: "Perché?"»

Andrea l'abbracciò ancora più stretta, nell'illusione di proteggerla. Ma Rose si era trasformata. Si era fatta sempre più bianca. L'acqua che la sferzava sembrava scorrere su di lei come su un cristallo, così come appariva ormai insensibile al sole che cuoceva a entrambi la pelle. Nulla potevano il fango e l'aria pestilenziale.

«Vuoi dire che è la domanda in sé a decidere ogni giorno il corso dei tuoi pensieri? Non conta tuo marito, quello reale, forse vivo o forse morto?»

Gli occhi di Rose ripresero vita. Sembrò per un attimo essere tornata con lui in quell'inferno d'acqua. Guardò la corrente impetuosa e rabbrividì:

«È proprio come dici».

«Ma allora potevi decidere semplicemente di smettere di pensare. Occupare la tua mente e il tuo cuore con qualcosa di diverso...»

Rose scosse il capo, come fosse delusa per quanto Andrea le aveva appena detto.

«Credi che non l'abbia combattuta, quell'ossessiva domanda? Quante volte mi sono svegliata, con la sensazione di essere finalmente libera… Il cuore mi batteva piano, pronto ad accogliere il giorno appena sorto. Gli occhi cercavano i colori, i paesaggi e le persone. Il corpo era leggero e volava… Ma poi quel verme nero invulnerabile ricominciava a dirigere ogni fibra del mio corpo. Un diabolico maestro di musica.»

Andrea passava le dita fra i suoi capelli e piangeva le sue stesse lacrime:

«Ogni giorno della tua vita, da così tanti anni?».

«Era come rifiorire, vivere pienamente, amare il mondo. E ogni volta è stato tanto più crudele il riaffacciarsi inesorabile del pensiero maligno. E ritornare a combattere con quell'ossessivo: "Perché?"»

«Io ti compiango.»

Gli spruzzi dell'acqua del fiume si mischiavano con le lacrime di Rose. I suoi occhi disperati erano brillanti come non mai:

«Capisci perché ho voluto questo assurdo viaggio? La mia ossessione indicava un'esile traccia al di là del mare Oceano. Qui poteva essere giunta l'ombra di mio marito, seguendo l'ordine folle di un pazzo filosofo…».

Rose si morse le labbra, come se si fosse subito pentita di quel che aveva detto.

«L'ordine di chi?» le chiese Andrea, fermando la sua mano.

La corrente sembrava aumentare d'intensità, e l'acqua li feriva come cento fruste. Entrambi sentivano ormai vicina l'ora della fine. Rose prese il viso di Andrea fra le mani e gli parlò sulle labbra, come in un bacio appassionato:

«Tu ami davvero la tua famiglia?».

Andrea pensò a Firenze e alla sua piccola casa. Chi era per lui sua moglie, adesso? Aveva mai davvero pensato a lei, in quei giorni, in quei mesi? Si staccò un attimo da Rose e scosse il capo:

«Come tu ami tuo marito».

Poi si alzò in piedi, lottando con la corrente che gli arrivava alle cosce, e guardò l'unica via che si apriva davanti a loro: una gran nube di vapore e un salto nel nulla. Portò la mano al suo diario, che aveva ancora legato al collo: se la sua vita terminava quel giorno, che senso aveva conservarlo? Pensò di affidarlo al vento, all'acqua e al sole. Ma gli occhi di ser Niccolò non ne volevano sapere di abbandonarlo. E allora lasciò stretto intorno al suo collo l'involto incatramato. Ebbe l'idea assurda che qualcuno avrebbe trovato il suo corpo e portato il diario a destinazione.

Anche Rose si alzò, sorreggendosi ad Andrea e guardando la gran nube di vapore a poche braccia di distanza da loro:

«Siamo lontani dalle nostre case. Più di quanto sia possibile, dall'altra parte del mondo».

Adesso addirittura sorrideva. Gli cinse forte la vita col braccio:

«Liberiamoci dunque delle nostre vite» gridò.

«Che vuoi dire? Porre fine alle nostre esistenze?»

«Non vuoi farlo?»

«E tu? Non vuoi più sapere perché?»

Rose lo guardò e sorrise. Si tolse quel che restava del suo corpetto e un momento dopo era tutta nuda:

«Vuoi davvero lasciare la tua vita, Andrea?».

«Si, lo voglio.»

«Vieni.»

Corsero con la mano nella mano, nel vento e nell'acqua tumultuosa. Saltarono nel vuoto, nel vapore e nel sole accecante. Dalle loro bocche uscì un grido che echeggiò nell'ampia vallata, che si spalancava improvvisa al di sotto della cascata.

Rispose un infinito grido di uccelli.

# 7

# IL PRATO AL DI LÀ DEL MARE

## *Matrimonio naturale*

Furono separati da una tempesta d'acqua dura come la pietra. Non ebbero il tempo di dirsi addio. Andrea fu certo di morire, in un attimo perse i sensi e li riacquistò. Ma non colse il momento dell'urto, alla fine del volo. Fu avvolto dal silenzio, sospeso nel grembo materno. Quando riaprì gli occhi, ebbe la visione fugace del corpo di Rose, che rotolava sul fondo roccioso. Poi fu sospinto dalla forza della corrente e partorito dal fiume. Riemerse con un grido, mentre esplodeva il rombo improvviso della cascata.

Respirò famelico l'aria bruciante. Aveva le braccia e le gambe rigide, ma cercò subito Rose, lottando contro il dolore. La vide finalmente sulla superficie dell'acqua, esanime, in balia della corrente. Nuotò con tutte le sue forze, ma lo vinsero le spume ribollenti. Vide calare la notte all'improvviso, come se il mondo si fosse rovesciato.

Si risvegliò sorretto da lei, in uno stretto abbraccio. Si lasciarono trascinare dalla corrente, sempre più lenta e placida, nella nuova e ampia pianura.

Videro finalmente qualcosa a cui aggrapparsi: un grande tronco d'albero, singolarmente liscio e regolare. Come ninfa o sirena, Rose si immerse per prendere la spinta e lo raggiunse con poche bracciate. Era una barca alla deriva. Andrea scoppiò a ridere per il sollievo e non riusciva a smettere, nonostante l'estenuazione:

«Potremo scendere il fiume!».

Rose non rispose. Si teneva su con le braccia e guardava all'interno.

«Non è abbandonata.»

Guardò anche lui. Fu una visione terribile e singolare, come quella della capanna, vicino alla costa. Su un letto di stuoie colorate era sdraiata una donna morta, ancora intatta. Non emanava alcun odore, forse un vago profumo. Indossava un abito rosso, giallo e azzurro, coperto di penne di uccelli. Aveva un copricapo prezioso, fatto come la tiara di un vescovo. Per un momento, Andrea pensò che fosse solo addormentata.

«È una principessa del loro popolo » disse Rose. «Forse la sposa di un cacicco.»

«Com'era Aiguebenà, il mio povero amico Pedro.»

Andrea tornò col pensiero ai compagni morti. Lui e Rose erano ormai soli, in balia di un universo forse ostile, forse indifferente:

«Dobbiamo salvarci. Affidiamo questo corpo al ventre materno del fiume e saliamo a bordo».

Rose gli staccò con forza la mano dal legno:

«No!».

Poi allontanò la barca, nuotando in direzione opposta. Andrea era sconvolto e stupito:

«Ma perché?».

«Abbiamo rinunciato alle nostre vite, ricordi? Rispetteremo tutti i morti, i nostri e i loro. Cerchiamo di raggiungere la riva.»

Andrea non capì il significato di quelle parole. L'ora era tarda e sentiva il morso della fame. Pensò che era una ben strana morte, quella che affrontavano insieme.

La riva era asciutta, la foresta di nuovo verde e turgida. Più strana di quella già conosciuta. Si guardarono ed erano perfettamente nudi, come Adamo ed Eva. I corpi offesi da mille piccole ferite, ma stavano bene.

Non cercarono di coprirsi. Non provavano alcuna vergogna. Il sole era calato e avevano esperienza che sarebbe sopraggiunta repentina la notte. Andrea rabbrividì:

«Non abbiamo nulla per il fuoco».

Rose gli sorrise, come se fosse una ninfa del Nuovo Mondo:

«Non farà mai freddo».

«Non possiamo proteggerci dalle fiere. Non c'è cibo.»

«Non temere, Andrea. Credi nella Provvidenza?»

Il giovane fiorentino restò in silenzio. Gli pareva di essere davvero morto e rinato, libero da ogni filosofia e religione. Aveva una fatata fiducia nel destino. Camminarono tenendosi per mano, dove finiva la riva del fiume e iniziava la foresta. Tutto ciò che Andrea credeva di conoscere gli pareva rovesciato. Più incomprensibile che a Hispaniola, più della porta di quel mondo sconosciuto, presidiata dal castello sul mare.

Rose raccolse foglie, radici, insetti. Glieli offrì nell'improvvisa oscurità, appena rischiarata dalla luna. Andrea mangiò quegli strani frutti, confidando in lei. Il primo boccone sembrava un fungo crudo, anche se non ne aveva la forma. Fu preso da un dolce delirio, simile a quello del vino. Ben strana, la luna, se il prato era azzurro e il cielo giallo carico.

E per la prima volta, mentre le carezzava il corpo nudo e fresco, Rose gli guidò la mano e la bocca. Lo accolse con un grido di gioia. Lo strinse fra le lunghe gambe, umide di vapore che scendeva dagli alberi. Andrea era tutto in lei, un'onda incessante. Non era più mente né anima, ma puro amore carnale. Rose rispondeva a ogni battito del suo cuore, a ogni spinta del suo corpo. Dormirono strettamente abbracciati. Tutto si annullò in quella notte: la sera di Siviglia, prima che lei gli sfregiasse la guancia. Il viaggio nel mare Oceano, mille giorni e mille notti indietro. Furono naturalmente e semplicemente l'uno dell'altra, più volte compenetrati e felici.

Andrea sperò che fosse quella, la morte annunciata.

*Il Santo*

Non avevano più paura della natura selvaggia, né di qualsiasi morte che potesse venir loro incontro. Rose indicò una pozza di fango bianco, come fosse calce. Si inginocchiarono e vi affondarono le mani: era terra dolce, inoffensiva. E allora, ridendo come bambini, vi si immersero. Quando ne uscirono, il loro aspetto era ancora più bizzarro di prima, e per loro fu impossibile resistere al riso: sembravano i candidi fantasmi dei racconti paurosi. Rose si inginocchiò davanti ad Andrea, intinse il dito nella terra umida e gli fece strani segni sul corpo, come con un carboncino su una parete imbiancata. Il suo amante fece lo stesso con lei: le disegnò grandi occhi e cerchi concentrici e spirali intorno ai seni.

Rose afferrò il diario nell'involto incatramato, ancora appeso al suo collo:

«Perché tieni questo?».

Andrea non sapeva cosa rispondere, ma le allontanò la mano. Era qualcosa di suo, che ancora lo legava alla vita precedente. Perse per un attimo la felice inconsapevolezza:

«Non posso gettarlo via. A volte penso allo sguardo disperato di Aiguebenà, quando siamo fuggiti».

«È morto» disse Rose, facendo ancora l'atto di strappargli il diario dal collo. «Ci siamo solo noi, al mondo. Devi liberarti anche di questo.»

Andrea le afferrò il polso e fece cenno di no:

«Aiguebenà mi ha detto di andare per la mia strada. Mi ha raccomandato la missione».

«Quale missione? Non esiste più.»

«E dunque, cosa faremo?»

«Rimarremo per sempre qui. Nessuno sa dove siamo: gli altri sono tutti morti.»

Rose rispondeva dolcemente alle domande di Andrea, carezzandogli il capo.

«Di che vivremo?»

«Di ciò che ci sostenta oggi. Lo vedi? Siamo nudi, ma non soffriamo caldo né freddo. Questa natura è ostile finché pretendiamo di piegarla alle nostre necessità di europei. Quelle a cui gli Spagnoli, nelle loro colonie, non intendono rinunciare. E per questo soffrono, odiano e uccidono. Tu soffri, Andrea?»

«Io no. L'acqua mi lava, il sole mi asciuga.»

«È così, la natura ci ha accolto materna. Perdiamoci dunque in essa.»

«E che accadrà, quando invecchieremo?»

Rose iniziò a ridere, al suo modo squillante. Faceva ondeggiare i capelli intrisi di fango, come una dea selvaggia.

«Non invecchieremo mai, sciocco! Verremo presto riassorbiti nel grembo della terra.»

«Vuoi dire che saremo liberi dal dominio del tempo?»

«Il tempo è solo l'alternanza del giorno e della notte. Qui non ci sono stagioni. È certo il Paradiso terrestre delle Scritture.»

Andrea si chiese se il suo passato fosse esistito davvero. Consumava le ore amando Rose, mangiando gli strani frutti che la donna coglieva per lui e lavandosi in quelle dolci acque dai mille colori. Lo stupiva ogni cosa che vedeva.

«Dove andiamo?»

«Non ci serve saperlo. Cerchiamo un luogo e chiamiamolo casa. Domani ne troveremo un'altra.»

Nessuno dei due avrebbe saputo dire quanti giorni e quante notti passarono in quel modo, sospesi da ogni affanno. Erano prossimi a un abbandono amoroso completo, simile all'oblio. E dunque, come aveva detto Rose prima del gran salto dalla cascata, sperimentavano un aspetto della morte stessa. Andrea d'altronde dubitò più volte di essere ancora in vita. Per provarlo, cercava di pensare a Firenze, alla sua patria che gli era stata tanto cara. Ne rivedeva facilmente le forme, ma adesso erano loro a sembrargli strane e ostili, diverse e incomprensibili; mentre gli pareva rassicurante e confortevole la foresta in cui erano persi. Con le immense foglie, l'acqua e la terra che si confondevano con il cielo. Così come gli alberi, che coi loro tronchi immensi disegnavano mille anfratti per accogliere i piccoli animali e loro stessi.

Ma l'ultimo giorno il destino si manifestò con un'apparizione miracolosa.

Giunsero di nuovo in vista di un torrente, forse lo stesso della grande cascata. Erano inginocchiati sulla sua sponda per bere. All'improvviso Rose strinse forte la mano di Andrea, guardando un punto avanti a sé.

«Non siamo più soli.»

«Che vuoi dire?»

Gli indicò un'altura verde, del tutto simile alle piramidi che avevano già conosciuto. Andrea trasalì nel vedere un giovane uomo, vestito di un mantello bianco, che scendeva dalle scale coperte di sterpi e li guardava.

«C'è un santo che ci osserva.»

Andrea si rialzò e prese la mano di Rose. Per giorni aveva pensato a loro due come gli abitanti del paradiso terrestre, l'unica donna e l'unico uomo. Ma ora aveva di nuovo timore.

Pur ancora lontano, l'uomo che scendeva dalla piramide aveva il volto familiare. Quando fu più vicino, sorrise ad Andrea:

«Dimmi, amico e fratello mio, è questa la strada?».

Il fiorentino cadde in ginocchio, sicuro di essere davvero al cospetto di un santo immortale, come aveva detto Rose.

«Sei davvero tu? Dimmi il tuo nome!»

«Sì. Io sono Bartolomé de Las Casas, sacerdote di Dio.»

### *Di nuovo in cammino*

Andrea avrebbe poi trovato il modo di scrivere ancora qualche rigo sul suo diario, irritando il Machiavelli per la sua prosa aulica e maldestra:

> *Se mai mi leggerete, Segretario, forse non crederete che io, Andrea di Francesco, per un attimo abbia pensato che le anime dei morti possano prendere forma materiale, vivente, come Cristo risorto, e che il nostro amico santo fosse tornato dal paradiso.*

Ma in quel momento, di fronte al redivivo, fu semplicemente stupito come un bambino:

«Bartolomé! Cos'è successo? Come hai fatto a giungere fin qui?».

«La Provvidenza ha disposto che ti accompagnassi fino alla Città d'Oro. E ha voluto che con noi ci fosse questa donna.»

Bartolomé posò i suoi occhi su Rose. Lei sembrò rendersi conto solo in quel momento della sua nudità. Si coprì con le mani il seno e il ventre.

«Non farlo» le disse il prete. «Non c'è vergogna, in questo luogo. Siamo vicini al mondo ideale. E voi due siete marito e moglie.»

«Ma io ho una sposa, a Firenze,» protestò Andrea «e anche Rose ha un marito, che ora cerca disperatamente in questa terra...»

«Io vi dico che siete sposi purissimi e come prete benedico la vostra unione.»

Quello che accadde, da quel momento in poi, Andrea lo ricordò come un sogno febbrile. Bartolomé puntò l'indice verso di lui. Gli occhi si accesero di una luce diversa:

«Dio, che veglia sulla salute di questi popoli, ti ha fatto percorrere una via diritta, anche quando pensavi di girare in circoli senza senso. Segui il tuo dovere!».

Fu allora che Andrea ripercorse col cuore i suoi giorni con Rose, perso nel paradiso. Il mondo a cui lo richiamava Bartolomé non aveva più alcun senso. Cos'era quel dovere che gli chiedeva? Quale rettitudine doveva seguire? Il santo che aveva conosciuto gli pareva ora solo un pazzo. Guardò Rose, nuda e bellissima, coi resti delle pitture che le aveva dipinto sul corpo:

«Io e lei ci siamo persi gioiosamente nella libertà totale. Abbia mo amato la terra, le foglie, l'aria e noi stessi. Non vedo segnali, per proseguire. E non intendo nemmeno fare ritorno. La mia missione non ha più alcun significato...».

Gli occhi di Bartolomé si fecero d'un tratto di fuoco e Andrea ne ebbe quasi paura:

«Hai il dovere di compierla, invece! Credi di essere solo la spia di una piccola e decaduta città in riva d'Arno? Tu incarni la volontà di Dio! La Città d'Oro è un segreto da cui dipendono le vite di tutti. Non solo di questi popoli, ma del mondo intero».

Ansimava, come in preda a una visione mistica. L'aria intorno a lui pareva bruciare:

«Nessuno conosce il contenuto del libro che ti hanno comandato di recuperare; certo non il tuo Segretario, né il suo ospite vestito di nero: benché lui pretenda di possederne il significato profondo. Ma va recuperato a ogni costo, Andrea, e ciò in nome dell'unica verità, che è quella di Dio: la sapienza umana è sempre fallace. A volte è molto pericolosa».

Andrea era ormai convinto che Rose, nella sua innocente nudità, fosse l'unica verità possibile. Quel piccolo prete, invece, un povero illuso. L'abbracciò stretta e la baciò: e lei rispose alla sua passione.

«Non capisco cosa dici» disse poi a Bartolomé «e non mi importa.»

Il prete non vedeva il loro amore, ma solo il suo sogno mistico:

«Andrea, in quel libro sono scritte cose assai più grandi della tua piccola anima».

«La mia anima, adesso, è l'anima di Rose e della foresta.»

«E dunque salva i Taino e i nativi di questo immenso Mondo Nuovo!»

Andrea prese tra le mani il viso di Rose, dal respiro dolce e affannoso:

«Questa è la nostra vita e la nostra morte».

Le baciò di nuovo la bocca, con una passione più grande di quando erano stati da soli, felicemente persi nel grembo della foresta. Allora Bartolomé corse gridando verso di lui e lo afferrò per il collo, con forza inattesa nella sua piccola mano, quasi volesse alzarlo da terra:

«Tu sei solo uno strumento della Giustizia divina! Sulle tue deboli spalle porti il destino di cento popoli che nessuno ancora conosce! E dunque sali su questo tempio, obbedisci agli ordini che hai ricevuto!».

Andrea si liberò con rabbia della stretta di Bartolomé, per abbracciare ancora quella che considerava la sua donna. Ma a quel punto accadde ciò che non si sarebbe mai atteso. Fu una svolta improvvisa e carica di cento significati.

Rose, infatti, dopo aver risposto al suo bacio come se fosse l'ultimo, lo allontanò dolcemente:

«Tu hai davvero una missione da compiere, Andrea, e Bartolomé non è qui per capriccio del caso».

Poi andò a mettersi al fianco del prete. Le sue parole avevano avuto il potere di sconvolgerlo: Andrea non sapeva più se Bartolomé fosse un pazzo o un profeta, e se Dio parlasse con le sue labbra.

Alzò lo sguardo verso la sommità della piramide. Ripensò con scoramento a quel che gli era stato insegnato nella casa segreta di Firenze, in un tempo che gli sembrò immemorabile: doveva obbedire senza discutere a chi aveva le informazioni necessarie per la missione nel Mondo Nuovo. Bartolomé era certamente uno di loro. Salì dunque la scalinata senza più protestare, al fianco di Rose. Posava i piedi esitanti fra i rovi che coprivano gli antichi scalini consunti dal tempo. La donna lanciò un grido acuto, indicandogli un serpente di cento colori: Andrea si accorse solo allora che ve ne erano mille altri, che brulicavano dappertutto. Il terrore gli rese molli le gambe.

«Avanti, proseguite!» lo incitò Bartolomé, con la voce di un santo predicatore. «I serpenti del demonio non possono nulla, contro di noi.»

Salirono ancora, e finalmente la foresta si mostrò intera sotto di loro. Era un fitto mare verdissimo, da cui non emergeva alcun segno. Raggiunsero la cima. Una piccola costruzione sembrava coperta di sangue essiccato. Non c'erano disegni o bassorilievi incomprensibili. Ma Andrea riconobbe con orrore delle teste umane imbalsamate, al modo di certe reliquie delle chiese italiane e spagnole. Bartolomé aveva lo sguardo perso nell'immensità della foresta:

«Cosa vedi intorno a te, Andrea?».

«Nient'altro che un abisso verde. Un paradiso, o se vuoi un inferno.»

Il prete annuì più volte, con il sorriso che non lo abbandonava mai.

«Tu eri l'unico a conoscere la strada, ma la via che hai seguito si perde nel nulla, senza meta e senza ritorno. A Hispaniola ti ho detto che io conoscevo gli esatti giorni di marcia. So il punto, indicato da un segnale, in cui la via va abbandonata. Adesso, grazie alla Provvidenza divina, siamo di nuovo insieme alla soglia del mistero. Solo noi, come Dio ha voluto, perché il destino si compia.»

Andrea avrebbe voluto piangere, pensando a ciò che aveva perduto.

«Ma dove vorresti che andassimo, a perderci nel verde? Non c'è una strada, non c'è nulla! Solo un mondo incomprensibile, pronto a inghiottirci. Un mostro che ho imparato ad amare, perché mi ha donato la felicità e l'abbandono. E credevo che fosse così anche per Rose.»

Bartolomé si girò verso Andrea e gli afferrò entrambe le braccia, scuotendole con forza e guardandolo negli occhi:

«Siamo giunti alla città, Andrea! Questa piramide, con le stimmate del sacrificio cruento, è il segnale che solo io conoscevo. Ho raccolto la dolorosa confessione di Aiguebenà, che poi il Signore ha chiamato a sé. Quando era marinaio sulla nave di Cristoforo Colombo, incontrò il custode della Città d'Oro. E l'Ammiraglio gli affidò la lettera con l'ultima traccia, da consegnare all'inglese...».

«Quale inglese? Di chi parli?»

«Colui che ha fatto costruire la prova!» gridò entusiasta Bartolomé. «La lettera diceva che la messa in atto era stata compiuta! Ma Aiguebenà aveva strappato la pagina che indicava il segnale. Ovvero il luogo dove ora ci troviamo.»

«Perché lo aveva fatto?»

«Perché solo un giusto potesse giungere alla città! Avanti, Andrea: tu solo hai raccolto tutti i frammenti dell'itinerario segreto che il custode ha disseminato fra molte anime diverse. Qui dobbiamo abbandonare la via. E dunque guidaci nell'ultimo tratto!»

«Ma io non so dove andare!» gridò Andrea in faccia a Bartolomé, a Rose e al mondo intero. Poi, come ispirato da un angelo, gli tornarono a mente le parole della sacerdotessa di Hispaniola. «Dimentica l'oro» gli aveva detto la maga. E di oro, in effetti, Andrea non ne aveva mai visto. «Non esiste una sola via per arrivare alla meta, ma tante vie. Le più importanti le conosci tu, altre Bartolomé, altre ancora un re che ti sta aspettando.»

Dunque erano arrivati davvero alla soglia dell'ultimo mistero.

«La profezia!» gridò Andrea al vento, più che ai suoi due compagni. L'eco sembrò percorrere tutta la foresta.

«Ripetila, allora!» lo incitò Rose. E lui declamò, esatte, le ultime parole che gli aveva detto la maga, nel tempio-bordello di Santo Domingo:

«Saprai di essere giunto alla meta quando ogni cosa intorno a te muterà aspetto, cogliendoti di sorpresa. Sempre che l'imprevisto, in un mondo di forme tutte nuove, per paradosso non ti accechi.

Quel luogo è il mistero più grande. Chi ha calpestato quei prati ha ritrovato se stesso.»

«Ma io non vedo nulla di tutto questo» aggiunse sconsolato.

Bartolomé sorrise:

«Scendiamo di nuovo, e mostracelo».

*Il segno*

Presto il giorno lasciò il posto alla notte e con essa vennero i sogni più bizzarri, forse nutriti dai frutti che Rose e Bartolomé avevano raccolto durante la marcia. Andrea cercò di interpretarne il significato, con l'aiuto dei suoi compagni di viaggio. Ma anche loro vi coglievano solo l'alternarsi ossessivo di paure e speranze. La Città d'Oro aveva varie forme, in quei deliri. Era una favolosa urbe marmorea degli antichi. Ma anche un luogo di delizie da libro francese. Era infine la città di Dite della *Commedia*: e certo condivideva con la metropoli infernale un calore insopportabile.

Fu a un'ora prossima a mezzogiorno, mentre vagavano senza una meta precisa, che ebbero un segno. Di fronte ad Andrea apparve d'un tratto una visione fatta di forme e colori sconosciuti, simile al lampo di un fuoco d'artificio orientale. Solo un attimo dopo capì che era un uccello colorato, come quello di Siviglia nella casa del marinaio. Ma immensamente più grande, simile a un mostro dei miti antichi. Non aveva mai visto prima piume colorate come quelle, e pennacchi sul capo alti come fiori meravigliosi. Ne fu sorpreso, ma certo non sospettò che annunciasse il compiersi della profezia: i suoi occhi e il suo cuore erano stati bersagliati da cento immagini assai più bizzarre.

Il volatile si parò davanti a lui, spiegando le ali: voleva proprio annunciargli qualcosa. Andrea non sospettava che fosse l'ultima manifestazione stupefacente del Mondo Nuovo. La bestia aprì il becco, lanciando un orribile urlo gracidante, simile a sabbia sul vetro, che ferì le orecchie dei tre europei. Ma poi seguì un canto melodioso e l'uccello camminò verso Andrea.

Ebbero tutti l'impressione che volesse abbracciarlo con le grandi ali. Il fiorentino fece per fuggire e inciampò, cadendo nell'immondo intrico del sottobosco. Vi abitava ogni genia di insetti, alcuni grandi come il pugno di un uomo. Gridò di raccapriccio, rotolando lungo un pendio, finché una luce improvvisa lo accecò.

Più tardi, nel suo diario, Andrea avrebbe cercato di descrivere al Machiavelli cosa lo aveva paralizzato per la sorpresa, appena rialzato il capo: e come gli fosse apparso bizzarro ciò che gli si parava davanti, come mai prima era accaduto. Ma ogni parola sarebbe stata vana.

Quel che si manifestò ad Andrea fu un mutamento improvviso. In quell'esatto punto, la bassa foresta si interrompeva. Come se un'immensa lama avesse tagliato tronchi e foglie per lasciare, oltre una precisa linea, solo erba e pietre. Il giovane fiorentino gridò a Bartolomé di fermarsi:

«Che giorno è, oggi? Hai tenuto il conto?».

Il prete era dietro di lui, ancora fra l'intrico dei rami. Scese di corsa la scarpata e lo abbracciò stretto, piangendo di gioia.

«Ho tenuto il conto di ogni minuto, fratello mio. Oggi è il primo agosto dell'anno del Signore 1508.»

Andrea gli asciugò le lacrime con le mani:

«Forse la missione che Niccolò Machiavelli mi ha affidato tre mesi fa è un sogno. Forse sono profondamente addormentato a Firenze, in Calimala, e deliro con la febbre alta. Oppure sono morto e questo è il tormento del purgatorio, che mi merito e mi aspetto.

Ma se non è così, allora, Bartolomé, amico mio, io credo proprio che questo sia il limite della Città d'Oro».

Anche Rose era scesa lungo il pendio. Gli strinse forte il braccio, fissandolo coi suoi grandissimi occhi neri:

«Perché dici questo?».

«Perché si avvera la parte più importante della profezia. Ogni cosa sta mutando di aspetto, e ti giuro che non potrei avere stupore più grande. Guarda laggiù!»

Andrea indicò, in un gran prato di cui non si scorgeva la fine, due filari di alberi alti, dal tronco regolare, con la chioma conica di un verde assai scuro. Svettavano come steli di altissime spighe e ondeggiavano lievemente al vento.

«Li vedete? Indicano una strada.»

«Sì» mormorò Rose, che in cuor suo aveva già capito.

«E dunque li riconosci?»

«Non posso credere a quello che vedo» mormorò la donna.

«Neanch'io! Ma è proprio questa la profezia della maga: siamo arrivati dove nessun altro è riuscito a giungere e dove è massima la nostra incredulità. Andiamo, dunque.»

Camminarono senza fretta, come in una processione religiosa, perché tale in fondo era. Finché li sovrastarono gli alti alberi di forma singolare, cresciuti in due file, a quattro braccia esatte di distanza l'uno dall'altro. Sembravano alberi concepiti dall'idea di un sapiente, tanto erano regolari e perfetti, come idee filosofiche. In mezzo ad essi c'era una strada di pietra. Guardarono le chiome: non erano fatte di foglie, ma di minutissimi aghi, come piccole scaglie verdi. Portavano piccoli frutti duri come il legno, oppure verdi e morbidi, ma amari al gusto. Caddero tutti in ginocchio, infilarono le mani nella terra soffice, che sotto quegli alberi era priva di erba: la portarono al viso e la odorarono.

Andrea si alzò in piedi e accarezzò la corteccia ruvida dei tronchi, dando, inconsapevole, l'annuncio solenne del raggiungimento della loro meta:

«Questi sono cipressi».

Bartolomé si era già avviato per la strada di pietra e mormorava qualcosa, forse una preghiera di ringraziamento. Anche lui ogni tanto si fermava e accarezzava i tronchi. Poi si girò verso gli altri e gridò a gran voce:

«Questa è opera di Dio, che ha agito per mano del suo custode».

Le parole della maga risuonarono ancora nella mente di Andrea, nette e limpide come quando le aveva ascoltate dalle sue labbra a Santo Domingo, dietro una tenda colorata:

"Saprai di essere giunto alla meta quando ogni cosa intorno a te muterà aspetto, cogliendoti di sorpresa. Sempre che ciò che è troppo imprevisto, in un mondo di forme tutte nuove, per paradosso non ti accechi".

La maga gli aveva anche detto che su quel prato avrebbe ritrovato se stesso: a Santo Domingo non aveva compreso quelle parole e non le comprendeva nemmeno adesso. Chiese dunque a Dio di mantenergli gli occhi ben aperti, perché la realtà non si confondesse più col sogno e non perdesse mai la guida dell'intelletto.

La strada con gli alti cipressi saliva dolcemente su una collina. Quando giunsero al crinale, videro stendersi davanti a loro una piana. Era divisa in riquadri regolari, come se fossero campi coltivati, ma in più punti la natura selvaggia aveva già iniziato a riprendere possesso del suo regno. Tutto sembrava abbandonato, ma non da molto tempo. Bartolomé guardava sgomento il malinconico panorama. Sembrava che piangesse, in silenzio.

Proseguirono lungo la strada, e il viale di cipressi terminò in prossimità di alcune piccole costruzioni. Avevano un aspetto assai curioso: somigliavano, più che a vere dimore, all'idea pura di case. Andrea, che pure non sapeva di filosofia, conosceva il mito del greco Platone. Per quel sapiente antico, in un mondo divino esisteva l'idea essenziale di ogni cosa, e come tale incorruttibile. Quando fu vicino alla prima casa, riconobbe con immenso stupore la forma di un cascinale toscano, come ben ne conosceva. Ma di esso aveva appunto solo il guscio esteriore, l'idea. Non sembrava che quella costruzione fosse mai stata usata, né che potesse esserlo. Anche quello cercò di scrivere, nei suoi appunti per Niccolò Machiavelli, e non avrebbe saputo spiegarsi meglio.

Ma gli stringeva il cuore che quella casa, come le altre che punteggiavano la piana, fosse già preda degli alberi simili a mostri di carne: avevano intaccato le pietre e ne invadevano le connessure. Promettevano di divorarle in pochissimo tempo. Erano consapevoli di essere giunti all'estrema periferia della Città d'Oro. Si attendevano di vederne presto le mura, e gli abitanti che sarebbero corsi incontro ai nuovi venuti. Per la prima volta da molto tempo, Andrea e Rose ebbero piena consapevolezza di essere soli, senza nemmeno un armato a proteggerli. Soprattutto mancava loro Pedro, il cacicco Aiguebenà, il re dei Taino: sangue del sangue di un popolo che era rimasto fino a quel momento invisibile.

Chiesero a Bartolomé di precederli per annunciarli agli abitanti. Il prete *encomendero* si avviò con passo esitante, il volto teso e l'occhio che vagava intorno.

Andrea strinse forte la mano di Rose, ma non era più la donna che aveva amato come fossero stati l'ultima coppia della Terra: certo rispondeva alla stretta, ma sembrava che anche lei, come Bartolomé, cercasse con gli occhi qualcosa che a lui restava ignoto.

Camminarono a lungo costeggiando un fiume. Dolci colline

gli facevano corona, tanto che il sole del tramonto riscaldò loro il cuore e rese più leggera quell'ultima marcia verso la meta.

Andrea guardò di nuovo la nudità di Rose e poi la sua: pensò che avrebbero dovuto pure coprirsi, quali che fossero gli usi degli abitanti della Città d'Oro.

## *Navi in rada*

Le navi erano ormeggiate nella baia, i cannoni puntati. Inglesi e spagnoli, alleati eppure ostili. Lontani da ogni rotta, al di là dell'ultimo mare. Nessuna carta al mondo riportava il profilo della costa, nemmeno il Padrón Real di Siviglia. Ma avevano ugualmente ammainato i vessilli, per il gran segreto.

Sul mare sfociava un ventaglio di canali: alcuni erano navigabili per miglia, all'interno. Altri si perdevano in rivoli e paludi senza ritorno. Ma nessuno ne conosceva i percorsi. Non il comandante della piccola flotta dei re cattolici. Né Sir Malcom, che scrutava la costa con ostentata calma, a prua della sua nave.

«Quale sarà il segnale?» chiese al secondo.

«Il Gigante userà gli specchi, Sir. Indicherà l'unica via.»

«Se io facessi rotta a oriente, per tornare in Inghilterra, tu proveresti a impedirmelo?»

«Non è l'ordine di un assassino, Sir. È di Sua Maestà in persona, porta il suo sigillo.»

«Tu sei un buon inglese, come me. Siamo entrambi certi di agire per il bene dell'Inghilterra. Non oseresti metterti contro di me. Potrei ucciderti, bruciare la carta del re e gettare le ceneri in mare.»

«Non lo fareste, Sir. Gli spagnoli hanno ordini analoghi ai nostri.»

«Sono dei nemici! Sei traditore fino a questo punto?»

Il secondo non rispose. Mise le mani sul bordo della murata, in attesa del segnale. La costa era bassa: una linea verde interrotta dalle molte foci d'acqua e dalla vasta laguna. Sul tetto della foresta, lontane, spuntavano piccole alture, come piramidi egizie.

Sir Malcom gli afferrò con forza il bavero. Il secondo sentì il fiato di vino.

«Una cosa la farai: mi aiuterai a scorticarlo vivo. Me lo devi, e anche tu lo desideri.»

Il secondo non rispose, perché era vero. Sì, anche lui avrebbe visto volentieri l'irlandese morto. Se fosse stata salva la missione.

### *Accerchiamento*

Il Gigante custodiva con cura lo specchio e gli altri attrezzi, nel sacco che portava in spalla. Aveva seguito da lontano i due europei e la donna, fin dal loro approdo. Ne aveva condiviso fatiche e pericoli. E perfino il suo cuore sussultò quando vide il prato e le due file di cipressi. Sapeva che quello era il segno. Anche la sua missione era giunta alla fine.

Le guerriere lo seguivano a distanza, com'era stato loro comandato. Marciavano rade in un ampio arco.

Preparò lo specchio e ispezionò le armi. Poi vide la favolosa Città d'Oro, divisa dal fiume e circondata di colline. Ma in lui non suscitò alcuna emozione. Non erano altro che pietre singolarmente disposte, come aveva visto ovunque, nel mondo. Fremeva solo per l'attesa di lanciare il segnale alle navi.

Le vite dei tre europei non servivano più. Nessuno doveva lasciare la città, ora che finalmente era stata trovata. Ma prima, il giovane fiorentino doveva recuperare il libro. E lui doveva distruggerlo.

Il Gigante era ormai a cento passi da Andrea e dai suoi. Tese il suo arco mortale e innestò la prima freccia d'acciaio durissimo. Il suo cuore rideva, perché era prossimo alla fine della sofferenza. Così gli aveva predetto la piccola donna scura, e nessuna forza avrebbe potuto fermarlo. Mise a tracolla la faretra e iniziò a scendere verso la città. Il tempo finiva.

La prima guerriera si arrestò in vista delle case. Lo stesso fecero poco dopo altre amazzoni, da tutti i punti cardinali. Avvistarono dalle piramidi le navi lontane. L'ordine era di restare fuori dalla città. Dovevano attendere che il Gigante e i marinai completassero il lavoro.

La piccola donna dalla carnagione scura, armata come la regina delle Amazzoni, era invece avanti a tutte. Già entrava nella Città d'Oro, per compiere la sua personale missione. Seguì le orme del Gigante, il più vicina possibile, ma senza farsi vedere. Qualcuno doveva morire subito, prima degli altri. Era pronta a colpire, ma non l'animava odio. La muoveva la dolorosa volontà di fare quanto le era stato prescritto: e pertanto marciava e piangeva.

Aveva fatto una grande promessa, al tenero e terribile assassino, e voleva mantenerla.

### *La meta*

Il fiume era retto da un argine, inizialmente di terra e poi in grandi pietre tagliate. La strada era pavimentata di lastre perfettamente connesse, ma senza i solchi scavati dalle ruote. Andrea, Rose e Bartolomé la percorsero col cuore in tumulto. Dall'altra parte del fiume c'erano case simili a quelle che avevano visto prima: troppo semplici e perfette, per essere vere.

Sulle colline cresceva regolare la vegetazione. Parve loro la più esotica che potessero immaginare. Ma era un bizzarro inganno dei sensi. Videro difatti delle querce, e stentarono a crederci; ammirarono sgargianti macchie viola e si chiesero se fossero giaggioli. Infine si arresero all'evidenza che la verde edera risaliva le pendici di un colle. La fitta e buia foresta, intorno, assediava minacciosa una vastissima radura aperta, dall'aspetto domestico di campagna toscana, che per paradosso appariva loro mostruosa e del tutto aliena.

Bartolomé si era ripreso dal doloroso stupore. Parlò di nuovo con accento solenne, come dal pulpito di una chiesa:

«Quel che stai per vedere, Andrea, non è frutto dell'orgoglio. È stato fatto per la salvezza dell'Uomo».

Il giovane fiorentino non comprese il significato delle sue parole. Ma quando la strada abbandonò l'argine del fiume, offrendo una vista più ampia, capì finalmente la profezia della maga.

Quello che vide Andrea, dopo aver superato l'ultimo crinale, ebbe il potere di aprirgli la mente. Lo colpì come l'urto di due stelle in cielo. Nulla avrebbe potuto fargli male, né distrarlo dalla vista.

A cavallo del fiume, attraversato da quattro ponti, si stendeva sotto di lui la Città d'Oro. Il sole la inondava di luce calda e intensa. Era grande e bella, dalle geometrie razionali. Superiori a ogni sua aspettativa. Tutto avrebbe pensato fosse, fuorché quella e in quelle forme. E benché non vedesse oro o altro metallo prezioso, Andrea ebbe la certezza di avere ai suoi piedi la città che era stato inviato a cercare. E questo ancor prima che la mente, incredula di ciò che le dicevano gli occhi, desse un senso alle forme.

La Città d'Oro non era solo un mistero che si svelava, o una visione che suscitava immensa meraviglia. Era ciò che il giovane fiorentino non avrebbe mai immaginato, nemmeno nel più malato dei suoi sogni notturni.

# 8
## LA CITTÀ D'ORO

### *Un sogno nella foresta*

Cinque mesi dopo, Niccolò Machiavelli avrebbe letto, affascinato dalla loro immediatezza, gli ultimi appunti di Andrea. Erano giunti al segreto del suo studio nel più avventuroso dei modi:

> *Io non so più dove mi trovo. Sotto i miei piedi la terra è di colore diverso da quella della mia Toscana, e anche l'erba è di una specie sconosciuta. Esotico è il sapore dell'aria, perfino il soffio del vento e il calore del sole sulla mia pelle.*
> *Ma davanti a me c'è una città divisa da un fiume, attraversato da quattro ponti. E ci sono case e torri, e costruzioni assai simili a filatoi, mulini e pescaie. E c'è un gran palazzo alto, con una torre svettante. E nel centro di questa città c'è una grandissima cupola, che sovrasta un vasto tempio.*
> *I colori non sono quelli del mio ricordo, perché la pietra di questa città è di uno stesso tono uniforme, che potrei dir grigio. Non vedo altro che questo grigio, Dio mio.*
> *Eppure questa città è Firenze. È Firenze!*

Ma erano parole già fredde. Sul momento, Andrea fu così profondamente turbato da non poterlo raccontare in alcun modo. E quello che pensò davvero, fu che lui e i suoi compagni avevano fatto il periplo del mondo ed erano tornati a casa. Che avevano trovato l'Oriente dall'Occidente, come aveva sperato per tutta la vita l'ammiraglio Colombo.

Ma quella città non era veramente Firenze.

Andrea non sapeva muovere lo sguardo dal punto che corrispondeva a casa sua, in Calimala.

«Qui ritrovo me stesso» disse. «Si avvera la profezia di Santo Domingo...»

Bartolomé gli prese la mano.

«Che tu sia benedetto, Andrea, perché ci hai portati dove nessun altro avrebbe potuto. Un piccolo punto in un mondo vastissimo e sconosciuto. Molti l'hanno cercato e nessuno ha fatto ritorno.»

Le strade della Città d'Oro si incrociavano regolari, come nel centro più antico di Firenze, oppure contorte, al pari dei quartieri esterni: ma alcune erano appena tracciate sul suolo spoglio, e qua e là si vedevano macerie.

«Vedo case mai abitate, eppure già in rovina.»

«Questa città è stata costruita per l'Idea, non per la pietra.»

«Non vedo gente, Bartolomé.»

«Non temere, perché adesso il popolo ci verrà incontro.»

Rose guardò il suo corpo nudo e quello di Andrea, ancora coperti da resti di pittura:

«Dobbiamo vestirci. Mi vergogno della nostra nudità».

«Non devi» le disse Bartolomé. «Siete puri come l'acqua. Come la coppia ancestrale prima della caduta. È così che dovrete apparire, al cospetto della verità.»

Andrea pensò che il prete vaneggiasse.

«Qual è il nome di questo popolo, Bartolomé?»

«Non lo so. La loro origine è pagana, ma poi hanno seguito la perfetta ortodossia di fede. Quindi se prima potevano dirsi gli Oscuri, seguendo i fondamenti dell'Idea, ora sono i Felici.»

Andrea sentì una strana rabbia gonfiargli il petto e le braccia: non sopportava più quella strana filosofia.

«Ma di quale idea ragioni? Non sono un santo come te, non ho dottrina. Io devo solo trovare un uomo e un libro. Se anche tu vuoi il bene di Firenze, indicami semplicemente la via.»

Bartolomé non aveva mai visto il Machiavelli e non era agli ordini della Dominante. Obbediva a chi non si curava di confini fra popoli o principati.

«Frena la tua ira, fiorentino. Aspettiamo che i Felici vengano incontro ai loro salvatori.»

«Da cosa li salviamo, Bartolomé?»

Il prete *encomendero* lo guardò con un sorriso malinconico. Sapeva che la sua risposta non sarebbe stata compresa:

«Dal loro Artefice. Noi siamo qui in soccorso dell'Idea, perché possa consegnare i suoi frutti a un futuro ancora lontano. Da questa Firenze arcana, Andrea, partirà l'onda inarrestabile della salvezza universale».

Attesero a lungo, finché il sole iniziò a calare oltre le colline. Ma non accadde nulla. Allora scesero lentamente il pendio e raggiunsero le prime case. Andrea le avrebbe dette d'Oltrarno, se quel pensiero non lo avesse fatto sentir pazzo. Non c'erano abitanti né segni di lavoro. Aveva visto, a volte, modelli di città fatti di gesso, simili a quelli che a Napoli chiamavano i presepi e sebbene le case intorno a loro ripetessero le forme della sua città, erano solo delle idee pietrificate. Mancavano porte e infissi alle finestre, e alcune erano perfino prive di tetto.

Bartolomé non sorrideva più felice come al primo sguardo. Aveva anzi le lacrime agli occhi, perché vedeva ciò che agli altri ancora sfuggiva. Si avvicinarono al fiume e finalmente incontrarono degli abitanti, o tali parevano. Nei volti e nell'incarnato erano indi, come il popolo di Aiguebenà. Ma non stavano nelle case: sembrava volessero vivere all'aperto, ignorando la nozione stessa di città. Alcuni si erano fatti un misero riparo in un grande albero, che aveva già scalzato le fondamenta di una torre. Parevano sentire estranei quei simulacri di case e palazzi. Come fossero stati costretti da qualcuno a rimanere in quel luogo, pensò Andrea.

Bartolomé si avvicinò a una donna col suo bambino. Erano nudi, intenti a preparare del cibo. Ma fuggirono subito.

Dalle connessure delle pietre che lastricavano la via spuntavano ciuffi di erba grossa, simile a carne. La foresta voleva ingoiare presto tutto quanto.

La città è morta, dicevano gli occhi piangenti di Bartolomé. Non era mai nata, pensò il giovane fiorentino. Eppure, alzando lo sguardo al cielo, vedeva l'ingegneria, la sapiente architettura e il lavoro immenso che era stato necessario per edificarla. Chi erano i suoi artefici? Dove si nascondevano?

Giunsero alla fine in una grande piazza, che ripeteva quella dei Signori, a Firenze. La disposizione dei palazzi era simile. Qualcuno però non era finito: mancavano i piani alti e le torri sembravano piene, come non fossero vere. Su alcune facciate scorsero resti di pittura, che imitavano gli intonaci e gli stucchi dei loro modelli.

Anche in quel luogo c'erano uomini e donne. Ma non venivano affatto incontro a loro. Si muovevano anzi ignorandoli, senz'anima e volontà. Erano singolarmente magri, dall'aspetto malato. Andrea afferrò il braccio di Bartolomé:

«Sono morti che camminano! Come i Taino, a Hispaniola!».

Il prete era sconcertato e incredulo. Scuoteva ripetutamente il capo, guardando quel triste spettacolo:

«Non è possibile e dunque non è vero. Qui non esiste lo sfruttamento. Non ci sono spagnoli. Tutto questo è falso. Non sono morti che camminano. Non sono nemmeno corpi: forse solo ombre. Gli abitanti sono altrove, al lavoro».

Andrea sentiva che il braccio di Bartolomé tremava, ma anche lui era preso dalla paura.

Rose invece non sembrava affatto turbata, e anzi camminava davanti a tutti. Cercava qualcosa con lo sguardo:

«Ci dovranno pur essere le armi!» disse con rabbia a Bartolomé.

Il prete allargò le braccia.

«Erano previste solo quelle necessarie, per le difese estreme.»

Rose aveva perso ogni dolcezza:

«Non c'è più tempo, perdio! Dobbiamo trovarle! Ho bisogno di due balestre!».

Andrea era sconvolto: pensava che la sua donna fosse tanto mutata per la paura. Ma nei grandi occhi neri c'era qualcosa di più forte e terribile. La seguì nei fetidi anfratti delle case, in preda a una gran concitazione. Gli abitanti la guardavano senza timore, inconsapevoli. Riconoscevano i nuovi venuti come europei, ma era come se non avessero esperienza della morte portata dagli spagnoli.

Rose, ancora nuda, raccolse un mantello, polveroso e grigio come ogni altra cosa. Con quello si coprì, legandolo stretto in vita. Bartolomé le indicò il palazzo più grande, l'unico con una porta chiusa.

«Le armi devono essere là. Ma non ne abbiamo bisogno...»

«E invece ci servono, eccome: l'assassino sta arrivando. Nascondetevi bene e state lontani l'uno dall'altro.»

«Dobbiamo almeno cercare il custode!» protestò Bartolomé.

«Dopo. Ci tieni alla vita? Trova un rifugio sicuro, subito, finché il Gigante non sospetta nulla. Lascia fare a me.»

Andrea viveva un incredulo terrore. Sapeva che Rose era ben capace di maneggiare le armi. Ma adesso era una vera guerriera, un'amazzone. Quando gli ordinò di badare a Bartolomé, poté solo obbedirle. Lo prese per mano e lo portò via. Trovò una profonda cantina, scavata da chi aveva lasciato a metà l'immane opera. Il prete, tremante di timore e di delusione, non voleva nascondersi e piangeva. Ma Andrea lo sospinse nell'antro, con parole di conforto.

Scesero luridi scalini, nel buio quasi assoluto, saggiando con le mani le pareti scavate nella pietra. Avvertivano la presenza di piccoli animali e Andrea ricordò la sua notte nera nella cantina di Siviglia, in compagnia dei topi. Rabbrividiva di paura, mentre invitava Bartolomé a farsi coraggio. E intanto l'aria spessa li copriva di sudore denso e disperavano di tornare.

Al termine degli scalini, udirono il lieve gorgogliare dell'acqua. Era dunque una sorta di fogna. Camminavano ora su pietre lisce e umide. Giunsero a una camera, nel debolissimo chiarore del fondo di un pozzo. Andrea convinse il prete a sedersi contro la parete e in quel momento sentì aria fresca che veniva da un'altra galleria, scavata nella terra più profonda.

Seguì da solo quel soffio vitale. Era un cunicolo invaso dalle radici di piante rigogliose, cresciute in superficie. Vide una luce, alla fine, e si affrettò. La galleria terminava nel fiume: udiva il frusciare dell'acqua. Corse verso l'aria dolce.

Giunse a un varco incorniciato di pietra. Guardò la debole corrente che passava sotto i ponti, fatti a imitazione di quelli d'Arno. La città mai nata si affacciava sulle rive di un fiume che tale non pareva: l'acqua quasi ferma era verde e densa, come la linfa degli alberi. Nuvole di insetti la coprivano.

Risalì l'argine fino alla riva, reggendosi alle radici che si aprivano varchi fra le pietre squadrate e le frantumavano. Una strada vuota imitava il suo Lungarno. Immaginò Firenze vittima di un'ecatombe, tutti gli abitanti uccisi. Ma quella non era Firenze. Da solo, correndo sul selciato, ne avvertì pienamente la follia.

Vide la torre svettante sulla piazza. Superò macerie di palazzi mai vissuti. Evitò serpenti e altri immondi animali, che calavano dalle occhiaie delle case.

Raggiunse di nuovo il varco della cantina. Ne chiuse l'accesso con una lastra di pietra non finita. Appena sollevata da terra, brulicò di mille insetti mostruosi: avanguardie della foresta invisibile, che premeva ovunque.

Cercò una torre alta. Salì cento scalini, poi si arrampicò sulla nuda pietra e camminò a stento sul legno marcio. Infine raggiunse la sommità della torre.

Vento caldo sul viso, stridore di uccelli. Un anello verde stringeva in lontananza il corpo scarnito della Città d'Oro. Ovunque era polvere e vento, abbandono e morte. Da una parte vedeva bene il fiume e dall'altra la grande piazza e le vie che vi sbucavano.

### *Tiro a segno*

Rose aspettava, con la balestra in pugno, al limitare della spianata. Conosceva bene il Gigante e le sue abitudini. Sapeva della sua spietatezza, del coraggio di fiera. Era un assassino infallibile, con chi non aveva esperienza di lui. E nessuno poteva vantarne. Dietro di sé lasciava solo la morte. Così aveva agito finora, per cancellare ogni traccia del viaggio di Andrea. Ma confidando troppo nella sua capacità di annientare ogni vita che incrociava, ripeteva monotono lo stesso schema: morte, stupro, incendio… Rose sorrise, sicura di sé. Lei aveva avuto un'istruzione simile, ma da una scuola diversa. Era in grado di sorprendere il Gigante. Ma doveva farlo prima che potesse segnalare la via alle navi inglesi e spagnole.

Altrimenti sarebbe stato impossibile salvare l'Idea.

Il Gigante era appena entrato nella città. Vide un bambino da solo, in mezzo alla via. Lo guardava stupito. Una madre magrissima corse a riprenderlo. Pensò di saggiare prontezza e mira, in vista del suo compito. Volle giocare. Pensò di fare in modo che i due non si toccassero. Tirò la prima freccia e infilzò il piccolo indio nella gola. Poi mirò all'occhio destro della madre.

Non avevano fatto in tempo a gridare. I due corpi erano immobili, vicini ma non ancora a contatto. Colavano sangue sulle pietre della strada. Nessun altro avrebbe avuto scampo. Ma decise di non uccidere altri nativi. Il sole era basso, il tempo sempre più scarso.

Il Gigante avanzava in direzione del fiume. I pochi indi fuggivano al primo sguardo. Ma non avrebbero avvisato Andrea e gli altri. Erano animali selvaggi: in quella città non c'era la vita, o era finita da tempo. Studiò con attenzione dove avrebbe potuto trovare riparo e vie di fuga. Concepì un'esatta immagine del luogo, come la carta di un geografo. Già se ne sentiva padrone assoluto.

Aveva solo quattro obiettivi. Di minima difficoltà, ma non uguale. Aveva fatto in modo che i compagni del fiorentino, sua guida inconsapevole, diminuissero via via di numero. Ma sempre mantenendo la distanza prescritta. Giungeva dunque da loro senza alcun sospetto. Se li avesse trovati insieme al Custode, avrebbe sbrigato il suo dovere in pochi minuti. Altrimenti sarebbe iniziata la caccia all'uomo. Con l'aiuto estremo delle guerriere, che già circondavano la città.

Ma doveva compiere per primo un altro atto di morte. Così

gli dettava l'esperienza, e non solo l'ordine dei maledetti inglesi. In cuor suo pianse, perché nessun altro gli aveva mai offerto un istante di pace. In tanti anni, nei boschi e sui monti, evitato da tutti o chiuso nelle profonde galere.

Udì un trascurabile rumore dietro di sé, come una foglia calpestata.

Si girò gettandosi a terra sul ventre, con l'arco già teso. La piccola donna scura era davanti a lui, immobile, a venti passi. Gli puntava contro un'arma da fuoco.

Ebbe rapidi pensieri, come un frullio d'ali. Dunque era stato tradito anche da lei: gli inglesi volevano che si eliminassero a vicenda! Eppure gli aveva promesso che si sarebbe colmato il vuoto terribile del suo cuore. Quell'idea tolse forza al suo braccio, ed esitò a scoccare la freccia d'acciaio. Fu certo di pagarlo con la vita.

Ma allora, perché la piccola donna non lo aveva già colpito col fuoco micidiale?

Il Gigante ebbe troppo tardi la vera intuizione. Vide una lacrima rossa scendere sul viso di lei. Non l'aveva tradito: era lì per proteggerlo. L'ordine di ucciderla era solo per lui.

La sua piccola amante piegò le ginocchia e si afflosciò come un fiore reciso. E anche lui non si rese ben conto di quel che gli accadeva: nemmeno del dolore. Si alzò di scatto e scartò di lato, cercando con gli occhi un riparo. Sulla spalla destra gli spuntò dritto il ramo di un albero. La mano lasciò subito cadere il potente arco.

Il colpo di balestra era stato talmente forte che il suo corpo si girò. Afferrò con la mano sana il grosso dardo piantato nella carne. Ma una seconda freccia lo colpì, da dietro, all'altra spalla. Il dolore terribile tolse al Gigante ogni forza nelle braccia, che subito penzolarono inerti.

Non bastò perché cadesse a terra. Il Gigante sapeva controllare il dolore e il terrore. Vide uno dei ripari che aveva studiato, e si nascose nell'ombra. Ma lo prese subito la paralisi: l'ignoto assassino, che aveva colpito prima la donna nera e poi lui, sapeva bene come usare la balestra. Da un momento all'altro se lo sarebbe trovato davanti, senza possibilità di reagire.

Gli restavano solo le possenti gambe. Scelse una direzione irregolare e corse in direzione del fiume, con tutta la sua forza demoniaca. Il sangue gli colava copioso dalle spalle trafitte. Mise insieme odio, disperazione, rabbia, volontà rocciosa di avere quel che gli era stato promesso.

Era ormai sul ponte: si gettò in acqua, affondando subito. Ma non poté evitare un ultimo dardo, che lo colpì alla schiena.

Poi il Gigante scomparve dalla superficie dell'acqua, e il sacco che portava affibbiato alla spalla fu l'ultima cosa che venne inghiottita dai flutti.

*La Città d'Oro*

Andrea aveva osservato la scena con crescente terrore. Rose era un demone femmina, un angelo sterminatore.

Scese precipitosamente dalla torre, col cuore gonfio di paura. La raggiunse al centro della piazza, immobile. La mano destra reggeva la balestra ancora armata, pronta a lanciare un nuovo dardo. Solo un lieve ansimare tradiva il fuoco che la animava. Non ebbe il coraggio di toccarla. Era una dea guerriera, un essere di un altro mondo:

«Lo hai ucciso!».

Rose lo guardò con un misto di compassione e di amore, o così almeno sembrò a lui:

«Dimmi, Andrea, dov'è Bartolomé?».

«È chiuso in un sotterraneo, al sicuro da ogni pericolo.»

«Vai a prenderlo. È giunto il momento. Dobbiamo incontrare il Custode della Città d'Oro.»

Il Machiavelli, Violante. La casa segreta. Doveva trovare un uomo e un libro. A quelle parole, Andrea dimenticò il suo vagare sognante. Dimenticò l'amore. Fu di nuovo solo un giovane e ingenuo agente della Repubblica, in missione in un Mondo Nuovo e sconosciuto.

«Tu sai dove sia?»

La donna rise, indicando con l'arma terribile alcune sagome nere, in lontananza. Sembravano esseri selvaggi.

«Lo troveremo. I veri abitanti di questa città ci porteranno da lui.»

Solo in quel momento, Andrea ebbe piena coscienza che la sua impossibile missione era arrivata alla fine. Dio, o il caso, lo avevano sospinto fin là, a dispetto di tutti i nemici. Indicò a Rose il corpo della piccola donna scura. Era ancora in ginocchio, col capo reclinato. Un dardo le trafiggeva il petto:

«Chi è quella donna? A chi obbediva?».

Andrea aveva cento altre domande. Si era illuso di conoscere Rose. Era invece il più grande enigma.

La misteriosa donna gli sorrise, come a un bambino curioso per cose più grandi:

«Non pensare agli intrighi dei principi, Andrea. Tu sei qui per ben altro. Fra poco capirai».

«Come sapevi che ci seguivano?»

Rose, potente e bellissima, gli carezzò la guancia con la mano fresca.

«Adesso chiama Bartolomé. Hai una missione da ultimare.»

Andrea obbedì subito. Scese nella cantina e si affrettò a liberare Bartolomé dalla prigione in cui l'aveva chiuso per breve tempo. Lo trovò che tremava tutto, col viso umido di lacrime. Fu costretto a sorreggerlo, per aiutarlo a uscire. Il prete *encomendero* si aggrappava stretto a lui:

«Cos'è successo, Andrea?».

«Rose ci ha salvato da due terribili sicari.»

«Dunque gli inglesi e gli spagnoli ci hanno trovati... La città è persa!»

«Che dici, Bartolomé?»

Ma il prete non rispose. Aveva lo sguardo fisso e non smetteva di tremare. Ad Andrea parve addirittura che vaneggiasse. Il giovane fiorentino pensò alle navi europee, ai grandi porti di Portogallo e Italia. Quelle immagini, nel ricordo, gli sembravano un mondo irreale. Erano ormai più incomprensibili di tutte le meraviglie che aveva visto al di là dell'ultimo mare. Che senso aveva evocare la Spagna, e addirittura l'Inghilterra?

Risalirono in superficie. Quel che videro somigliava a un sogno bizzarro: Rose era circondata da molti piccoli esseri. Scimmie singolarmente docili, che lei ammansiva con la dolcezza della voce. Indicò la fine di un'ampia strada, dove sorgeva un grandissimo tempio. Andrea vide la fabbrica su cui si innestava l'immensa cupola di pietra. Fu preda di un gran turbamento: quello era il Duomo di Firenze, benché tutto ciò gli apparisse impossibile.

Le scimmie li accompagnarono nella breve marcia. Videro altre miserevoli rovine: tetti fatiscenti e case crollate, da cui il vento alzava nuvole di fetida polvere. La facciata del tempio era spoglia e incompleta. Del grande campanile era stata costruita appena la base. Solo la cupola sembrava finita del tutto. Meravigliosamente simile al vero, benché fatta della stessa semplice pietra grigia di tutta la città. Ma né mattoni né marmo ne ricoprivano la superficie.

Anche l'ottagono in pietra, copia del battistero di San Giovanni, era dove Andrea si aspettava che fosse.

Gli sembrava di vivere in bilico tra una realtà folle, ma tangibile e perciò certo vera, e la pura illusione: quella non era veramente Firenze, quello non era il Duomo! Ma la somiglianza era così forte che gli pareva irreale non udire la voce dei banditori della Signoria, il mormorio dei fedeli, le litanie cantate nelle processioni, le grida dei venditori e il riso di donne e fanciulli. Invece in quel delirio di pietra regnava il silenzio, rotto solo da lontane grida di uccelli. L'angoscia gli rubava la forza dalle gambe.

La terribile trasformazione di Rose lo aveva confuso e sconfortato. Lui stesso era cambiato nell'anima, in quella foresta. Morto e rinato più volte. Ma sapeva di vivere il culmine del suo viaggio: se davvero stavano per incontrare il custode della Città d'Oro, allora la sua missione era prossima alla fine. Benché forse ormai vana.

Sapeva di non avere più potere di modificare il futuro. Si aspettava di vivere l'ultima meraviglia solo da spettatore. Eppure ancora gli importava come lo avrebbero giudicato il Primo Segretario e soprattutto Violante. Perché il gobbo nero non credeva affatto in lui, giovane fiorentino, e proprio ai suoi occhi voleva fortemente riscattarsi.

Rose varcò per prima la soglia del tempio, seguita dappresso da Bartolomé. Poi anche Andrea entrò nell'immenso antro oscuro, esitante e pieno di timore. L'interno non gli apparve affatto uguale a quello di Santa Maria del Fiore, il Duomo della sua dolce città toscana. La luce pioveva solo dalle alte finestre, poste sopra un ballatoio. Non vide alcun simbolo cristiano. Lesse a malapena una scritta che decorava come un nastro la parete, dividendola a metà. Ma il significato gli era oscuro:

E QUINQUAGINTA QUATTUOR SORORIBUS EA PRIMA EST.

Andrea mise la mano sulla spalla di Bartolomé e gli indicò le grandi lettere. Parlò sottovoce, con rispetto, come davanti a un prete che dice la messa:

«Aiutami, ti prego: che significano quelle parole latine?».

Bartolomé non guardò nemmeno la grande scritta. Rispose subito, come lo sapesse da sempre:

«Questa è la prima di cinquantaquattro sorelle».

Avrebbe voluto insistere, perché non capiva il senso della frase. Ma Rose li invitò a seguirla lungo la grande navata centrale. Quasi inciampavano in sassi, carogne di animali e altre lordure. Andrea tossì forte per l'odore di chiuso e il tanfo di marciume. Era incerto se obbedire ancora o tornare all'aperto. Pensò che quello non era affatto un tempio. Fra le sue altissime muraglie nessuno aveva mai pregato, almeno il suo Dio. Non vide crocifissi, né Madonne, né altari veri e propri. Le docili scimmie li attorniavano, curiose di loro come bambini.

E in fondo, finalmente, lo vide.

Appena rischiarato da una piccola fiaccola, sorgeva un piccolo altare, divelto e rovesciato. Davanti sedeva un uomo giovane, con una gran barba e i capelli biondi e lunghi, adagiati sulle spalle. Indossava abiti europei sdruciti, con delle brache nere assurdamente lise. La camicia era strappata e lercia. Quando furono più vicini, lo videro meglio. Andrea notò che aveva macchie sulla pelle, come per una malattia. Li osservava con curiosità e paura, mentre si avvicinavano. Sedeva scomposto e si agitò un poco. Ma non disse nulla.

Era senz'altro solo, in quel luogo. Uniche viventi le scimmie, che via via aumentavano di numero: piccole e vivaci, si calavano a gruppi dalla volta dell'immensa cupola.

Rose aveva uno strano sorriso sul volto stanco. La sua mano destra impugnava ancora la balestra, il dardo pronto a scoccare. Fece ancora qualche passo e poi si rivolse all'uomo, con uno strano tono di disprezzo e di sfida nella voce:

«Non mi riconosci, Johannes? Noi eravamo sposi, in un altro mondo e in un'altra vita».

*Johannes*

Il giovane uomo cercava di evitare lo sguardo di Rose. Si muoveva a disagio, come fosse ubriaco. Forse provava una grande vergogna. Le piccole scimmie correvano eccitatissime, accompagnate da lievi squittii.

«Sapevo di trovarti qui, Johannes.»

«Rose...»

Voce roca, di malato.

«Perché mi hai lasciata?»

Il custode della folle città fece per parlare, ma Rose lo fermò con un gesto imperioso della mano che impugnava la balestra:

«Questa domanda mi ha perseguitata per anni, ma forse adesso non voglio più la tua risposta».

Johannes finalmente si alzò in piedi. Era alto e magro. Cercò di ricomporsi, ma gli abiti che indossava, un tempo eleganti, erano sdruciti e sporchi oltre ogni misura.

«Rose, amore mio...»

«Non osare!»

Ancora la balestra, puntata contro il suo cuore.

«Non riuscivo a capacitarmi dell'abbandono. Ho temuto per la tua vita; ho chiesto aiuto a chiunque potesse darmelo, anche al marito di mia sorella.»

«Tommaso, il mio maestro e amico...»

«Tuo amico!»

Voce beffarda, incrinata dal pianto:

«Tommaso, che era destinato a me».

«Mi aveva offerto la più grande opportunità...»

La sua voce era incerta, come se da molto tempo non parlasse più la lingua inglese. Voleva proseguire, ma Rose lo zittì di nuovo:

«Il tuo Tommaso! Forse maestro per te, ma non certo amico».

«Sì, invece! Gli ero e gli sono devoto. E ha benedetto la nostra unione...»

Rose scoppiò a ridere:

«Ma se Tommaso aveva giurato di amarmi, Johannes!».

«Però non ti ha chiesto in moglie.»

«Non poteva. Per una stupida consuetudine, mia sorella maggiore doveva sposarsi per prima.»

Johannes abbassò lo sguardo:

«Conoscevo il suo tormento».

Rose si tirò indietro i lunghi capelli neri, con un gesto sprezzante:

«Non scomodare il tormento! Se mi avesse amata davvero, mi avrebbe scelta, contro ogni credo e ogni legge. Ma fu tanto bigotto da prendere in moglie mia sorella, e non me!».

Johannes alzò le braccia magre verso quella che era stata il suo dolce amore:

«Ma tu non lo amavi!» gridò, mostrando i denti guasti.

Rose alzò la balestra e gliela puntò contro il viso. Il micidiale dardo pronto a scattare. E il custode della Città d'Oro chinò di nuovo il capo.

«È vero, Johannes: a quel tempo amavo solo te. Mi sono concessa con tutto il cuore. Ho scordato subito lui e le sue vuote parole. Il suo vaneggiare di purezza e giustizia. Ero completamente tua. Perché allora mi hai abbandonata, nel momento più puro e felice della nostra vita?»

Johannes tese le magre braccia verso di lei. Erano pallide, e morse dalle cimici.

«L'Idea...»

«Basta!»

Rose aveva gridato con forza, e l'eco girò per il grande spazio. Poi abbassò lo sguardo. Gli occhi le si riempirono di lacrime.

«A quel tempo mi dicevo: forse il mio Johannes ha fatto qualcosa di tanto terribile da non avere il coraggio di affrontare nemmeno suo padre. Ho percorso ogni strada della città di Londra. Ho vinto orgoglio e ribrezzo. Ho subito ogni possibile umiliazione. Ma nessuno conosceva il motivo della tua partenza. Ero disposta a sopportare qualsiasi offesa, pur di sapere perché.»

Johannes, col capo chino e gli occhi coperti dai lunghi capelli sporchi, cercò di balbettare qualcosa:

«Io... sono partito senza poterti avvisare. In segretezza assoluta».

«Oh, questo l'ho scoperto molto tempo dopo. Ho capito che non avevi subito alcuna violenza: te n'eri andato di tua volontà. Mio marito mi aveva abbandonata per sua scelta! Ma perché, mi chiedevo?»

Rose si girò verso Andrea e Bartolomé. Aveva il volto bianchissimo incorniciato dai capelli corvini. Gli occhi neri erano cerchiati di rosso. Il saio che portava addosso sembrava la corazza di una dea. Nessuno di loro ebbe il coraggio di parlare. E lei continuò, in cerca di conforto:

«Ho bussato alla porta di mio suocero: dal suo sguardo ho intuito che già sapeva. Mi sono aggrappata alla sua veste nera. Ho cercato perfino di percuoterlo, senza ottenere alcuna risposta. Però il cuore di una donna conosce strade che la ragione ignora. E ho trovato una traccia, che portava più lontano di quanto potessi immaginare, un luogo per me assolutamente irraggiungibile».

Rose si voltò di nuovo verso Johannes. Il suo volto adesso era privo di espressione:

«Ho passato anni terribili. Per sopportare dolore e fame, fui ladra e assassina. Alla fine fui perfino istruita come una spia. E poi qualcuno mi offrì una missione che portava al Mondo Nuovo. Accettai per la domanda che mi ossessionava».

Johannes la guardava, tremante. Nei suoi occhi infossati c'era uno struggimento remoto, o forse un'ombra di pentimento. Ma non osò dire più nulla. Rose lo teneva sempre sotto la minaccia dell'arma:

«Adesso finalmente sei qui, davanti a me. Per giorni eterni, randagia nel mondo, ho inseguito il sogno di poterti incontrare ed esaudire la mia domanda. Ma da molto tempo, mio dimenticato amore, è rimasta solo l'ossessione e tu sei diventato un fantasma».

Johannes radunò le briciole del suo orgoglio e guardò Rose, gesticolando con le braccia piagate:

«Ho creduto in Tommaso!».

«Sei come lui, un pazzo.»

«No, l'Idea è la salvezza!»

«E tu sei finito qua per un'idea?»

«Dieci anni fa… toccammo i ghiacci del Nord. Perdemmo le altre navi, che spero abbiano fatto ritorno. Caboto volle proseguire il viaggio, secondo i piani. Navigammo verso mezzogiorno. C'era una gran terra, che non finiva mai e alla fine il calore insopportabile si sostituì al gelo del settentrione. Prima di incontrare le isole degli spagnoli, il capitano virò a occidente, verso l'ignoto.

«Mesi di stenti, di terrore, poi finalmente questo luogo, e la sua gente pacifica. Nell'anno 1502 di Nostro Signore ho incontrato, per opera della Provvidenza, l'ammiraglio del mare Oceano Cristóbal Colón. Così ho scritto una lettera che doveva essere consegnata a Tommaso, in Inghilterra. Solo lui avrebbe capito. Chiesi che un uomo di sua assoluta fiducia venisse qui, alla città, a riprendere me e la mia relazione scritta.»

«E ciò in effetti è avvenuto. Andrea è qui per te.»

Rose controllò il meccanismo della sua balestra, come un vero soldato prima di un attacco nemico.

«Ma Tommaso è stato più ingenuo di te. Ha prima chiesto aiuto al re. E il re si è addirittura alleato con suoi nemici spagnoli, pur di distruggere sul nascere un'Idea tanto pericolosa. Specie se messa in pratica.»

Rose guardò Andrea, il suo giovane amante, sorridendo con malinconia. Ora parlava solo a lui, come se gli dovesse una spiegazione:

«Allora Tommaso, il bigotto, ha cercato il soccorso di Niccolò Machiavelli, capo della sua amata nuova Atene. E in cambio gli ha promesso un Mondo Nuovo. Sapendo questo, amore mio, ho fatto in modo che tu mi conducessi qui. Perdonami, te ne prego, in nome di ciò che ci lega».

Il giovane fiorentino vinse ogni timore e afferrò le braccia di Rose.

«Dunque è stato questo, il mio ruolo!»

«Tu solo hai potuto raccogliere tutte le informazioni, Andrea.

Le spie inglesi e spagnole ti hanno seguito passo passo, mentre il Gigante assassino ha fatto il vuoto dietro di te. Ma io l'ho fermato in tempo, prima che uccidesse tutti noi e facesse il segnale alle navi.»

«Quali navi, Rose?»

«Quelle che avrebbero dovuto annientare queste false mura, con ogni oggetto e ogni vita che esse racchiudono.»

«E dunque grazie a te siamo salvi!»

Rose scosse malinconicamente il capo.

«Il Gigante aveva come alleate donne guerriere, sbarcate in questa costa e che adesso certamente si stanno avvicinando. Hanno l'ordine di uccidere chiunque incontrino sulla loro strada. E dunque noi abbiamo poco tempo per salvare il diario di Johannes, che il Machiavelli ti ha ordinato di recuperare.»

Rose si girò verso il marito, puntandogli di nuovo la balestra: «Dov'è il diario, Johannes?».

«Con me. Ma lo consegnerò soltanto all'inviato di Tommaso. E ancora non ho visto il suo segno di riconoscimento, come ho chiesto nella lettera.»

Andrea fu preso dallo sconforto. Quell'uomo alludeva alla moneta che gli aveva affidato il levantino, a Siviglia, e che gli era stata rubata subito dopo lo sbarco a Santo Domingo. Balbettò la sua scusa:

«Io avevo una medaglia d'oro, che però mi è stata sottratta. E anche la moneta di Aiguebenà è andata perduta con lui».

Rose rise, nel suo modo beffardo:

«La moneta ce l'ho io. O meglio, ce l'ha Bartolomé, perché finora io ero nuda».

Andrea non poteva credere a quello che aveva udito:

«Tu?».

«Ricordi il primo giorno, a Santo Domingo? Ti ho restituito il diario che tenevi per il Machiavelli. Ma ho tenuto per me una cosa.»

Bartolomé de Las Casas si frugò nelle vesti lacere e mostrò a Johannes una piccola moneta d'oro. L'inglese l'afferrò e l'avvicinò alla tremolante luce della fiaccola. La osservò bene. Raffigurava una donna antica con un elmo, e sull'altra faccia una civetta con occhi grandi. Johannes l'afferrò:

«L'antichissima dracma dell'Atene di Pericle! Ebbene, quindi fra di voi c'è davvero l'inviato del mio maestro...».

*Sopravvivenza*

Il Gigante si lasciava trasportare dalla debole corrente. Ma non poteva restare ancora a lungo nell'acqua. Perdeva molto sangue e doveva tamponare le ferite. L'ultima freccia si era spezzata sul corpetto di cuoio, rinforzato di ferro. Ma le altre due erano piantate nelle sue spalle. Aveva fallito una volta, non poteva mancare anche il segnale. Non c'era più tempo.

Aveva le braccia morte. Le sponde del fiume, oltre la città, erano gonfie di foresta. Si aggrappò ai rami verdi contorti, con la sola forza delle gambe. Si tirò fuori dall'acqua: la città era ancora in vista, oltre un'ansa del fiume. Più vicina era un'altura artificiale, che bucava il tetto della foresta.

Il Gigante aveva avuto paura. Per la prima volta, dall'inizio del viaggio. O forse in tutta la sua vita. Aveva perso il controllo degli eventi: gli erano sfuggiti e non era riuscito a modificarne il corso.

Strisciò per terra, un topo braccato. Disse un'antica litania di bestemmie e maledizioni. Non poteva morire. Sopravvivere, accumulare ora su ora. Attendere la notte che copriva tutto, cercare riparo nella madre terra. Strappò sterpi e radici coi denti: come da ragazzo, tanti anni prima. Si nascondeva dagli inglesi che intanto sventravano sua madre, dopo averla violata per ore.

Un'immensa fatica. Riposò sul tronco di un grande albero morto. Provò a muovere la mano destra: riusciva appena ad aprire e a chiudere il pugno. Ma ne fu felice, perché era importante: i nervi erano intatti. La sinistra, invece, era immota e insensibile.

Si alzò in piedi. Una delle due frecce aveva ancora attaccata la coda, grande e solida. Cercò un ramo che formasse una robusta forcella. Riuscì a incastrarvi il dardo. Con due atroci strappi lo tolse dalla carne.

Non aveva più bestemmie e maledizioni. Urlò e poi gemette a lungo, la faccia in terra. Ma il sangue, che all'inizio sgorgava copioso, arrestò presto il suo getto. E il Gigante fu pieno di gioia feroce, perché il braccio destro era tornato vivo e sensibile.

Poté riposarsi un poco e poi, con un coraggio forse mai avuto, strappò con la mano l'altra freccia. Anche stavolta riuscì a togliere tutto. Ma il braccio sinistro aveva patito di più per il colpo. Sapeva che sarebbe rimasto impedito per molto tempo. Piegava un po' il gomito e stringeva la mano insensibile. Ma senza forza.

Cercò erbe e resine, per lenire il dolore e prevenire la cancrena. Impiegò molto tempo a masticare le scorze dei rami verdi, per farne fasce. Ma alla fine il Gigante fu in piedi e ben saldo. Prese lo specchio e si incamminò verso l'altura artificiale, poco a settentrione della città.

Fu una marcia lunga e dura. Il respiro stentava, sentì la febbre che gli mangiava il corpo. Ma vinse la foresta e giunse in cima alla piramide.

Il mare, lontano: una scaglia azzurra oltre le infinite chiome degli alberi. Sedette con le spalle alla pietra lavorata, su cui danzavano demoni diversi da quelli suoi. Spiriti infernali, che forse lo proteggevano o forse erano nemici. Ma lui era solo, con l'anima morta. Il cielo bianco era un abisso senza Dio.

Lasciò che il sole gli riscaldasse il viso.

Sospirò, maledicendo se stesso e il mondo. Lasciò passare una breve nuvola e inviò finalmente il messaggio alle navi. Lampi brevi e lunghi, segnali e silenzi. Era un codice preciso, che il secondo della fregata inglese ben conosceva. Il tempo era scandito dal sangue, che batteva le tempie e le spalle ferite.

Il Gigante provò l'ebbrezza di una grande vittoria: nessuno al mondo poteva uccidere lui e l'abisso del suo dolore. Nemmeno il corpo della Terra lo poteva seppellire. Ora avrebbe dormito ancora, ma solo un poco: stava per cominciare lo spettacolo finale.

La vedetta della fregata inglese, alla fonda nella rada, era sull'albero maestro. Avvistò dei lampi su una delle singolari piramidi, che svettavano nella fitta foresta. Il secondo decifrò esattamente il messaggio, trasmesso dal Gigante. Sir Malcom diede subito l'ordine di salpare per il secondo dei canali, al limitare della baia. Lo trovarono sufficientemente profondo per permettere il passaggio delle piccole flotte.

I cannoni erano già pronti, le palle di pietra e di ferro nelle canne di bronzo. Gli uomini avevano ricevuto le istruzioni necessarie.

La teoria di navi percorse il canale, nella foresta umida, osservata dagli occhi inconsapevoli dei pochi abitanti e degli innocenti animali. E da quelli attenti delle amazzoni, che intanto stringevano il loro cerchio di morte intorno alla città.

Johannes trovò il coraggio e la forza per scendere gli scalini. Aveva negli occhi la luce di un predicatore:

«In Inghilterra, l'Idea avrà il risalto che merita. Racconteremo ai principi e ai sapienti, in tutti i particolari, le fasi della sua attuazione. Lo faremo in nome della verità e della felicità: io, tu, Tommaso e anche questo giovane Andrea, se vorrà seguirci».

Rose fu davanti al suo antico marito. La balestra puntata al cuore. Una piega amara sulla bocca.

«No, tu resterai per sempre qui.»

«Perché? Portatemi con voi, è questo che avevo chiesto a Tommaso! Quando torneremo a Londra, riprenderemo la nostra vita insieme. Io ti amo.»

«Io non più. La mia vita è un'altra, Johannes, mi dispiace.»

L'inglese sembrò avere, per la prima volta, un po' di paura. Gli occhi, che fino a quel momento erano apparsi offuscati dalla follia o da una droga, sembrarono d'un tratto schiarirsi:

«Ma ho solo obbedito a Tommaso! Ho istruito gli indi, dietro suo ordine, perché costruissero questo simulacro di città. In un luogo dove nessuna forza maligna l'avrebbe mai trovata. E ho raccolto uomini e donne ignari e puri, plasmandoli dal nulla, perché l'abitassero. Io sono il custode designato! Ho creato in questo Eden la replica esatta dell'Atene d'Italia. La città che rappresenta l'ideale filosofico e religioso di Tommaso. Oltre cinque anni è durato il lavoro, altri cinque la messa in atto dell'Idea e la scrittura della mia minuziosa relazione».

Rose non sembrava furiosa. Era invece annoiata da quelle parole, che le apparivano sommamente insulse:

«Povero idiota! Tommaso ti ha fatto fare tutto questo solo per umana gelosia, perché io e te fossimo separati».

«No!» strillò Johannes. «Lo ha fatto per l'Idea!»

Rose indicò i muri luridi e le piccole scimmie inquiete, intorno a loro:

«Ed è questo, il risultato? Per questo fallimento, mi hai lasciata? Per una rovina, hai abbandonato perfino tuo figlio?».

Appena ebbe detto questo chiuse gli occhi, scossa da un lungo brivido. Chinò il capo e forse pianse, anche se nessuno vide le lacrime.

Andrea le prese il braccio, ma gli sembrò di pietra.

«Tuo figlio, Rose?»

La donna annuì dolorosamente:

«Me lo hanno tolto, quando ormai dormivo in strada».

«E tuo padre e tua madre hanno permesso questo?»

Andrea piangeva insieme a lei, con infinita compassione. Ma Rose scosse il capo, con un sorriso triste, liberandosi dalla sua stretta:

«Per loro e per tutto il mondo, io ero morta. Tranne che per Bartolomé. Lui mi ha fatto cercare, quando servivo il re come spia. Mi ha offerto questo impossibile incarico. Che adesso, con voi testimoni, finalmente compio».

Non volò un fiato.

Rose fece partire un colpo dalla sua balestra. Ci fu solo uno scatto e un sibilo. Il possente dardo si piantò profondissimo nel petto di Johannes, che cadde in ginocchio, vomitando sangue. Ma continuò a guardare la sua Rose, agitando le braccia: sembrava mimare un altro discorso, solo per lei. Nessuno avrebbe mai saputo se fosse di odio, di amore, di speranza o qualche altro misterioso sentimento.

Finì con la bocca per terra, nella polvere e nello sterco.

Andrea doveva recuperare un uomo e un libro. E questi ora

giaceva davanti a lui. Ma non osò parlare, né guardare la donna bella e terribile.

Rose spense la fiaccola che rischiarava il tempio. Sul bracciolo della sedia c'era un acciarino. Mise entrambi in un involto. Gridò ad Andrea un'irresistibile comando:

«Indossa i suoi abiti!».

Il giovane fiorentino obbedì subito. Tolse al morto la camicia insanguinata e ridotta a brandelli, le calze piene di buchi, le brache nere luride e sfondate. Quando le indossò, vincendo il ribrezzo, avvertì in una tasca il peso del libro.

L'inarrivabile incunabolo per cui tanti erano morti. L'ambitissimo oggetto della sua missione. Dunque in qualche modo l'aveva compiuta. Il Machiavelli e Violante sarebbero stati fieri di lui.

Tolse il libro dalla tasca: era un quaderno con la copertina nera, piccolo e sudicio. Ne sfogliò le pagine scritte con una calligrafia minuta e fittissima. Erano piene di disegni, topografie, grafici e ritratti.

Si tolse dal collo l'involto con i suoi appunti e fece per legarlo insieme al libro. Ma Bartolomé gli tese imperiosamente la mano:

«Non puoi tenerlo tu: la relazione di Johannes è pericolosa».

Andrea lo guardò incredulo:

«Ho una missione da compiere!».

«Quello che conta davvero è più importante di qualsiasi incarico, Andrea. Dammi il quaderno!»

Il giovane sorrise, aprendo l'involto incatramato che aveva al collo. I fogli del suo diario erano asciutti. Vi aggiunse il quaderno di Johannes.

«Non so cosa dici, Bartolomé. E non mi importa. Io sono un agente fedele alla Repubblica.»

Il prete si avvicinò e gli strinse il polso.

«Non voglio che tu muoia.»

Andrea sentì una forza che non credeva. Guardò Rose, in cerca di aiuto e conforto. Ma la splendida amazzone prese un'altra freccia e la innestò sulla balestra, armando il potente meccanismo. Puntò l'arma contro di lui:

«Obbedisci».

L'incredulità del giovane non aveva confini.

«Ma che dici?»

«Fai quello che ti ha detto. Dagli il quaderno di Johannes.»

Andrea credette di capire.

«Dunque anche tu e Bartolomé siete miei nemici?»

Rose scosse il capo, con dolcezza materna.

«No. Né amici né nemici. Abbiamo degli scopi in comune.»

La punta della freccia brillava, anche nell'ombra dell'assurdo tempio. Andrea consegnò esitante il quaderno nero a Bartolomé. Il prete lo mise sotto la sua veste, poi tese di nuovo la mano:

«Dammi anche i fogli del tuo diario, Andrea».

«Perché?»

«Raccontano cose che nessuno deve sapere.»

Andrea ripensò alle vaghe allusioni del prete: al suo ruolo in una specie di misterioso disegno divino. Guardò ancora Rose, con desiderio e paura. Lui era solo un ragazzo di Calimala. Un fedele agente del Machiavelli, ma senza le astuzie dei principi e dei loro ministri. Senza le finezze dei sapienti. La sua mente era sconvolta, lo spirito provato da tutti quegli eventi.

Cadde in ginocchio e Bartolomé ebbe pietà di lui:

«Tu non hai visto che mare e foreste, Andrea. Ma questa terra è immensa. La vivono popoli meravigliosi. Ci sono città più belle di Siviglia e di Firenze, tutte ricoperte d'oro. Nessuno dei Giusti vuole che siano scoperte. Sai bene quale terribile sorte gli spagnoli hanno riservato ai Taino…».

«Chi sono i Giusti, Bartolomé?»

Il prete *encomendero* esitava a rispondere. Non sapeva cosa dire, perché un semplice garzone fiorentino potesse capirlo.

«Avevi l'ordine di riportare un uomo e un libro a Firenze. Non possiamo permetterlo. Salveremo il Mondo Nuovo e anche il resoconto di Johannes sull'attuazione di questa Firenze ideale: nulla di ciò che è buono andrà perduto. Ma tutto, almeno per ora, resterà segreto, e questo contro la volontà dello stesso Tommaso.»

«Io non capisco...»

Rose era vicina al cuore di Andrea e sapeva come parlargli:

«Bartolomé è la guida spirituale di una Società di Giusti. Hanno conoscenze nuove e antiche. Vogliono impedire che si stupri questo mondo vergine e puro».

Andrea guardò i possenti dardi custoditi nella sua faretra. Ma ricordava anche i giorni e le notti, e i loro corpi nudi, confusi nell'amore assoluto.

«Noi abbiamo conosciuto intimamente il Mondo Nuovo. Non vi sono ricchezze terrene...»

Rose gli carezzò la guancia con la mano fresca.

«Io e te lo abbiamo vissuto così. Ma è davvero un'immensa terra. Custodisce ricchezze di ogni genere, che susciterebbero la cupidigia di razziatori, avventurieri e assassini. Li hai visti, a Siviglia, alla Casa de Contratación...»

Andrea pensò ai disperati, appesi all'unico sogno di *ir a valer mas*. Incuranti di ogni ostacolo a quella bramosia:

«Eroi, a loro modo».

«E anche puri» annuì con forza Rose. «Ma dominati dalla forza di distruzione.»

Bartolomé si fece vicino ai due amanti. Prese le loro mani, come in un rito sacro.

«La Società dei Giusti ha deciso di impedire il ritorno in Europa di Johannes e del suo libro. Non ti crucciare, sei stato una guida preziosa.»

Andrea aveva le lacrime agli occhi e disperava di frenare il pianto:

«E quindi entrambi mi avete sfruttato, ingannandomi...».

Rose gli afferrò la nuca, folta di capelli neri, e lo tirò a sé. Con amore. Andrea sentì il profumo del suo fiato caldo:

«I Giusti hanno scelto me, avvezza a combattere e soprattutto a resistere. Con l'idea tenace di trovare colui che mi aveva abbandonata. E hanno voluto che seguissi te, Andrea. Perché Tommaso e il tuo Segretario hanno saputo fornirti le tracce giuste. Hai scoperto il luogo della Città d'Oro, che tutti quanti ignoravano, e noi con te».

Un immenso grido ferì l'aria. Come se la foresta intera avesse alzato il capo contro un nemico. Sembrò che tutti gli uccelli di quella città avessero spiccato il volo insieme. Alcuni meravigliosi volatili dalle penne di colori accecanti varcarono il portone e volarono in circolo all'interno, come presi da follia o da terrore.

Rose lasciò Andrea e corse verso la grande porta del tempio. Il sole alto feriva gli occhi.

Tremava l'eco di uno strano tuono, remoto.

### *Le navi*

Erano sulla soglia, il volto alzato ad ascoltare l'aria. Non si udiva più alcun suono. Gli inconsapevoli abitanti si erano radunati davanti alle scale del tempio.

«Che succede?» chiese Andrea.

Rose gli strinse forte la mano. Era molto inquieta.

«Anche tu hai visto che era morto?»

«Chi?»

«Il Gigante. Non può essere sopravvissuto.»

«L'ho visto cadere nel fiume: perdeva sangue ed è andato subito a fondo.»

«Forse ho sottovalutato le sue risorse.»

«Ma perché dici questo?»

«Gli inglesi» mormorò Rose.

«E i miei fratelli spagnoli» aggiunse Bartolomé.

Un altro improvviso frullio d'ali percorse l'aria. Subito dopo udirono un altro tuono, stavolta vicino, che rimbombò più volte. Il cielo era perfettamente sereno.

Rose alzò il braccio destro, che ancora impugnava la balestra, e indicò l'orizzonte che biancheggiava, oltre il fiume. Si era alzata una piccola nuvola grigia, in lontananza.

«Le navi stanno arrivando. Ho fallito la mia missione.»

Andrea guardò sconfortato Bartolomé e Rose: non sapeva più chi fossero. Aveva solo domande senza risposta.

«Chi sono, inglesi e spagnoli? Perché sono qui, agli ultimi confini del mondo?»

«Sono stati loro a inviare il Gigante» disse Rose. «Ti ha seguito, con l'aiuto di una piccola donna nera. Credevo di aver fatto in tempo a fermarlo, prima che potesse indicare la strada alle navi.»

«Cosa vogliono?»

«Distruggere la città, per annichilire l'Idea che ne sta alla base. Ti sei portato dietro un vero corteo, Andrea.»

«Ma quante navi sono?»

«Bastano, per quello che devono fare. Andiamo via di qui.»

Ci fu un altro scoppio, che rimbombò molte volte: dall'ammiraglia inglese era partito un colpo di cannone diretto verso la grande cupola. Rose e Andrea si voltarono in tempo per vedere la tragedia: la costruzione immensa si rivelò assai più fragile di quello che sembrava. La palla di ferro produsse un enorme squarcio, che si propagò alle nervature come un lampo nella notte. Poi la precaria struttura emisferica, costruita a imitazione di quella di Filippo Brunelleschi, si afflosciò come un sacco vuoto, e la cupola crollò su se stessa con gran fragore.

La nube di detriti li avvolse. Gridarono i loro nomi, come anime nella notte. Bartolomé ricomparve per primo, bianco di polvere, simile a un fantasma. Si guardava intorno, piangendo come un fanciullo, le mani insanguinate rivolte in alto:

«No, questo no, mio Dio!».

Rose gli andò incontro:

«La sorte della città è segnata, verrà distrutta».

Bartolomé cadde in ginocchio. Si avvinghiò alle sue gambe:

«Fermali, per carità! Perché la morte di innocenti? Non è questo, che volevano i Giusti...».

Rose scuoteva il capo:

«Non chiedere a me un'impossibile salvezza. Questo è inevitabile. È la conseguenza dell'Idea folle. La colpa è mia e tua, di Tommaso, di Johannes, del Machiavelli, degli inglesi e degli spagnoli. Siamo tutti responsabili allo stesso modo».

«Io no... Io difendo solo la verità e l'innocenza di questa gente!»

Rose gli indicò il corpo di un fanciullo, sfracellato da un macigno piovuto dalla cupola.

«Ma questo è il risultato!»

La popolazione della Città d'Oro, vissuta solo nella mente del suo progettista e del suo custode, era ormai di dieci o quindici anime soltanto. Rimasero davanti ai resti della cupola. Forse cercavano l'uomo che era stato la loro guida, dopo che mercanti e operai avevano abbandonato quella fredda filosofia.

Ma il corpo di Johannes giaceva schiacciato sotto i resti della volta.

I colpi di cannone si moltiplicarono: le navi inglesi e spagnole vomitavano la morte sulla città.

Sir Malcom osservava l'opera dei cannoni, dalla tolda della nave. Le navi si erano schierate nel fiume in colonna. Una dopo l'altra, in una cortina ininterrotta. Dalle fiancate lanciavano il ferro e il fuoco su quella strana città di pietra grigia. Bastò un'ora perché non restassero altro che rovine informi, né scampò, almeno a quello che sembrava, anima viva. Quando finalmente tornò il silenzio, il secondo aveva le lacrime agli occhi. Il suo comandante lo guardò beffardo:

«Piangi per la distruzione di questa sciocchezza?».

«No, Sir. È la polvere. Mi chiedo se è solo per questo, che abbiamo traversato tutti i mari del mondo.»

«Lo sai meglio tu di me. Anzi, non ti sembra sia giunta l'ora di mettermi al corrente degli ultimi ordini reali?»

Il secondo prese dalla tasca l'incartamento, ancora chiuso in una busta, e lo porse al suo comandante. Sir Malcom ruppe i sigilli e lo lesse avidamente, sbiancando in viso. Poi guardò negli occhi il vecchio marinaio. Non c'era più odio, in lui, solo un grande stupore:

«È dunque questo, il significato della missione...».

«Potete dirlo anche a me, signore?»

Il comandante fece a pezzi i fogli e la busta, come recitavano le istruzioni segnate in calce all'ultima pagina. Ne disperse i frammenti al vento e seguì con lo sguardo le farfalle di carta bianca e azzurra, che si persero tra il fiume e le rovine fumanti dell'impossibile Firenze nella foresta.

«Non so se quello che ho letto possa avere più senso per me o per te. Non sono un uomo di lettere, ma un marinaio al pari tuo, felice di esserlo. Ma benché questi ordini estremi mi impongano il segreto, a te lo dirò. Questa città rappresentava il più grande pericolo per i regni e i principati che si reggono per grazia di Dio: era frutto di quella che chiamano Ragione.»

«E che cos'è?»

«Non so spiegartelo. Non lo so bene neanch'io e non mi importa. Ma l'ordine è chiaro: non resti più pietra su pietra né anima viva, in essa, perché la Ragione non possa infettare tutto il mondo. E che il libro custodito nel tempio della cupola sia distrutto o portato in patria.»

Il secondo allargò le braccia e sospirò. Come aveva detto Sir Malcom, lui era solo un povero marinaio, e quelle parole stupidaggini da ricchi.

«Cosa devo fare, signore?»

«Quando avremo finito manda due uomini a verificare che non sia rimasto vivo nessuno. Dì loro che per prima cosa cerchino nel luogo dove sorgeva quella grande cupola. Ma non credo che con l'inferno che abbiamo vomitato sulla città, sia sopravvissuto qualcosa, di vivo o di inanimato. Tanto meno un libro.»

## *Fuga e ritorno*

La Provvidenza o il Caso risparmiarono loro i micidiali proiettili delle navi e li protessero dai crolli. Fuggirono dalle vampe degli incendi oltre il limite della città.

Raggiunsero il confine della foresta. Si voltarono e ciò che videro ricordò loro le Scritture, quando narravano della sorte riservata da Dio a Sodoma e a Gomorra: in mezzo a una nube di polvere grigia e nera, squarciata dai fuochi, c'era solo un campo di rovine brucianti.

Nell'ansa del fiume, adesso libero dalle quinte dei palazzi, si snodava una teoria di navi da guerra. I cannoni sparavano ancora, piccoli lampi rossi sulle fiancate nere di fregate e caravelle. Il gran prato intorno alla Città d'Oro era il suolo dell'inferno. Detriti di pietra e di legno cadevano intorno a loro come lapilli di un vulcano.

La corsa li lasciò senza fiato. Bartolomé piangeva calde lacrime: «È dunque tutto perduto?».

Rose lo guardò come una madre severa.

«Sì, Bartolomé, il sogno è spento.»

«La città…»

«La città già non esisteva più quando le sue case erano ancora in piedi. Ma tu hai salvato il libro di Johannes, che inglesi e spagnoli volevano annientare: lo conserverai per la tua Società dei Giusti, se il destino ti risparmierà la vita. Rallegrati, dunque, tu che puoi farlo.»

Bartolomé si frugò nella veste, che era stata bianca e che adesso era quasi nera e in più punti lacera. Prese il piccolo quaderno, legato all'involto impermeabile di Andrea coi fogli del suo diario. Lo guardò con grande tristezza:

«Quel che hai detto è vero, Rose: l'Idea, giusta in sé, ha generato una gran pena e la morte di innocenti. E ancora ne causerebbe, una volta portata in Patria». Alzò gli occhi, umidi di pianto. «Ma una tragedia ben più grande sarà l'ecatombe di interi popoli, la distruzione di città vive e operose, il regno della violenza e della sopraffazione più brutale. Da Hispaniola, si propagherà come il peggiore dei morbi in tutto questo Mondo Nuovo. Le navi torneranno in Europa con la notizia di nuove rotte. Diranno dei fiumi che portano all'interno, delle piramidi nella foresta...»

«E non c'è modo di impedire tutto questo?» chiese Andrea.

Rose strinse forte la sua arma, che portava ancora agganciata alla veste.

«Dovremmo fare in modo che nessuno possa raccontarlo.»

«E com'è possibile?»

«Perché nessuno possa dire in patria dove è stato e ciò che ha visto, occorre che le navi inglesi e spagnole non facciano ritorno.»

Andrea la guardò incredulo.

«E chi può avere un tale potere di morte? Noi siamo soli.»

«Nessuno deve rivedere la sua casa, nemmeno le amazzoni. Questi luoghi devono restare la patria dei mostri e degli uomini senza testa.»

«Ancora morte!» gridò Bartolomé. «Non voglio che accada!»

«I purissimi ideali come il tuo» disse Rose «portano la distruzione come estremo frutto.»

Andrea prese Rose in disparte, mentre Bartolomé piangeva in silenzio.

«E come potremmo fermare le navi, noi da soli?»

La donna mostrò la balestra, con il dardo innestato.

«Se il Gigante è vivo, vorrà vendicarsi.»

Andrea scosse il capo.

«Porterà a fine la sua missione, senza pensare a te.»

«Ma io sono una donna, e l'ho offeso in modo troppo grave. Non può ignorarmi. È una delle sue debolezze, che ho ben studiato. Deve uccidermi.»

Andrea la guardò con amore e disperazione.

«E dunque?»

«Lo attenderò all'imbarco sulla sua fregata. E tu farai in modo che l'inimicizia tra le navi di diversa bandiera dia i suoi frutti.»

Mentre i due preparavano piani di guerra, Bartolomé non si dava pace per la morte e la distruzione scatenati su quel paradiso in terra. Ne sentiva la colpa più di Rose, a cui nessuno aveva dato potere di vita e di morte su Johannes e nemmeno sul Gigante. Era vero: lui stesso, il Giusto Bartolomé, era la causa prima del disastro. Pensò al libro, che lui e i suoi pari avevano stabilito di non rivelare al mondo. Con quale diritto? Si chiese. Quella decisione era causa di un'immensa rovina. Forse la relazione di Johannes spettava davvero a Tommaso, l'artefice dell'Idea. Doveva seguire il suo corso naturale. Il supremo giudice era Dio, la verità assoluta. Di quale orribili peccati si macchiava, con la pretesa di sostituirsi al suo creatore indirizzando il destino di uomini, cose e idee?

Bartolomé de Las Casas prese la sua decisione nello stesso momento in cui si rialzava faticosamente da terra per raggiungere Rose e Andrea. Nulla era più rimediabile, ma forse poteva fare in modo che si compisse l'evidente volontà di Dio.

«Basta morte» disse loro. «Troveremo il modo per raggiungere Hispaniola. Lasceremo che sia la Provvidenza divina a decidere se la notizia di questa città e della sua distruzione debba o meno raggiungere l'Europa. Torniamo indietro.»

Rose lo guardò con un nuovo furore negli occhi:

«E allora vai, Bartolomé: torna alla tua *encomienda* e alle tue preghiere, se ci riesci. Scrivi libri per salvare questi popoli. Confida nella tua divina Provvidenza, per ottenere l'impossibile miracolo di tornare da solo fino a Hispaniola. Ma lasciaci al nostro destino».

Si lasciarono abbracciandosi come fratelli. Bartolomé riprese la strada già fatta, con il prezioso libro e il diario di Andrea. Piangeva per ciò che era avvenuto e per ciò che sarebbe stato. L'ultima immagine che Rose e Andrea ebbero di lui fu la sua veste, un tempo candida, ridotta a un punto grigio in mezzo al mare verde.

Le navi non sparavano più, ma la foresta rimbombava ancora, come un lontano temporale estivo. Rose indicò le navi, in fila sul fiume, da cui si alzava un fumo grigio.

«Devono attendere, prima di sparare altre bordate: i cannoni roventi rischiano di incendiarle, come legna secca accanto alla fiamma. E hanno le stive ancora piene di polvere nera.»

Andrea annuì. La sua istruzione alla casa segreta gli bastava per intuire l'idea di Rose.

Il vento aveva ripreso il suo dominio, fra le chiome degli immensi alberi. In quella ritrovata pace, immersi in una verde luce subacquea, Andrea e Rose presero la loro decisione. Tornarono sui propri passi, e quando entrarono di nuovo in città, non trovarono che distruzione.

Il primo bombardamento navale aveva cancellato le case, annichilito le strade. C'erano ovunque cadaveri anneriti. Gli incendi divampavano con forza. Si nascosero dalle guerriere, che colpivano con le spade e con le frecce qualsiasi corpo trovavano, vivo o morto.

Quando raggiunsero la strada che costeggiava il fiume, videro i ponti distrutti e le navi, incanalate nello stretto fiume. Udivano il gemere dei legni, il fruscio delle vele e il vibrare dei cordami, la concitazione degli ordini. Marinai nudi, lucidi di sudore come dannati dell'inferno, correvano sui ponti. Gridavano bestemmie in inglese, in spagnolo e in altri idiomi sconosciuti. Due flotte di nemici giurati, in precaria alleanza. Si preparavano a invertire la rotta per rovesciare un nuovo immane fuoco sulle rovine, prima di abbandonare il canale e riconquistare il mare aperto.

Ma la manovra era difficile. Il fiume era angusto e la misura bastava appena per due scafi accostati.

Al riparo dell'argine, Rose mise un dardo nella sua balestra, armò il meccanismo e consegnò l'arma ad Andrea:

«Fai in modo di nasconderti bene a bordo dell'ammiraglia inglese. Io salirò sulla nave spagnola di testa».

Andrea le strinse il braccio. Sentì nervi d'acciaio, più forti di quelli di un uomo.

«Cosa hai in mente? Non basterà certo una freccia, per fare ciò che vogliamo...»

«Non c'è tempo per spiegarti. Quando le navi saranno in posizione, sarà troppo tardi. Segui cosa avverrà sul ponte dell'ammiraglia spagnola. Al momento opportuno, fai quello che non vorresti mai fare, ma che il tuo Segretario ti suggerirebbe.»

Rose gli porse l'acciarino e la fiaccola che aveva nell'involto.

«Dobbiamo scatenare l'inferno. So che mi hai capito.»

Andrea annuì. «Sì, ho capito. Ma ti uccideranno subito, o peggio...»

Rose non aggiunse altro. Si liberò della veste e attese il momento propizio. Poi, come sospinta da una mano invisibile, salì sull'argine del fiume e si mostrò all'equipaggio, tutta nuda. Andrea ne ammirò le splendide forme sotto il sole. Non credeva che quell'implacabile guerriera fosse la stessa femmina che aveva incontrato a Siviglia. Un tempo che gli sembrava ormai inafferrabile.

Fu come se la nave spagnola avesse avuto un tremito. Dalle murate si affacciarono decine di volti e si levarono risa, urla, richiami. Sembrava un serraglio di fiere africane, portate in Europa dai marinai portoghesi.

Rose, benché la lama del sole le ferisse gli occhi, teneva lo sguardo sul ponte della nave, per cogliere l'attimo giusto. Finalmente, lo sventolio di un cappello nero annunciò un ufficiale. Una voce giovane e cortese le parlò in castigliano, zittendo il chiasso della ciurma.

«Chi siete voi, signora?»

«Un'europea abbandonata in questa distruzione. Posso chiedervi la grazia di raccogliermi? Sono nuda, vedete.»

Andrea teneva d'occhio quella scena, timoroso per la sorte di Rose. E intanto studiava come conquistare un favorevole nascondiglio a bordo dell'ammiraglia inglese, dietro quella spagnola. Vide una corda d'ormeggio e un punto cieco sotto la prua. Poi attese che gli sguardi di tutti i marinai fossero fermi sul bellissimo corpo nudo di donna, in piedi sull'argine.

Ordini secchi, gridati sulla nave spagnola, sgombrarono il ponte dai marinai.

Al loro posto, riccamente abbigliati, giunsero gli altri ufficiali. Sembravano preparati a un ricevimento elegante o a un'udienza reale. Il giovane capitano, col cappello nero stretto nel pugno, accennò a un lieve inchino:

«Salite, signora, vi daremo da rivestirvi. Il viaggio verso Hispaniola sarà lungo. Ma dovremo interrogarvi, per capire chi siete».

Cadde sull'argine una veste maschile, come un dono dal cielo. Rose la indossò subito. Poi gli ufficiali calarono una scala di corda, e la donna guerriera poté finalmente salire a bordo.

Sulla nave, sgombra dai marinai, l'odore di polvere nera aggrediva gli occhi e la gola. Rose sentiva bruciare le assi del ponte, sotto i piedi nudi. Le parve anche di avvertire il fremito dei cento marinai, bramosi di una femmina da chissà quanto. Ma non aveva paura. Porse la mano destra al capitano:

«Parlerò con voi sul ponte di poppa, se non vi dispiace. Vorrei ammirare la distruzione che avete compiuto».

Andrea non assisté a quella scena. Era in acqua, con una mano sull'impugnatura della balestra e l'altra stretta alla corda. Doveva issarsi sotto il pennone di prua della fregata inglese, comandata da Sir Malcom. Quando fu là, invisibile agli occhi dei marinai, fermò lo sguardo sul ponte spagnolo. Finalmente vide Rose, fra gli ufficiali, e sospirò di sollievo.

Lei, invece, non lo vedeva. Dal ponte posteriore della nave spagnola, guardava attenta la prua degli inglesi. Anche i marinai di San Giorgio erano pigiati alla murata, per osservare l'inatteso spettacolo.

Finché un uomo immenso, con metà del corpo fasciato, si fece largo e conquistò la prima fila. Gli sguardi di Rose e del Gigante si incrociarono per la seconda volta, in quella spaventosa giornata. Ma nessuno dei due ebbe il tempo di stupirsi.

## *Arrembaggio*

Brevi grida rompevano il silenzio simile al sonno di un vulcano. Tutti guardavano fissi il ponte degli spagnoli. Rose era una deità scesa dal cielo.

Sulla fregata inglese, il secondo urlava inutili ordini ai suoi uomini. Nessuno lo obbediva. Chi non guardava la donna, temeva il Gigante: ferito ma dritto come una torre, a prua, con lo sguardo fisso sulla donna misteriosa. Un titano guerriero dei tempi antichi.

Sir Malcom bestemmiava:

«Che fa, quel maledetto irlandese?».

«Credo che sia più stupito di noi, Sir.»

Il capitano mise mano alla sciabola. Forse quello era il momento buono per liberarsi del mostro, ma non osava.

«I dannati ordini reali sono stati rispettati. Che dobbiamo attendere, ancora? La stiva è ancora piena di munizioni, siamo pesanti come il piombo! Dobbiamo vomitare tutto il nostro fuoco e poi fuggire da questo inferno!»

Il secondo ebbe un fremito. Fermò la mano del suo comandante, che già sguainava la sciabola:

«Tenete alla vostra vita, Sir?».

«Che diavolo? Come tutti.»

«Ma la vostra famiglia vi ha abbandonato...»

Sir Malcom annuì.

«Tu, invece?»

«Io non ho nessuno. Sarei stato felice di vedervi scorticare vivo il Gigante, come desideravate. Ma c'è un'alternativa, come avete letto nell'ordine reale.»

Sir Malcom ripensò alla lettera, comprese e sorrise.

«E tu dici che ci tradirà?»

Il secondo gli indicò qualcosa che avveniva sul ponte:

«Io dico che quanto meno questa sarà l'apparenza. Guardate!».

Il Gigante era ancora in piedi, sulla prua della nave inglese, ma non più immobile. Gesticolava e urlava in una lingua sconosciuta: come se poche braccia più in là, sulla fregata dei re cattolici, ci fosse solo Rose. E solo lei era in grado di capire il furore profondo di quell'uomo. Un odio talmente grande da smuovere i mondi e cambiarne il corso. Lei sola poteva rinfocolare quella disperazione, oltre ogni limite sopportabile. Ma anche dargli ciò che cercava da sempre.

Gli avvenimenti si seguirono frenetici. Andrea non perdeva una mossa ed era in attesa del segno per agire.

Qualcuno, forse più terrorizzato degli altri, lanciò finalmente un ponte da arrembaggio dalla nave inglese. Vi salì il Gigante, che sembrava voler conquistare da solo l'intera flotta spagnola.

Sir Malcom ripensò alla clausola contenuta negli ordini segreti del suo re. Gli pareva un sogno:

«Il Gigante ha abbandonato la nave prima del tempo stabilito: passando agli spagnoli, così come appare, ha tradito. E in questo modo il nostro patto con lui è scaduto. È nostro. Sono di nuovo il padrone di questa nave e posso decidere ciò che è bene per l'Inghilterra e per il mio re».

Il secondo fece un cenno di assenso con il capo:

«Faremo quel che è necessario. Davvero non avete paura di morire, Sir?».

«Non sarei al comando di una nave di Sua Maestà.»

«Io invece ho paura. Ma il fiume è stretto. Passeremo a fianco della nave spagnola solo se riprenderà a muoversi e raggiungerà il primo slargo. Allora potremo colpire.»

Il giovane capitano spagnolo vide con orrore il Gigante che avanzava verso la sua nave. Tecnicamente, era un arrembaggio in piena regola:

«Cosa fanno gli inglesi? Vogliono attaccarci?».

Il secondo ufficiale, azzimato come un damerino, rispose al suo comandante con voce strozzata:

«Questo non era affatto nei patti segreti».

«Ma quel Gigante degli inglesi è pazzo: sappiamo cosa ha fatto.»

«Perché non lo fermano, i dannati isolani?»

Il capitano spagnolo guardò con desiderio Rose: poi puntò gli occhi sul Gigante, che attraversava il ponte di arrembaggio. Gli uomini erano tutti sotto coperta, per suo ordine. Per difendersi non aveva che la sciabola e quelle degli altri ufficiali.

«Non mi piace questa cosa.»

Rose era impavida, avvolta nelle pesanti vesti spagnole. Il Gigante fu finalmente a bordo e andò a passi veloci verso di lei. Gli ufficiali spagnoli gli puntarono contro le armi:

«Cosa vuoi fare, inglese? Fermo!».

Ma l'assassino aveva perso il lume. Fissava gli occhi neri di Rose e non sentiva più il tremolio del ponte, sotto al quale fremevano i marinai reclusi, né il vociare degli ordini. Ormai era a un passo da lei. Gli ufficiali lo afferrarono, ma li scagliò lontano come fossero dei bambini.

Ogni uomo tremava di emozione e di paura. Sull'altra nave, i marinai inglesi stringevano le cime e gli artiglieri impugnavano sudati le armi.

Era il momento in cui un soffio di vento poteva provocare una tempesta.

*Scelta di morte*

Andrea puntò l'arma alla poppa della nave spagnola. Era sconvolto da quanto vedeva. Poteva tirare un solo dardo e doveva farlo con certezza di colpire. Vide Rose, immobile. Ucciderla era facile e la sua morte avrebbe provocato con buona probabilità l'effetto che cercava. Ma la mano non lo obbediva, preda dell'amore e della passione. Che avrebbe detto, il suo Segretario? Si stava perdendo per la libidine. Lo avrebbe rinnegato. Ma avrebbe anche potuto mancare il bersaglio, tirando con mano tremante.

Coperto da Rose e tenuto a stento da almeno cinque ufficiali spagnoli, c'era il Gigante. Infuriato come uno scimmione dell'Africa. Lo avrebbe ucciso con tutto il cuore, ma sarebbe stato assai difficile, in quelle condizioni. Quasi certamente l'avrebbe solo ferito. Poteva bastare? Forse sì, ma che avrebbe pensato il Machiavelli di quella scelta? Che il suo giovane Andrea agiva ancora in nome della passione. Solo che stavolta non era l'amore ma l'odio, a guidare la sua mano.

Accanto a Rose c'era l'elegante capitano della nave spagnola. Guardava assai preoccupato i suoi ufficiali, che cercavano di trattenere il Gigante. Era immobile, un facile bersaglio. Andrea non provava per lui odio né amore. L'effetto, se lo avesse colpito, sarebbe stato massimo: tutto si sarebbe compiuto senza dubbio in pochi attimi. Il suo Segretario avrebbe approvato? Certo, con entusiasmo. Ma allora perché esitava, e la sua mano era fradicia di sudore, sul meccanismo della balestra? Perché il capitano spagnolo era innocente! E cosa avrebbe pensato il Segretario, di quella sua dolorosa esitazione? Andrea lo vedeva scuotere il capo, deluso, mentre il nero Violante sputava in terra per disprezzo.

Capì finalmente fino in fondo quel che era successo alla casa segreta, a Firenze, quando gli avevano ordinato di uccidere il birro: non era stata una semplice prova, ma un atto di grande fiducia, un monito per il suo futuro e un grave avvertimento.

Li puntò di nuovo con la balestra, uno per uno: la donna, il Gigante, il Capitano. Cosa gli aveva detto Rose? «Fai quello che non vorresti fare.» Poi pensò a tutti i marinai che avrebbero comunque trovato la morte. E fece la sua scelta.

Il capitano spagnolo strabuzzò gli occhi. Sentì un dolore alla gola e non riuscì più a respirare. Il cuore gli batteva velocissimo. Afferrò l'asta di legno che gli era spuntata sotto il mento. Cercò di tirarla via, ma le forze evaporarono in un attimo. L'ultima immagine fu quella dei suoi marinai, finalmente liberati, che accorrevano sul ponte. Poi tutto diventò nero e silenzioso.

Un urlo terribile si levò dai marinai spagnoli. Cento braccia si alzarono minacciose verso la nave inglese e gli armati corsero sulle tavole di legno, incontro ai nemici.

La battaglia divampò in brevissimo tempo. Sir Malcom fu preso alla sprovvista. Cercò di forzare la nave nell'esiguo varco tra gli spagnoli e il molo del fiume. La battaglia fu come fuoco nella paglia: Sir Malcom dette l'ordine di preparare tutti i cannoni e di sparare una salva contro la fiancata spagnola, appena possibile. Le due navi sfregavano i loro legni l'uno contro l'altro, nel tentativo di superarsi. Andrea aveva poco tempo. Doveva trovare subito il deposito delle polveri, finché durava il momento.

Rose aveva colto l'attimo. Si tolse le vesti e si gettò in acqua, di nuovo nuda come una dea. Sperò con tutto il cuore che anche Andrea facesse altrettanto.

Riuscirono a scorgersi, sotto la superficie del fiume, e nuotarono uno verso l'altra, rimanendo sul fondo. Andrea prese la mano di Rose e raggiunse la galleria sul fianco dell'argine, dove si era nascosto Bartolomé. La percorsero fino al punto più recondito. Poi attesero la fine, abbracciati stretti.

Un'immensa esplosione squarciò l'aria.

Il globo di fuoco, doppio del sole, annientò le navi. Sorse nel cielo della città e un vento impetuoso e rovente spazzò le rovine, fino a lambire la foresta.

L'eruzione di un vulcano.

Il tuono echeggiò a lungo e una densa nube nera aleggiò nel cielo terso.

*Ritorno*

Andrea e Rose fuggirono di nuovo nella foresta. Attraversarono un deserto di pietre nere e di carne bruciata. In poco tempo, tutto sarebbe tornato alla foresta.

«E adesso, cosa faremo?»

Erano coperti di graffi e ustioni, ma un'irresistibile forza li teneva avvinghiati l'uno all'altra. L'acqua di una sorgente li rinfrescava e leniva il loro dolore. Rose gli accarezzava dolcemente i capelli.

«Aspetteremo, Andrea. Io non ho cuore di fare altro.»

Lei non soffriva per il fuoco, ma per il gelo che aveva nel cuore. Era prossima al momento a cui non avrebbe mai voluto giungere, sperando a ogni istante di morire prima.

«Vuoi aspettare la morte?» le chiese ancora Andrea, gli occhi chiusi. «Possiamo invece cercare di sopravvivere e arrivare alla spiaggia...»

Rose si alzò in piedi, senza rispondere. Il giovane fiorentino parve addormentarsi. Ma lei sapeva che era attento a ogni sua parola, e che in cuor suo aveva già capito. Sentì le lacrime scendere copiose lungo il viso ed entrarle in bocca. Amare come il veleno che cento volte avrebbe voluto bere, piuttosto che compiere fino in fondo la sua missione.

Non aveva più la balestra. Andrea l'aveva persa nell'inferno dell'esplosione che aveva annientato ogni altra vita, tranne le loro. Guardò i tronchi degli alberi caduti, le strane piante simili a grosse funi, la polla d'acqua sorgiva. C'erano molti altri modi per ottenere lo scopo. Chiuse gli occhi anche lei e sospirò profondamente.

Guardava la foresta dinanzi a sé. Un sentiero quasi impercettibile portava a un approdo lontano, in riva al mare Oceano. Bartolomé era su quella via. E lei aveva un appuntamento a cui doveva giungere da sola. Era necessario spegnere le vite di tutti coloro che avevano visto la Città d'Oro. Aprì gli occhi, rossi di pianto. Non aveva il coraggio di voltarsi verso Andrea, ma finalmente rispose:

«Nessuno deve raccontare ciò che ha visto e udito. Nemmeno Bartolomé».

Andrea spalancò gli occhi, stupito:

«Perché anche lui?».

«Per nessuna vita è contemplata speranza di salvezza.»

«Ma lui è la guida della società di Giusti, che vuole la salute del mondo. Deve vivere per lottare, per scrivere e predicare la verità. Spero con tutto il cuore che si salvi. I Taino, o i Caribi, lo condurranno a Hispaniola. Io sono stato solo la sua guida inconsapevole. Una giovane e ingenua spia di Firenze.»

Rose non disse nulla. Aveva lo sguardo rivolto a terra, con infinita tristezza. Le lacrime scorrevano di nuovo sul suo volto, irrefrenabili. La scuotevano i singhiozzi. Qualcosa di terribile le premeva nel petto. Un segreto e una colpa.

Doveva dirgli l'ultima verità. Non ne trovava il cuore.

Poi parlò con infinito sconforto, strappandosi l'anima:

«Hai detto che sei ingenuo. Io, invece...». Ancora singhiozzi. Gli occhi pieni di lacrime su di lui. «Ho tradito anche Bartolomé, come ho fatto con tutti. I suoi Giusti vorrebbero mantenere il segreto sul Mondo Nuovo. Ma inglesi e spagnoli lo vogliono per sé. E hanno anche paura della Città d'Oro di Tommaso e Johannes: il suo segreto potrebbe incendiare l'Europa. Mentre invece Bartolomé vuole consegnarlo al futuro. Lui ha visto, ha letto. Lui sa. Non vi rinuncerebbe...»

Andrea lo aveva già capito. Fin da quando aveva visto la sua Rose, amata come l'ultima donna al mondo, trasformarsi in un'implacabile dea vendicatrice.

«Tu sarai fedele fino in fondo alla tua consegna, Rose, non è così? Perché avrai una ricompensa a cui non potresti mai rinunciare. Nemmeno in nome della vita nuova che abbiamo iniziato insieme. Quando gli hai parlato di vostro figlio, ho capito quanto tu e Johannes eravate legati...»

Rose non riusciva a frenare il pianto. Ma a quelle parole si voltò di scatto verso Andrea, bella e terribile. Lo guardò con occhi di fuoco:

«No, mai! Johannes non era più niente, per me, da un tempo ormai remoto! Io l'ho ucciso, non ricordi?».

«Ma certo non puoi cacciare tuo figlio dal cuore. È lui la ricompensa che ti hanno promesso. Gli inglesi, i tuoi veri padroni.»

Rose si disperava, scossa come un giovane albero in una tempesta.

«Io non voglio perderti!»

«Ti daranno tuo figlio se porterai veramente a termine la missione. E la fine riguarda me. Dimmi, Rose, perché la mia sorte dovrebbe essere diversa da tutte le anime che hanno già raggiunto il loro creatore? Non ho più alcuna missione da compiere per il mio Segretario. Firenze è la trascurabile briciola di un mondo in disfacimento. La mia povera vita non ha più alcuna importanza e tu la prenderai.»

Andrea ripercorse in un attimo il suo lungo viaggio. Solo adesso comprendeva appieno il proprio ruolo in quel terribile disegno.

Ma in quel momento solenne, cullato dal mormorio della sorgente, provava solo una strana pace. Era accecato dall'amore per Rose. Ne era stato schiavo fin dal primo momento in cui l'aveva incontrata. Le strinse forte le mani e non pensò a ribellarsi, a difendersi dal destino. Né tanto meno a contrastare Rose. Il suo unico desiderio era restare ancora da solo con lei. Come sette giorni prima. Felice di non avere passato né futuro.

«Quando mi ucciderai, Rose?»

«Non chiedermelo. Non lo so.»

«Che farai, quando sarò morto?»

«Raggiungerò il castello a cui siamo approdati. Aspetterò Bartolomé e ucciderò anche lui. A quel punto mio figlio sarà salvo. Quel pensiero mi aprirà il cuore. Aspetterò che la foresta mi inghiotta.»

Andrea la guardò con timore e passione. Il tuffo nell'acqua, la salvezza nuotando sotto la superficie, la corsa terribile, avevano lavato il suo corpo nudo da ogni segno, da ogni sia pure amorevole pittura. Adesso era pura e bellissima, quasi splendente. Forse, pensò, era quella l'immagine della morte gloriosa.

«Puoi darmi ancora un po' di amore, Rose? Vorrei vivere insieme questi ultimi giorni, in unione assoluta.»

Rose si inginocchiò davanti a lui e gli prese il viso fra le mani. Annuì, con gli occhi gonfi di pianto:

«Lascerò che la natura ci riassorba insieme nel suo grembo. Hai visto cosa fanno queste piante, alla pietra? Pensa ai nostri corpi. Sono certa che sarà un ritorno dolce, al Padre o al Nulla. E ti prometto un amore perfetto, per il tempo che ci sarà concesso».

«Una volta mi hai proposto di liberarci insieme delle nostre vite. Ora questo si avvera.»

«E così faremo, amore mio.»

Anche Andrea era di nuovo nudo, nulla lo legava più al passato. Guardò Rose: se l'oblio aveva il suo volto e le sue forme, lo accettava con rassegnazione. Anzi, con gioia. Non aveva mai provato tanta pace in tutta la sua vita. Né a Firenze, con la sua famiglia, né al servizio del suo Segretario. Né certo in guerra contro i pisani, nelle fredde e fangose acque d'Arno. In quella foresta oltre i confini del mondo non c'erano stagioni, né freddo né caldo. Come aveva detto Rose, la natura sembrava disposta a riprendersi i loro corpi in pace, senza strazio.

Si presero dunque per mano e si avviarono insieme per l'unica via che conoscevano. Era quella imparata da Andrea sulle carte di Siviglia. Ma la loro marcia non aveva il senso del ritorno. Non avevano più una casa né un cuore riposto lontano, fra mura antiche al di là dei mari. Avrebbero raggiunto l'inizio e la fine di ogni cosa.

«Sai, Rose? Ho capito solo adesso la profezia della maga. Qui ritrovo veramente me stesso il significato primo e unico della mia esistenza.»

«Qual è, Andrea?»

«È l'amore.»

*Il cammino dell'inferno*

Anche il Gigante aveva cento risorse.

Era scampato alla morte sulla nave, protetto dai corpi di coloro che lo trattenevano. Aveva attraversato le rovine di quell'assurda città di pietra, mentre la spazzava un vento di fuoco. Si era riparato fra le macerie e scavando una buca per terra, con le mani. Aveva traversato l'acqua, preferendola alla foresta e seguendo le stelle. Aveva ucciso animali e uomini, rubato barche; era sopravvissuto a fame, a sete e a tempeste.

Aveva evitato la morte a ogni passo. Lo aveva fatto per salvare la sua donna, in mano agli inglesi. Lo animava l'odio più profondo, che cullava come un tenero amore ed evocava con forza, ogni volta che sembrava affievolirsi. Aveva mangiato per resistere e resisteva per soffrire. Perché il dolore che lo dilaniava trovasse sempre nuovo alimento.

Ma non era nemmeno l'odio la vera forza che lo sorreggeva.

Era arrivato fin lì, oltre ogni possibile resistenza umana, per una promessa.

La piccola donna dalla pelle scura gli aveva fatto una promessa di pace: qualcuno, alla fine, avrebbe colmato il suo immenso vuoto. E lui aveva concepito, tenue ma luminosa, l'immagine di una santa che lo attendeva, alla fine del cammino. Che lo avrebbe sanato con il suo tocco, o magari solo con lo sguardo. Che avrebbe colmato il suo terribile vuoto, il vero e unico strazio del suo cuore.

Ma nella Città d'Oro aveva trovato solo desolazione. E una puttana inglese aveva ucciso quella piccola donna. Adesso voleva raggiungere un'altra città, lontana migliaia di miglia: quella su cui i pazzi europei avevano modellato la follia di pietra ormai annichilita, nel centro del Mondo Nuovo. Avrebbe trovato la puttana inglese, il prete e il fiorentino bastardo. Avrebbe concluso la sua missione, recuperando il libro. Aveva visto Bartolomé che lo portava via.

Avrebbe ottenuto il suo premio. Alla fine, avrebbe incontrato la santa del sogno. Gli bastava, per restare vivo. Perché il Gigante, uomo terribile e crudelissimo, aveva il cuore di un bambino disperato e come tale correva incontro a un qualunque destino. Purché fosse l'illusione di uno scopo.

## *Al confine dell'Eden*

Andrea e Rose marciarono nella foresta per vari giorni, sulla via tracciata nel loro viaggio precedente. Ma il sole non bruciava loro la pelle, né le fiere li aggredivano. Cibo e acqua fresca non mancavano mai. Se la natura selvaggia voleva riprenderli, pensò Andrea, ora giocava con loro ad Adamo ed Eva: era uno scherzo del destino che certo non gli dispiaceva.

Non avevano speranza di salvezza, né volevano averne. Decisero quindi di annullare le loro vite precedenti e in tal modo accettare compiutamente il destino.

Per prima cosa, dimenticarono il conto dei giorni e delle notti, che pure avevano tenuto fino a quel momento. Si liberarono con ogni mezzo dalla dimensione del tempo. L'amore di Andrea e Rose era l'annullamento delle volontà e dei desideri personali, la comunanza totale delle loro anime. Un fiume di emozioni, un limbo felice e ignaro di colpe.

Ma bruciavano anche in un amore carnale che nessuno dei due, né la guerriera Rose né l'ingenuo Andrea, aveva mai provato. Ogni volta erano solo due corpi coperti di pioggia, di sudore o di linfa degli alberi. Non ebbero più alcuna nozione di peccato o di merito, né per Andrea ebbe più un senso l'idea stessa di un dio. Rose lo accoglieva fra le sue braccia e le sue gambe e lui viveva solo per quegli atti. Assecondava la forza invincibile che gli annullava ogni pensiero e ogni volta lo faceva morire e rinascere dentro il corpo di Rose.

Non ebbero dunque altro scopo, nei primi giorni di marcia, che il loro amore. Fu quello la loro forza, ogni giorno e notte, più che nelle dimenticate vite precedenti.

Per Rose, il candido ragazzo fiorentino fu carne più viva e pulsante di quella dei guerrieri che aveva conosciuto nei giorni lontani del suo vagare da sola per l'Europa. Quelli la scuotevano come un albero nella tempesta. Ma Andrea era la fuga dal senno e dalla consapevolezza. Il suo amore era un fremito inarrestabile che ogni volta risaliva come un fiume in piena dalle cosce e le esplodeva nel petto. Lo teneva stretto per i capelli fradici e per la schiena liscia, ne anticipava e assecondava ogni movimento. Finendo e ricominciando più volte, finché entrambi non cadevano in un sonno senza sogni.

Fu così che distrussero il tempo, il loro primo nemico.

Il sole sorgeva e tramontava ogni giorno, nella foresta tropicale che percorrevano insieme, allo stesso modo in cui moriva e resuscitava fra i ghiacci del settentrione o nelle calde città spagnole e italiane. Ma quando l'astro era allo zenit, Rose e Andrea lo fuggivano: si nascondevano sotto le immense foglie, grandi come tetti.

Si coprivano il corpo di erba e di terra e si stringevano forte le mani. Nell'abbraccio cercavano quello del buio, chiamando a gran voce la notte. Quando si addormentavano, lo facevano pensando dolcemente alla possibilità di non avere risveglio.

Come secondo atto del loro viaggio verso il nulla, Rose e Andrea uccisero ritualmente la paura.

Per dimenticare il compito finale di Rose e vincere la morte, si addentrarono nei recessi più profondi della foresta. Incontrarono animali selvaggi che sembravano emersi dalle carte fantastiche, frutto dei deliri dei naviganti più audaci o sfortunati. Videro occhi spietati e senza vita, denti come sciabole e artigli grandi e terribili come armi da guerra. Furono scossi da ruggiti capaci di far cadere le anime più forti.

Eppure, per miracolo o per destino o per il dolce Caso, furono risparmiati dalle fiere, dai serpenti striscianti e dai volatili rapaci. Di quelle creature ammirarono anzi i molteplici e nuovi colori, attribuendo loro il ruolo di demoni benigni ai quali chiedevano assistenza nel viaggio verso l'amabile Nulla. Non li rivestirono mai di false immagini, come i marinai con i mostri immaginari, partoriti dal terrore della morte.

«Cosa può farci del male?» chiese una volta Andrea a Rose, mentre emergevano dal profondo verde al sole sfavillante delle piramidi, come in un rito di purificazione.

«Solo ciò che potrà accadere» rispose tranquilla Rose.

«Ma il nostro destino è la fine fisica, che sarà la nostra benedizione. Non è dunque il futuro, il nostro nemico, bensì il passato.»

Quel giorno raggiunsero la cascata che avevano già incontrato nel loro viaggio verso la Città d'Oro, insieme agli altri compagni ormai dimenticati. Risero insieme, quando Andrea, nutrito delle erbe e dei funghi che Rose coglieva dalle viscere della foresta, si disse convinto che l'avrebbero potuta risalire in volo. Si sarebbero tenuti per mano, come gli angeli. Si stordirono sotto la potente caduta dell'acqua, fino a consumarsi la pelle.

«Io non possiedo né vedo altro che il presente» gli urlava Rose, nel crosciare assordante. «Tu pensi ancora che ci sia qualcos'altro, oltre a questa foresta?»

«No. Credo solo in te.»

«E credi che esistano, o siano mai esistite, Firenze o Siviglia?»

Andrea ormai vagava tra sogno e oblio totale, e solo una forza primordiale, incomprensibile e oscura, gli permise di risalire le rocce. Raggiunse, avvinghiato al corpo di Rose, l'alveo superiore del fiume, verso la strada già aperta all'andata. Il nome delle due città, pronunciate dalla dolce bocca di lei, gli sembrarono suoni senza significato:

«Forse quei luoghi esisteranno per altre anime, che non sono le nostre».

Rose ammirava il corpo ignaro di Andrea, nudo e felice, in cui aveva fatto in modo di addormentare quella che alcuni chiamavano Ragione. Pensò alla morte fisica, e fu uno squarcio doloroso.

«Non dobbiamo piangere noi stessi, ma i nostri amici e i nostri cari. Sono loro che stiamo uccidendo, perché vogliamo dimenticarli.»

Andrea la guardò e rise, porgendo la mano per chiederle dell'altro cibo miracoloso:

«Piangiamoli, dunque. Nominiamoli uno a uno».

Così fecero: e per lungo tempo cancellarono ogni altro ricordo.

Il loro vagare in amoroso delirio durò per un numero di giorni e di notti uguali a un attimo di abbandono o all'intera eternità. Avevano la completa solitudine, che pareva loro l'unica condizione degna di essere vissuta. Ridevano della loro follia, quando calava l'effetto delle erbe di Rose. Si stupivano ogni volta di essere ancora vivi, al risveglio. Ma poi scendevano di nuovo insieme nei sentieri dell'oblio. Furono presi da una gioia incontenibile. Erano finalmente convinti di essere l'ultima donna e l'ultimo uomo del mondo. Risero come bambini toccando i rami, i tronchi, le foglie e gli animali che riuscirono a catturare. Davano a ognuno nuovi nomi di loro invenzione, sostituendosi a Dio creatore e plasmando di nuovo l'universo.

Al termine di un giorno che non sapevano più quale fosse, tanto remoto sembrava quello in cui la distruzione della Città d'Oro aveva cancellato il loro mondo e ogni possibilità di ritorno, Rose indicò in lontananza una sottile colonna grigia che si alzava nel cielo:

«Guarda: forse non siamo soli».

Andrea osservò il lontano filo di fumo e si chiese chi o cosa potesse averlo provocato, ma soprattutto notò il colore più chiaro del cielo, sulla linea dell'orizzonte:

«Ho paura che questa sia la fine del nostro viaggio verso l'oblio, Rose. Dunque la natura non ci inghiottirà senza dolore, almeno nella foresta».

«Perché dici questo?»

«Perché quello laggiù è il mare Oceano.»

Camminarono altri due giorni e altre due notti, attratti dal filo di fumo e dal chiarore del cielo, sempre più vivo: ma la loro felicità sembrava dissolta e la follia in cui erano caduti, simile all'ebbrezza causata dal vino, cedette di nuovo il passo alla ragione. Infine, all'alba dell'ultimo giorno di viaggio, raggiunsero l'inizio del mare e la fine di tutto. Davanti a loro, alto sopra le acque calme, grigie come la pietra, sorgeva il castello colorato di rosso al quale erano approdati con la nave dei Caribi. E sul tetto della torre, sopra il tempio a colonne, ardeva un piccolo fuoco.

Rose e Andrea salirono sul tetto del castello, che appariva di colore rosa acceso, alla luce mattinale. Il fuoco sembrava mantenuto amorevolmente, con piccoli rami di essenze odorose e alcune pietre intorno a ripararlo, come un faro per le navi. Anche la cenere era stata spazzata di fresco. Dunque c'era qualcuno, nei pressi, forse uomini e donne di quel popolo estenuato, che ancora frequentava il tempio.

Andrea era in ginocchio e accarezzava la superficie tiepida della pietra, quando vide l'ombra di Rose dietro di sé. Si voltò, riparandosi dal sole con la mano, e ammirò ancora una volta il profilo del corpo bellissimo, contro il sole. Indovinò che aveva in mano qualcosa. Ma il tono della sua voce, doloroso e determinato, gli provocò un brivido di paura.

«È giunto il momento, Andrea. Questo fuoco ha attirato certamente i mercanti Taino e i Caribi. E noi due, come sai, non dobbiamo tornare.»

«E allora fai quello che devi fare.»

«Ti amo più di me stessa, più di ogni altra cosa. Ma farò quello che devo, Andrea, amore mio.»

«Se deve essere davvero così, agisci subito.»

«Lo devo. Perché dopo possa morire anch'io, insieme a te.»

Rose esitava. Guardò l'orizzonte e vide avvicinarsi una lunga e sottile nave invisibile, con molti rematori. Ma un passeggero, nonostante la distanza, era ben riconoscibile. E lei sapeva bene che non era un Taino o uno dei Caribi. Andrea era in ginocchio, aspettando la fine e raccomandando l'anima a Dio, con il volto fisso a terra:

«Ti ricordi, a Siviglia? Aspettavi la fine da me, nuda come sei adesso, scostando i lunghi capelli con la tua mano bianca e sottile, per facilitarmi il compito».

Rose piangeva.

«Ricordo ogni istante.»

«E dunque tu invece non esitare, con me. Dammi la pace che mi avevi promesso. Non ho più motivo di vivere, perché ho rinnegato la mia patria, i miei amici, la mia famiglia. Ho mancato alla mia missione. Non ho il diritto di tornare da nessuno.»

«Non hai rinnegato me, amore mio.»

La nave attraccò al molo diruto del castello. Ne scese un uomo con una veste bianca, seguito da un Taino in abito principesco. Per un attimo Rose pensò che quello fosse Pedro-Aiguebenà resuscitato, ma così non poteva essere e non era. Intuì però il ruolo di quel cacicco nel grande gioco. E ancora non si mosse, con la pietra stretta nel pugno e alta sopra la sua testa, contro il sole:

«Io non credo più in niente».

Ma poi decise di fare quello che riteneva giusto, mentre Bartolomé correva disperato lungo la spiaggia, per salire sul tetto del tempio: armato, almeno così pareva, di una lunga e stretta spada.

Rose sapeva che quella era la fine.

# 9
## FIRENZE, DICEMBRE 1508

*Cinque mesi dopo*

Un fulmine notturno, ambasciatore di sciagura, squarciò le nuvole nere sopra la malvagia città di Firenze.

Nessuno era per strada e le donne chiusero in fretta le imposte. Nemmeno la neve, che era caduta copiosa dai primi di dicembre, aveva convinto il morbo ad allentare la sua presa. Il vento gelido soffiava la fine polvere bianca sui cadaveri rattrappiti nei vicoli. Sulla lordura ghiacciata, gettata dalle finestre delle torri. La pioggia avrebbe sollevato il lezzo delle carogne e impestato di fango nero le strade, rendendo più letale la maledizione che colpiva da molti mesi la città e il contado.

Lontano dalle mura, alle pendici del monte Morello, un uomo nudo stava in piedi sulla sommità della torre di Baracca, frustata dalla tramontana. La luce del fulmine gli rivelò per un attimo il panorama lontano di Firenze: un mare di tetti rossi, dominato da un'immensa cupola. Visione trascendente e satanica a un tempo. Ma l'uomo non provò alcuna emozione per quello spettacolo, che nemmeno comprendeva. Non era fiorentino né toscano, o di altre parti d'Italia e d'Europa. E in cuor suo piangeva. Aveva compiuto la missione che gli era stata affidata, in quel luogo di pazzi sanguinari. Ma era stato tanto imbelle da cadere vittima, subito dopo, di un brutale agguato.

Era infatti legato al pennone della torre con robusti giri di corda e rabbrividiva per il freddo e per la paura. Gridava, ma l'eco si perdeva nella notte. I pochi che udivano, nelle povere case della campagna, facevano finta di nulla. Più per paura delle stregonerie, che dei ladri e assassini pronti ad aggredire chi si avventurava di notte in quel luogo nero e triste.

Non c'era alcuna speranza, per quello straniero. Sotto di sé vedeva le pietre aguzze, frammiste all'erba. Sapeva che non avrebbe mai più visto comparire, davanti alla prua di una nave, le foreste e i cieli chiarissimi della sua remota patria.

Sul tetto della torre spuntarono due uomini. Uno era colui che l'aveva rapito: un vero Gigante, di forza spaventosa. Aveva il braccio sinistro quasi impedito, per una terribile ferita ancora non sanata. Ma il destro era più micidiale di quelli di cinque uomini messi insieme. Con lui c'era un giovane un po' curvo, dall'aria diabolica. Cantilenava senza requie una litania oscena in fiorentino, con un riso insistente e sinistro. Trasportava uno strano macchinario fatto di legni, stoffa e cordame: in breve tempo lo appese alle spalle dello sventurato, legandoglielo così stretto da strappargli la pelle. Alla fine, tagliò le corde che stringevano i piedi del prigioniero e quelle legate intorno al tronco e alle mani.

Quando finalmente fu libero, l'uomo nudo fu scosso da un lungo brivido e fece per girarsi. Ma la mano di ferro del Gigante gli afferrò il collo e lo spinse verso il bordo del tetto, sul precipizio. L'infelice urlò e forse bestemmiò, nella sua strana lingua musicale. Ma il Gigante era implacabile e d'un colpo si ritrovò oltre il parapetto, avviluppato dall'aria fredda. Spalancò le braccia per il terrore. La strana macchina leggera, legata sul dorso, si aprì al soffio del vento. Dispiegò due grandi ali artificiali, fatte a imitazione degli uccelli. L'istinto gliele fece sbattere, mentre il Gigante lo guardava cadere, studiandone i movimenti. Per miracolo, l'uomo fu sospeso nell'aria e arrestò la sua caduta. Ma la torre di Baracca, scelta con cura dall'assassino, non era alta abbastanza. Subito dopo, il corpo nudo colpì duramente il suolo e le gambe si spezzarono sui sassi appuntiti. Dalla testa, aperta come un frutto, uscì la materia.

Il Gigante scese dalla torre e si accertò che il messaggero dei Taino fosse morto. Una fine tutto sommato inutile: non aveva infatti il libro per cui era giunto in quella città, dopo un viaggio terribile. Ma il volo era stato comunque prezioso, per sapere se il macchinario funzionava davvero. L'assassino tagliò le cinghie e le corde, raccolse le ali e si compiacque di trovarle senza guasti irreparabili. Le ripiegò accuratamente e se le mise in spalla. Il giovane curvo rideva e saltellava felice, porgendo con insistenza la mano per chiedere la ricompensa. Il Gigante frugò nella tasca di cuoio che aveva al collo e gli dette tanti fiorini d'oro da poterci comprare una casa. Appena li ebbe in tasca, quello sputò per terra e scappò come un animale, montando a pelo un cavallo.

Al Gigante restava poco tempo per terminare l'impresa che gli avevano affidato otto mesi prima, nelle fredde terre del nord. Era la parte più impegnativa. Aveva un piano per Tommaso, il giovane filosofo inglese tenuto come prigioniero in un appartamento segreto del Palazzo dei Priori. Era molto più difficile arrivare al libro, il suo principale obiettivo. Lo custodiva il fiorentino dagli occhi di topo, portandolo sempre con sé. E se lo aveva letto, anche lui doveva per forza morire. Colpirlo direttamente non era possibile. Ne aveva studiato le abitudini, sapeva di un inconfessabile vizio e di droghe proibite. Ma Niccolò Machiavelli, Primo Segretario della Repubblica di Firenze, era guardato in ogni momento da troppi birri. E anche fosse riuscito a mettergli le mani addosso, non sarebbe vissuto un minuto di più. Forse non avrebbe nemmeno potuto distruggere il libro.

Doveva portare la partita in un terreno a lui più congeniale. Unire i due scopi in un solo piano. Non era facile, ma il Gigante aveva delle armi segrete. Le avrebbe usate quella notte stessa, in vari punti della città, per il suo fine di morte.

*Trappola*

Il Gigante alzò il volto verso il cielo nero di pioggia incombente e pensò che avrebbe dovuto far presto.

Si inginocchiò sulla neve ghiacciata, nera di terra e di sterco. La sua mente era perduta. Ma avrebbe trovato la santa del sogno. Lei l'avrebbe sanato, riempiendo l'abisso del suo cuore: così aveva detto la piccola amante. Il gelo si sarebbe dissolto. In lui piangeva un bambino impaurito, senza conforto. E ragionava solo lo scaltro assassino, che preparava le sue mosse.

Era riparato dal muro di pietra forte, sede dei birri fiorentini. Si tolse il cappuccio e cercò l'acciarino in una tasca della giubba. Una sola scintilla avrebbe innescato la miccia.

Attese poco, dietro l'angolo della gran fabbrica. La parete settentrionale del Bargello fu investita in pieno dallo scoppio dell'ordigno. Era una mina di piccola potenza: incapace di far crollare un muro, ma in grado di creare un grande scompiglio. Cose mai viste né sentite in quella città, fuori dai campi di battaglia. Il fumo riempì l'aria. Il Gigante udì i colpi di tosse, i lamenti e le bestemmie dei birri, increduli per quella che credevano un'offesa nemica, nel luogo più forte e presidiato di Firenze. Attese il tempo necessario, finché uno degli armati lo intravide, fra le volute di fumo illuminate dalle fiaccole:

«Fermo!».

Iniziò a correre. Nel silenzio della notte gelida, risuonavano netti e sonori i suoi passi sulle pietre. Dietro di lui quelli affannati della guardia, rallentata dalla corazza e dalle armi. Passò il Duomo e poi la Santissima Annunziata, in direzione opposta al Palazzo dei Signori, fino al limitare dell'abitato. Fu sicuro di aver perso il suo inseguitore.

Cercò la seconda mina, alla base delle mura di cinta. Si fermò per riprendere fiato, ma attese troppo. Mentre era chinato a preparare la breve miccia, un altro birro si parò davanti a lui. Gli puntava alla testa un archibugio, con braccia tremanti:

«Fermo, in nome della Signoria!».

Il Gigante reagì con prontezza, amaro dono di una vita di prove. Pur dolorante e con un braccio impedito, si gettò come una fiera addosso al birro, a testa bassa. Lo colpì al ventre con la violenza della sua gran mole. Partì il colpo dell'archibugio, ma andò a vuoto e risuonò nella via deserta, udibile a grande distanza. Prese allora lo sbirro per i piedi, tramortito. Lo spogliò dell'armatura e degli abiti e lo mise seduto, tutto nudo, sul vaso di ferro che aveva preparato. Innescò con l'acciarino la breve miccia. Poi si allontanò in fretta.

Aveva fatto forse cento passi che udì l'esplosione, più violenta dell'altra. Subito l'aria si riempì di calcina mista a sangue. Un fumo acre coprì vicoli e strade, per molte braccia intorno.

Le grida delle guardie e le urla del popolo ruppero il silenzio della notte. Il Gigante indossò l'armatura della guardia, benché gli andasse assai stretta. Tornò tranquillamente, senza correre, verso il palazzo sede della Signoria. Tutti i birri che incontrava andavano in direzione opposta alla sua. Qualcuno gli gridò di darsi da fare a cercare i nemici: ognuno indicava la porta San Gallo o quella a Pinti, sempre a settentrione.

Il Palazzo Vecchio brulicava di fiorentini impazziti. I birri entravano e uscivano, come vespe scacciate dal fuoco. Gli fu facile passare il portone e salire al piano nobile. Incontrò un giovane paggio che piangeva, con occhi di fanciulla. Uomini e donne col cuore gonfio di paura. In una vasta sala, dame eleganti erano affacciate alle grandi finestre, insieme agli armati. Ammiravano impaurite i sinistri bagliori e il fumo che ancora avvolgeva il centro della città. Cento e cento torce coloravano di rosso e di giallo le nubi di polvere. L'effetto faceva pensare a una città infernale. Quale, pensò il Gigante, Firenze in effetti era.

Girò tutte le stanze: aveva studiato la pianta del palazzo e sapeva che lo studio privato del Primo Segretario era in un luogo pressoché inaccessibile. Si immaginò che fosse ancora ben guardato, nonostante la gran confusione. Ma il Palazzo dei Priori non mancava di anfratti, cortili e stanze segrete. Perfino grandi caminetti, che potevano facilmente celare un uomo.

A mezzanotte era già al sicuro da ogni sguardo curioso, dietro uno dei merli del ballatoio più alto. Pronto a far scattare la trappola che aveva accuratamente preparato.

## *Fuochi*

Machiavelli e Violante sfidavano il vento ghiacciato sul tetto di un padiglione, poco lontano, scortati da quattro birri scelti. Guardavano Firenze, dall'alto. Ne amavano l'aria luciferina. La città sembrava tutta un incendio, nonostante la pioggia che cadeva leggera ma già insistente.

Sotto i loro piedi, cento e cento fiorentini agonizzavano per il morbo, ammassati in grandi stanze buie e puzzolenti. Li assistevano poche monache e qualche medico esausto. In una di quelle stanze era nascosto il loro segreto più prezioso.

Quel che era accaduto li aveva presi alla sprovvista. Nessuno aveva davvero visto gli artefici dei disastri. Le notizie erano confuse e contraddittorie. Il Segretario era furente, bestemmiava e gridava maledizioni a tutti, anche a se stesso. Si diceva ingenuo e imbelle, adatto a zappar la terra o a studiare Cicerone, più che a occuparsi di politica. Violante conosceva bene quegli scatti d'ira e non osava contraddirlo. Ma non era affatto stupido, e una sua osservazione colse nel segno:

«È stato il Gigante, vero? Non c'entrano i guastatori pisani e le loro mine...».

Il Machiavelli stringeva con forza nel pugno il fazzoletto nero, intriso del suo sudore, anticipatore di prossimi tormenti. I suoi occhi sembravano emanare una luce d'inferno:

«È certamente lui! Sta preparando qualcosa».

«Vuole il sangue di qualcun altro? Del nostro ospite, forse?»

Il Segretario pensò a Tommaso, il giovane inglese alto e magro, vestito di nero. Era come prigioniero in un appartamento del palazzo e aspettava ansioso il suo libro.

«Forse vuole lui, forse me. Forse sospetta l'esistenza del nostro prezioso segreto, custodito qui sotto. Certo deve ancora concludere la missione che gli è stata affidata. Tutto corre a un unico fine, qui a Firenze e stanotte. Sarà il sabba delle streghe.»

Il Machiavelli si voltò verso la nera torre d'Arnolfo, oltre il colmo del tetto.

«Non è ancora tornato, il cavaliere mandato a Livorno?»

«Ancora no. Ma entro l'alba avrete le liste dei passeggeri, e le relazioni delle spie. Ve lo prometto.»

«E allora andiamo.»

Il Segretario si resse forte alle corde e ai legni del passaggio aereo, che univa quel luogo di sofferenza al ballatoio superiore del Palazzo dei Priori. Violante teneva il suo padrone per il braccio, nei punti più incerti del cammino. Guardavano le sagome incombenti della gran cupola e delle cento torri, contro il chiarore lunare:

«A chi obbedisce il Gigante, Segretario?».

«Non lo so. Forse al Vespucci, che è un maledetto agente dei Medici, e che certo ha scoperto la missione del povero Andrea. O magari al re d'Inghilterra. O ai re di Spagna, o a tutti e tre! *Quién sabe*?»

«Che avete detto?»

«*Chi lo sa*, in castigliano.»

Raggiunsero finalmente il palazzo, superando il ponte di legno più alto e incerto.

«Avete altri ordini, Segretario?»

«Mandami quello speziale di Bisanzio.»

Violante, che di quel vizio non voleva saper nulla, si limitò a un rapido cenno degli occhi.

Appena misero i piedi sul ballatoio del Palazzo dei Priori, altre guardie accompagnarono il Machiavelli al suo studio. La scena fu osservata attentamente dal Gigante, ben nascosto nel palazzo e ancora vestito da birro.

Ser Niccolò era ignaro del pericolo mortale che da quel momento correva. Restò in attesa dello speziale, col suo farmaco segreto. Seduto al tavolo, sfiorò il diario del suo giovane agente, l'insicuro, impacciato ma impavido Andrea. Se lo figurò con tristezza, disteso, muto e immobile. Le ultime parti gli erano giunte in modo incredibile. Prima aveva avuto il racconto del viaggio fino all'interno del continente sconosciuto. Glielo avevano portato mercanti di Siviglia, amici della Repubblica, tornati in autunno dall'isola Hispaniola. I fogli di Andrea erano chiusi in un sacchetto di tela catramata. Scoloriti e macerati da chissà quali vicende, ma ancora leggibili. Adesso erano ben rilegati da un sapiente artigiano di palazzo.

Aveva disperato di ricevere altro. Invece, la notte prima, un misterioso messaggero del Mondo Nuovo aveva fatto trovare, a quattro birri insonnoliti della Porta Romana, il tesoro inestimabile che Violante adesso guardava con cent'occhi. Ma i birri, ignari della missione segreta, erano stati tanto inetti da lasciar libero lo straniero, mandandolo incontro al suo tragico destino! Restavano, a parlargli dell'ultima parte del viaggio del povero Andrea, solo poche preziose carte lacere e quasi illeggibili. Si interrompevano alle soglie estreme dell'avventura.

Aprì il volume, cercando quegli ultimi fogli, singolarmente gialli e scritti con un inchiostro di colore bizzarro. E rilesse l'ultima parte, in cerca di risposte a domande impossibili. Non poteva credere a quanto vi era scritto, e ancor di più lo pungeva l'ansia di sapere come si era conclusa la vicenda.

Perché il racconto della sua giovane spia si interrompeva proprio alle soglie della Città d'Oro.

*Tommaso*

All'ora settima di notte, due birri bussarono alla porta dello studio del Segretario. Entrarono scortando il visitatore notturno, alto e vestito di nero. Per superare la soglia dovette abbassare un poco il capo, con un atto che somigliò a un inchino.

«Felice notte, Segretario. Perché mi avete fatto chiamare? Mi darete finalmente il libro di Johannes, che mi spetta di diritto?»

Il Machiavelli fece sparire le due guardie, con un cenno del dito. Aveva il viso contratto, come nel mezzo di una battaglia. Il visitatore osò schernirlo:

«Sembra che stiate per scoppiare, ser Niccolò. Cosa avete letto, nel diario della vostra giovane spia?».

«Sedetevi davanti a me, Tommaso. Vi dirò che ho l'impressione di essere stato canzonato.»

Il Segretario credeva di aver già capito tutto. Ma gli mancava la conclusione della vicenda nel Mondo Nuovo. E quella era chiusa dietro le labbra mute del povero Andrea. Il suo sguardo passò molte volte dalle pagine del diario incompleto al volto enigmatico dell'ospite notturno. L'aveva fatto svegliare soprattutto per sfogare la bile di cui era colmo. Gli puntò addosso i suoi occhietti, più cattivi del solito, quasi che in quel modo intendesse trafiggerlo.

«Mi avete ingannato, nascondendomi elementi vitali di questa storia, che ha tutta l'aria di un intrigo.»

L'inglese cercò di sistemarsi il più comodamente possibile sulla sedia di duro legno che gli era stata riservata. Pensò a Johannes, all'Idea incarnata, al diario che ne avrebbe dimostrato la validità e la forza dirompente. Si sarebbe propagata in tutta Europa come fuoco in una foresta.

Puntò l'indice magro contro il Segretario fiorentino:

«Noi due avevamo un patto di ferro: vi avrei consegnato un intero Mondo Nuovo in cambio di un piccolo libro. Invece mi avete trattato come un recluso».

Ser Niccolò aprì la palma della mano e sfogliò il codice rilegato, scritto dalla sua giovane e sfortunata spia:

«Il mio ragazzo ha condotto i personaggi di questa storia al nodo finale. In quel luogo impossibile, al di là di ogni mare conosciuto, si sono incontrati gli amici e molti dei nostri comuni nemici. Ma è stato ignara pedina di una partita assai più grande di quel che anch'io credevo. Voi, a differenza di me, sapevate fin dall'inizio cosa davvero c'era in gioco, e anche come sarebbe andata a finire la vicenda».

L'inglese tornò ad agitarsi sulla scomodissima sedia di quercia.

«No, vi sbagliate: io non so nulla di quello che è accaduto al vostro agente. Ma anch'io, come voi, immagino che gli emissari del Male possano aver condotto Andrea su strade diverse da quelle che entrambi speravamo percorresse.»

Il Segretario non rispose subito. Detestava quel modo di ragionare in base a personificazioni di Bene e di Male, entità che lui sapeva non esistevano. Al mondo c'erano solo la salute dello Stato e l'agire in modo contrario a essa, ovvero stupidamente. Sentiva scorrere sul collo il suo sudore ghiacciato e contrasse i pugni per la rabbia crescente. Aprì il cassetto della scrivania, prese un fazzoletto nero di lino e lo richiuse con violenza, facendo sobbalzare le carte distese sul tavolo.

«Le forze di quale Male, coglione? In questa storia ci sono molti nemici diversi, in contrasto tra loro. Nessun demonio o altre astrazioni da bigotti come voi.»

Era la prima volta che si rivolgeva al suo ospite notturno con un tono così sprezzante, che rivelava la sua profonda preoccupazione.

«Il Male è solo uno» gli rispose calmo il giovane nordico. «E benché possa parere che in questa nostra partita abbia prevalso, non vincerà alla fine, nel gioco vero. Il mondo sta cambiando, i segni sono evidenti. Basterà che tutti sappiano dell'esperienza vissuta nella Città d'Oro, perché i loro occhi si aprano. Datemi dunque il libro di Johannes, quello che mi avete promesso e invece adesso nascondete.»

«No. Lo avrete quando saprò la fine di quest'avventura.»

Il visitatore notturno batté forte la mano sulla coscia e alzò la voce:

«Il che vuol dire mai, lo sapete bene! Il vostro ragazzo è perso!».

«E allora sarà mai. Calmatevi, Tommaso, siete ospite di Firenze.»

Il piccolo libro di Johannes, recuperato dal giovane Andrea oltre il mare Oceano a prezzo di terribili dolori e di una sorte infausta, si trovava in una tasca segreta del suo corpetto. Era costato la vita al messaggero degli indiani Taino, che ora giaceva sepolto in una fossa sconsacrata.

Il visitatore inglese parlò ancora, con voce leggermente tremante:

«Non ha alcuna importanza, conoscere la fine della storia! Voi avete di certo letto la relazione di Johannes e dunque sapete che ne è valsa la pena. Ma non potete essere il solo a custodirne il segreto!».

Il Segretario stava male. Sudava sempre di più, nonostante il gran freddo che inchiodava Firenze. Si asciugò collo e fronte dal gelido umore vischioso che lo affliggeva e riprese a parlare con fatica:

«L'unica spiegazione di ciò che Andrea ha raccontato nel suo diario è che vi sia un sapiente e multiplo inganno. Ma solo conoscendo l'ultimo svelamento, potrei dire di sapere davvero chi ha tirato tutti i fili».

L'ospite notturno non trovava pace e finalmente si alzò dalla dura sedia di legno.

«La vostra ingenuità, concedetemi, è disarmante.»

Ser Niccolò sorrise amaro in cuor suo, pensando in che modo, coi propri inconfessabili segreti, potesse parere davvero ingenuo. Forse nessuno al mondo ne aveva viste e fatte più di lui.

«Perché dite questo, Tommaso?»

L'inglese alzò le braccia al cielo, con aria sconfortata:

«Ma davvero credete che gli inglesi e gli spagnoli possano aver vinto, anche se avessero raggiunto in tempo la città? No davvero, credetemi: conta solo il piccolo libro di Johannes, miracolosamente sfuggito alle loro mani, ma che vi ostinate a tenere per voi. L'Idea deve essere conosciuta, Segretario! Altrimenti sarà come non fosse mai esistita».

«L'Idea...» cantilenò sarcastico il Machiavelli. «Un piccolo libro di favole. Perché di questo si tratta, in fondo.»

Tommaso aveva preso a girare per la stanza, avanti e indietro, con le mani strette dietro la schiena:

«Quelle che voi chiamate favole sono un soffio di autentica Nuova Vita, che scaturisce intatta dalla verginità del Mondo Nuovo».

Si fermò, appoggiando le mani sul tavolo e guardando il Machiavelli dritto in viso, alla sua altezza:

«Datemi il libro di Johannes, vi prego. Forse a voi parranno favole per colpa dello stile dotto che il mio discepolo avrà usato, nel descrivere la forma fisica della verità. Ma nel diario del vostro Andrea le cose sono certo raccontate con parole piane, comprensibili a chiunque. Non vi traspare, almeno, l'immensità della meraviglia?».

Il Machiavelli rise beffardo, chiudendo il volume rilegato coi fogli speditigli fortunosamente da Andrea e appoggiandoci sopra la mano destra, come in un giuramento:

«La fate troppo facile, caro amico. Posso considerarvi tale?».

«Ne sarei onorato.»

«Avete davvero creduto di cambiare il cammino del mondo?»

«Allo stesso modo di come voi vi siete illuso di accrescere, con la missione del vostro giovane agente, la potenza di Firenze.»

«Eh, no, caro Tommaso. Ben altra cosa è l'azione del Principe, o di chi agisce in suo nome, per giungere al bene comune. Le vostre sono invece fantasie pericolose o tutt'al più inutili, frutto di un animo giovanile, troppo preso dalle biblioteche e poco dalla vita quotidiana. Vivete davvero nel mondo, almeno un po', e vi passeranno certe ubbie.»

Bussarono alla porta: era un uomo di Violante. Entrò senza cerimonie e parlò brevemente all'orecchio del Segretario. Niccolò Machiavelli fece un cenno d'assenso con la mano e poi si rivolse al suo ospite:

«È ora che torniate ai vostri appartamenti, Tommaso».

«Il condannato deve dunque andare in cella...»

Si alzarono e uscirono dallo studio. Il corridoio era illuminato da molte lampade, che comunque non riuscivano a rischiarare ogni angolo.

«Venite, vi accompagno. È per la vostra sicurezza.»

«Solo per quella?»

A un varco successivo c'erano tre armati, che si aggiunsero alla scorta: uno camminava avanti a loro di quattro passi, e gli altri tre li proteggevano da ogni lato.

«Il re d'Inghilterra rimarrebbe molto male, se non tornaste... intatto. E comunque non voglio che parliate con alcuno, almeno per ora.»

Camminando a fianco del Machiavelli lungo gli oscuri corridoi, l'ospite notturno pensò se era il caso di considerarlo davvero amico, nel senso pieno che lui dava alla parola. Poi sospirò e decise di lasciarsi andare:

«Io dovevo sposarmi, Segretario».

Il Machiavelli stirò le labbra in un sorriso sardonico.

«Tutti lo devono, se non possono farne a meno.»

«Voi vi burlate di me con cattiveria inutile, come fa ogni fiorentino. Ma la mia storia è davvero penosa.»

«Vostra moglie è morta, Tommaso?»

L'inglese scosse il capo.

«Io ho sposato una donna, ma il mio amore era un'altra.»

Il Segretario rise di nuovo, e stavolta era davvero beffardo:

«Amico mio, questo accade non dico spesso, ma quasi sempre. Il mal d'amore poi passa, credetemi, senza bisogno di legarsi per sempre a chi poi, e in breve tempo, non si sopporterà più».

L'inglese si rabbuiò.

«Non credo che parliate sul serio, Segretario. Vi stimavo un uomo integro.»

Niccolò Machiavelli ebbe un fugace sospiro. Sentiva nella tasca il peso di certa merce, appena ricevuta da uno speziale d'Oriente, da lui tenuto al silenzio con un terribile ricatto. Il sudore, annunciatore implacabile del tormento che gli incominciava nel ventre, riprese copioso a colargli sugli occhi. E ancora udì l'eco di lamenti e di voci troppo giovani.

«Io sono davvero integro, nelle questioni di Stato.»

«E se vi dicessi che tutta la mia filosofia, e soprattutto il contenuto di quel prezioso libro, è nata da quel lontano mal d'amore?»

«Sarebbe allora una filosofia con un'origine davvero modesta!»

Il corridoio sembrava terminare contro un muro cieco, ma uno dei birri andò avanti e aprì una porticciola dissimulata nella cortina di pietra. Tommaso varcò la soglia, chinando il capo, ma prima di entrare si voltò un momento:

«Amavo la più giovane di due sorelle. Ma non potevo chiederla in moglie, finché l'altra non avesse trovato marito».

Ser Niccolò si mise una mano davanti alla bocca: gli scappava di nuovo da ridere, ma non voleva urtare troppo quel suo candido ospite nordico.

«So bene come accade: anche da noi le usanze sono le stesse. Ma via, Tommaso, ci sono mille scappatoie...»

L'ospite inglese teneva gli occhi bassi e sembrava parlare a se stesso. Ma il pertugio attraverso il quale passavano amplificava ogni sussurro:

«Attesi un tempo che mi sembrò interminabile. Poi mi sentii in dovere di sposare la sorella più anziana».

«Singolare decisione.»

«Nel frattempo, fra la mia amata e un mio giovane discepolo, nacque un amore. I due si sposarono.»

«E voi vi pentiste della decisione presa, non è vero?»

L'inglese rialzò gli occhi e cercò di mantenere uno sguardo fiero:

«Non è di quello, che io sono pentito, perché ho la certezza di aver scelto per il bene. Ma in effetti ho convinto quel giovane a partire per un viaggio impossibile...».

Entrarono finalmente in una grande sala, e Niccolò Machiavelli finalmente rise in modo aperto e rumoroso. Era intimamente soddisfatto di aver trovato qualche manchevolezza in quel giovane. La sua rigidità morale iniziava davvero a irritarlo:

«E come avete fatto a spedirlo laggiù, dove nessuno è mai stato?».

«Si imbarcò con Giovanni Caboto, nel suo secondo viaggio. Lo convinsi a organizzare la sua partenza in totale segreto.»

«Segreto che aveva due ragioni, se intendo bene...»

«Non ho la pretesa di ingannarvi, ser Niccolò: è vero, non volevo che sua moglie riuscisse a trattenerlo. E lo scopo del suo viaggio doveva essere sconosciuto a tutti, tranne che a me. Alla fine il vostro Andrea lo ha trovato Johannes, in quel paradiso verde...»

Il Machiavelli era divertito, per quanto gli confessava Tommaso. E compiaciuto del proprio cinismo. Annuì con forza:

«È dunque questo, che davvero vi brucia. Non volete il suo libro per divulgarne il bizzarro contenuto, ma per nascondere la sorte dell'autore».

L'inglese si fermò d'improvviso, mettendo in allarme i birri di scorta. Gesticolò furioso, tutto rosso nel viso:

«Il vero autore del libro sono io!».

«In un certo senso avete ragione. Ma calmatevi, per carità...»

## *Colpo di mano*

Il Gigante, vestito da birro, aveva studiato la disposizione dei locali del palazzo, compresi quelli più segreti. Sapeva i movimenti degli uomini che li sorvegliavano. Non c'era una sentinella fissa davanti alla porta dell'inglese: le guardie andavano e venivano lungo il corridoio, lasciandolo spesso deserto.

Non sarebbe stato difficile sopraffare i birri che scortavano l'inglese fuori e dentro delle sue stanze, e farlo tacere per sempre. Ma sarebbe stato quasi inutile, perché non aveva il libro con sé. E quello, una volta caduto nelle mani sbagliate, avrebbe parlato più della sua lingua.

Mentre il Gigante pensava questo, udì dei passi pesanti. Vide spuntare un gruppo di armati, dietro un angolo del corridoio: in mezzo a loro, le sue due vittime designate. Si ritrasse svelto in un cono d'ombra. Da lì, poteva agevolmente sentire quello che il Machiavelli e il suo ospite inglese si dicevano: parlavano di donne, mogli o amanti, e altre cose di poco conto. Rimase immobile, respirando piano, finché il gruppo si fermò davanti alla porta della lussuosa cella.

Il Segretario finì di conversare col suo ospite, sulla soglia. Poi, come il Gigante aveva sperato accadesse, gli armati lo riportarono ai suoi appartamenti. L'ultimo dei birri si attardò invece a chiudere la porta dell'inglese e a serrare il chiavistello di sicurezza.

Appena gli altri furono spariti dietro l'angolo, il Gigante uscì con un balzo dal suo nascondiglio e afferrò la testa della guardia col braccio sinistro, benché non potesse piegare bene il gomito. Il birro si divincolava con gran forza, ma lui gli infilò subito il coltello in gola, con la mano sana. Dal basso in alto, badando di fermare lo spruzzo del sangue, perché non lordasse la porta e il corridoio. Poi aprì l'uscio e vi trascinò dentro il cadavere.

L'inglese lo guardò impietrito, ancora più pallido di quanto fosse per natura. Forse voleva gridare, ma non ne aveva la forza. Non ebbe d'altronde tempo di pensare o fare granché, perché fu subito abbattuto da un pugno potente come un maglio.

Il Machiavelli, fradicio di sudore, trovò Violante ad attenderlo davanti alla porta del suo studio. Aveva un elenco di nomi, vergato a mano su un foglio di pergamena.

«Che cos'hai portato?»

«Notizie fresche da Livorno, ser Niccolò.»

Il Segretario gli strappò di mano la carta, mentre il birro di guardia si scostava per lasciarli passare.

«Sono tutti qua?»

Violante annuì.

«Tutti gli sbarcati dalle navi segnalate dalle nostre spie spagnole. E ognuno è stato identificato con certezza, tranne quelli che vedete segnati.»

Il Segretario scorse l'elenco con l'indice della mano destra, poi si fermò su un primo nome sottolineato in rosso: era falso, con tutta evidenza, ma non gli importava. Gli era sufficiente la certezza, confortata dalla descrizione dell'uomo, che invece fosse proprio colui che doveva essere.

Anche il secondo nome era certamente inventato, ma in quel caso la finzione era ancora più scoperta: si trattava infatti di un giovane nativo delle Indie occidentali, di stirpe nobile. Il cui corpo giaceva ora sepolto sotto tre braccia di terra, al cimitero degli infedeli di Firenze. Quando infine il suo dito si fermò sul terzo nome, il Machiavelli fu scosso da un brivido che era anche un po' di paura.

Violante fremeva, impaziente di avere altro per le mani, magari qualcuno da uccidere:

«C'è altro da fare, Segretario?».

«Va bene così. Vai di là, adesso, e aspetta che ti chiami: molto presto dovremo muoverci entrambi, per scongiurare il peggio.»

Quando Violante fu uscito, il Segretario tirò un gran sospiro. Aprì uno stipetto segreto e ne trasse una piccola chiave d'oro. Si alzò dalla sedia e andò alla parete dietro la scrivania. Passò la mano fra due quadretti, dono personale di Leonardo da Vinci. Cercava un minuscolo foro, la serratura di uno sportello segreto davvero invisibile. Opera di un orafo fiorentino che aveva fama d'artista ed era anche di lingua corta. Vi infilò la chiavetta e girò.

In un piccolo vano, foderato di velluto nero, c'erano quattro fiale di vetro. Ne scelse una, poi richiuse accuratamente lo sportello e tornò a sedersi.

Passò la minuscola bottiglia sigillata davanti al lume: conteneva un liquido chiaro, di cui ben conosceva gli effetti prodigiosi. Lo bevve d'un fiato, poi scagliò l'ampolla nel caminetto acceso.

Non avrebbe più dormito. Non solo per quanto era accaduto, e per il pensiero di ciò che lo attendeva. Ma perché adesso glielo impediva una potente droga.

Due colpi brevi, alla porta, seguiti da altri due più lenti, gli annunciarono una visita notturna. Non l'avrebbe più potuta rimandare.

L'uscio dello studio si aprì e apparve una fanciulla bionda, assai esile, con addosso solo un sottile velo che la luce di una torcia, dietro di lei, rendeva trasparente. Il seno piccolo, puntuto. Lo sguardo basso.

La ragazza tremò appena, allungando piano il piede oltre la soglia. Non era la prima volta che capitava in una stanza come quella. Ma aveva giovinezza estrema, più di quanto avrebbero sopportato gli occhi e l'immaginazione di ogni fiorentino onesto e timorato di Dio.

Il Machiavelli si alzò in piedi, aprendo un cassetto segreto del suo grande tavolo nero di rovere. Tremava più di lei. Ciò che stava per fare, senza sapervi rinunciare, andava oltre il più perverso dei pensieri. Quanto meno per la gente che viveva, lavorava, amava e soffriva fuori dai palazzi fiorentini, pieni di specchi e di sale segrete.

Per un poco, dopo, sarebbe stato in pace: nel corpo, se non nello spirito. Perché l'immagine del suo vero amore trascurato, che ogni volta tradiva in quel modo atroce, gli si era subito mostrata al ricordo, come uno spettro notturno.

### *Firenze nera*

Nessuno si accorse di quanto era accaduto.

Né le guardie alla porta principale del palazzo, né quelle degli appartamenti privati. Né tanto meno Niccolò Machiavelli: dopo aver sfogato il suo vizio, era intento a rileggere il diario del giovane Andrea.

Il Gigante, badando di non lasciare alcuna traccia di sangue, aveva involtato il corpo del birro in una coperta. Poi se lo era messo in spalla, e sull'altra aveva caricato l'esanime Tommaso. Un peso assai grave anche per lui, con le armi e tutto il resto. E con un braccio mezzo impedito.

Prima di uscire dalla stanza, prese di tasca un fiorino d'oro e lo lasciò cadere per terra.

Aveva già provato l'unica via di fuga. Risalì i corridoi oscuri, fino al tetto e al grande ballatoio, sotto la torre aggettante. Doveva evitare di incontrare chiunque. Si affidava alla sua abilità, alla velocità e all'esperienza di ogni tipo di foresta, da entrambe le parti del mare Oceano. Ma soprattutto, puntava sulla fortuna.

Ne ebbe bisogno, perché aveva smesso da un po' di piovere: il cielo era netto di nuvole e il chiarore della luna non lo aiutava. I passaggi di legno permettevano di scavalcare gli stretti spazi tra i tetti e di raggiungere varie parti della città, da torre a torre. Potevano essere messi e tolti in breve tempo, con l'opera di un paio di uomini soltanto. Gli bastò dunque poco per raggiungere il tetto più vicino, bilanciandosi come un equilibrista coi suoi pesi umani. C'erano terrazzi, cortili, scale e passaggi coperti che sfruttò con abilità, ritrovandosi finalmente in strada.

Benché fosse una notte particolarmente fredda, il Gigante era coperto di sudore. Mancava ancora parecchio all'alba, ma le cose da fare erano molte e non poteva arrischiarsi a uscire dalla città. Tutte le porte principali erano chiuse e presidiate.

Ogni volta che era possibile passava per i vicoli più stretti e oscuri, scivolosi per la neve ghiacciata, mista a sterco e altri liquami. La poca pioggia aveva liberato un tanfo di merda e di cadavere. Respirò a fatica, bestemmiando a ogni sputo. Barcollava e ansimava, sotto i pesi umani. Cercava nei recessi del suo passato ogni lancinante ricordo degli orrori fatti e subiti, per trovare la forza necessaria a fare tutto nel poco tempo che gli restava.

Il viaggio impossibile che aveva affrontato in solitudine, dall'umida foresta al di là dell'ultimo mare fino alla lurida Firenze, era stato il periplo stesso dell'inferno. E diavoli di ogni genere gli avevano indicato la strada, tenendogli feroce compagnia in deliri, stupri e assassinii: più volte aveva cercato di morire, per cadere in un oblio riparatore.

Ma lo sostenevano ancora le ultime parole che aveva udito dalla piccola donna scura, sotto un sole sfolgorante e davanti al mare più puro che avesse mai visto. Nonostante ogni disinganno, sperava ancora di trovare, in quella gelida città di sodomiti e di puttane, chi gli avrebbe colmato il terribile vuoto che aveva nel petto. Che si avverasse la profezia.

Scese sul greto del fiume da una scaletta prossima al filatoio dell'Arte della lana, nei pressi del ponte a Rubaconte. Riempì di pietre il grosso involto col corpo del birro e lo fece scivolare in acqua. Lo vide affondare dolcemente. Pensò che quel carico di morte sarebbe riemerso solo dopo il compimento di ogni cosa.

L'inglese, invece, dava cenno di svegliarsi. Non poteva colpirlo di nuovo, col rischio che ci rimettesse la vita. Fu dunque necessario legarlo più stretto e ficcargli per bene uno straccio in bocca. Quello cominciò a mugolare, ma in giro non c'era ancora nessuno e i suoi lamenti si mischiavano con quelli delle prostitute e dei loro clienti. Si accoppiavano nelle vicinanze del molo, rischiando la frusta dei birri. E c'era sempre qualche moribondo che rantolava, seduto in mezzo alla sua merda, agli angoli di strada.

Nessuno avrebbe badato all'inglese, disteso vicino all'acqua, nemmeno se lo avesse visto.

L'assassino, più tranquillo, riprese fiato guardando oltre il ponte. Il chiaro di luna faceva risaltare la sagoma dell'altissima torre della porta San Niccolò. Tre immensi vani sovrapposti, coperti a capriate, che sembravano sfiorare il cielo. Era la meno presidiata di tutte, perché il costone di roccia a cui si addossava l'aveva resa da tempo inutile. Nulla avrebbe potuto, contro un bombardamento fatto coi cannoni, da mezzogiorno. Restava ancora lì, relitto di un mondo ormai scomparso. Per il Gigante tutto ciò era vitale, perché il corpo di guardia era ridotto a pochi birri stanchi e di mezza età, canaglie abituate a non far nulla, notte dopo notte: dagli spalti dell'altissimo terzo piano, guardavano scorrere da una parte l'acqua nera e lurida del fiume, mentre dall'altra facevano finta di tener d'occhio i boschi e i pochi campi bruciati dal gelo che coprivano la collina verso San Miniato, subito oltre le mura.

Il Gigante nascose l'inglese in una cantina a poca distanza dalla grande torre. Si divincolava sempre più forte, stretto dalle funi e dal bavaglio. Prese i documenti falsi che gli avevano preparato a Londra e andò a battere il pugno contro la porticina delle guardie. Mentre aspettava, alzò lo sguardo al cielo: la torre era davvero altissima, e il vento ghiaccio e umido pareva spirare sempre nella direzione giusta. Si mise in ginocchio, ascoltando, al di là dell'uscio, il rumore dei passi che scendevano le scale: se il Machiavelli era più furbo di quanto sperava, c'era il rischio che a tutte le guardie fosse stato ordinato di arrestare senz'altro un Gigante biondo, dovunque lo vedessero. Doveva dunque riuscire a passare per uno sbirro fiorentino ed essere credibile almeno per il tempo di un *Gloria Pater*.

Venne ad aprirgli un armato vecchio e grasso, con un lume a mano. Mise però la catena all'uscio:

«Chi siete? Che volete?».

«Ordini urgenti da Palazzo Vecchio!»

Il Gigante infilò il documento contraffatto fra la porta e lo stipite. La guardia lo afferrò, ma non si accorse dello stiletto impugnato dalla stessa mano che glielo porgeva.

Il colpo fu preciso e rapido, e l'uomo si afflosciò subito dietro la soglia. Il Gigante gli prese la spada e con un violento colpo spezzò la catena. Entrò nella torre, scostando il cadavere e richiudendo bene la porticina. Lo accolse una voce insonnolita, che veniva dall'alto:

«Che succede? Chi era?».

L'assassino salì di corsa i cento e più scalini che portavano dal pilastro al primo ballatoio, da cui già si poteva vedere tutta Firenze. L'Arno la divideva in due come una ferita infetta. L'immensa cupola del Brunelleschi era alta sopra ogni casa e torre.

Quattro uomini erano intorno a un grande caminetto: uno evidentemente dormiva, un altro sembrava ubriaco e cercava di alzarsi da una sedia troppo piccola, per venirgli incontro.

«Tutto bene» gli disse il Gigante. «Porto notizie per voi.»

*La torre*

Non versò troppo sangue.

A quell'altezza, il vento teso gli gelava il sudore addosso. Il Gigante si asciugò, dopo aver rimesso ogni cosa al suo posto. Ma non aveva tempo per riposare davvero, né per pensare troppo.

Faticò molto, anche per colpa del braccio impedito. Poche ore prima aveva trovato un nascondiglio, in prossimità della torre. Recuperò la scatola più grande, piena di polvere nera. Pesava più del piombo: era piena di fuoco greco, di palle e minuta ferraglia di ogni genere. Con gran pena la portò su per le interminabili scale e la pose dietro uno dei merli in cima alla torre. Era al riparo dalla vista di chiunque.

Ridiscese a terra, sempre guardingo e attento. I birri erano in pace, inoffensivi. Tutto doveva apparire tranquillo, nelle ore seguenti, senza alcun sospetto.

Il cambio di guardia sarebbe arrivato solo a metà mattina, e aveva ancora tempo. Richiuse a chiave la porticina e raggiunse le prime case del borgo. Trovò l'inglese ben sveglio, nella cantina dove l'aveva rinchiuso. Ma non provava nemmeno a liberarsi dalle corde. Era stremato, il fazzoletto in bocca pieno di bava e gli occhi spallati e rossi di sangue.

Il Gigante lo guardò sorridendo, alla luce della luna:

«Ti do un consiglio: stai fermo e zitto fino al mio ritorno. Altrimenti dovrò spezzarti le gambe. Serviresti ai miei scopi anche a quel modo. Hai capito?».

L'inglese fece cenno di sì col capo.

«Dormi, allora.»

Gli vibrò un ceffone improvviso, così violento che l'inglese quasi non si accorse di perdere i sensi. Poi il Gigante si incamminò verso Porta al Prato, dalla parte opposta della città.

Firenze passò davanti ai suoi occhi, al primo baluginare del sole. Arrivò alla cortina grigia delle mura cittadine, simili a quelle della Dite infernale. C'era un punto da cui sapeva di poter passare, non visto, con l'aiuto di una corda e di un rampino. Scavalcò il grande muro e fu subito al di là, nella piana. Corse verso i campi, poi si fermò in vista di uno dei primi cascinali. L'aveva già scelto in precedenza: piccolo, povero, non difeso e abbastanza isolato. Simile a un'*encomienda* di Hispaniola. Solo più facile, con meno gente. Entrò nell'aia, attento a non spaventare nemmeno i polli. Lo sentì il cane: ma fece in tempo ad abbaiare una sola volta, prima del suo ultimo guaito di dolore.

C'erano il fienile e due stalle, con il prezioso cavallo. Al piano di sopra dormivano i coloni. Prima di ogni cosa, come dall'altra parte del mondo, doveva zittire gli altri. Trovò un vecchio che dormiva con una giovane, forse la nipote.

La ragazza poteva avere quindici anni. Spostò le coperte con la punta della sciabola. Non era fatta male. Gli mancava il corpo della piccola donna scura, ogni donna di Firenze era nemica. Ma non aveva tempo per violare una fanciulla. Sarebbe stato difficile coprirne gli strepiti.

A malincuore, infilò lesto la spada nel petto della ragazza. Quasi non si mosse: spalancò gli occhi e vomitò un po' di sangue. Al vecchio, che continuava a russare, concesse una morte ancora più rapida. Gli spezzò il collo, col braccio sano.

Un rumore lo fece voltare. Sulla soglia c'era un giovane, con in mano un secchio d'acqua. Tremava e mugolava di paura. Non perse altro tempo. Gli afferrò la testa, tappò la bocca con la mano e poi ruppe il collo anche a lui, nel modo fulmineo in cui era maestro.

Era di nuovo sull'aia. Attese un poco, concedendo uno sguardo alla luna, in quel momento amica sua. Non c'era nessun altro. Lanciò la corda col rampino alla finestra e si arrampicò in fretta. Ruppe l'infisso e svegliò i due coloni, marito e moglie di mezza età. La donna iniziò a strillare. La fece tacere per prima, con un pugno nel viso.

Il contadino piangeva e bestemmiava, cercando di fuggire la sua sorte. Il Gigante rideva. Lo prese per i piedi e lo gettò a terra; poi, tenendogli ferma la testa col ginocchio, prese il pugnale, gli aprì a forza la bocca e gli tagliò la lingua. Quindi lo prese per una caviglia e lo fece penzolare fuori della finestra, tenendolo solo con la mano destra. Si dimenava nel vuoto, come un porco quando si avvicina il norcino per macellarlo: e sì che quel contadino doveva averne ammazzati tanti, con la corda e col coltello. Dal fondo dell'aia si udiva proprio il grufolare di un maiale, chiuso nel suo stanzino. Il Gigante giocò un po' con quel burattino sanguinante:

«Ora ti scoperò la moglie, ruberò le bestie e darò fuoco alla tua casa».

Sotto c'era l'aia ammattonata e ben dura: giudicò che l'altezza fosse sufficiente e lo lasciò andare.

Tornò dalla donna. Respirava ancora, il volto tumefatto e sanguinante. Le tagliò la veste, col coltello. Era vecchia, ma lui non andava per il sottile. La scopò con tutta la foga che aveva in corpo. E si compiacque che alla fine fosse ancora viva: tutto andava secondo i piani.

Scese sull'aia e rubò il cavallo.

Andò al galoppo verso il settentrione, sempre più lontano dalla città. Ancora nel pieno della notte, cercò un'altra casa, né povera né ricca. Stavolta ci trovò solo un fattore, che dormiva placido in una baracca.

Non perse altro tempo con lui. Aprì in silenzio le finestre del primo piano. Rovistò nelle cassapanche e negli armadi e prese i pochi valori che trovò. Poi dette fuoco alla casa: era il suo sigillo. In quel modo, lasciava la chiara traccia di una fuga da Firenze.

La vampa si alzò subito altissima, per il legno arido e il fieno giallo. La guardò con nostalgia, desiderio e dolore acutissimo. Morsi di cane nel petto e nel ventre.

Aprì la stalla e prese al volo il primo cavallo che fuggì, legandolo al proprio e continuando la sua corsa verso le pendici dell'Appennino.

Le spie della Signoria fecero il loro dovere: videro quei guasti e li dissero al capo. Quando Violante ebbe i rapporti, corse subito dal Segretario. Meno di un'ora dopo l'ultima impresa del Gigante, attaccò il cavallo a un anello della gelida Piazza dei Signori. Bestemmiò qualcosa alle guardie e salì di corsa le scale di Palazzo Vecchio. Ma già nel corridoio, udì le urla oltre la porta chiusa:

«Maledetto idiota!».

Entrò nello studio. Niccolò Machiavelli bestemmiò con atroce fantasia, scagliando lontano il diario di Andrea. Il codice andò a sbattere, scompaginandosi, contro il grosso piede scolpito di un tavolo di legno prezioso. Il nero e gobbo Violante si affrettò a raccoglierlo e a rassettarlo, deponendolo con cura sul tavolo.

«È stato davvero tanto incapace, ser Niccolò?»

«Dovresti leggere le corbellerie che ha scritto: perdersi per la libidine di una donna, o peggio per un'idea di libertà che non ha né capo né coda! Se potessi averlo in questa stanza, giuro che lo prenderei a calci in culo, tanto forte da rimandarlo oltre il mare! E sì che era stato ben istruito, da me e anche da te!»

«Era troppo sensibile, ser Niccolò. Io ve lo dissi. Benché sposato e padre, aveva ancora lo spirito di un fanciullo. Forte di fisico, benché non quanto avrei voluto, ma sognatore. E restio assai a uccidere: esitava parecchio, quando doveva dare la morte a gente che non conosceva per allenarsi all'obbedienza e alla spietatezza. Ma voi...»

«Io giudicai che fosse adatto comunque a quest'impresa. E in effetti, Violante, in effetti...» il Machiavelli prese in mano il diario e lo scosse, per pulirlo dalla polvere. «In effetti l'ha compiuta.»

«Ma sappiamo cosa è successo, alla fine?»

«No, la conclusione manca.» Il Segretario prese un fazzoletto e se lo passò più volte sulla fronte, sul collo e sugli avambracci. Gli urgeva di nuovo placare la sua malata sete, benché non fosse né il tempo né il luogo. Poi gli occhi gli caddero sui fogli che Violante aveva in mano:

«Hai qualche notizia da darmi?».

Il nero sbirro posò i suoi appunti sul tavolo del Machiavelli, come un cane fedele che riporta la preda al cacciatore:

«Ci son tracce di gran trambusto fuori delle mura di tramontana, a Porta al Prato: una cascina incendiata, morti e stupri».

Il Machiavelli annuì, ma senza entusiasmo. Come se lo aspettasse, ritenendolo ovvio e quindi deludente.

«Certo, è lui.»

Il nero birro, invece, era pieno di eccitazione:

«Se ne va via da Firenze, allora! Le tracce portano all'Appennino. È da quella parte che dobbiamo rincorrerlo. Oppure lasciarlo andare in braccio al demonio…».

Il Segretario sorrise, con malinconia:

«Questo parrebbe, di primo acchito. Ma se le nostre spie hanno lavorato bene, e fra i passeggeri delle navi approdate a Livorno c'è chi dico io, la cosa è meno semplice e ovvia di quanto appaia. Fai in modo che il nostro segreto resti ben custodito».

«Non dubitate, è al sicuro. Ne rispondo personalmente, lo sapete.»

Il Segretario fece un gesto eloquente col dito, passandoselo sulla gola:

«Non ti farò grazie speciali, lo sai bene».

«Lo so, lo so.»

Urla e strepiti riempirono il corridoio. Armi sbattute, calzari di ferro sul pavimento.

Violante sfoderò la spada e aprì la porta dello studio. Entrarono due capitani dei birri pesantemente armati, con gli sguardi sconvolti:

«L'inglese è fuggito. Ha corrotto una guardia: c'era un fiorino d'oro, per terra».

Niccolò Machiavelli parve restare freddo. Guardò la moneta d'oro che l'armato gli porgeva: era troppo preziosa, per essere abbandonata. Uno sbirro qualunque l'avrebbe senza dubbio raccolta. La lasciò cadere per terra, provocando un suono argentino.

Violante lo guardò perplesso.

«Che fate?»

«Tintinna forte, quando cade sulla pietra.»

«Non vi capisco, Segretario.»

Il Machiavelli lo ignorò e si rivolse ai due capitani:

«Com'è possibile che non abbiate visto dov'è scappato l'inglese?».

Il più vecchio dei due si fece avanti con evidente disagio, tenendo gli occhi a terra:

«Di certo ha raggiunto il tetto. Deve aver usato i ponti di legno e le corde... Quelle che proprio voi avete voluto, per entrare e uscire dal palazzo senza passare in mezzo al popolo».

Il Machiavelli pensò al pallido inglese, troppo debole e impacciato per fare da solo quello che lui stesso, ben allenato in gioventù alle cose di guerra, trovava difficile senza un aiuto.

«Può averlo sorretto la guardia. Ma dovrebbe averla pagata davvero bene: un birro traditore e venduto deve davvero volar via da

Firenze, per scansare la tortura e poi la forca. Il nostro ospite era così pieno di denaro, Violante?»

«No, Segretario: secondo me non ne aveva. Forse i fiorini li aveva ingoiati, oppure qualche stregoneria…»

Ser Niccolò non aveva davvero voglia di ridere, ma non poté trattenersi:

«Quello non è un mago, per quante arie si dia. Ma non è come questa moneta vuol far ritenere. No, Tommaso è a Firenze. E poi perché fuggire, proprio ora?».

«Lo troveremo. Se avete ragione, è nascosto in qualche casa. Cercheremo dai mercanti di seta, che hanno traffici con la sua isola. Se lo nascondono, li faremo parlare.»

Il Machiavelli scosse il capo. Sapeva di vedere più lontano. Non solo di Violante, ma della gran parte dei suoi concittadini. Compresi quelli di più eminente ingegno. Adesso era una sfida, fra lui e chi poteva stargli quasi a pari, per scaltrezza e capacità di confondere le idee.

Aveva concepito il filo di una sua idea, che forse avrebbe svelato ogni segreto. L'aveva intuita fra le ultime righe vergate a mano da Andrea sul suo diario: la pagina finale era scritta con un colore rosso che poteva ben essere sangue.

Si alzò dallo scrittoio e andò a guardare dalla finestra. La piazza era sempre illuminata dalle fiaccole. Ma presto sarebbe finalmente sorto il sole.

«È inutile cercare quel Tommaso, bigotto e inabile. Trovate invece il Gigante assassino, a ogni costo. Setacciate Firenze ovunque. Con lui, prenderete anche l'inglese.»

Violante rimase a bocca aperta:

«Ma se anche voi avete detto che l'assassino è ormai ben oltre le mura…».

Il nero capo delle spie di Firenze si trovò un magro indice puntato sul naso:

«Questo lo ritieni tu. Non penserai di poter combattere ad armi pari con un diavolo simile! Fai quello che ti ho detto».

Violante chinò il capo e si allontanò subito, seguito dalle guardie. Niccolò Machiavelli tornò invece al suo tavolo e si passò le mani fra i capelli, corti e già un po' radi. Era fradicio di sudore, come non mai. Sopportava ancora bene il freddo, la stanchezza e la mancanza di sonno. Ma lo impensieriva quel che in tempi rapidissimi doveva fare. Temeva anche l'occasione di ricadere nel suo male.

Aprì il nascondiglio segreto, fra i due quadretti di Leonardo, e mise in tasca una fiala del tossico di Bisanzio. Quasi non si rendeva conto del perché lo faceva. Da una cassapanca prese un pugnale e un'altra arma corta, che nascose bene nella veste. Poi chiamò il valletto e si fece portare il mantello più pesante e un berretto di lana. Ordinò che gli venisse sellato il cavallo.

Quando fu pronto, e già bardato per affrontare il freddo, scese al piano inferiore. Da lì si accedeva alle grandi sale del Palazzo dei Priori.

Il gonfaloniere a vita Pier Soderini, massima autorità di Firenze, era un uomo piccolo e tondo, che non manifestava certo, almeno nel fisico, l'altissimo suo rango. Il Machiavelli lo trovò seduto davanti a un tavolo basso. Rimirava la forma del mondo, dipinta su una sfera.

«Dove viaggiate con la fantasia, ser Piero?»

«Cerco, senza trovarle, le terre spagnole al di là del mare Oceano.» Il Podestà parlava con voce flautata, quasi femminile. «Quelle di cui mi avete tanto parlato. E voi invece dove andate davvero, Niccolò, che parete un diavolo uscito dall'inferno?»

«Magari lo fossi» sospirò il Machiavelli. «Devo sbrigare cose urgenti, ed è meglio le faccia da solo.»

«Come sta Tommaso, il nostro ospite delle isole?»

«È proprio lui, il problema.»

Il Soderini sollevò stupito lo sguardo, spallando i suoi occhi già grandi e tondi per conto loro.

«Che ha fatto?»

«Non è più sotto il nostro controllo, ser Piero. Fuggito. O più facilmente, rapito.»

Il Gonfaloniere si alzò di scatto, facendo traballare il mappamondo, che quasi cadde in terra.

«Ma è in pericolo? Se gli succede qualcosa, il re d'Inghilterra ci farà a pezzi...»

«Non è in missione ufficiale. Naturalmente, re Enrico sa che è da noi, ma non può affermarlo in pubblico. E perciò possiamo tranquillamente negare che sia mai stato qui. Ma certo, se non tornerà in patria, sarà un bel problema.»

Il Soderini si inquietò. Pur essendo un buon uomo, utile alla Signoria per molti aspetti e anche di brillante ingegno, non aveva un animo di guerriero:

«Parlate sempre in modo particolare, voi. Ci manderanno contro un esercito, se gli succederà qualcosa! Avete provveduto?».

«Certo, sono tutti in movimento per cercarlo. Ma più che un membro del suo Parlamento, al re d'Inghilterra sta a cuore un piccolo libro.»

«Quale libro?»

Ser Niccolò tastò il rigonfio della sua giubba, sotto cui si celava il piccolo codice di Johannes. Venuto miracolosamente da oltre i confini dell'Oceano.

«Un libro raro e prezioso, diciamo così.»

«E dov'è, adesso?»

«In luogo sicuro.»

«E voi dove andate, di grazia?»

«A fare una gita in collina.»

Il Gonfaloniere sospirò in modo buffo, come un bambino stizzito.

«In piena notte. Mi canzonate sempre, ma mi fido di voi.» Poi riprese a giocare col mappamondo, con fanciullesca volubilità.

«Fate in modo che il re d'Inghilterra non ci venga ad assediare.»

### *Il rifugio*

Leonardo da Vinci aveva ceduto alle lusinghe del re di Francia. Dall'anno precedente, aveva abbandonato Firenze, ormai avara di stimoli per la sua inquietudine e aveva accettato l'abbraccio della rozza ma crescente Milano. Ma Niccolò Machiavelli conosceva alcuni dei suoi segreti più intimi e poteva approfittarne, nell'estrema necessità di ricorrere a un miracoloso ingegno.

Da Firenze a Milano e ritorno, anche cambiando continuamente i migliori cavalli ed evitando le guardie di confine, avrebbe impiegato almeno cinque giorni di forsennato galoppo. Non c'era tempo né modo per farlo. Ma Niccolò Machiavelli sapeva come prendere Leonardo per la coda: una coda sulfurea, odore dell'inferno.

Poco sopra Firenze c'era una delle sue munitissime case segrete. Nemmeno i principi le sospettavano. In quei giorni era custodita da Salaì, il luciferino aiutante del Genio. Almeno a quello serviva l'intelligenza di Violante. Pur non ragionando in modo sottile, e senza saper prendere iniziative brillanti, il capo della polizia segreta sapeva controllare le persone più importanti. Per felice ossessione, ne conosceva ogni pur piccolo movimento, segreto o palese.

Fece un'ora di galoppo notturno, nel vento gelido che gli tagliava il viso. Superò sentieri ancora ingombri di neve. Ma Niccolò Machiavelli giunse da solo, armato solo di due ferri leggeri, alle porte di quello che sembrava un mulino abbandonato.

Legò il cavallo e accese un piccolo fuoco sull'aia, raccogliendo sterpi e pezzi di legno. Parlò come rivolto a se stesso: ma a voce così alta e stentorea che lo avrebbero sentito dal fondovalle:

«Un uomo è caduto dalla torre di Baracca!».

L'eco del suo grido rimbalzò inutile. Rabbrividì, cercando riparo dalla tramontana fra il fuoco e il corpo del suo cavallo. Ripeté il grido un paio di volte.

Non passò più molto tempo. Un'ombra, piccola e curva eppure minacciosa, spuntò nel buio dietro di lui:

«Che importa, a me?».

La voce era inconfondibile: giovanile ma acida, sempre canzonatoria anche quando aveva paura. Ser Niccolò non si girò nemmeno:

«Hai lasciato segni evidenti, Salaì». Mentiva, tirando a indovinare: «Ti farò impiccare come il Bandini, dal terrazzino di Palazzo Vecchio».

Il servo infausto di Leonardo lanciò un grido lamentoso, simile a una donnola presa in trappola:

«Io sono solo il servo del mio padrone! È a Milano, e quando saprà di voi, che siete venuto qua in sua assenza…».

«Quando lo saprà, farà finta di nulla! Mi conosce bene e sa quanto gli servono davvero i suoi aiutanti. Ti credi indispensabile?»

La risatina riuscì ad agghiacciare anche ser Niccolò, nonostante stesse il più vicino possibile alla vampa del fuoco:

«Io gli sono indispensabile eccome, e in molti modi».

Il Machiavelli non sorrise: era avvezzo a molte lascive cose e anche a qualche perversione, per la quale avrebbe meritato la tortura del boia. Ma ciò a cui alludeva quel lurido servo era più malato del morbo che ancora tormentava Firenze e da cui fuggiva su quella montagna.

«Quanto hai rubato, al tuo padrone, dei soldi pattuiti con l'assassino di quell'indiano? Sappiamo che è tanto denaro...»

«Nulla!» urlò rauco il Salaì, venendo di fronte al Machiavelli e guardandolo fisso, dal basso in alto, coi suoi occhi di fanciullo traviato e crudele. «Il padrone ha già avuto tutto, ho dato l'oro all'uomo a cavallo sceso da Milano!»

«Tu gli hai rubato almeno dieci fiorini d'oro.»

«Non è vero» ringhiò il ragazzo, «non è vero!»

«Anche non fosse, farei figurare che li hai presi. E se conosci tanto bene le debolezze del tuo padrone, temi anche le sue vendette. Sai di che è capace.»

Il feroce Salaì si morse il pollice a sangue, per la rabbia:

«Vi potrei ammazzare qui, lo sapete? Nessuno lo verrebbe a sapere!».

Il Machiavelli gli tirò un calcio in viso, con lo stivale calzato. E mentre si divincolava per terra, gli gettò addosso i tizzoni e la cenere del fuoco:

«Quelli presi dagli spagnoli e dagli inglesi, sono i denari del tradimento! E dell'assassinio...».

Il giovane servo prese a gridare e a piangere:

«Che c'entro io? Che c'entro io? Io sono solo il povero Salaì!».

«Il povero sfruttatore, infingardo, sodomita Salaì...»

«Salaì, sì, allievo e servo di Leonardo.» Si alzò in ginocchio, pulendosi la bocca sanguinante col dorso della mano. «E so anche

che tra voi e il mio padrone esiste un accordo. Stando qui, adesso, voi lo violate...»

Il Machiavelli si pulì lo stivale sull'erba gialla. Appariva tranquillo, come se pregustasse qualcosa.

«È facoltà del Principe denunciare gli accordi, se gli aggrada. Ovvero quando serva alla salute del Popolo che egli regge. E io reggo le sorti di Firenze, mentre il tuo padrone è ormai uno straniero...»

«Voi mentite bene, Segretario.» La voce di Salaì si era fatta più insidiosa di quella di un serpente. «Il mio padrone e maestro sa cosa volentieri vi concedete: fanciulle e fanciulli troppo giovani, farmaci da Costantinopoli...»

Il Segretario gli tirò un altro potente calcio nel viso già ferito, sporco di terra e di neve impura. Ma nel far quella violenza, in realtà gratuita, pensò al male che lo lavorava dentro e gli imponeva una particolare droga d'Oriente. Aveva un vero amore di cui non riusciva a godere, quando invece avrebbe potuto trovar pace in ogni momento. Quel pensiero gli ferì lo stomaco e il petto, e lo colpì ancora, stavolta nel basso del ventre:

«Non minacciarmi, non ti conviene».

Salaì guaiva come un cane. Sangue e umori gli colavano dal naso e dalle labbra spaccate. Era violenza su un inerme, per quanto malvagio. E per quello il Segretario fatalmente si eccitava. Cercò di non sentire i fremiti che gli salivano dalle gambe al ventre. Ma la voce della coscienza si zittì.

«Ora tu mi darai una cosa. Io so che esiste: il tuo padrone l'ha provata proprio su di te.»

«Su di me? No davvero.»

«A Firenze c'è gente che troppo facilmente passa da tetto a tetto, come gli uccelli... E dunque sono certo che manca qualcosa, in questo magazzino.»

Il mulino era in realtà un deposito di Leonardo: idee segrete messe in pratica. Colmo di ogni meraviglia. Il Salaì abbassò la cresta. Rispose a voce bassa, lamentosa davvero:

«Qui non manca nulla, ser Niccolò. Cercate altrove».

Il Machiavelli si inginocchiò lentamente. Sfoderò il pugnale e glielo puntò alla gola:

«Scegli di vivere, Salaì. Ti prometto che il tuo padrone non saprà nulla di quanto gli hai rubato».

«Cosa volete?» mugolò lo sciagurato.

«Una macchina di Leonardo. Ma adesso entriamo, che ho freddo.»

Ser Niccolò prese dalla tasca la fiala di vetro che si era portato da Firenze. Prima di entrare nel rifugio segreto, ne spezzò il collo contro lo stipite della porta e bevve d'un fiato il contenuto. Il suo sudore sparì subito. Sapeva che per qualche ora, almeno, ne sarebbe stato risparmiato.

Ma a un alto prezzo.

### *La città perfetta*

Il Gigante portò a spalla l'inglese, avvolto nella coperta, fin sul tetto dell'altissima torre di San Niccolò. Gli tolse le corde, lasciando però il fazzoletto ben ficcato in bocca.

Lo trascinò all'affaccio di settentrione e lo costrinse a guardare il profilo di Firenze, al primo chiarore dell'aurora. Un forte vento gelido spirava in direzione del fiume, e il giovane tremava.

«Ecco la città dei tuoi sogni, inglese. Guardala bene, forse è l'ultimo panorama che vedrai.»

Tommaso mugolava e roteava gli occhi: sembrava volesse dire qualcosa di importante. Ma il Gigante sorrideva soddisfatto:

«La Firenze reale non conta più nulla, come non ha valore la tua sciocca Idea. Io non so di filosofia: ho sempre lottato contro quelli come te, gli inglesi assassini. Fin da quando massacrarono mio padre e mia madre. Però ho saputo obbedire ai tuoi padroni, in cambio di una giusta ricompensa, che mi permetterà di sparire per sempre. Tu vuoi un piccolo libro, vero?».

Tommaso annuì con forza, più volte.

«Ebbene, farò in modo che Niccolò Machiavelli in persona te lo venga a portare. È tuo, te lo regalo. In cambio mi prenderò la sua vita. Non è male, per aggiungerla alla mia collezione. Se esistesse l'inferno, stai certo che lui ci andrebbe davvero. Inseguito dalle grida delle fanciulle e dei fanciulli con cui si diletta a giocare, in preda a certi fumi...»

Il prigioniero cercava ancora disperatamente di parlare, ma dalla sua bocca, ingombra di stoffa, usciva solo un gorgoglio disperato.

«È bella, Firenze? Io non so giudicarla. Per me è solo un ammasso di case. Uguale a Siviglia, a Roma o alla tua Città d'Oro: a tutte quelle che ho visto e in cui ho prestato i miei servigi. Qui ci sono ricche case, devono essere di gran signori. Vorrei bruciarne almeno una, se avessi il tempo. Mi piace tanto, la vampa del fuoco: tiene vivo il ricordo della carne bruciata. Quella di mio padre e di mia madre. Della mia vera sposa, di mio figlio. E allo stesso tempo è così pura...»

Il Gigante lasciò andare la stretta ai lunghi capelli di Tommaso e si affacciò al balcone formato da due merli contigui. Guardava verso l'Appennino, di cui intravedeva il profilo dei primi contrafforti, oltre Fiesole.

«Nella mia patria non ci sono città, non come questa. C'è solo un villaggio lontano. O dovrei dire che c'era? Perché non sono più le stesse case. I miei amici sono morti, gli inglesi hanno fatto pulizia. Sono rimasto solo io. Anche la mia donna è straniera.»

Sembrò obbedire a un'idea improvvisa. Tolse il bavaglio al suo prigioniero, stringendogli però il collo nella mano immensa. Gli chiese qualcosa, all'orecchio:

«Che volevi dimostrare, con la Città d'Oro?».

«Tu non puoi capire» disse Tommaso, con un filo di voce strozzata.

Gli strinse più forte la gola, fino a farlo rantolare. Poi allentò appena la morsa:

«Conosco cose che nemmeno sospetti. Dimmi il perché della Città d'Oro: lo capirò meglio dei dotti delle tue università».

Il giovane filosofo si massaggiò il collo. Ora poteva respirare meglio. Avrebbe anche potuto urlare, richiamando a gran voce qualcuno dei birri di ronda. Davanti a sé aveva la testa immensa del suo rapitore, simile a una fiera dei boschi. Certo un tale selvaggio avrebbe potuto ucciderlo in un momento, al minimo gesto. Ma non fu per quello che evitò di chiedere aiuto: anzi, all'opposto, aveva intravisto, nei suoi occhi, una flebile fiamma di umana consapevolezza: qualcosa che lo invitava a confidare a lui ciò che forse non avrebbe detto ai suoi pari, con uguale chiarezza d'animo:

«La Città d'Oro è la miglior forma di Repubblica».

«E che c'entra Firenze?»

«L'ho costruita sul suo modello.»

«Questa fogna? Questa distesa di merda, comandata da un furetto con gli occhi piccoli? Avrà presto anche lui quel che merita.»

Tommaso sentì la voce che gli moriva in gola: per il vento teso, che spirava in direzione del fiume nero, nel baratro sotto di loro. Ma soprattutto per la paura. Trovò il coraggio per protestare:

«Invece Niccolò Machiavelli, a suo modo, si è avvicinato più di altri all'idea della perfetta Repubblica, ispirata da Dio».

Il Gigante rise.

«Tu ci credi davvero, inglese?»

Tommaso alzò il mento, in atteggiamento fiero, nonostante il terrore:

«Io sono cattolico, apostolico, romano: questa è la mia fede».

«Ma ciò che hai ideato, e hai fatto realizzare dal quel Johannes, non mostrava i segni del tuo credo.»

«Alla base dell'Idea non c'è la rivelazione cristiana, bensì la pura ragione.»

Il Gigante guardò il cielo che trascolorava e sospirò.

«Abbiamo ben poco tempo. Ma dimmi: cos'è la pura ragione? E che bene può produrre alla gente del tuo rango? Io questo non lo capisco.»

«Il bene è per tutti, non solo per i privilegiati. La città che ho creato è una società egualitaria.»

«Tu dici cose senza senso» ruggì il Gigante, stringendo i pugni. «È la solita filosofia di voi signori.»

«No, ti sbagli: e ciò benché la filosofia, che tu disprezzi senza conoscerla, sia effettivamente alla base di tutto. La mia città è una società politica fondata sulla famiglia. Ma non sulla proprietà privata: bensì sulla comunanza dei beni, di cui parla anche Platone nel dialogo *La Repubblica*.»

«Cosa intendi, con comunanza dei beni?»

«L'abolizione della proprietà dei privati. È l'unica soluzione alla miseria e all'accattonaggio. Mali causati dalle guerre, conseguenza dell'avidità dei sovrani, e dalla cupidigia dei proprietari, che tolgono ai contadini le antiche garanzie feudali...»

Il Gigante si allontanò di un passo, schiudendo i pugni.

«Come le terre che gli inglesi hanno rapinato alla comunità della mia famiglia, stuprando mia madre ed evirando mio padre?»

«È certo così. La proprietà privata è contraria all'amore che deve regnare tra gli uomini. Ma il mio non è affatto un mondo ozioso. La Città d'Oro si basa sull'agricoltura ed è proprio essa a fornire i beni utili per industrie e artigianato.»

Il Gigante pensò agli uomini e alle donne della sua antica patria perduta, schiavi di un lavoro senza speranza. E anche ai Taino di Hispaniola, i morti che camminano. Alle innumerevoli vite inconsapevoli, come quelle dei buoi e dei cavalli da tiro.

«Saranno sempre i poveri, a faticare.»

«Niente affatto!» esclamò Tommaso, alzando le braccia al cielo rosato. «Nella mia città, la terra è coltivata da tutti gli abitanti, a rotazione. Ognuno lavora sei ore al giorno. L'ozio non è consentito, però nessuno si deve stancare come una bestia da soma.»

Il Gigante allontanò lo sguardo dall'inglese. Vedeva la città ai suoi piedi. Dal grigio della prima aurora emergeva il bianco e l'azzurro dei marmi, il rosso vivo dei mattoni. E il fiume non era più un nastro nero, ma un lembo d'azzurro che rifletteva il cielo. Ma sapeva che tutto era apparenza, gli splendidi palazzi e le graziose case affondavano in un lago di sterco. Sorrise, guardando il volto quasi estatico di Tommaso. Il giovane inglese pareva aver dimenticato di essere in compagnia del peggior assassino d'Europa, in cima a una torre altissima e minacciato di morte.

«Quello che dici mi fa quasi passare la voglia di ucciderti. Ma la Città d'Oro che ho visto io, di là da tutti i mari, non aveva nulla di ciò che mi racconti.»

Tommaso aveva le lacrime agli occhi:

«È questo, che devo sapere! Voglio il diario del custode, Johannes. Voglio verificare l'attuazione dell'Idea».

«Ora basta» ruggì il sicario, allontanandosi di scatto e sfoderando il pugnale e l'acciarino. «Non ho più tempo per le tue follie. Rimarrai qui, in piedi, a goderti il panorama della tua Atene d'Italia.

Non proverai ad aprire l'uscio che porta di sotto, o a fare segnali per chiedere aiuto, altrimenti dovrò ucciderti. Pensa al libro del tuo Johannes, a cui tieni tanto: te lo porterà il Machiavelli stesso, come ti ho già detto. Io ho una sola parola e so mantenerla.»

"Anch'io", pensò il prigioniero, mentre veniva di nuovo bendato strettamente. Poi il Gigante prese un foglietto, una matita e li porse al prigioniero.

«E ora scrivi quello che ti detto: *quod abscondis, Nicolaus, plus est quam vita mea...*»

L'inglese lo guardò con immenso stupore e l'assassino sorrise della sua dotta ingenuità.

«Conosco più lingue di te, filosofo: vive e morte. Sì, devi scrivere al tuo Niccolò che il libro che ti nega è per te più importante della stessa vita...»

Tommaso scrisse. Il Gigante prese il foglio e si caricò l'armamentario sulle spalle.

«Lo sai già, ma te lo ripeto: se vuoi salva la vita, e magari anche leggere il libro di Johannes a cui tanto aneli, non muoverti da dove sei. E non dire una parola, fino al momento giusto. Moriresti in un attimo.»

Poi scese velocemente al piano di sotto. Il grande camino ardeva, riscaldando inutilmente le guardie, ancora sedute a semicerchio intorno al fuoco.

«È ben freddo, questo dicembre: che ne dite, fiorentini? Non rispondete? Ah, probabilmente voi non sentite più il gelo, è vero...»

*Trappola*

Niccolò Machiavelli tornò in Palazzo Vecchio all'albeggiare. Aveva con sé un gran fagotto, che chiuse a chiave in un armadio del suo studio. Non aveva freddo, né fame, né stanchezza. Ma spense tutti i lumi, perché qualsiasi luce gli feriva gli occhi. Nel ventre aveva ancora un gatto vivo, che gli graffiava le carni. Nelle orecchie gli strilli di Salaì. Nel ricordo, la sua pelle troppo bianca, ben presto segnata dalle strisciate rosse delle cinghiate. In bocca sentiva un sapore aspro, il cui ricordo voleva dimenticare prima possibile.

Non poteva concedersi nemmeno un'ora di sonno. Si dimenò sulla sedia in preda a un oscuro furore: pensava alle ultime pagine del diario del suo Andrea. Perfino i rari passanti, in strada, lo sentirono urlare e bestemmiare. Lanciava ogni genere d'insulti al giovane e infelice agente. A Violante, il capo delle sue spie. Ai fiorentini in genere: perfidi, stupidi, bottegai e traditori. Ma tutto quell'odio era per se stesso. In lui gridava un dolore profondo, pronto a ogni scusa per incendiarsi, come fuoco greco.

Finalmente si spalancò la porta e apparve Violante, trafelato ed eccitatissimo:

«Una lettera dell'inglese!».

Il Machiavelli era inviperito. Gli strappò il foglio dalla mano tremante, senza nemmeno sollevare lo sguardo. Era scritto in latino. Di certo dal suo ospite notturno.

«Dove l'hai trovato?»

«Al ponte a Rubaconte. Ma che significa, Segretario?»

Guardò il suo Violante con tutto l'odio e il disprezzo che riservava a se stesso. Ma decise di dirgli la verità, perché il momento era grave e il tempo che rimaneva ben poco:

«Si ucciderà, se non avrà il libro di Johannes».

«Quale libro?»

Violante non poteva capire. Le sottigliezze di ser Niccolò erano spesso tanto arzigogolate da apparire incomprensibili perfino ai suoi dotti amici. Rispose dunque a se stesso, come al solito:

«Una favola piena di corbellerie. Corbellerie vere, intendiamoci, ma pericolose. Quell'inetto di Tommaso vuole vedermi, da solo, sul tetto della porta di San Niccolò, in Oltrarno. Una buona scelta, devo dire».

Violante saltò su, in grande allarme:

«Non se ne parla nemmeno! Troppo pericoloso, per voi».

«Ci andrò insieme ai migliori armati che potrai procurarmi, con balestre e schioppi.»

«Ma perché chiede di vedervi?»

«Vuole il libro, Violante: ci tiene più che alla sua stessa vita. E questo è credibile: faccio i miei complimenti all'ideatore del piano. Ma io so vedervi attraverso, e scorgo la verità. Certo tu non comprendi...»

«No, io non posso» sospirò Violante. «Quando ci andiamo?»

Il Segretario si alzò in piedi e aprì l'armadio in cui aveva riposto il suo gran fagotto.

«Ora. Ascolta attentamente gli ordini che ti darò, non possiamo sbagliare una mossa.»

La torre era circondata dai birri. Un tenue chiarore permetteva appena di distinguere le sagome di uomini e cose. Niccolò Machiavelli era poco distante dal gruppo degli armati. Si tolse il mantello e si agganciò alla schiena il fagotto che aveva con sé. Rabbrividiva per il vento freddo. Guardò verso l'alto, ascoltando il resoconto di Violante:

«Tutto è regolare, Segretario. Le postierle si sono sempre aperte agli orari prestabiliti: ciò significa che i guardiani lavorano e dormono tranquilli...». Violante sorrise sardonico. «Soprattutto dormono. Il fuoco del camino appare acceso. Forse il Gigante assassino non è nella torre, come d'altra parte insistevo a dirvi. Secondo me, possiamo salire senza alcun pericolo.»

«Forse. E l'inglese, invece?»

«Oh, lui è proprio dove ha scritto nel biglietto: in piedi all'ultimo piano, accanto ai merli di meridione. Sembra che aspetti, tranquillo: o gli porteremo il libro che desidera, oppure si butterà di sotto. Un bel volo, il più alto che si possa fare in Firenze, credo.»

«Tu che proponi, Violante?»

«Io lo lascerei volare: sarebbe un bello spettacolo, e *Amen*. Al re d'Inghilterra voi saprete certo dire che è stata una disgrazia.»

Il Machiavelli si massaggiò il mento, considerando in cuor suo ogni possibile inganno e ogni conseguente contromossa. Quell'inviluppo di ragionamenti a spirale lo allontanava dalla semplicità ingannevole dell'apparenza. Lo proiettava in un mondo che gli pareva abitato, in quel momento, solo da lui e dal Gigante. Invece Violante, i birri e tutti i fiorentini, compreso l'inglese Tommaso, erano tante scimmie buone e cattive, ma tutte inconsapevoli.

«In quel caso, Violante, io non cesserei affatto di essere in pericolo. Anzi, lo sarei maggiormente, perché non avrei più modo di capire, non potrei reagire e non mi resterebbe nemmeno una via di fuga.»

«Perché parlate sempre per enigmi, Segretario?»

Ser Niccolò diede un'amichevole pacca sulla schiena del suo gobbo e fedele collaboratore: un gesto quasi affettuoso, di cui si stupì lui per primo.

«Ebbene, Violante, andiamo su.»

Il nero capo della polizia segreta di Machiavelli fece un cenno del capo.

«Va bene, Segretario. Invio una prima pattuglia, per sicurezza. Voi restate al riparo, da lassù può cadere di tutto.»

Il Machiavelli lo fermò, afferrandolo per un braccio e puntandogli addosso i suoi occhi piccoli e penetranti.

«Mi raccomando: che nessuno tocchi l'inglese. Potrebbe davvero gettarsi di sotto senza dire nemmeno il tuo *Amen*. Di' ai birri che facciano solo uno svelto controllo, senza indugiare, e che ridiscendano subito.»

Fu mandata una pattuglia di avanscoperta, quattro uomini fra i più sacrificabili. Passarono dalle mura e bussarono direttamente alla piccola porta del secondo piano. Una mano enorme aprì il catenaccio e li lasciò entrare, facendosi subito da parte nell'ombra e bestemmiando qualcosa di atroce, all'usuale modo dei birri di guardia. Il passaggio era molto stretto: una vera e propria galleria scavata nella possente muratura del colosso di pietra. I birri di Violante dovettero salire uno per uno. Gli uomini del corpo di guardia erano seduti, immobili, intorno al grande camino acceso: li guardarono con disprezzo, perché era evidente che dormivano ancora. Senza indugiare oltre, come era stato loro comandato, salirono le ripidissime scale fino all'ultimo piano. Sempre seguendo gli ordini dettati direttamente dal Machiavelli, si accertarono che l'inglese vestito di nero fosse davvero solo, al centro del tetto. Non aveva alcuna arma. Il vento dell'alba era gelido e tagliava le facce e le mani. Riscesero in fretta. Il capitano gridò ai birri di guardia, ancora immobili intorno al fuoco:

«Come ha fatto quell'uomo a salire in cima?».

Uno di loro, il più grosso, farfugliò qualcosa, cercando di alzarsi faticosamente da una sedia troppo piccola:

«Di qua non è passato nessuno!».

«Torna a dormire, idiota!» gli gridò il capitano della pattuglia. E poi, rivolto ai suoi: «Due di voi rimangano con me a presidiare la torre: tanto vale che ci scaldiamo un poco anche noi. Un altro torni di sopra a vigilare l'inglese, senza avvicinarlo. L'ultimo scenda subito a chiamare Violante e il Segretario!».

Appena i due birri rimasero soli, il Gigante fece in un attimo quel che doveva, senza produrre alcuno strepito. Il capitano, con una grande espressione di stupore sul volto, fu messo sulla sedia più vicina al fuoco. L'altro venne sistemato accovacciato ai suoi piedi. Poi l'assassino, con uno sforzo che gli riempì di dolore le spalle offese e soprattutto il braccio sinistro, armò il suo arco con la freccia incendiaria, pronta all' innesco. Infine, si arrampicò con le corde sulla parte esterna del possente muro, fino a uno dei merli del coronamento.

Era quasi sospeso nel vuoto. Quando fu al sicuro, poté infine riposarsi un poco. Era rannicchiato, pronto all'azione: davanti a sé vedeva l'inglese in piedi; più in là la testa di un armato, che lo osservava timoroso. Ma solo lui vedeva la cassetta di metallo e legno: colpendola in un punto esatto, la freccia infuocata avrebbe provocato un effetto immediato.

Niccolò Machiavelli salì gli interminabili scalini insieme a Violante e a quattro birri, pesantemente armati. Era ansimante e impacciato, per il gran fagotto che aveva in spalla. Arrivati all'ultimo piano, Violante gridò:

«Tutto bene, sul tetto?».

La guardia scese i primi scalini e si affacciò di sotto, nel vastissimo ambiente:

«L'inglese è dove dovrebbe essere». Poi indicò i birri intorno al fuoco: «Il capitano è lì che vigila».

«Possiamo dunque salire senza pericolo?»

«Venite!»

Mentre salivano la scala aggettante, Ser Niccolò gettò uno sguardo ai birri seduti a semicerchio davanti al caminetto. Sentì un brivido gelido lungo la schiena e capì di aver avuto ragione. Poco prima di arrivare in cima, mormorò all'orecchio di Violante:

«Tu e i birri dovrete rimanere fermi sugli ultimi scalini: non salite sul tetto della torre e neppure scendete. Andrò solo io».

Violante girò di scatto la testa:

«Non fatelo, Segretario, per carità».

«Obbedisci. Non muovetevi per alcun motivo, le nostre vite sono in grande pericolo. Dovrete uccidere subito, con le balestre o con gli schioppi, chiunque altro appaia sulla scena.»

«Lo farò, ma non capisco.»

Il Machiavelli sorrise, ma questa volta con indulgenza:

«Come sempre. Ma lo farai bene».

Ser Niccolò fece gli ultimi scalini, si affacciò sul tetto e fu investito dal vento ghiacciato. Vide Tommaso fermo in piedi, davanti ai merli esposti a settentrione, che guardavano il fiume. "Va bene così" pensò. Appena fu sul tetto, nel punto diametralmente opposto a quello del presunto aspirante suicida, sollevò entrambe le mani e alzò un po' la voce, dosandola però con accortezza:

«Buon mattino, Tommaso Moro d'Inghilterra! Non vi fa fresco, tutto solo, là in piedi?».

## *Utopia*

Tommaso si illuminò in volto e fece l'atto di corrergli incontro. Ma il Machiavelli lo fermò:

«Non avvicinatevi!».

Il chiarore stemperava di rosa i tetti più alti di Firenze. Il Segretario si guardò febbrilmente intorno e alla fine notò una cassetta di legno e ferro. Se ne tenne ben lontano, perché ne sapeva il terribile contenuto. Gliel'aveva detto un mugolante Salaì, mentre era a cavalcioni su di lui e lo frustava con la cinghia.

Il Gigante li guardava, mormorando cocenti bestemmie. Avrebbero dovuto stare più vicini. Doveva esser certo di distruggere il libro di Johannes, che il furetto fiorentino portava sempre con sé. E cos'era il rigonfiamento del suo mantello, simile a una grande gobba? Decise di aspettare.

Il Machiavelli aveva le idee chiare su come agire. Ma non era certo di scampare la vita. Ed era necessario prendere tempo.

Il piccolo libro di Johannes, di cui sentiva il rigonfio nella tasca del corpetto, era certo un libro di favole. Ma aveva ugualmente svegliato il suo spirito. Reggere un Principato era una cosa, la filosofia era come l'amore per una donna. Se lui e Tommaso dovevano morire, tanto valeva chiarire i suoi dubbi:

«Se deciderò di darvi il libro, purché non vi buttiate di sotto, capirete da solo se la vostra Utopia ha avuto un senso o meno. Ma intanto ditemi: se la Città d'Oro è una società perfetta, che accade al sovrappiù che le sue officine producono?».

Tommaso Moro avrebbe potuto correre incontro al Machiavelli o chiedere aiuto ai birri, che aveva visto far capolino dal piano inferiore. Ma non lo fece. E non certo per paura del Gigante, a cui in quel momento non pensava nemmeno. Ma perché il Primo Segretario della Repubblica di Firenze, l'Atene d'Italia, gli chiedeva della sua Utopia. Il modello perfetto che aveva fatto costruire nel mondo vergine, oltre ogni confine conosciuto.

Si sentì possedere da una grande eccitazione e dimenticò ogni altra cosa:

«Nella città di Utopia si produce solo per il consumo e non per il mercato. Per questo è perfettamente isolata».

«Ma nel libro del custode Johannes ho letto che la Città d'Oro è la prima di altre cinquantaquattro: *E quinquaginta quattuor sororibus ea prima est.*»

«Quello sarà il compimento dell'Idea! Una Nazione nuova di città uguali, con sudditi uguali.»

Il Machiavelli sorrise con scetticismo.

«Ma ancora non mi torna il vostro pensiero, Tommaso. Se i cittadini dell'Utopia sono tutti uguali e non ci sono signori, allora i beni non potranno convertirsi in denaro. Mancherà la possibilità dell'accumulo, del prestito e del pegno.»

«Oro e argento, nella città ideale, sono privi di valore. I cittadini non possiedono denaro ma si servono dei magazzini generali, secondo le proprie necessità.»

Una perla di sudore gelido scese dalla fronte di ser Niccolò. Ma non per il suo vizio: era invece vera paura. Volgeva l'occhio intorno, ma non c'era nessun altro, sulla sommità della torre. Dove si era nascosto, il Gigante? Prese altro tempo:

«Se i beni rimarranno gli stessi, in un territorio circoscritto e isolato, quando la popolazione aumenterà di numero ci saranno rivolte».

Tommaso Moro scosse il capo, con energia, accennando pericolosamente a un passo in avanti:

«Anche il numero dei figli è stabilito per legge, nell'Utopia, in modo tale che rimanga uguale il numero di persone».

Il Machiavelli alzò la mano, sperando che ciò bastasse a fermare il suo ospite notturno. Nessuno doveva ancora muoversi, in quel teatro assurdo e mortale. La sua salvezza, come quella di Tommaso Moro d'Inghilterra, dipendeva per metà da una sua intuizione e per metà dal capriccio del caso. Temeva di credere più al secondo che alla prima. Il suo sudore malato aumentò. Ma non osava prendere dalla tasca il fazzoletto nero, per non turbare la scena: l'assassino certamente li studiava dal suo nascondiglio.

«Voi siete matto, Tommaso. A me codesto sembra più un inferno, che un Principato perfetto.»

Anche l'inglese, nonostante la sua irrequietezza, obbediva al comando del Gigante di non muoversi: stringeva i pugni e sentiva farsi deboli le ginocchia. Ma partecipare a una discussione filosofica col Machiavelli era più forte di qualsiasi paura:

«Limitare le nascite di nuove vite è perfetto nella morale, oltre che nella prassi. Nell'Utopia regna l'etica più stretta. Forse è la cosa che voi, Niccolò Machiavelli, potete comprendere meno: nella città, chi commette adulterio è bollato di infamia e non può più sposarsi».

Ser Niccolò trovò la forza di ridere, scuotendo il capo:

«Non ne dubito affatto. Siete tanto bigotto, ragazzo mio, che arrivereste a staccar loro il capo!».

Tommaso Moro non colse il tono canzonatorio del Segretario. Per quanto le loro idee fossero assai distanti, egli era il suo modello di razionalità e di rettitudine, nelle cose dello Stato:

«Non v'è pena di morte, nell'Utopia, poiché Dio ha proibito di uccidere. Tale divieto divino è assoluto e ciò implica anche il rifiuto della guerra».

Il Machiavelli cedette al disagio e si frugò in tasca: prese due fazzoletti neri, ma uno cadde per terra. Si agitò un poco al vento, come un pipistrello nero. E lui tremò al pensiero che l'assassino lo prendesse per un segnale. Ma non accadde nulla.

«Eppure di armi ce n'erano, nella Firenze al di là del mare Oceano! Questo ho letto nelle ultime pagine del resoconto del mio povero Andrea, oltre che nel libro del vostro Johannes.»

Tommaso Moro chiuse gli occhi e mostrò le palme al Machiavelli:

«È ammessa la guerra solo per difesa. O per aiutare un popolo a liberarsi dalla tirannia. Per tutto il resto, rifiutiamo ogni conflitto armato. D'altronde c'è piena concordia: le cariche pubbliche sono frutto di libera elezione tra tutti i cittadini. Un principe ha il potere a vita, scelto tra quattro candidati designati dal popolo. Le leggi sono poche, semplici e di facile interpretazione per tutti. Voi siete un Giusto, potrete capire quanto dico».

Il Machiavelli sorrise.

«Forse sì, sono un Giusto, ma a mio modo.»

«E dunque comprendete bene l'importanza del libro di Johannes!»

Cantò una civetta, fra gli sterpi del colle addossato alla torre. Il Machiavelli non credeva in nulla, tanto meno nei segni divini o del fato, ma sentì comunque un brivido nella schiena.

«Se volete sapere come la penso, forse una sola Città d'Oro, isolata da tutto e da tutti, potrebbe vivere: non certo una federazione di cinquantaquattro città identiche! No, davvero: il vostro modello non funzionerebbe mai in un vero principato.» Indicò col braccio sinistro la gran distesa di edifici, oltre il fiume d'Arno, che si infiammava ai primi raggi del sole. «Questa Firenze che è ai nostri piedi, Tommaso, è tutt'altro che perfetta: è piena di odi, di denaro, di invidie, di inganni. E quel che certamente più vi ferirà, di lussurie e depravazioni di ogni tipo. Anch'io non ne sono affatto immune, anzi! Mi lusinga che l'abbiate presa a modello per la vostra pura Idea, ma è stato un errore.»

«Firenze è il centro della razionalità mondiale, ser Niccolò! E voi ne siete una punta, come ser Leonardo, come tanti altri. Potreste trasformarla in città ideale, vera Atene moderna!»

«E voi pensate davvero che Atene sia stata una città ideale, a suo tempo?»

Tommaso Moro rimase in silenzio. Guardò verso la gran cupola del Duomo. Pensava a quella che aveva detto al suo Johannes di far costruire per prima dai buoni selvaggi.

«L'Utopia è perfetta, vi dico, è perfetta: il potere politico è distinto da quello religioso e vi è la più ampia libertà di opinione e di fede. E ciò benché il cristianesimo sia l'espressione più alta della religiosità naturale. Ho creduto che a Dio piacendo si potesse mettere in atto un mondo tutto nuovo, basato sulla Ragione. Abitato da chi non ha peccati, se non quello originale retaggio di Adamo.»

«E chi non si professa né cristiano né di altre religioni?»

«Agli atei sono precluse le cariche pubbliche…»

Il Machiavelli allargò le braccia:

«E lo studio delle Lettere? E il progresso delle scienze? È impossibile, se tutti devono lavorare nei campi».

«Gli utopiani trascorrono il loro tempo libero leggendo classici, occupandosi di musica, astronomia e di geometria.»

Tommaso Moro fece di nuovo un imprevisto passo verso il Segretario, che riuscì ancora a fermarlo con un gesto della mano:

«Fermo! Rispettate le consegne che avete ricevuto!».

*Il volo*

Sulla sommità della torre di San Niccolò, il vento di dicembre spirava sempre più forte, in direzione dell'Arno, e un barlume viola annunciò il sorgere del sole. Il Segretario vide due lampi, dalla parte della collina: significava che i suoi uomini erano pronti ad agire. Giudicava inetti, imbelli e stupidi tutti i birri di Firenze. Ma in quel momento sperò con tutto il cuore di avere torto. Un armato, scelto personalmente da Violante, era ben nascosto sul colle, fra gli alberi. Doveva essere davvero bravo, per liberare lui e Tommaso da quella scomoda situazione.

Ma il suo sollievo durò molto poco. Ai due lampi, prodotti con gli specchi, ne seguirono altri due, che segnalavano l'impossibilità di vedere dove si era nascosto l'assassino, nonostante la luce dell'alba. Dunque il Gigante poteva ancora colpirli, per distruggere il libro e sciogliere il suo voto di morte. Di certo in quel momento li guardava e li ascoltava parlare.

Pensò al fagotto, che portava appeso alla schiena. Rabbrividì. Aveva sperato di non dover ricorrere a quello, che aveva preparato come ultima mossa, ma ora sembrava necessario.

Gli serviva altro tempo. Ogni meccanismo doveva funzionare alla perfezione, perché quell'atto estremo non portasse alla fine sua e dell'ospite inglese.

«Forse, mio buon Tommaso Moro, sarebbe meglio che non lo avesse proprio nessuno, il libro del vostro Johannes. Ditemi, perché vi frullano per il capo tante idee balzane? È il freddo della vostra Inghilterra?»

A quel punto la situazione parve precipitare. Tommaso Moro scattò all'improvviso e salì in piedi sull'alto merlo della torre, che dava dalla parte dell'Arno. Piangeva come un bambino, cercando il coraggio per fare l'altissimo volo:

«Ora basta, davvero! Datemi il libro, in nome di Dio, o mi ucciderò sul serio!».

Gesticolava con ardore, mentre il Gigante assassino lo teneva d'occhio, dal suo rifugio in ombra.

Il Machiavelli pensò che era ora di porre fine a quella pantomima, perché il sole si sarebbe alzato in fretta, e il suo piano finale aveva sì bisogno di luce, ma anche di scarsa gente per le strade e di tutte le porte della città ancora chiuse.

Sganciò il prezioso corpetto di broccato. Tolse dalla tasca interna il piccolo libro di Johannes, causa di tante disgrazie e morti, miracolosamente recapitato dalle Indie occidentali. Lo prese tra due dita e lo mostrò a Tommaso Moro, che tendeva la mano come un miserabile all'uscita della Messa, sugli scalini del Duomo:

«Se lo desiderate tanto, ve lo darò. Purché facciate esattamente le cose che adesso vi dirò di fare. In gran fretta e senza rifletterci nemmeno un attimo. Dite di ammirarmi: volete dunque anche fidarvi di me?».

«Certo.»

«Ciecamente? Anche se vi chiederò l'impossibile?»

«Per avere il libro di Johannes, prova dell'attuazione della mia Utopia, farò qualsiasi cosa.»

«D'accordo, allora.»

Ser Niccolò si tolse il mantello, rivelando il gran fagotto legato alla schiena. Corse finalmente verso di lui e salì sull'alto merlo della torre:

«Abbracciatemi più stretto che potete, e non abbiate paura!».

Il Gigante vide i due, avvinghiati come amanti. Il libro di Johannes era dunque fra loro. Quello era il momento. Accese la punta della freccia incendiaria, rivelando in tal modo al birro di Violante la sua esatta posizione. Prese la mira con calma, con tutta la maestria di cui era capace. Scoccò il dardo, che colpì la cassetta di legno e ferro nel punto esatto.

Il Machiavelli, in quell'attimo stesso, strinse Tommaso Moro più forte che poteva.

«Tenetevi a me, per l'amor di Dio!»

Poi svolse il contenuto del suo fagotto e si gettò con lui.
Dalla torre di San Niccolò.
Altissima.
Un unico urlo di terrore.

Un'enorme vampa gialla e rossa si alzò nel cielo, come una foresta incendiata in estate.

Il fuoco e il fragore della mitraglia micidiale sconvolsero in un attimo la vetta della torre. La luce rischiarò la pietra forte come se fosse giorno pieno.

Il Gigante si rallegrò. Nulla e nessuno avrebbe potuto sopravvivere. Certo non due corpi viventi, e tanto meno un piccolo libro.

Ma subito dopo, vide con la coda dell'occhio uno strano lenzuolo a punta. Come una piccola piramide bianca, che scendeva frenata dal gonfio del vento. Vi erano appesi il Machiavelli e il Moro. E mentre vedeva questo, sentì lo strazio di un dardo di balestra a una gamba. E poi a un braccio. Voleva la morte dei due fuggitivi, con tutto il dolore infinito che lo teneva ancora in vita. E allora, con la forza di quell'odio, raggiunse l'unico punto in cui era al sicuro dai colpi scagliati dagli sbirri.

Il tetto della torre: un inferno di altissime vampe, provocate dall'inestinguibile fuoco greco. E corse anche lui verso i merli, con gli abiti e i lunghi capelli in fiamme.

Spalancò le grandi ali di Leonardo da Vinci, provate sul messaggero indio, alla torre di Baracca.

Si gettò nel vuoto, senza un grido. La sua via di fuga, tanto preparata.

Ma le fiamme si erano attaccate alla tela della macchina di Leonardo. Il Gigante fu un enorme uccello dalle ali infuocate, luminoso come Lucifero.

I pochi fiorentini che lo videro balzare dai merli della torre, pensarono proprio a un demone. Volò come un grande uccello impazzito, precipitando poi miseramente in Arno.

I birri si mossero subito per cercarne il corpo. Ma il Gigante era stato trascinato dalla corrente. Oppure era andato subito a fondo, per la sua grande mole.

Niccolò Machiavelli era ai piedi della torre, ancora abbracciato a Tommaso Moro. Dolorante, incredulo ma ancora tutto intero, nonostante il pauroso volo. Si tolse di dosso i fili che lo legavano alla diavoleria che gli aveva dato Salaì: un gran lenzuolo sagomato a piramide, che aveva frenato la caduta dall'altissima torre. A lui aveva provocato anche un gran male alle ginocchia, e a Tommaso Moro un grande spavento. Sulle prime, vedendolo con gli occhi riversi e immobile, il Segretario aveva pensato addirittura fosse morto per una sincope.

«Di due invenzioni di ser Leonardo» disse «oggi è stata fatta, si potrebbe dire, la dovuta esperienza.»

I birri di Violante li circondarono subito, per difenderli e ripararli alla vista del popolo. Già qualcuno era accorso, nonostante l'ora assai mattutina. Ser Tommaso si teneva ancora strettamente abbracciato al suo ospite:

«Datemi il libro, per la carità di Dio! L'esperienza di Johannes…».

«Ogni cosa a suo tempo, Tommaso.»

Violante staccò con fatica l'inglese dall'abbraccio e lo affidò a due guardie, che lo portarono dove avevano concordato.

Il birro nero fece un piccolo inchino di congedo, che stava fra la burla e l'ammirazione per il coraggio del suo Segretario. Ma il Machiavelli lo afferrò per un polso:

«Aspetta, tu. Che fa il nostro più prezioso segreto, a Santa Maria Nuova?».

«Dorme tranquillo.»

«Non ha mai parlato?»

«Sembra non possa proprio.»

Niccolò scosse il capo.

«Può, ma non vuole.»

Violante sorrise, in modo particolarmente perfido:

«Lasciatevi servire, Segretario: quando l'ho avuto in mano io, al Bargello, se avesse potuto parlare lo avrebbe fatto. Pur senza strapazzarlo troppo, seguendo i vostri ordini, ha avuto certe carezze che farebbero cantare gli stornelli a quelli con la lingua tagliata».

«Non dubito della tua abilità, Violante. Ma ci sono delle forze che possono tener ferma una lingua anche coi peggiori tormenti.»

«Quali forze, Segretario?»

Il Machiavelli guardò dall'alto in basso la figura curva, nera ed estremamente sgradevole del suo fidato capo della polizia segreta. Era brutto, ma certo non peggiore di lui stesso, preda pavida della perversione e perfino dipendente da un farmaco esotico.

«Qualcosa che temo tu non possa capire e che è sbarcato a Livorno da una nave... Ma ora datti da fare, ho altri ordini per te.»

«Comandate, Segretario.»

«Fai cercare il cadavere di quel Gigante: mi piacerebbe vederlo steso, davanti a me, prima che il sole sia alto.»

«Stanno già dragando l'Arno al Ponte Vecchio, con le pertiche.»

«Bene. È stato il più temibile strumento dei nostri nemici. Ma la sua opera non è ancora conclusa. Fai in modo che la trappola, stavolta, sia pronta a scattare.»

Violante allargò le braccia sconsolato, guardando la riva dell'Arno, bagnata dalla luce rosata del mattino:

«Ma se è morto!».

«Tu lascia in funzione il meccanismo che abbiamo predisposto, come se nulla fosse cambiato.»

Violante si calzò il cappuccio e sparì nell'ombra:

«Vi obbedirò, come sempre».

## *Una sorpresa*

Tommaso Moro era all'ospedale di Santa Maria Nuova. Sedeva sulla sponda del letto, guardato a vista da cinque birri armati. Davanti a lui c'era Niccolò Machiavelli, con le mani conserte.

«Datemi il libro, me lo avete promesso.»

Il Segretario sospirò e slacciò due bottoni del corpetto. Richiuse le dita dell'inglese, con delicatezza, intorno alla copertina del piccolo volume di Johannes:

«Eccolo, è vostro. Non servirà a niente, né a me né a voi. Ma è stata davvero un'istruttiva lettura».

«Quando mi farete ripartire per Londra?»

«Avete molta fretta?»

«Oh, sì.»

Il Segretario indicò il piccolo libro, che ora il suo ospite teneva stretto a sé, all'altezza del cuore:

«Sulla torre ho lasciato un discorso a mezzo, perché il tempo stringeva. Ora abbiamo un po' di calma, anche se non durerà molto. Vi ho confessato che ho letto attentamente la relazione del vostro Johannes e ho scoperto che contiene una sorpresa. Voi davvero credete che codesta, come chiamarla…».

L'inglese accarezzò amorevolmente la copertina nera del quaderno.

«Questa... *attuazione* della mia Utopia. Forse è la parola giusta.»

«Sì, appunto. Pensate che divulgare la messa in atto della vostra filosofia possa rimediare al male del mondo?»

«Lo farà, appena potrò parlarne. Allora, ditemi: posso mettermi in viaggio? La strada per la mia isola è assai lunga.»

«Un po' di pazienza, ser Tommaso, mi servite ancora. Dunque, sappiate che codesto libro, costato tante vite, è il resoconto di un disastro.»

«Ma che dite?» protestò l'inglese. «È un tesoro inestimabile!»

«Lì c'è scritto che la Città d'Oro ha avuto, durante e dopo la sua costruzione, fino a mille anime. Tutte raccolte fra una gente, a quanto si legge, di grande intelligenza: provetti costruttori, scienziati e perfino filosofi. Quel popolo era ridotto all'estenuazione a causa della sua stessa antichità. Ed era tormentato da molti nemici crudeli, come forse accadde a Romani e Greci. Sì, caro Tommaso, proprio così: da nemici crudeli.»

Tommaso Moro si alzò dal letto. Non aveva difficoltà a rispondere alla provocazione del Segretario fiorentino. Ma si agitava per quella che gli pareva una prigionia, più che un consulto coi medici, dopo il volo dalla torre.

Era ansioso di raggiungere la sua patria e divulgare finalmente l'esperienza della sua Utopia attuata.

«Gli abitanti ancora sconosciuti delle Indie occidentali» rispose «sono come fanciulli. L'Ammiraglio genovese ha scritto, nel suo diario, che tengono ogni cosa in comune. Non possiedono proprietà personali, non concepiscono avidità di alcun tipo.»

Ser Niccolò sorrise:

«Ho letto anch'io il libello di Giuliano Dati, lo smerciano a poco tutti i librai di Firenze: "*e le loro robbe da mangiare o bere, non ho veduto far n'è tuo n'è mio...*". Di queste favole, di terre e beni comuni, ser Tommaso, sono pieni anche gli stornelli del mio contado. Leggendo quel libro, scoprirete invece molte verità. La vostra Città d'Oro ha dovuto resistere a scorrerie, a ruberie e ad assedi. E Johannes ha visto cose tanto orribili che, quando leggerete, sono certo ci perderete il sonno. A me non è successo solo perché ho avuto esperienze simili, specie quand'ero col duca Valentino. Ma credetemi, è stato davvero impressionante, leggere di tanta crudeltà. Sappiate, infine, che anche nei periodi di pace, i felici abitanti della Firenze dell'altro mondo hanno fatto peggio dei miei concittadini: avidità, menzogna, tradimento. E quel che per voi sarà forse più doloroso sapere, adulterio, sodomia, incesto...».

Tommaso Moro strinse forte, nel pugno, il piccolo libro di Johannes:

«Basta! Tacete!».

«Eh, no, Tommaso. Poi leggerete, ma intanto fatemi dire. Il mio povero Andrea, quando è giunto al vostro bizzarro doppione di Firenze, ha trovato una città abbandonata, il cui unico abitante era in pratica lo sventurato Johannes. Mandato laggiù, a quanto pare, a causa della vostra incurabile gelosia per una donna.»

Tommaso Moro divenne rosso in viso:

«Avete letto questo libro solo con gli occhi: io lo farò con la mente e con il cuore».

Il Machiavelli si asciugò il copioso sudore e pensò al tempo che passava: era prossima l'ora della conclusione di ogni cosa. Ma non era affatto certo che la meccanica da lui preparata funzionasse come un marchingegno di Leonardo. Allargò le braccia:

«Io credo che in nessun luogo tale cambiamento dell'ordine delle cose sia possibile: a ciò fa pensare il resoconto scritto dal vostro disgraziato allievo e amico».

«Questo libro è tanto prezioso da essere stato ambito da nemici potenti, che lo volevano solo per distruggerlo...»

«È vero: gli inglesi, i vostri compatrioti, hanno tanto temuto la sua pubblicazione da allearsi perfino con gli spagnoli, loro nemici, pur di cancellarne ogni traccia. Certo è comico che l'abbiano fatto per la storia di un fallimento...»

«Sono certo che vi sbagliate: è la storia di un'Idea vittoriosa.»

Il Machiavelli gli fece cenno di alzarsi dal letto:

«Forse per la vostra filosofia, ser Tommaso, non per la mia. Venite con me, adesso, andiamo a far visita a un povero infermo. Chissà che con tutta la vostra sapienza non riusciate a guarirlo».

A un gesto d'intesa, gli armati di guardia alla porta si fecero da parte. Uscirono dalla stanza solo in tre: lui, Violante e l'inglese.

Percorsero un lungo corridoio, che dopo un po' pareva scendere sotto terra.

«Come mai siamo senza scorta?» disse Tommaso Moro, assai stupito.

«È necessario che i birri restino nella stanza in cui voi siete ufficialmente ricoverato.»

«Perché, siamo ancora in pericolo?»

«Lo saremo, forse, dove stiamo andando adesso.»

Stavolta Violante capì al volo, e sorrise soddisfatto. Mentre Tommaso Moro, impaurito e confuso, camminava a testa bassa.

Il corridoio sotterraneo era usato da secoli dalle suore Oblate per recarsi, non viste, dal convento all'ospedale di Santa Maria Nuova, dove prestavano il loro silenzioso servizio.

«Mi avete dato un piccolo libro in cambio di un intero continente» protestò l'inglese «e l'importanza di questo la capirebbe anche il più meschino dei principi italiani. Un Mondo Nuovo, immenso, di cui nessuno conosce le incredibili ricchezze, con popoli e città meravigliose e mercati incredibilmente ricchi. E oro, argento, pietre preziose fino a non poter credere che ne esistano tante al mondo.»

Ser Niccolò scosse malinconicamente il capo.

«Questi erano i patti, ma Andrea non può dirci nulla: né di popoli, né di città, strade o mercati.»

«Non è mia la colpa! Ho rispettato ogni accordo!»

Alla fine del corridoio c'era una rampa di scale e una piccola porta. Violante li precedette e si ritrovarono nel convento, apparentemente deserto. Percorsero un grande stanzone buio e infine raggiunsero un altro corridoio, lungo il quale si aprivano varie celle monastiche. Le porte erano spalancate e sembravano tutte vuote. Tranne una, presidiata da due armati.

Entrarono infine in quella stanza, illuminata da varie lampade. Su un letto era steso un corpo dal colorito cereo, sorvegliato a vista da altri armati, e un medico gli era seduto accanto.

Ser Niccolò afferrò il braccio di Tommaso Moro:

«Eccolo qua: il nostro Andrea è vivo, dopo tutto».

*Il chiostro delle ossa*

Il Gigante assassino era orrendamente consumato dal fuoco. Nel viso, nelle braccia e nelle gambe. I lunghi capelli ridotti a croste nere. Le profonde ferite non ancora rimarginate e in parte putride. Non aveva più alcuna volontà di vivere. Avrebbe anzi fermato volentieri il respiro e arrestato con le sue stesse mani il battito del cuore. Vedere la luce del giorno e le stelle della notte; camminare, mangiare. Per lui uno strazio dell'anima, più che del corpo. Il Nulla era l'unica fuga a cui ambiva.

Sapeva che anche la sua mente era perduta. Non lo guidava più la ragione, solo una tempesta di rabbia e di immenso rancore. Tutti gli erano nemici, in quella città di inganni e di merda. In lui non c'erano amore, ricordi o speranze: solo disperazione, solitudine e odio. Ogni pensiero era finalizzato a uccidere.

Ma era ancora in grado di terminare la sua missione. E lo avrebbe fatto, perché al termine della sua tortura terrena c'era la liberazione, promessa dalla piccola donna scura. L'unica che forse lo aveva amato e al cui dolce corpo pensava spesso con nostalgia. Un minuscolo punto di luce.

Unica speranza, la profezia. Non desiderio, perché il suo cuore era gelido. Un miraggio, forse. Una santa avrebbe posto le dita sul suo petto e fermato lo strazio, come olio su una ferita. Si sarebbe colmato il terribile vuoto che aveva nel petto. Unico miracolo possibile. Un sogno di febbre, un delirio.

L'ospedale di Santa Maria Nuova era in varie costruzioni ampie e basse, assai vicine alla piazza della Cattedrale. Il vasto terreno era stato donato al Comune secoli prima da Folco Portinari. Ma tale benemerenza era passata in secondo piano, perché il piissimo uomo era ormai ricordato soprattutto come il padre di Beatrice, la donna angelicata di Dante Alighieri.

Tutto questo, comunque, il Gigante non lo sapeva, né avrebbe potuto interessargli.

Con la schiena appoggiata al muro della stretta via, un po' piegato perché la sua altezza non desse nell'occhio, guardava attento l'austera facciata.

Dalla porta di sinistra, sotto la tettoia più grande, uscivano ed entravano coppie di uomini incappucciati di nero. Avevano speso la notte per i loro fratelli in Cristo. Smontavano a quell'ora dal loro penoso turno. Portavano barelle con malati e moribondi, coperti pietosamente da lenzuola scure. Alcuni, da soli, avevano sulle spalle grandi ceste, in cui stavano accucciati i malati meno gravi.

Alcuni di quegli uomini percorrevano una viuzza buia e affrettavano il passo. Non perché timorosi dei briganti, ma per la fretta di tornare a casa e trovare ristoro dopo la grande fatica.

Il Gigante era coperto dal mantello, la testa bassa. Sembrava indifferente a quel traffico. Ma in realtà guardava attento, per trovare chi facesse al caso suo. Individuò un uomo alto e grosso: si era appena sfilato il cappuccio e trascinava stancamente la sua cesta vuota. Lo seguì, a poche braccia di distanza. Alla prima rientranza della strada, non visto da alcuno, lo afferrò da dietro col braccio sano, più forte della gamba di un uomo normale. Gli spezzò il collo e l'uomo morì subito, senza un lamento.

Indossò il lugubre abito e si calò il cappuccio sul capo, per nascondere ferite e ustioni. Mise quindi il corpo nella cesta e tornò verso l'ospedale.

Aveva notato che la porta di destra, sotto la tettoia minore, era meno frequentata. Entrò nell'ospedale da quella parte, con la cesta carica sulla schiena, senza che nessuno badasse a lui. Si incamminò poi a capo chino per il corridoio, al termine del quale c'era una sala affrescata. Gli parvero figure di diavoli, più che santi e madonne. Lì si aprivano gli usci delle camerate maschili.

Fu fermato da un portantino, che lo mandò dai medici in servizio. Tagliavano una mano infetta. Il disgraziato urlava, tenuto da quattro inservienti coi grembiali sporchi di sangue, come quelli dei beccai.

Senza togliersi mai il cappuccio, agganciò per il braccio il più giovane dei fanciulli che assistevano alla truculenta operazione: «Aiutami!».

«Non posso» fece il ragazzo. Ma ogni ulteriore protesta gli morì in gola.

Lo tirò via con forza irresistibile. Aprì il coperchio della cesta. Lo obbligò a prendere il morto per le ascelle e a distenderlo sull'ultima branda libera. Il ragazzo parve riconoscere il cadavere e allora il Gigante gli tappò la bocca con la grande mano. Lo sollevò da terra, nonostante il dolore insopportabile che aveva ormai a tutti gli arti.

Vide una porta che dava in un altro corridoio, e infine in un chiostro. Varcò quella soglia a passo svelto, col ragazzo che si agitava inutilmente. Trovò l'angolo più oscuro. Dietro una finestra, intravedeva solo una suora intenta a pregare.

Il Gigante guardò i grandi occhi del ragazzo, spalancati per il terrore. Gli parlò dolcemente, sfiorandogli il viso con la bocca:

«Dov'è l'inglese?».

Il fanciullo scosse più volte il capo, disperato. Il Gigante gli dette uno schiaffo che avrebbe ucciso un bambino.

«Non m'ingannare. Voi tutti lo sapete per certo. Lo terranno in una stanza segreta, ben guardato.»

Il ragazzo piangeva grandi lacrime, ma non voleva obbedire. Allora il Gigante gli torse il braccio, provocandogli un dolore terribile. Nonostante la bocca tappata, poteva udire il suo acuto grido di pena, come un animale morente.

Poi il ragazzo sbatté più volte le palpebre e fece cenno di sì.

«Ora ti permetterò di parlare. Se mi tradisci, morirai subito e con molto più dolore di così.»

Allentò la mano e il ragazzo mormorò a fatica, con le parole che gli inciampavano nei denti:

«Oltre la cappella e la medicheria. Al chiostro delle ossa».

«Sei sicuro?»

«Sì, sì.»

«Andiamo, e ricorda quel che ti ho detto.»

Si mossero rapidi, proprio mentre la suora deponeva il libro di preghiere e usciva dalla cappella, senza mai voltarsi indietro.

*Un'altra trappola*

Il Gigante era in vista del chiostro delle ossa, antico cimitero interno dell'ospedale. Da una bassa costruzione, filtrava la luce di una lampada.

«È lì dentro, l'inglese?»

«Sì, signore. Non mi ammazzate, vi prego.»

Il Gigante ebbe un moto di pietà, o qualcosa che per lui era clemenza. Un colpo netto alla gola. Lo uccise senza che se ne accorgesse: o almeno sperò che così fosse accaduto.

Il corpo scivolò in terra. Ebbe qualche scossa, poi restò immobile ai suoi piedi. Il Gigante lo trascinò da una parte, fuori dalla vista.

Guardò attraverso la finestra e non vide armati. Ma di certo ce n'erano, a sorvegliare giorno e notte Tommaso Moro, ricoverato in quel luogo segreto dopo il gran volo dalla torre. Era certo non avesse mai mollato il prezioso libro. Doveva avvicinarlo e distruggere, insieme a lui, anche il codice di Johannes. La sua missione si sarebbe finalmente conclusa.

Per compierla, non aveva più risorse: né fuoco greco, né abbastanza polvere pirica, tranne una manciata, raccolta in un nascondiglio delle mine. Gli mancava anche la balestra, perduta durante il pauroso volo e la successiva fuga. Aveva solo un'arma corta, l'acciarino e una corda. Né gli restava più fiato: sentiva di aver perso tutto ciò che lo aveva sorretto. Tranne la speranza nella promessa e l'abisso dell'odio. Confidò in quello.

Studiò un piano. Passarono davanti a lui pochi inservienti e qualche suora. L'aria tremava, oltre il muro di cinta dell'ospedale. Alzò il capo. C'era un vago sentore di fumo. Capì che erano le torce del diavolo fiorentino. Le aveva fatte accendere per lui in tutta la città, la notte precedente. Molte bruciavano ancora.

L'incendio era la sua specialità. Il fuoco e il fumo creavano in tutti un terrore che accecava. Ed era una fiamma da lui provocata, che lo stava uccidendo.

La fortuna sembrava assisterlo di nuovo, come a Siviglia e a Hispaniola. Nessuno lo aveva ancora visto. Preparò quanto gli occorreva. Poco legno secco, di cui era pieno il chiostro delle ossa, quasi ne fosse interamente costruito. Non poteva sperare in altissime vampe, come le capanne di Hispaniola, che bruciavano in un attimo. Ma gli stracci e l'erba verde avrebbero creato il fumo. E quello bastava a suscitare il panico. L'aria all'interno sarebbe diventata irrespirabile, con la fuga disordinata degli occupanti.

Bastava muoversi in un lampo, a quel punto. Come il falco sulla preda. Uccidere l'inglese e distruggere il suo libro, con quello stesso fuoco. Non gli importava cosa sarebbe successo dopo.

Sistemò con cura una piccola miccia e preparò l'acciarino. Si voltò, quasi per un presagio: non aveva infatti udito una voce, né passi o altri rumori. Dietro di lui c'era una suora. Notò con meraviglia i suoi piedi nudi. E capì subito di essere finito.

Non era affatto una suora. La implorò, in ginocchio:

«Fammi compiere la mia missione».

Non aveva mai pregato nessuno. Le membra non gli rispondevano più. La pelle era di fuoco, il dolore pervadeva ogni parte del suo corpo.

Pianse. Le lacrime bruciarono le orrende ustioni che aveva sul viso. Aveva versato le ultime trent'anni prima, davanti ai resti consumati di suo padre e sua madre.

La voce della donna era appena un sussurro:

«Non posso. Il tuo destino è questo, rassegnati».

«Ma così la mia donna non sarà liberata.»

«La tua donna è in pace. Fra poco lo sarai anche tu.»

Gli occhi del Gigante si riempirono di furore:

«Se ci fosse un Dio, questa ingiustizia griderebbe altissima al suo cospetto! Io voglio ciò che mi è stato promesso!».

«Come può, un uomo come te, prestar fede al giuramento degli inglesi?»

Il Gigante era un bambino disperato. Guardava la donna come un'antica madre. Dea primordiale, nera e terribile.

«La promessa non viene da loro!» Le afferrò le sottili caviglie, il viso nella polvere. «Permettimi di compiere la missione, ti prego ancora. Fai che trovi la pace che mi è stata promessa. Devo colmare il mio vuoto. Non mi è rimasto nient'altro.»

La suora capì. D'altronde lo aveva sempre saputo. Si tolse il velo, liberando i neri capelli. E avvicinò il viso a quello bruciato del Gigante.

«Avrai la pace che cerchi, e sappi che un giorno ci sarà la Giustizia, a riparare ogni torto.»

Il Gigante bruciò ogni forza che gli rimaneva, scattando in piedi. Urlò una terribile maledizione nella sua lingua, mentre due coltelli gli comparivano come per stregoneria in entrambe le mani. La suora, che tale non era affatto, ne rimase sorpresa.

*Andrea*

«È qui da due giorni» disse ser Niccolò, guardando con tristezza il corpo, disteso seminudo sul paglericcio. Era un giovane magro, coperto di innumerevoli piccole ferite. Aveva tracce di strane pitture sulle membra. La barba e i capelli erano incolti, gli occhi semichiusi come un cadavere. Respirava piano e dalla bocca uscivano strani suoni appena mormorati, a volte simili a rantoli d'agonia.

«È proprio lui?» chiese Tommaso Moro.

«Sì» rispose il Segretario, coprendolo col lenzuolo fino al petto. «È lui, il mio giovane agente, tornato per miracolo dalla sua spaventosa missione. È Andrea di Francesco.»

L'inglese era pieno di meraviglia. Guardò il ragazzo, poi volse gli occhi severi al Machiavelli:

«E dunque sapete già come si è conclusa la sua missione! Mi avete mentito!».

«No, Tommaso. Non ho saputo nulla da lui. È come se avesse completamente perso il senno. Non si regge in piedi, quasi non mangia, dorme sempre. Ma soprattutto non parla: ha tenuto sempre la bocca serrata. Solo gli occhi a volte sono vivi e paiono guardare altrove, molto lontano…»

«Alla Città d'Oro e alle meraviglie, che certo ha saputo da Johannes!»

Il Machiavelli sorrise con malinconia:

«Vi ho già detto cosa è scritto nel vostro libercolo. No, negli occhi di Andrea io intravedo, ma non ne sono certo, qualcosa di molto diverso».

«Che cosa?»

«Né io né voi l'abbiamo più.»

Tommaso Moro non badò a quell'enigma solito del Segretario. Si avvicinò ad Andrea e gli guardò il viso. Non era pallido, come chi agonizzava, né lo scuoteva la febbre.

«Che dice il medico?»

«Dice che è sano. Ma è stato vittima di un grande terrore. O forse di un tossico ipnotico, somministrato oltre il mare Oceano. Abbiamo cercato in ogni modo di scuoterlo: gli ho parlato personalmente, ricordandogli i giorni passati insieme per la sua istruzione, in una casa segreta. Ma benché a volte mi sembrasse di scorgere sulle sue labbra un debole sorriso, sono rimaste sempre chiuse. Gli ho mostrato sua moglie e suo figlio, ma pareva non riconoscerli. Quindi l'ho consegnato a Violante, il capo della mia polizia segreta.»

Tommaso Moro rabbrividì, e non per il freddo. Il Segretario sorrise:

«Questo per voi è sorprendente? Noi siamo i figli di Roma, amico mio. E voi inglesi siete invece dei bambini, che hanno appena rinunciato alla loro innocente barbarie».

«Il libro che mi avete dato, rispettando infine i nostri accordi, non è stato scritto da un bambino.»

Il Machiavelli sorrise.

«Vorrei che leggeste alcune cose che ho scritto io, sul buon governo dei principi. Il vostro piccolo libro è invece inutile, e costerà forse la vita al mio Andrea, che ha già tanto patito.»

Il Segretario si chinò sul volto del giovane e gli scosse il mento con la mano:

«Parla, perdio! Non voglio che tu muoia!».

Il ragazzo spallò gli occhi e prese a boccheggiare come un pesce tratto dall'acqua. Sembrava che qualcosa di terribile gli premesse nel petto. Faceva mille sforzi per vomitarlo, senza riuscirci. Gesticolò qualcosa nell'aria, forse il profilo di un essere mostruoso, il Gigante o chissà cosa. Il Machiavelli insisté, ma il ragazzo non reagiva più, era di nuovo come morto. Il medico fece un deciso cenno di no, con il capo.

Tommaso Moro guardò il giovane con grande compassione:

«Com'è giunto a Firenze?».

«Un nativo delle Indie occidentali ha indicato il suo nascondiglio alle guardie di città, portando loro il corpo di un altro. C'era anche il libro da voi tanto ambito, e un singolare dono per me.»

«Un indio, dite?»

«Tale sembra sia un morto nudo, sfracellato ai piedi della torre di Baracca.»

«E quel selvaggio aveva davvero salvato, da solo, sia Andrea che il mio libro?»

Il Machiavelli scosse il capo.

«No, l'indio era solo un'esca, per stornare l'attenzione del Gigante e salvare il mio povero ragazzo. Per questo, dopo, l'assassino ha cercato di colpire noi due e il libro, allo stesso tempo.»

«Un'esca preparata da chi?»

«Da chi ha davvero riportato vivo Andrea a Firenze.» Il Segretario prese Tommaso in disparte, allontanandolo dal letto: non si fidava nemmeno del medico. «Ma adesso siamo davvero all'ultimo atto. Mi chiedevate quando vi lascerò partire per l'Inghilterra. Ebbene, avverrà quando sapremo ciò che è chiuso a chiave nella mente di Andrea.»

«E come pensate di provocare tale miracolo?»

Il Machiavelli guardò con disprezzo il medico, che si alzò e uscì dalla stanza, lasciandoli soli col giovane incosciente. La fiammella della lampada creava giochi mutevoli di luce sul volto sofferente di Andrea. Pareva che vivesse un'altra vita, in un altro luogo e in un diverso tempo.

«Oh, non sarà grazie ai farmaci. Sarete invece voi, Tommaso, a giocare il finale.»

«Che avete in mente? Io non conosco intrighi.»

«Non vi preoccupate, basterà che vi lasciate vedere...»

«Non vi capisco.»

«Vedete, le mie spie hanno scoperto i passeggeri di ritorno dalle Indie. Hanno trovato traccia del Gigante. Era impossibile per lui passare inosservato.»

«E come è arrivato fino a Firenze?»

Il Machiavelli allargò le braccia.

«È scomparso a Siviglia.» Fece un vago gesto con la mano. «Certo conosceva cento strade. Ma non è lui che mi interessa. Ci sono tracce di altri quattro, che portano qui.»

«Chi sono?»

«L'indio ucciso alla torre di Baracca. E il mio povero Andrea. Sono stati visti sbarcare a Livorno, lui già incosciente...»

«Avete detto quattro persone...»

«Infatti. Altri due, con navi diverse, hanno raggiunto alla fine il porto toscano. Sono loro, quelli che aspetto ancora. Ci diranno la fine ultima della vostra città impossibile.»

«Ma come possono sapere? Chi sono? Forse c'è fra loro il mio Johannes?»

«Oh, no. Non lui. Ma sapranno dirmi ugualmente cosa nasconde la terra infinita oltre l'ultimo mare. Le città vere, gli immensi tesori e le vie segrete per raggiungerli. Anche se Andrea non parlerà mai, io saprò ugualmente quello che voglio.»

«Ma come? E quando?»

«Tutto è pronto per accogliere degnamente, in questa stessa cella, chi ha fatto in modo di consegnarci Andrea.»

«Se vi ha dato Andrea tramite l'indio, perché adesso dovrebbe palesarsi?»

«Lo ha protetto da innumerevoli pericoli. E ci ha fatto avere il libro. Se sapesse che entrambi sono in pericolo, uomo e libro, non credete che verrebbe a soccorrerli?»

«E sono davvero in pericolo?»

«Oh, almeno in apparenza, sì... Vedete, Tommaso Moro, anche voi e Andrea siete due esche. Ma stavolta, siete le mie.»

*La suora*

Il Gigante non capì subito quanto gli accadeva. La donna aveva tolto l'arma da sotto la tonaca. Non avrebbe mai creduto possibile tanta destrezza, in una femmina. Per quanto fosse davvero speciale, quella che aveva davanti.

Stavolta non ebbe scampo, perché il dardo, scoccato dalla piccola balestra, lo colpì diritto al cuore. Cadde in ginocchio e poi riverso sulla schiena. Ma con suo grande stupore, non morì subito.

La donna si chinò su di lui, i capelli neri gli sfioravano il viso. Sentì il dolce profumo del suo fiato.

«Il tuo dolore è finito. Prima di andare, sentirai sciogliersi l'odio che ti ha sorretto finora. Esiste anche la pace, al mondo, e adesso puoi accettarla.»

Il cuore del Gigante era già fermo. Non poteva più parlare, ma udiva e pensava. Avrebbe risposto che niente poteva più placare il fuoco nero che ardeva da tanto tempo. Lo attendeva solo il Nulla. Non avrebbe sentito affatto sciogliersi l'odio e si sarebbe spento nel mezzo della sofferenza. Come aveva visto tante volte negli occhi delle sue vittime, al momento della morte.

Ma la donna sapeva già quella risposta, come avesse letto la mente. Gli fece una carezza gentile e mormorò con dolcezza:

«È finita, tesoro mio. Io ti libero il cuore dalla morsa di ghiaccio. Il gran vuoto di tutta la tua vita si colma di pace».

Gli mise la mano aperta sul cuore. Al Gigante parve che il proprio pensiero risuonasse nell'aria: "Sei dunque tu, la santa". La donna faceva cenno di sì, dolcemente, carezzandogli il volto ispido e bruciato con i lunghi capelli neri. "Dunque la piccola donna nera non mi ha mentito."

«No, ti ama davvero. Lasciati andare, adesso.»

"Tu sei la morte misericordiosa" pensò il Gigante.

«Sono proprio io, povero amore, quella che aspettavi. Sono la morte liberatrice, che ti consola. E prima di spegnerti, sentirai il tuo cuore riempirsi di gioia. Quella che ti ha abbandonato tanto tempo fa.»

"Io volevo solo amore" disse il Gigante, col pensiero.

La donna lo cullò con una ninna nanna antica, della sua gente, in una lingua arcana che non conosceva. E il Gigante fu di nuovo innocente e felice. Sedeva sulla strada in discesa della sua casa, godeva della luce calda del pomeriggio, il dolce sapore dell'aria in primavera. Non c'era ancora stata alcuna morte. Nessun orrore. La voce chiara di sua madre lo chiamava, al tramonto. Vide il suo cane bianco venirgli incontro. Sentì il cuore ormai fermo correre allegro e sereno incontro ai giorni.

La donna sapeva di quei pensieri e gli sfiorò con le dita le labbra ormai esangui.

«Povere carni, povere ossa, tornate bambine e dormite in pace, stanotte. La luna è alta, tutto è tranquillo.»

Accostò le sue labbra a quelle del povero essere che aveva appena ucciso. Fece in tempo a baciargliele con delicatezza, mantenendo il contatto amoroso, finché il corpo sotto di lei non fu del tutto spento. E per ultima cosa, il Gigante sentì avverarsi la profezia, perché il suo immenso vuoto si colmava davvero. Risuonavano nel cielo vasto di Firenze le dolci parole della piccola donna guerriera: "Cogli, quando sarà il momento, al fine ultimo di questa impossibile tragedia, il frutto che ti verrà offerto". E quello fu il suo ultimo ricordo.

La falsa suora aveva ancora due cose da fare. La prima riguardava Tommaso Moro. Sapeva che non era lì, in quel chiostro che chiamavano delle ossa. Niccolò Machiavelli, Primo Segretario della Repubblica fiorentina, aveva preparato un'ingenua trappola, capace di ingannare il Gigante, ma non lei. In una catena ideale di astuzia, si considerava al primo posto. Sotto c'era il fiorentino e poi quel brutale assassino.

Era certa di portare a termine il suo piano senza intoppi. Bussò forte all'uscio e indicò agli armati il Gigante morto. Raccontò loro di un'ombra che era sbucata dal nulla, di un'aggressione e di una lotta breve e feroce.

Com'era ovvio, due birri corsero ad avvertire il Machiavelli e lei poté seguirli senza essere vista.

Proprio per l'apparenza di dolce suora caritatevole delle Oblate, entrò indisturbata nel convento: non dal passaggio sotterraneo, ma dall'ingresso principale. Immaginava il dialogo che si svolgeva in quel momento, nella cella dove giaceva il giovane Andrea: certo l'inglese era a bocca aperta, stupefatto per quanto raccontavano al Segretario della morte del Gigante. Il Machiavelli, invece, con gli occhietti ancora più piccoli per la rabbia, certo pensava al modo migliore di volgere gli avvenimenti a suo favore.

### *Punizione esemplare*

Due birri del Bargello, subito informati di quanto era avvenuto a Santa Maria Nuova, erano effettivamente corsi da Violante. E adesso, nella cella delle Oblate, il più sconvolto dalla notizia era Tommaso Moro:

«Ma che dicono questi birri, Segretario? Il Gigante è bruciato vivo ed è caduto nel fiume!».

«Evidentemente no, ser Tommaso. D'altra parte ne avevamo gli indizi. Nessun corpo è stato trovato. Solo le ali bruciate di Leonardo, che galleggiavano in Arno.»

«Ma chi l'ha ucciso?»

Il sorriso del Segretario era tagliato sul viso con una lama sottile: beffardo e misterioso. E reticente.

«Io credo che sia stata una suora. Ma non penso fosse sola. Sono certo sia stata aiutata da un prete.»

«Una suora e un prete? Com'è possibile?»

Il Machiavelli sorrise e gli occhi scintillarono di malizia.

«Ah, quando la vedrete sono certo che il suo volto non vi sarà nuovo. Ma adesso prepariamoci all'ultimo atto di questo dramma: ho un patto silente da rispettare.»

Tommaso Moro pestò rabbioso il piede per terra, come una femmina stizzita:

«Ha ragione Violante: vi piace parlar sempre per enigmi!».

«In questo caso, no. È proprio come vi ho detto: io e un'altra persona, pur senza vederci, abbiamo pattuito qualcosa, che riguarda me, voi, il povero Andrea e il vostro libro. Ognuno avrà quello che gli spetta. Voi non mi conoscete bene: ma sappiate che ho una sola parola, e la mantengo fino in fondo.»

«Lascerete che porti con me il libro di Johannes?»

«Certo.»

«E dunque ora che accadrà?»

«Aspettiamo. Una donna si crede più scaltra addirittura di me, e forse in fondo ha ragione. Ma si può essere ingenui, diciamo così, sapendo bene di esserlo. Se vogliamo che le cose vadano per il verso che riteniamo giusto. Dunque pazienza, mio frigido amico: perché sono certo che siamo prossimi alla conclusione di tutto.»

Mentre si svolgevano tali dialoghi, la falsa suora percorse il lungo corridoio in cui dormivano le vere consorelle. Raggiunse una piccola stanza con la finestra senza sbarre, dove aveva riposto le sue cose. Prese una corda sottile e lunga, ne assicurò bene un capo e attese.

Niccolò Machiavelli e Violante tornarono al chiostro delle ossa, protetti da una robusta scorta. Due armati restarono a guardare Andrea. Un altro birro ebbe invece l'ordine di portare l'inglese a Palazzo Vecchio.

La falsa suora vide passare Tommaso Moro dalla piccola finestra della cella. Armò la sua piccola balestra e colpì il birro con un dardo preciso. L'armato cadde senza un grido. Come aveva previsto, perché lo conosceva bene, Tommaso Moro rimase a guardare il corpo afflosciato per terra nella strada buia, inebetito e impaurito, incapace perfino di chiedere aiuto.

La falsa suora scese velocissima in strada, calandosi con la corda. Dopo un attimo era davanti alla sua vittima designata, in uno dei tanti vicoli bui del centro di Firenze.

La scena che si svolse non fu vista da alcuno: ma anche se un passante li avesse incrociati, non avrebbe potuto descrivere altro che una suora delle Oblate molto alta e bella, la pelle abbronzata e le membra forti. E davanti a lei un giovane alto e pallido, in abito nero, che cercava di rimaner fermo ma tremava un poco.

La donna sorrise. Si chiedeva come avesse fatto il povero Johannes a dar retta a quel filosofo.

«Ci credi davvero, nel tuo Dio?»

Rose. L'inglese si impietrì.

«La mia fede è ferma.»

«Allora sei pronto a raggiungerlo?»

Tommaso Moro esitò un attimo. Quando trovò la forza di parlare, le sue labbra tremavano un po':

«Io ho il dovere, prima di godere della Sua visione eterna, di raccontare ai viventi ciò che la Giustizia può ottenere in Terra: la città ideale di Utopia, la...».

Rose gli puntò la piccola balestra alla fronte. I suoi occhi erano rossi di pianto e di furore:

«Ora basta, perdio! Con le tue sciocchezze mi hai corteggiato, tanti anni fa. Mi hai fatto mille promesse, ma non mi chiedevi mai in moglie...».

«Dovevo obbedire alla mia coscienza. Prima c'era tua sorella maggiore, che doveva maritarsi. Perdonami, se ti ho ferita...»

«Credi che mi importasse, allora? Che mi importi adesso? Quando il tenero e povero Johannes mi ha chiesta in moglie, la felicità ha completamente cancellato te e le tue sante idee. Che ti prego di tenerti strette. Ma già quando hai sposato mia sorella, sappi che ti avevo dimenticato da tempo. Ho pianto disperata per sette giorni e sette notti, mia madre lo sa! Poi, semplicemente, mi sono chiesta perché mai dovessi soffrire così: mi sono alzata dal letto e ho sorriso.»

Tommaso Moro indicò timidamente la punta ferrea della freccia, a poche dita dalla sua fronte:

«E allora, perché?».

«Idiota! Tu invece mi desideravi ancora! Altrimenti, perché avresti spedito in quel luogo infernale Johannes, il mio vero amore, rompendo la nostra felice unione?»

«Ho fatto ciò che ritenevo giusto...»

«Eri solo geloso! E pensi te lo possa perdonare?»

Tommaso iniziò a sentire un sudore ghiacciato scendergli dalla fronte.

«Ma alla fine ti sei ricongiunta a lui! Al tuo grande amore! Non puoi perdonare la debolezza di un momento? Del resto anche Johannes è partito felice, col cuore gonfio di gioia per la possibilità di realizzare l'Utopia...»

Rose alzò la voce, rischiando di farsi udire dalle strade più frequentate. Ma in quel momento avrebbe senz'altro ucciso chiunque si fosse parato davanti a disturbare lo sfogo di tanti anni di sofferenza.

«E proprio per questo ho allontanato dal mio cuore anche Johannes! Per lui non è bastata una sola settimana di lacrime, ma molti anni di pene inenarrabili, che tu non puoi immaginare...»

«Hai riportato anche lui, dall'America?»

«No, l'ho ucciso. Come, in un certo senso, sto per fare con te adesso.»

Tommaso Moro rimase a bocca aperta per lo stupore. Semplicemente, non capiva.

«Non hai cuore, dunque.»

«Il mio cuore è così grande, invece, che solo un amore sconfinato ha potuto riempirlo.»

«Quale amore?»

La donna gridò, con una voce che pareva quella di un uomo:

«Voltati, adesso!».

Tommaso Moro obbedì e le offrì la schiena. Chiuse gli occhi, allargò le braccia e raccomandò l'anima a Dio. Rose si tolse il velo da suora, liberando la gran chioma corvina. Puntò il dardo e lasciò partire il colpo.

Tommaso Moro pianse molto sul momento, ma assai di più quando il medico gli estrasse la freccia dal gluteo. Si era piantata profondamente e non poté sedersi per oltre un mese. Ser Niccolò fu sorpreso dall'apparizione improvvisa del suo ospite, ferito e incredulo, e ancora di più dal suo racconto. Ma quando questo accadde, la fine di tutto era già avvenuta, e nessuno seppe più nulla della

Città d'Oro, del suo destino, delle città meravigliose e ricchissime che pure nessuno aveva mai visto.

Tommaso Moro si disse dispiaciuto per il fallimento del misterioso piano del Machiavelli: nessuno aveva rivelato i misteri del Mondo Nuovo, tanto meno la terribile Rose, subito scomparsa. Andrea, benché non l'avesse più visto, giaceva sempre inanimato sul suo letto. Ma il Segretario gli disse di stare tranquillo:

«Non saremmo comunque andati nel Mondo Nuovo, almeno non con nostre navi. Firenze non può competere con gli spagnoli. Ma in effetti, la consapevolezza che al di là di tutti i mari esistono gli imperi ricchissimi di cui dite, è già un bel premio».

«Ma altro è sapere, altro è conoscere la via e il modo…»

Il Machiavelli sospirò:

«Certo, ad aver saputo le geografie di quel mondo, le lingue e le vie d'accesso, la Signoria avrebbe avuto un profitto che magari a voi sembrerà assai modesto, ovvero la sicurezza in casa propria: il Vespucci, alla fine, avrebbe dovuto trattare con i miei agenti, da pari a pari».

L'inglese lo fissò, con una luce diversa negli occhi: cupidigia, sembrò al Machiavelli, e se ne stupì.

«Tutta quella ricchezza potrebbe essere facilmente presa da piccoli contingenti bene armati di soldati europei, nonostante la presenza di grandi eserciti di nativi. E se i conquistatori fossero i vostri fiorentini, sono sicuro che la Giustizia manterrebbe il primato. Certo più se a comandare fosse l'avidità degli spagnoli.»

Ser Niccolò sorrideva, sconcertato da quella che gli appariva una straordinaria contraddizione:

«O non sono fratelli nostri in Cristo anche i Taino, e gli altri selvaggi conosciuti e sconosciuti? Sarebbe lecito, secondo voi, ridurli in schiavitù?».

«Aristotele non lo esclude affatto: la conquista dei popoli inferiori è lecita, e lui stesso distingue tra gli "animali parlanti" e coloro che vivono da pari nelle città greche. Abbiamo il dovere di guidarli, proteggerli e di convertirli alla vera Fede.»

«Ma Aristotele ammette però che il vivere in città greche consente di passare da barbari a umani liberi...»

«Liberi legalmente: sempre che essi non siano schiavi per natura. Senza facoltà deliberativa, cioè, pur possedendo la ragione.»

Niccolò Machiavelli scoppiò in una sonora risata, che fece sobbalzare l'inglese e anche le guardie che li accompagnavano.

«Perché ridete così?»

«Perché voi siete davvero matto, ser Tommaso Moro d'Inghilterra. Ma sappiate che il tesoro più grande di quelle terre, o meglio un suo campione, mi è stato regalato da un prete visionario, tramite l'indio messaggero. Era con le carte del mio Andrea: un gioiello leggero e croccante, non d'oro come appariva, ma assai più prezioso.»

Alla fine, all'inglese fu concesso di partire. Niccolò Machiavelli, la sera in cui lo salutò, bevve di fronte a lui un liquido strano da una piccola fiala di vetro.

«A cosa vi serve, ser Machiavelli?»

«Donne, stasera.»

Tommaso Moro voltò il capo, con un po' di disgusto. Il Machiavelli sorrise della sua ingenuità:

«Non serve a quel che credete voi... Piuttosto ad addormentare la mia coscienza: una fiala, e in me è solo la fiera, senza freni e senza morale. Avete mai provato qualcosa del genere? Siete solo santo?».

«Non ho mai provato. E certo non lo farò mai.»

«Fate bene. Dormirete, almeno. Io non più, da molto tempo. Addio.»

# 10
## LA FINE E IL PRINCIPIO

*Rose e Andrea*

*Riapro gli occhi poco prima dell'alba. Il freddo è finalmente cessato. Ser Machiavelli, Segretario mio, sapeste quanto mi costa non poter parlare! Per giorni ho visto i vostri occhi, ora caritatevoli e comprensivi, ora ostili e vendicativi, pur sempre delusi per il mio ostinato silenzio. Ma io non posso parlare, finché dura l'effetto del tossico che mi è stato somministrato di là dal mare e mi lega un giuramento solenne fatto nelle Indie occidentali. Ho sopportato i tormenti inflittimi da Violante, più volte nelle segrete del Bargello e anche qui all'ospedale: non troppo gravi, certo per ordine vostro. Li ho sopportati come penitenza per i miei peccati.*

*Ma la mia coscienza è netta, perché ho portato a termine il mio incarico, per quello che ho potuto. Il Custode della Città d'Oro, distrutta dalle navi inglesi e francesi, è morto, ucciso da sua moglie: questo non potrete saperlo, almeno dalle mie labbra, perché anche le mie mani sono impedite dal tossico, e non posso nemmeno scrivere. Ma avete il suo libro, che è parte fondamentale degli ordini che ho ricevuto da voi a Firenze, un tempo che adesso mi sembra lontanissimo.*

*Non ho visto città ricche e grandi mercati, ma so per certo che quella terra è di una ricchezza perfino inconcepibile dalle nostre menti. E so quali sono le vie segrete che vi conducono, da un castello meraviglioso posto a guardia del mare. Come vorrei vedere i mercanti fiorentini riportare in patria le bizzarre vesti, i tessuti fatti di penne di uccelli meravigliosi… E le leggi giuste da voi ispirate essere rispettate al di là dell'ultimo Oceano.*

*Se potessi parlare o scrivere, Segretario, vi pregherei di non portare più al mio capezzale mia moglie, perché tale più non è. Voi non sapete, ma il nostro legame è stato sciolto, anche di fronte a Dio. Io morirò da solo, perché questo è il mio destino.*

Violante indicò al Machiavelli il corpo di Andrea: muoveva le labbra, come se parlasse, ma quando lui o una guardia accostavano l'orecchio, udivano solo bisbigli senza senso.

«Anche il medico ha perso le speranze.»

«Io no, Violante. Credo che il nostro Andrea stia meglio di quanto pensiate tutti. Ma certo non racconterà nulla a te né tanto meno a me. Mettiamoci il cuore in pace.»

«È partito, l'inglese?»

Il Machiavelli annuì, uscendo insieme al suo fedele agente dalla cella in cui era ricoverato Andrea: sempre alle Oblate, ma senza più guardie, perché ogni pericolo era cessato. Bastavano un infermiere e un medico pronto a intervenire.

«Se n'è andato ieri notte, felice, col suo libro di favole. Ma ha fatto in tempo a raccontarmi varie storie, fra cui quella più bizzarra riguarda la donna che lo ha ferito, Rose.»

«L'abbiamo cercata dappertutto, ma non si trova. Certo ha lasciato subito Firenze.»

Il Machiavelli sorrise tra sé.

«Forse ha chi la protegge. Avrebbe potuto uccidere il nostro ospite, e ne aveva anche motivo, francamente, ma ha preferito infliggergli di sua mano una cocente umiliazione...»

«Gli brucerà per molto tempo» rise Violante. E stavolta anche ser Niccolò rispose con un motto allegro.

Uscirono in strada, dove li attendevano i birri di scorta. Si tirarono su il cappuccio, perché faceva molto freddo e minacciava di nevicare.

«Vedi, Violante, altre cose mi ha detto Tommaso Moro, mentre il medico gli sanava la mela destra.»

«Chissà come strillava!»

«Lo si sentiva dalla strada. Non è solo un freddo filosofo: credo che in fondo abbia cuore. Ebbene, mi ha fatto riflettere su alcuni aspetti della vita. Così ho riletto con occhi nuovi le ultime pagine del diario di Andrea, questa sera, e ho confrontato il suo racconto con certe cose che mi ha detto l'inglese.»

«Non ditemele, Segretario: sapete che non capisco di filosofia.»

Il Machiavelli annuì.

«Hai mai amato davvero una donna, Violante?»

Il birro rise forte, dando di gomito al suo padrone:

«Ne ho scopate tante, sì, giovani e vecchie. Ma anche voi, perdio, Segretario, non siete da meno, no?».

Il Machiavelli gli afferrò il polso, con tutta la forza. E più glielo torceva, facendogli un gran male, più Violante ammiccava e rideva, tra le lacrime. Alla fine il Segretario lo lasciò andare, con un moto di disprezzo:

«Sei una bestia, tu! No, non sai cosa vuol dire amare una donna. Io sì, invece».

Si frugò in tasca e trovò l'ultima fiala di vetro. La guardò contro la luce della luna. Liquido bianco. Un latte malvagio, veleno per l'anima.

«Avete in mente altre imprese, stanotte, Segretario?»

Ser Niccolò non rispose. Schiacciò la fiala nella mano. I vetri minuscoli e aguzzi gli tagliarono la pelle e un rivolo di sangue colò sul polso. Rosso, come la sua inconfessata pena. Due gocce caddero sulla neve, a suggellare la fine di tutto. Gettò liquido e sangue su un mucchio di sterco ghiacciato, velato di bianco come il dono di una sposa.

«Andiamo a dormire. Fai dire alle monache di lasciare aperta la porticciola segreta, stanotte, e di lasciar entrare e uscire chiunque. Devo tener fede a un patto.»

«Come volete.»

*«Sei sveglio?»*

*Apro gli occhi. Nella cella non c'è più nessuno, tranne chi mi parla. Ma non posso credere a ciò che vedo. Spalanco la bocca, come se potessi urlare.*

*E il suono esce, inatteso: vibra l'aria di questa cella.*

*«Parla piano, Andrea» mi risponde Rose.*

*Ma ritrovare la voce è un'emozione troppo grande:*

*«Ho tenuto fede al giuramento, amore mio. Anche quando è finito l'effetto del tossico che mi hai dato, per fingermi morto. Ma tu come hai fatto? Dove ti sei nascosta?».*

*Mi mette un dito a chiudermi le labbra:*

*«Dammi ancora il tuo amore».*

*Dunque questa donna è davvero riuscita a ingannare un intero mondo. La sua voce è un dolce sussurro.*

*Le braccia mi rispondono. Apro le mani, tocco il suo viso. Mentre le carezzo le guance, sento che sono bagnate di lacrime. La sua pelle è calda come al di là del mare estremo. Le vesti frusciano, mentre si piega su di me. Preme le labbra sulle mie. Vedo la foresta, il cielo remoto sopra il tetto di foglie enormi e verdissime. Il suo bacio è la sorgente che ci ha lavati, la cascata purissima di un fiume perduto.*

*Il suo corpo è il Tutto che mi annulla. Quando sono in lei la foresta è il solo mondo esistente. Obbedisco a ogni suo comando.*

*Dopo, accende una lampada. Le sollevo il viso e la guardo.*

*«Ti cercheranno, Rose. Salvati.»*

*«Abbiamo un po' di tempo: mi è stato concesso in cambio di ciò che sapevo, che non è davvero molto.»*

*«E Bartolomé? E i Giusti?»*

*«Ci cercheranno inutilmente. Sono sopravvissuta dieci anni, da sola, in un mondo di uomini. Insieme, saremo più forti.»*

*«E dove andremo?»*

*«In capo al mondo. Oppure resteremo qui. Oppure non ci fermeremo mai. Il mio pugnale sarà pronto, di giorno e di notte. Potrai riposare, mentre io veglierò: sai quanta resistenza io abbia, al sonno e alla fatica. Se si paleserà un sicario, farò in modo di ucciderlo e di farne sparire il corpo di notte, così che nessuno possa pensare a me o a te. Avrai la più silenziosa guardia del corpo che tu possa immaginare e sperare. E mi occuperò del tuo corpo anche in altro modo. Tu mi guarderai le spalle, nel caso che ci sia qualcun altro, sulle mie tracce…»*

*«E cos'altro farò, per te?»*

*«Tu mi insegnerai ingenuità e purezza.»*

*Si alza e si riveste, mi prende in braccio e mi porta fuori da questo strano convento deserto, in una notte freddissima che toglie il respiro. C'è solo una finestra illuminata, in alto, e una piccola testa coi capelli corti e lisci, che ci guarda salire su due cavalli, preparati per noi. Rose lo indica:*

*«Lui ti ha insegnato cos'è il Male. Ora ti ripaga, regalandoci la vita».*

*Per la prima volta, vedo Rose sorridere radiosa.*

Niccolò Machiavelli li aveva guardati amarsi, da uno sportellino segreto. Anche per lui era il momento delle lacrime, per una lontana nostalgia. Nostalgia per il corpo di una donna amatissima e allo stesso tempo irraggiungibile: lo attendeva a casa, tranquilla, giocando col figlio piccolo, che aveva i capelli come i suoi.

«Marietta» mormorò.

Quando uscì dal convento, nella strada buia fu accolto dalle due guardie di scorta. Le mandò via, con un gesto imperioso. Attese, pensando a casa sua e a suo figlio, finché vide l'ombra di un uomo che gli veniva incontro. Al lume di una torcia, lo guardò in viso. Non lo conosceva, se non dalla descrizione nel diario di Andrea, ma lo riconobbe subito:

«Siete voi, Bartolomé?».

«Sì, signore.»

«Il nostro patto è stato rispettato da entrambi, mi pare. Il libro di Johannes è salvo, nelle mani dell'inglese. Permetterete che sia pubblicato?»

«Non ora. In futuro, forse. Sono certo che Tommaso rielaborerà la sua Utopia, volgendola in una forma che salvi la sostanza dell'Idea, ma allo stesso tempo non crei troppo scandalo. E soprattutto non attiri nessuno in quella foresta.»

«Voi avete quel che volevate?»

«Tornerò nelle Indie, cederò l'*encomienda* e mi dedicherò alla causa dei nativi. Voi, piuttosto, siete soddisfatto?»

«Per me esiste solo la salute di Firenze. Quanto ho saputo da voi mi basta. E apprezzo in sommo modo il dono che mi avete fatto avere, chiuso nel cilindro di metallo. Ma soprattutto era importante che Andrea ritornasse in sé.»

«Non avete avuto bisogno dell'antidoto di Rose, dunque.»

«No, ho parlato con un medico e speziale bizantino, mi deve

dei favori importanti e procura droghe per mio uso personale. Ebbene, era convinto che gli fosse stato somministrato un farmaco potente di quelle remotissime contrade. Avrebbero potuto ucciderlo, ma evidentemente l'amore ha saputo ben guidare la mano che gliel'ha fatto prendere. E questo speziale d'Oriente ha compiuto il miracolo. Benché Andrea, pur potendo ormai parlare, non lo volesse affatto!»

Il frate ammiccò verso una finestra alta del convento.

«E quei due? Posso fidarmi di voi?»

Niccolò Machiavelli sospirò.

«Hanno ciò che tutti vanno cercando. Non sarò certo io a toglierglielo, state tranquillo. Li proteggerò, qualsiasi cosa facciano. Perché loro hanno l'amore.»

RINGRAZIAMENTI

*Grazie a Chiara, che mi ha indicato la strada. A Donatella, che ci ha tanto creduto, con Martina e Luca. Alla Rose della mia vita. Agli amici che hanno scovato gli errori.*

# INDICE

FSC
www.fsc.org
MISTO
Carta
da fonti gestite in
maniera responsabile
FSC® C023532

Stampato presso Giunti Industrie Grafiche S.p.A.
Stabilimento di Prato

- Dea Dia
  la dea del cielo luminoso
  Fratres arvales

- Mater Matuta
  divinità della luce
  dell'aurora e della
  fertilità



- Juno Sospita / Lanuvina
  part. venerata a Lanuvium
  protettrice della fertilità
  femminile e agraria